此情可待成追忆

周啸天 著

四川人民出版社

图书在版编目（CIP）数据

此情可待成追忆 / 周啸天著. -- 成都：四川人民
出版社，2025.1. -- ISBN 978-7-220-13805-8

Ⅰ. I207.227.424

中国国家版本馆 CIP 数据核字第 2024R69K05 号

CIQING KEDAI CHENGZHUIYI

此 情 可 待 成 追 忆

周啸天　著

责任编辑	刘姣娇
封面设计	张 科
版式设计	张迪茗
责任校对	刘 静
责任印制	周 奇

出版发行	四川人民出版社（成都三色路 238 号）
网　址	http://www.scpph.com
E-mail	scrmcbs@sina.com
新浪微博	@四川人民出版社
微信公众号	四川人民出版社
发行部业务电话	(028) 86361653　86361656
防盗版举报电话	(028) 86361653
照　排	四川胜翔数码印务设计有限公司
印　刷	四川机投印务有限公司
成品尺寸	145mm×210mm
印　张	11.25
字　数	361 千
版　次	2025 年 1 月第 1 版
印　次	2025 年 1 月第 1 次印刷
书　号	ISBN 978-7-220-13805-8
定　价	68.00 元

凡例

一、本书性质为中国传统诗词歌赋之历代名篇赏析，分为《大风起兮云飞扬》《江畔何人初见月》《忽如一夜春风来》《此情可待成追忆》《一江春水向东流》《只留清气满乾坤》六册。

二、全书析文累计一千三百余篇。为读者便携、便览计，每册分量大致相当。作品排列，大体上以时代先后为序，并附作者小传。

三、《大风起兮云飞扬》含"诗经楚辞""八代诗赋"；《只留清气满乾坤》含"元明清诗词曲""近现代诗词"；"唐宋诗词"为全书重点，居十分之七，累计析文九百六十篇，故《大风起兮云飞扬》《江畔何人初见月》《忽如一夜春风来》《此情可待成追忆》《一江春水向东流》《只留清气满乾坤》六册皆有收录。

序

文学研究最基础的工作，是对具体文学作品的阅读。而对于一篇具体文学作品的阅读，实包含着三个要素：一，文本解读。二，艺术分析。三，审美判断。

首先，我们要读懂作者在"说什么"。这就是"文本解读"。文本解读有两种不同的定位："作者定位"与"读者定位"。所谓"作者定位"，是指读者以作者为本位，不带任何先入为主的有色眼镜，尽可能做到客观、冷静，在作品文字所给定的弹性范围内，披文入情，力求对作品做出有可能最接近作者本意的解读。它关注的焦点，是作者的创作。所谓"读者定位"，是指读者以自我为本位，带有强烈的主观色彩，不关心作者想说的是什么，只关心我从作品中读到了什么。这种定位，理论后盾是西方的"接受美学"与"读者反应批评"，在中国古典传统则是"六经注我"，"作者未必然，读者何必不然"。它关注的焦点，是读者的接受。作为一般读者，普通文学爱好者，爱怎么读就怎么读，这是他的自由，不容他人置喙。但作为学者，专业研究者，当我们在对具体作家具体作品创作的本身进行研究，而非对其作品的大众接受进行研究时，通常都采取"作者定位"。

然而，光读懂作者在"说什么"还不够。还要探讨作者"怎样说"，审视其写作技术，这就是"艺术分析"。然而，光读懂作者在"说什么"，弄明白作者"怎样说"，也还不是我们的终极目的。最终，我们还必须对该作品作出评价：它"说得怎样"？"说"得好还是不好？好到什么程度，不好到什么程度？这就是"审美判断"。文学之区别于其他文字著述的本质属性，在语言艺术之审美。其他文字著述，或求真，或求真且善，至于其语言运用，辞达而已，作者说得清楚，读者看得明白，目的便达到了。而文学作品则不仅求真，求善，更求其美。因此，将文学等同于其他各类文字著述，阅读文学作品仅求其真、其善，而不提升到审美的层次，即无异于对蒙娜丽莎做人体解剖，真正是煞风景了。

总的来说，在古典文学的各类文体中，"诗词"是篇幅最短小，语言最精练，技术含量最高，从而被人们公认为最难读懂，最难鉴赏的一类文体。一般读者不必说了，一般学者也不必说了，即便是资深的专家，乃至于大师级的学者，对具体诗词作品的文本阅读，误解的现象也时有发生；对某些诗词作品的艺术分析与审美判断，也未必切中肯綮，甚或不免于隔靴搔痒。

笔者这样说，并非信口雌黄，而是以事实为根据的。三十多年前，笔者还在攻读博士学位，承蒙上海辞书出版社信赖，诚邀笔者作为《唐宋词鉴赏辞典》的总审订者之一，与上海古籍出版社原副总编辑陈振鹏先生共同审订了该书的全稿。该书是上海辞书出版社继《唐诗鉴赏辞典》开创体例并获得巨大成功、巨大社会效益之后编辑的第二部鉴赏辞典，约稿规格是很高的。撰稿人当中，不乏当时诗词研究界的著名专家学者乃至大师级的学者。但即便如此，书稿在文本解读、艺术分析与审美判断这三个方面，还是存在着大量的失误。笔者前后花了一年多时间，细细审读，写下了数千条具体的审读、修改意见。这些意见，绝大多数都经陈振鹏先生裁决认可，由他亲自操刀对原稿做了订正；或反馈给作者，请他们自行修改。

在笔者的审读印象中，鉴赏文字质量最高，几乎无懈可击的撰稿人为数并不太多。而在这为数不多的撰稿人当中，笔者印象最深刻的一位便是周啸天先生。当时啸天硕士生毕业不久，尚未成名，笔者与他素昧平生，缘悭一面，亦无通讯往来。但每读其文，辄击节叹赏，钦服不已。笔者在与《唐诗鉴赏辞典》《唐宋词鉴赏辞典》的责任编辑汤高才先生闲谈时，对啸天所撰鉴赏文章曾做过大意如下的评价：别人没有读懂的诗词，啸天读懂了；别人虽然读懂了，但没能读出其好处来，而啸天读出来了；别人虽然读懂了，也读出好处来了，但下笔数千言，刺刺不能自休，却说不到位，而啸天的鉴赏文章，既一语破的，文字又简净明快，绝不拖沓，行于所当行，止于所不可不止。高才先生对此评价深为赞同，并说他在《唐诗鉴赏辞典》的组稿过程中就已发现啸天的长才，因此一约再约，以致在此两部鉴赏辞典中，啸天所撰稿件篇数独多。高才先生实在是一个爱才的前辈，真能识英雄于风尘之中，不拘一格用人才啊！

　　三十年后，笔者与啸天已成为熟识的朋友。啸天应四川人民出版社之约，将其历年精心撰写的古典诗词鉴赏文章汇编出版，而不以笔者为谫陋，来电命序。义不容辞，乃重述当年所见如此，今日所见依然如此的评价，以为嚆引。如此精彩的古典诗词鉴赏文集，必将得到广大读者的宝重，其传世是必然的！

　　　　2017 年 5 月 23 日，钟振振撰于南京仙鹤山庄寓所之酉卯斋

目录

【杨敬之】生卒年不详，字茂孝，虢州弘农（今河南灵宝）人。唐宪宗元和二年
（807）登进士第，累迁屯田、户部二郎中。后因事贬连州刺史。文宗时为国子祭酒，
兼太常少卿。《全唐诗》存录其诗二首。

赠项斯

几度见诗诗总好，及观标格过于诗。
平生不解藏人善，到处逢人说项斯。

　　这首诗的写作本事见《唐诗纪事》："斯，字子迁，江东人。始，未
为闻人。……谒杨敬之，杨苦爱之，赠诗云云。未几，诗达长安，明年
擢上第。"（据唐人韦绚《刘宾客嘉话录》："杨祭酒爱才公心，尝知江表之士项斯，
赠诗曰：'几度见诗诗总好'云。项斯由此名振，遂登高科。"）今《全唐诗》收项
斯诗一卷，但项斯的出名，完全是因为杨敬之这首诗的缘故。

　　"几度见诗诗总好"二句，是对项斯诗艺和人品的肯定。两句有递进
的关系。上句表明作者知道项斯，是从诗作开始的。不是凭一次印象就
下结论，而是"几度见诗"后的结论——"诗总好"。这个肯定语气是平
和的，也可以说是勉强的。今存项斯诗，不知道是不是杨公当初所见之
诗，给人感觉不是特别好。但这是另一码事，可置之不论。下句说"及
观标格过于诗"，则是说项斯的人品比诗品更好，这就对了。其潜台词
是：诗品好是一好，人品好比诗品好更重要。这种观点，大多数人举手
赞成，是符合主流评价体系的。读者从这两句诗，看到的是一位前辈奖
掖后进的胸襟气度，古道热肠。

　　"平生不解藏人善"二句，标榜不藏人善的美德，进一步对项斯进行
表扬。人性普遍的弱点是"自私，小器，嫉妒，不喜欢成人之美，不乐
闻人之誉"（马尔顿），故有见人之善而不以为善者，有见人之善而缄口不

言者。韩愈说:"吾尝试之矣,尝试语于众曰:'某良士,某良士。'其应者,必其人之与也;不然,则其所疏远不与同其利者也;不然,则其畏也。不若是,强者必怒于言,懦者必怒于色矣。"(《原毁》)因此,"平生不解藏人善",适足为一种美德。而作者毫不讳言自己就具有这种美德,何以见得?"到处逢人说项斯"就是明证。"到处逢人"四字,可见其不遗余力。这两句以"平生""到处"相勾勒,上句高屋建瓴,下句水到渠成,读来甚觉畅快。

不过,此诗也遭到过宋人的吐槽。葛立方道:"(项)斯集中绝少佳句。如《晚春花》云:'疏与香风会,细将泉影移。'《别张籍》云:'子城西并宅,御水北同渠。'拙恶有余,宜祭酒公(杨敬之)谓'标格胜于诗'也。其赠斯诗鄙俗如此,与斯亦奚远哉。"(《韵语阳秋》)虽不无见地,但也过分一些。

就凭这首诗千百年来为人传诵,就凭它产生出一个成语典故"为人说项"或"说项"(柳亚子赠毛主席诗就有"说项依刘我大难"之句),你就打不倒它。"平生不解藏人善"所宣传的美德,仍有现实意义。还有一种相关的美德,叫为人藏拙,不是这首诗所要表达的主题。可以留给别人,或另外写一首诗。

【韩琮】生卒年不详,字成封,一作代封。唐穆宗长庆年间(821—824)进士。初为陈许节度判官。后历中书舍人、湖南观察使等职。《全唐诗》存诗一卷。

晚春江晴寄友人

晚日低霞绮,晴山远画眉。

青青河畔草,不是望乡时。

诗题一作《晚春别》，诗中通过春晚江晴的景色，寄托怀乡与室思的感情。写成寄赠的朋友，必是天涯游子。

"晚日低霞绮"二句，写春晚江晴之景，而含室思。上句写日落西山，余霞满天的情景。一个"低"字表明，日头快要落下去，由于回光返照的现象，满天红霞显得更加绚丽。"晴山远画眉"，横亘在天际的远山的形状，就像女子的画眉。明人杨慎《丹铅续录·十眉图》载："唐明皇令画工画十眉图。一曰鸳鸯眉，又名八字眉。二曰小山眉，又名远山眉。"可知古代女子画眉，本有取远山为样者。这样的诗句，包含有室思的内容，也是很自然的。因为诗的受赠者并非女子，于是读者可以判定，这首诗是代之抒情，或是寄予同情。有一首歌唱道："你的眉毛细又长呀……"，只需要把下面的歌词改成"就像远山一个样"就行了。以此类推，则上句就是"你的脸儿红又圆呀，就像晚日在天边"的意思了。就算作者没有，读者也可以有。

"青青河畔草"二句，写天涯芳草转绿，难捺乡思。上句是乐府古诗中现成的名句，并见于《饮马长城窟》《古诗十九首（青青河畔草）》，均为开篇起兴之句。此句一作"春青河畔草"，"春青"二字既不词、又不上口，点金成石，改它何来。不如老老实实引用乐府古诗。《饮马长城窟》开头两句是"青青河畔草，绵绵思远道。"而这里只用"青青河畔草"，歇后的正是"绵绵思远道"的意思。而末句不正面说出这个意思，倒说"不是望乡时"。为什么？难耐呀。俗语云："倒说顺想"。在修辞学上，倒说有时是正说的深沉表现，例如"劝君休采撷"（王维）就比"愿君多采撷"深沉，又如"而今识得愁滋味，欲说还休；欲说还休，却道天凉好个秋。"（辛弃疾《丑奴儿》）最后一句就很深沉。

这首诗在《全唐诗》中算不上怎样的杰作，但它是一首真诗。二十字中除信手拈来古诗一句，读来别有风味，就不错了。

暮春浐水送别

绿暗红稀出凤城，暮云楼阁古今情。
行人莫听宫前水，流尽年光是此声。

　　这是一首送别之作，大约写在作者在朝任中书舍人期间。"浐水"为关中八川之一，发源于蓝田县西南的秦岭，流向西北，与灞水汇合后，经长安大明宫前，再北流入渭水。

　　"绿暗红稀出凤城"二句，写帝城春晚景象中的沧桑之感。"绿暗红稀"四字紧扣题面"暮春"，意为绿叶茂密，红花减少，本是自然景象。这种以"绿"代叶，以"红"代花，以感性显现的手法写暮春之景，是富于原创性的。不但早于李清照的"绿肥红瘦"（《如梦令》），也早于温庭筠的"红深绿暗径相交"（《寒食日作》），必须表扬。"凤城"乃指长安，以汉时长安建有凤阙，唐高宗又建丹凤门也。一个"出"字，省去的主语，可以是送别双方，也可以指浐水，或者是合二而一，因为送别之事在浐水上发生。"暮云楼阁古今情"，承上"凤城"二字，写暮色苍茫之中，回看帝京的楼台亭阁，一种沧桑之感油然而生。在唐诗中，最早使用"古今情"三字的是贞元间进士羊士谔，诗中凡两用，分别与"路傍垂柳"、"棹移高馆"搭配，未能引起注意。而韩琮这一用，却引人注目，关键是"暮云楼阁"搭配得好。由此可悟铸句之法。

　　"行人莫听宫前水"二句，承上"古今情"，就浐水抒发人事代谢的感慨。三句以劝止语相请求，而于末句申明缘由、作跌宕，是七言绝句常见手法。如郭震诗"苦吟莫向朱门里，满耳笙歌不听君"（《蛩》）、王之涣诗"莫听声声催去棹，桃溪浅处不胜舟"（《宴词》）等，已开此法之先河。作者乃属跟进。乍听此言没头没脑，"宫前水"有何不可听？这是绝句中的捂盖子，末句是揭盖子："流尽年光是此声"。"年光"即岁月即时间，时间无始无终且一去不返，汉人即有"时乎时，不再来"（《汉书·蒯通传》）之慨。而以流水譬喻时光之一去不返，起源甚早，古希腊哲学家赫拉克利特就说过一句名言："人不能两次踏进同一条河流"，而在中国，则有孔子的名言："逝者如斯夫，不舍昼夜。"（《论语·子罕》）此诗也不过是借"宫前水"抒发人生的感慨。这感慨可大可小。就"送别"双方而言，谁能不老呢？孔融说："岁月不居，时节如流，五十之年，忽焉已至……"就"古今情"而言，哪个朝代没有兴衰呢？郑板桥说："邈唐虞，远夏殷，卷宗周，入暴秦，争雄七国相兼并，文章两汉空陈迹，金粉南朝总废尘……"作者生在国运没落之时，迟暮之年将至，两种感慨都有，因而诗句容量非常之大。

近人俞陛云评："题虽送别，而全首诗意全不在此。第二句已有秦宫汉殿、兴亡今古之怀。四句更寄慨无穷，年光冉冉，难挥落日之戈；逝水滔滔，孰鼓回澜之力？何其意之超而音之悲耶。"（《诗境浅说》续编）此诗与李商隐《乐游原》之伤好景不长，可谓异曲同工。是晚唐衰微景象，在诗人心情中的反映。

骆谷晚望

秦川如画渭如丝，去国还家一望时。
公子王孙莫来好，岭花多是断肠枝。

"骆谷"在陕西周至西南，谷长四百余里，为关中通汉中的交通要道。作者在宣宗朝出任湖南观察使，大中十二年（858）被都将石载顺等驱逐，朝廷居然咽下苦果，作者因而失官。诗称"去国还乡"，或当作于其时。

"秦川如画渭如丝"二句，写骆谷回望秦川，百端交集的情景。"秦川"指秦岭以北，以长安为中心的渭水流域的平原，在今陕西中部。《全唐诗》开篇就是"秦川雄帝宅，函谷壮皇居。"(李世民) 可在此诗说的是回望"秦川"，实际是心存京国。句中同时提到渭水，使人联想到崔颢笔下的"万户楼台临渭水，五陵花柳满秦川"(《渭城少年行》)。"渭如丝"，是形容从高处远看，渭水极细的样子。渭水是长安的生命河，细到"如丝"，是不是有"国脉微如缕"(刘克庄) 那种意思呢？不然下句怎么伤心起来："去国还家一望时"。"去国还乡"是作诗之事由，作者被休官。"一望时"交代题面的"晚望"，在暮色苍茫之中，不用说是百端交集。不管何朝何代，只要是贬谪出京，登高回望，都是百端交集。借用范仲淹的话说，便是"去国怀乡，忧谗畏讥，满目萧然，感极而悲者矣。"(《岳阳楼记》)

"公子王孙莫来好"二句，以"莫来"作呼告，抒写作者的现实悲怆。"公子王孙"作为呼告的对象，"君不见"的"君"字的具体化。泛指出身好，向往功名的年轻人。"莫来好"即不要来的好，是劝止之语。为什么呢？汉末王粲说："西京乱无象，豺虎方遘患。复弃中国去，委身适荆蛮。"(《七哀诗》) 晚唐武将专横，中央大权旁落，与汉末只有五十步差距。作者本人为武人所驱，宣宗非但不敢出兵增援，反另派人代理其职务，把他抛弃了。作者能无怨乎？"莫来好"是个大白话，在《全唐诗》中仅此一例，是愤不择言。三句既作呼告劝止，末句则交代缘由："岭花多是断肠枝"。真正的缘由不说，却扯到"岭花"上去，草木无情，花枝亦无肠可断，偏说"断肠枝"。是移情于物，即把作者的思想感情强加给花木，而诗味于是乎出。"多是"二字，表明当时政治上遭遇不幸的人多着呢。一个人到山头上折一枝花，"岭花"受得了吗。初唐诗人宋之问贬谪中作《度大庾岭》云："度岭方辞国，停轺一望家。魂随南翥鸟，泪尽北枝花。"可谓事异情同。

总之，这首诗不直述其事，抓住离京途中对长安的最后一瞥，一方面通过"秦川如画渭如丝"，写出对京国的无比眷恋；一方面通过"岭花多是断肠枝"，写出对朝廷的极度失望。陆机曰："诗缘情而绮靡"（《文赋》），可谓得之。

【皇甫松】字子奇，号檀栾子。唐睦州新安（今浙江淳安）人，散文家皇甫湜之子。《全唐诗》存其诗词十三首。

浪淘沙

滩头细草接疏林，浪恶罾船半欲沉。

宿鹭眠鸥飞旧浦，去年沙嘴是江心。

《浪淘沙》是较早的歌词之一，形式与七言绝句同，内容则多借江水流沙以抒发人生感慨，属于"本意"（调名即词题）一类。皇甫松此词抒写人世沧桑之感，表现得相当蕴藉。

首句写沙滩远景：滩头细草茸茸，遥接岸上一派疏林。细草初生，可见是春天，也约略暗示那是一带新沙。次句写滩边近景：春潮带雨，挟泥沙而俱下，水昏流急，是扳罾捕鱼的好时节。但由于波浪险恶，罾船时时有被弄翻的危险。两句一远一近，一静一动，通过细草、疏林、荒滩、罾船、浪涛等景物，展现出一幅生动的荒沙野水的图画，虽然没有一字点出时间，却能表达一种暮色苍茫之景。正因为如此，三句写到"宿鹭眠鸥"就显得非常自然。大水有小口别通为"浦"。浦口沙头，乃水鸟栖息之所。三句初似客观写景，而联系末句读来，"旧浦"二字则大有意味。今之"沙嘴"乃"去年"之"江心"，可见"旧浦"实为新沙。沙嘴虽新，转瞬已目之为旧，言外便有余意。按散文语法，末句应为"沙嘴去年是江心"。这里语序倒置，不仅为了协律，而"沙嘴是江心"

的造语也更有奇警，言外之意更显。恰如汤显祖所评："桑田沧海，一语破尽。红颜变为白发，美少年化为鸡皮老翁，感慨系之矣。"

偌大感慨，词中并未直接道出，而是系之于咏风浪之恶，沙沉之快。而写沙沉之快也未直说，却通过飞鸟归宿，找不到故地，认新沙为旧浦来表现。手法纡曲，读来颇有情致。前三句均为形象画面，末句略就桑田沧海之意一点，但点而未破，读者却不难参悟其中遥深的感慨，也就觉得那人世沧桑的大道理被它"一语破尽"。

【于鹄】（? －814?）唐大历、贞元间人，籍贯不详。代宗大历、德宗建中间久居长安，应举未第，退隐汉阳（今湖北武汉）山中。贞元中历佐山南东道、荆南节度使幕。

古词

东家新长儿，与妾同时生。

并长两心熟，到大相呼名。

从李白《长干行》等诗中可以知道，唐时江南的商业城市，市井风俗是开化而淳朴的，男女孩童可以一同玩耍，不必防嫌。"妾发初覆额，折花门前剧。郎骑竹马来，绕床弄青梅。"写的就是这样一种情景。于鹄题为"古词"的这首诗，也有着同一生活背景。这首诗未用第三人称的叙事角度，而取第一人称的"代言"体裁。一位少女提起她的邻居少年，似乎全是没要紧语，却语语饱含热情，讲来十分天真动人。

首句"新长"二字耐人寻味，什么叫"新长"呢？这是说邻居少年突然长高一节。男性在十多岁到二十岁之间，有一个拔节的时候，是将成人的标志。诗中男女原来个子差不多，几天不见男子就长高不少。关系也会发生微妙变化。次句提到同庚的事实，"与妾同时生"。不过是寻常巧合而已，但这巧合由少女津津道来，却含有一种字面所无的意味。世人形容两个人好，往往说"虽然不能同生，也要共死"，可见同生是一种缘分。

三句说"并长——两心熟"。"并长"二字是高度概括的，其中含有足够令人终生回忆无穷的事实：两家关系不错，彼此长期共同游戏，无忧无虑，形影相随，一会儿恼了，一会儿又好了。童年的回忆对任何人都是美好的，童年的伙伴感情也特别亲密，尤其是一男一女之间。"两心熟"，就不光是面善而已，而是知根知底。知根知底，就很放心。

末句提到的事实更寻常，也更微妙："到大相呼名。"因为自幼以名相呼，沿以成习，长大仍然这样称呼，本是寻常不过的事，改称倒恰恰是引人注意的变化。另一方面，人际间的称呼，又暗示着双方的亲疏关系，大有考究。越是文明礼貌的称呼，越适合于陌生的人；关系密切，称呼反倒随便。就此而言，称"您"的不如称"你"的，称"你"的不如称"尔"的。至于"相呼名"，更是别有一层亲昵的感觉。如果一旦互相称起"先生""小姐"来，该有多少别扭和生分。

短短四句只说没要紧的话，却处处有一种青梅竹马之情，溢于言外。此外，诗中两次提到年龄的增长，即"新长"和"到大"，也不容轻易放过。男"新长"而女已大，这个变化不仅仅是属于生理的。男童女童的友爱，和少男少女的感情，其间有质的区别。难怪贾宝玉回忆起往日纯真的欢乐时，不免对林妹妹表示不满："姊妹们从小儿长大，亲也罢，热也罢，和气到了儿，才见得比别人好。如今谁承望姑娘人大心大，不把我放在眼里，三日不理、四日不见的，倒把外四路儿的什么'宝姐姐'、'凤姐姐'的放在心坎儿上。"（《红楼梦》第廿八回）这"人大心大"四字说得太妙，虽然宝玉并未真懂其含义，不知道"不放在眼里"，是放上了心头的缘故。"到大"之后，再好的男女也须疏远，这是受社会文化环境制约的，并不以人的主观意志为转移。当《古词》的女主人公在内心中叨念东家少年——往昔的小伙伴——的时候，是否正感到这种微妙变化呢？他们虽然仍沿袭着以名相呼，却不免经常要以礼相见了。如果没有今昔之感，还有什么必要对往事津津乐道呢？

民歌有"无郎无姊不成歌"之说。这首诗与崔颢《长干曲》一样，只写好感，不说爱情，就此而言可以说是"无郎无姊"，却风度绝佳。究其奥秘，或许可借杨巨源、韩愈之口表明之："诗家清景在新春，绿柳才黄半未匀"、"最是一年春好处，绝胜烟柳满皇都。"处于萌芽状态的爱情，本身就美不可言。所以，写爱情不如写好感。

江南曲

偶向江边采白蘋，还随女伴赛江神。

众中不敢分明语，暗掷金钱卜远人。

《江南曲》为乐府旧题，属于"相和歌辞"之相和曲。（按"清商曲辞"中亦收有少量同题之作。）此诗写水乡女子的相思之情，其特点在于融入故事情节。

"偶向江边采白蘋"二句，写女子参与集体活动。共写了两桩活动，一桩是江边采蘋，"白蘋"一种水中浮草，夏季开小白花。女子采蘋活动，起源甚早，见于诗经，《召南·采蘋》云："于以采蘋？南涧之滨。"描述女子采蘋，置办祭祀祖先等活动，反映了古代女子出嫁前的一种风俗。另一桩是赛江神，也就是参加祭祀江神的表演活动，唐人许浑诗提到这种活动："绿水暖青蘋，湘潭万里春。瓦尊迎海客，铜鼓赛江神。"（《送客南归有怀》）诗中也提到蘋草，也提到赛江神有铜鼓等乐器。类似这样户外活动，女子大抵是结伴而行，为了热闹也为了安全。"偶向""还随"的措辞，有女子分心，勉强从事的意味，则是为下文预作铺垫。

"众中不敢分明语"二句，写女子不作声，趁别人不注意，做了一个小动作。为什么"不敢分明语"呢，说出来怕人笑话。何况别人也帮不上忙。而正是这个小动作，泄露出她的心事。"暗掷金钱卜远人"，中国人掷金钱以占卜、以决事，是个源远流长的习俗。相传始创于汉代易学家京房。在最初的卜卦活动中，仅以金钱记爻。后来加以简单化，把金钱掷在地上，根据翻覆的次数与向背，以决吉凶、成败、归期、远近等。而女子占卜的目的，是"卜远人"，即出门在外的一个男子，如果不是丈夫，便是她的情郎。所卜内容，应该是身体如何，变心与否，及归期远近，等等。至于这个结果是否可靠，那就难说了，但愿诚则灵吧。

这首诗使人想起《红楼梦》"人大心大"的那句话，而其成功之处，正在于通过情节设计，心理活动的描写（通过动作），使一个怀揣心事、不免羞怯的女子形象，跃然纸上。全诗语言浅切，贴近生活，故为后人传诵，或加化用，如宋人王沂孙《高阳台》"屡卜佳期，无凭却恨金钱"，就是一例。

巴女谣

巴女骑牛唱竹枝，藕丝菱叶傍江时。
不愁日暮还家错，记得芭蕉出槿篱。

这是一首谣体的拟民歌。与胡令能《小儿垂钓》一样，属于童趣诗。彼诗写的是一个小男孩垂钓，此诗写的是一个小女孩放牛，各有意趣。

"巴女骑牛唱竹枝"二句，写夏天傍晚，一个巴地的小女孩沿江放牛。"巴"指今重庆市一带，"竹枝"是当地的民歌，"藕丝菱叶"暗示季节，是荷花结藕、菱叶茂盛的时候，"江"指长江。唐诗中写到骑牛的

诗，诗题一般为"牧童"或"野童"，说到小女孩放牛的仅此一例。但在巴地，这种现象生活中应该是有的，可见民风的淳朴。从儿童角度，反映了川江农家日出而作、日入而息的生活侧面。而根据生活经验，牧童骑牛悠闲时，常吹短笛为戏；而女童天生喜欢唱歌，这是符合小孩性别特征的。因为夏天白昼较长，沿江放牛吃草，可以走得很远。"傍江"田野的小路还是多多，迷路的事也不免发生。

"不愁日暮还家错"二句，写小女孩心中有数，不怕迷路。"日暮"表明天色已晚，这时"还家"，则有迷路之忧。然而小女孩很自信，并不发愁。末句是交代为什么，也就是不迷路的理由："记得芭蕉出槿篱"，这就是识别的表记。"槿篱"指用木槿（一种落叶灌木）枝条做成的篱笆，木槿入夏开花，花有红、白、紫等色，煞是好看。而"芭蕉"是人家院坝常见的植物。小女孩记得她家门前是什么样子。这句陈述，兼有写景的作用。模拟小女孩天真烂漫的口吻，既可以理解为作者替女孩代言，也可以理解为小女孩回答路人的问话。作后一种解会，此诗更有情节性，也更富于生活趣味。

清人袁枚谈此诗的趣味道："宋人《渔父词》云'归来月下渔舟暗，认得山妻结网灯'，又云'不愁日暮还家错，认得芭蕉出槿篱'，二语相似，余寓西湖放生庵，夜深断桥独步，常恐迷路，望僧庵灯影而归，方觉二诗之妙。"（《随园诗话》）也就是说，诗中包含一种生活经验，非过来人不觉其妙。不过，此诗还有一种别趣："芭蕉出槿篱"，本是川江一带农家常有的景物，不具备唯一性。用来作为识别标志，可能发生误判。唐代成都诗人雍陶《城西访友人别墅》写道："澧水桥西小路斜，日高犹未到君家。村园门巷多相似，处处春风枳壳花。"写的就是类似情况，标志本来有的（"枳壳花"），由于出现雷同，最后还是走了冤枉路。"诗有别趣，非关理也"（严羽），此之谓也。

【贾岛】(779—843) 字浪仙，一作阆仙，自称碣石山人，唐范阳（今河北涿州市）人。早年曾为僧，法名无本。宪宗元和间返俗应举，未第。文宗开成二年（837）责授遂州长江（今四川蓬溪）主簿，世称贾长江。与孟郊齐名，有"郊寒岛瘦"之称。有《长江集》。

宿山寺

众岫耸寒色，精庐向此分。
流星透疏木，走月逆行云。
绝顶人来少，高松鹤不群。
一僧年八十，世事未曾闻。

这首诗写作者夜宿山寺所见所感，其造境大于写景抒情本身，是中唐五律中不可多得的超诣之作。

"众岫耸寒色"二句，以群山衬托佛寺所处之高。"众岫"即群峰，是以仄仄换平平。"耸"字极炼，作及物动词常见构词有耸肩、耸听、耸危冠等，宾词总以具象的为主，而"耸寒色"这样的说法，在全唐诗中仅此一例，其实是"耸翠壁"的更感性的说法，强调山色的温度很低，非常新颖。"精庐"即作者所投宿的佛寺，"向此分"是说坐落在这群山冷色之中，而"分"的意思是分得、占得一席之地，下字亦尖新。

"流星透疏木"二句，写作者仰望星空之所见。人们仰望星空，心中都不免会产生康德所说"愈是思考愈觉神奇，心中也愈充满敬畏"之感。何况作者看到是流星，甚至是流星雨，从树枝的间隙中划过，情景异常生动。"走月逆行云"，诗中的月亮也在动，但动法与流星不同，一是速度缓慢，二是月与云的相对运动。一首歌唱道："月亮在白莲花似的云朵里穿行"，是说月的移动本来不易觉察，是云朵的飘浮，使月产生运动的感觉，此即相对运动。清人沈德潜点评道："顺行云、则月隐矣，妙处全在'逆'字。"(《唐诗别裁集》) 这两句写景可圈可点，已伏高出尘世之意。

"绝顶人来少"二句，写山顶与世隔绝之景，颇具理趣。上句说山寺远离市尘，或是说地势险绝，故人迹罕至。但这句话的意蕴、即能指，却不止于此。用王安石的话说便是："非常之观，常在于险远，而人之所罕至焉，故非有志者不能至也。"(《游褒禅山记》)"高松鹤不群"，更耐人寻味。松、鹤的搭配，在传统文化中是吉祥物的叠加，是耐寒、脱俗和长寿的象征，此其一。汉语成语本有"鹤立鸡群"一说，意即卓尔不群，羞与鸡鹜为伍，此其二。而这里的"鹤不群"，更是与高山、高松联在一起，意思是在此地，鹤亦不可多得，此其三。语本杜诗"王乔鹤不群"，而青出于蓝。本来这个句子更顺的造法是："松高鹤不群"，只是因为上句已作"绝顶人来少"，作者又觉得不可更改，遂造成略带拗峭的句子。其含意是一样的，近于广告语的"山高人为峰"，却更饶诗意。一旦读者接受了，也就不可更改了。

"一僧年八十"二句，写山寺中人 (高僧)，将诗意推向极致。在如此高山之上，有如此一个高僧——伴松养鹤之人，享如此之高龄（"年八十"），不是"山高人为峰"是什么。还有"一"字代表的"不群"——松不群，鹤不群，人亦不群，怎一个"高"字了得！末句一跌"世事未曾闻"，并不是孤陋寡闻的意思，而是与世无争，即"家住苍烟落照间，丝毫尘事不相关"(陆游) 的意思。如此山寺、如此人，若非作者来此一宿，则何能见之，又何能写之。诗人襟怀意趣之不俗，亦意在言外矣。

此诗炼字精妙，"高松鹤不群"为篇中最警策之句，"高"字、"不群"字，都有一种追求卓越的意识，通于推敲的精神。五律有此一联，就可以站住脚。何况此诗通体浑成，无可挑剔。《唐诗别裁集》录此诗，尾批道："长江 (指贾岛) 有'秋风吹渭水，落叶满长安'句，风格颇高，惜通体不称，故不全录。"即是通过反例，对这首诗加以表扬。

雪晴晚望

倚杖望晴雪，溪云几万重。

樵人归白屋，寒日下危峰。

野火烧冈草，断烟生石松。

却回山寺路，闻打暮天钟。

这首诗约作于宪宗元和十二年（817），作者去年应举下第，本年与从弟释无可寄居长安西南圭峰草堂寺，诗当作于此时。

"倚杖望晴雪"二句，入手擒题，写远望雪晴的壮丽景色。"倚杖"表明作者在出游之中，一个"望"字，表明"晴雪"是远景，也就是在夕阳照耀下山峰、积雪浮于空际，有唯余莽莽之势。而增添了雪峰之壮丽的，是横在山腰、罩在溪上的云烟（"溪云"），竟然多至"几万重"。皎然诗云："舒卷意何穷，萦流复带空。有形不累物，无迹去随风。"（《溪云》）如非深山巨壑，是很难看到这样壮观的雪霁晴景的。元人方回评："晚唐诗多先锻颈联、颔联，乃成首尾以足之。此作似乎一句唱起，直说至底者。"（《瀛奎律髓》一三）

"樵人归白屋"二句，写夕阳下山时的情景。"樵人"的出现，其作用相当于山水画中的人物点缀。他挑回的一担柴火，会给"白屋"增添些许温暖，则是画中的诗意。而"白屋"不仅是指白茅覆盖的寒舍，更是积雪压在屋顶上的感觉。"寒日下危峰"，是一个短暂停留的画面，也是一个时间节点。夜幕即将降临，樵子应该回家了。"归""下"二字给画面增添了生气和动态。古人说"夏日可畏，冬日可爱。""寒日"却给人以更多惨淡的感觉，似乎发出的都是冷光，而在它靠近山峰时，积雪的反光会更加耀眼夺目。正是诗中有画。

"野火烧冈草"二句，写畲田的情景。句中的"野火""断烟"，不是森林大火，而是山民刀耕火种即畲田时，在人的控制下的放火烧山。这种景象，唐诗中多有描写，如"瓦卜传神语，畲田费火声"（杜甫）、"渔沪拥寒溜，畲田落远烧"（戴叔伦）、"湿云和栈起，燋柿带畲余"（顾非熊）等。因点燃冈草而起的火光，和缭绕在石松之间的烟雾，给山中增添了人气和温度。这些是诗中的反衬元素，其作用是突出画面整体上的素静和清冷。所以清人李怀民认为"二句中有雪在"。（《重订诗人主客图》）

"却回山寺路"二句，写作者在钟声的召唤中，归寺的情景。前六句所写，都是视觉的形象。最后两句加入听觉的元素，显得非常重要。夜幕渐渐降临，诗人兴尽而返，这时山寺也响起了钟声——"闻打暮天钟"，似对出游的人发出了归寺的召唤。唐诗中的古刹钟声，是个常见意象，在诗中的作用，一是刻画环境的宁静，二是象征大自然或宗教的召唤。此诗也不例外。

总之，此诗超然物外，描写在远离城市的山林中，晚望雪晴的孤独享受，流露出淡泊名利，亲近自然，渴望皈依的思想感情。晚唐司空图描述"疏野"诗品："惟性所宅，真取不羁。控物自富，与率为期。筑室松下，脱帽看诗。但知旦暮，不辨何时。倘然适意，岂必有为。若其天放，如是得之。"如是诗者，可谓得之。

寄韩潮州愈

此心曾与木兰舟，直到天南潮水头。

隔岭篇章来华岳，出关书信过泷流。

峰悬驿路残云断，海浸城根老树秋。

一夕瘴烟风卷尽，月明初上浪西楼。

这首诗作于宪宗元和十四年（819），韩愈因谏迎佛骨被贬潮州刺史时。作者贾岛与时为文苑巨擘的韩愈之交情，是文学史上一段佳话。盖贾岛初为僧、好苦吟，由于驴背推敲，得到韩愈的赏识，还俗应举，所以二人感情深挚。韩愈身处逆境时有诗相寄，作者即写此诗酬答慰问，风骨直追韩愈之作，是中唐七律之佳作。

"此心曾与木兰舟"二句，写对韩愈的仰慕，不因处境距离而稍减。"木兰舟"指用木兰树造的船，诗中用作船的美称。语本南朝任昉《述异记》："木兰洲在浔阳江中，多木兰树。……鲁般刻木兰为舟，舟至今在洲中。诗家云木兰舟，出于此。"两句以"曾与""直到"相勾勒，是说自己无时不想买船下潮州探看，"十四字不可划断，笔力奇横。"（纪昀）"直到天南潮水头"，以潮水巧妙地带出潮州，是州以潮得名故也。清人赵臣瑗评："起笔最奇。凡人寄诗，只言别后相忆耳，此独追至文公初贬时。"读者会立刻联想到韩愈"一封朝奏九重天，夕贬潮州路八千"的名句。

"隔岭篇章来华岳"二句，写别后彼此不断联系，时有诗信往来。"隔岭"之岭指五岭，而"华岳"指西岳华山，所谓"篇章"，正指韩愈《左迁至蓝关示侄孙湘》一诗。"出关书信过泷流"，"出关"的关指蓝关，而"泷流"即泷水，自湖南流入广东，唐时称虎溪。而这里的"书信"，则是指自己寄出的书信。清人沈德潜点评三句"言韩之来书"，四句"言己之寄书"（《唐诗别裁集》）是也。总上四句，以开篇"此心"二字一直贯下，正是高山流水，肝胆相照。

"峰悬驿路残云断"二句，是想象韩愈贬赴潮州的情景。上句即从韩诗"云横秦岭家何在，雪拥蓝关马不前"化出，"驿路"指通向岭南的大道，"残云"指零散稀疏的云，有心向往之而莫能至之意。"海浸城根老树秋"，则是想象中潮州的景象，有荒凉偏僻之感。有"树犹如此，人何以堪"之概。清人李庆甲点评五句"束住自己一面",六句"束住韩一面",是其章法严谨。句下有无限向往之意,故金圣叹说:"'残云断''老树秋',言意中时望有此一夕也。"(《贯华堂选批唐才子诗》)

"一夕瘴烟风卷尽"二句,写美好祝愿,以憧憬结束全诗。"瘴烟"指南方有瘴气的烟雾,在诗中有蒙冤受屈的象征意味。上句表明作者相信韩愈所受到的不公正待遇,终有一天会得到改正。"月明初上浪西楼",结句紧跟六句来,意味着到那时候,潮州城头会出现光风霁月的景象。虽就对方着想,而自己思念祝福之意即在其中。故金圣叹评:"风卷瘴烟,月明初上者,喻言必有天聪忽开,此心得白之日也。"(同前)

全诗意境宏阔,音节高朗。起二句单刀直入,通篇以"此心"二字为契机,后六句皆托言心到之境,字字句句皆从内心深处流出。用字造句俱见推敲,别出心裁,被前人推为贾岛七律中首屈一指之作。

寻隐者不遇

松下问童子,言师采药去。
只在此山中,云深不知处。

诗写的是一次寻访。寻访的结果是"不遇"。一作孙革《访羊尊师》诗。

"松下问童子"一句写问,以下三句则是对答。问写得极简括。不须明写谁问和问什么,因诗题和对答有清楚的交代。答语是诗着意之处,"言师采药去",童子说师父进山采药去了。这一句本来已是一个完整的答复,但如果就此打住,就没有诗意了。小童对答复作的一番补充:师父就在这座山里,在那云雾迷蒙的某个地方,但具体在哪儿,谁也不知道了。"只在此山中"的"只在"二字是很肯定的语气,仿佛作了确切的回答，但"云深不知处"叫人哪里找去？说了半天，还是等于零。然而这两句补充并非多余，它不但是十分天真的话，而且语意佳妙。这不是故意卖弄口舌，而是生活中常有的那种无意中得到的妙语。它生动反映出"隐者"特有的生活趣味和情操。诗通过描写"隐者"那出没云中、神秘莫测的行踪，隐隐透露出其洁身自好，高蹈尘埃之外的精神风貌。

寻访"不遇"，通常是一种扫兴的事。但读这首诗，却会感到有不同寻俗之处。小童的天真答话，把人引进高远的意境中，使人恍如面对那云烟缭绕的大山，想到有一位高士在其中自由自在地活动，那人迹罕至的去处，一定别有天地、别有一番乐趣。诗以小童的答话结束，虽然没直接写寻访者的反应，但读后令人觉得，他大约不会立即兴尽而返，而会站在松下，久久对着那云烟深处神往。

诗属五绝，不入律可作一首短小的古风读，内容和形式是统一的。

剑客

十年磨一剑，霜刃未曾试。
今日把示君，谁为不平事。

这首诗的诗题一作《述剑》。通过剑客口吻，成功地塑造了一位行侠仗义的剑客形象。作者本具侠气，姚合《哭贾岛》称其："曾闻有书剑，应是别人收。"故此诗亦兼有咏怀述志之意，或以此自荐于公卿，亦未可知。

"十年磨一剑"二句，以磨剑待试，以喻蓄器贮用。有道是"宝剑锋从磨砺出"，十年磨剑，足见打磨的精心，而宝剑之锋利则非同一般。有一种解读，认为铸剑十年却从未露过锋芒，是因为能识此宝之人尚未出现。不对，诗中说的是磨剑十年，不是"铸剑十年"；不是知音未遇，而是打磨未成。比如读书人，是"十年寒窗无人问"。所以"霜刃未曾试"，并无怨气。打磨既成，言"未曾试"，则跃跃欲试之意，悠然可会。再说，剑是侠客的随身之物，试剑亦不等于卖剑。元杂剧说："学成文武艺，货与帝王家"（无名氏《马陵道》），阮小七说："俺这一腔热血，只卖与识货的人"（《水浒传》），也是说把本领卖人，而不是把宝剑卖人。

"今日把示君"二句，写剑客亮剑，欲觅用武之地。三句言以剑示人，表明侠客的自信。"今日"是个时间节点，即宝剑磨成之日。"把示君"用二人称语气，仿佛是在对"识货的人"说话，又仿佛是对所有读者说话。总之这个"君"不是特指，而是泛指，不是单数，而是复数。所以末句是："谁为不平事"！此句一作"谁有不平事"，意思是请问诸公，谁有冤屈不平之事，我为你做主。"谁有"之"谁"指受害者，"谁为"之"谁"指加害者。"谁有不平事"，就替谁做主！"谁为不平事"，就找谁算账！哪一种说法更好呢，论者或以后一说为佳，以为更见游侠本色。其实这与"愿君多采撷"与"劝君休采撷"（王维）一样，未易优劣。两种说法都是在打包票，都将剑客之豪爽表现得痛快淋漓，使人血脉贲张。清人李锳评："豪爽之气，溢于行间。第二句一顿，第三句陡转有力，末句措语含蓄，便不犯尽。"（《诗法易简录》）

此诗成功之处，在于描摹剑客口吻，打造侠客形象，无不惟妙惟肖，使人过目成诵。清人吴敬夫评："遍读《刺客列传》，不如此二十字惊心动魄之声，谁云寂寥短韵哉！"（《唐诗归折衷》）贾岛诗思奇僻，此诗属于别调。通首声情壮烈，造语豪健。以问辞作结，更觉意味不尽。

题兴化寺园亭

破却千家作一池，不栽桃李种蔷薇。
蔷薇花落秋风起，荆棘满庭君自知。

这首诗的写作本事，见宋人曾慥《类说》本《本事诗·不栽桃李》条："贾岛初有诗名，狂狷薄行，久不中第。裴晋公兴化里凿池，起台榭。岛方下第，怨愤题诗亭内曰，云云。人皆恶其不逊。卒不第而终。"把它说成是一首泄愤诗，未免小看了它。一首好诗纵然是缘事而发，却可以对事不对人，且意蕴不受本事局限。这首诗形象大于思想，是《全唐诗》中难得一见的讽喻杰作。

"破却千家作一池"，开篇第一句就不同凡响，概括力极强。表明引起作者写作冲动之事，是一个豪强兼并掠夺事件。为了修建一个园池，竟能"破却千家"，也就是拆迁一千户人家，立刻牵涉赔偿问题，权势者往往以势压人，那是足以导致民怨沸腾的。根据《本事诗》，作者针对的是裴度（中唐名相）大肆修造兴化寺亭园的事。然而，"富者兼地万亩，贫者无容足之居"在当时社会已是普遍现象，不限于裴度一人一事，或有过之而无不及者。所以首句的容量够大，不受本事局限。

"不栽桃李种蔷薇"，紧承"作池"而来，作者放下筑山、叠石、理水、建筑、修路等不表，专表种植花木之事，是取舍之妙。既表种植花木，又不据实直说（兴化寺园林未必只种蔷薇），而是借题发挥，巧设譬喻。俗话说："多栽花，少栽刺"，意思是和为贵，不树对立面。而"不栽桃李种蔷薇"，则是反其道而行之。此句措语之妙，在于作者以花（蔷薇）代刺，像是说不栽这花（桃李）而栽那花（蔷薇）。这个说法，比说"不栽花，只栽刺"，措语婉妙多多。

"蔷薇花落秋风起"，顶真上句，措语紧凑，却又词连意转，种植花木是春天之事，这句直接说到秋风吹起，是诗情的跳跃。又是一个气象预报，是设置悬念——接下必有情况发生。这句也有暗示——"蔷薇花落"，不全留下刺了么。所以末句抖出包袱："荆棘满庭君自知"。语云："种豆得豆，种瓜得瓜。"而"荆棘满庭"，必是种刺的结果。《韩诗外传》卷七说："春种桃李者，夏得荫其下，秋得其实。春种蒺藜者，夏不可采其叶，秋得其刺焉。"是此诗措语之所本。三四句容量之大，亦不限于本事。历代农民起义，不就是因为阶级压迫、剥削引发的吗。"君始知"是警示语，意思是到那个时候你知道也晚了，语极冷峻。就本事而言，"君"指裴度；就能指而言，上自皇帝、下到土豪劣绅都包括在内了。

这首诗运用了比兴手法，巧而不华，极富理趣，"其称文小而其指极大，举类迩而见义远"，达到了传统讽喻诗的最高境界。可以说，它本身就是一朵"带刺的蔷薇"。

【姚合】（约779－855），唐代诗人。陕州（今河南陕县）人。唐宪宗元和十一年（816）进士，授武功主簿。官终秘书少监。世称姚武功，与贾岛齐名。为南宋"永嘉四灵"及江湖派诗人所师法。今传《姚少监诗集》，又有《极玄集》。

闲居

不自识疏鄙，终年住在城。
过门无马迹，满宅是蝉声。
带病吟虽苦，休官梦已清。
何当学禅观，依止古先生？

这首诗当作于作者从秘书少监之职退下来之后，描写休官后清静、闲适的生活情趣，并流露出对吏治腐败、世俗依违的厌倦之情。

"不自识疏鄙"二句，入手擒题，写闲居即大隐于朝市。作者另有"县去帝城远，为官与隐齐"（《武功县诗》）可参读。大隐这个说法，出自白居易："大隐住朝市，小隐入丘樊。丘樊太冷落，朝市太嚣喧。"（《中隐》）然而陶渊明有个说法："结庐在人境，而无车马喧。问君何能尔，心远地自偏。"(《饮酒》)"疏鄙"即疏野、粗野，即不合于城市文明，也就是"心远"了。在"心远"的前提下，"终年住在城"，也就不觉得"朝市太嚣喧"，即"而无车马喧"了。虽然在语言上，作者没有用陶诗一字，但精神上却是相通的。

"过门无马迹"二句，写闲居之景。上句写无人来访，虽然是住在城中，却有陶诗"穷巷寡轮鞅""白日掩荆扉，虚室绝尘想"(《归园田居》)的意趣。而"满宅是蝉声"，更是可圈可点之句。它表明"闲居"是宅院，院内有梧桐，蝉声从那里传出。把本来弥漫的声音，说成关了"满宅"，这比用家徒四壁之类的话，来表现清贫，要感性而形象得多。"蝉声"来自实景，又被虞世南"居高声自远"之类的诗句，定义为一种文化符号，即清音。它的分贝之高，足以压倒市井的喧嚣。这个富于原创性的诗句，真是太妙了。

"带病吟虽苦"二句，写作者脱离官场，专心作诗。上句紧接"蝉声"而来，作者好友贾岛即有诗将苦吟诗人比作"病蝉"，诗云："拆翼犹能薄，酸吟尚极清。""黄雀并鸢鸟，俱怀害尔情。"这里作者也有暗将自己比作病蝉的意思。"休官梦已清"，表明其时作者已经休官，"梦已清"是反着说官场醒醒，脱离官场，连做梦都是清白的了。而一个"清"字，又是紧贴着蝉或蝉声的特点的，所以为妙。

"何当学禅观"二句，以表明修禅学佛之志，结束全诗。"禅观"即禅理、禅道。"依止古先生"，"古先生"是道家对佛的称呼。王维诗云："深洞长松何所有，俨然天竺古先生。"(《过乘如禅师萧居士嵩丘兰若》)"何当"云云，则表现出这种想法乃是作者的一种期待。按，作者的这种思想，在其他作品也有表现，如："闲来杖此向何处，过水缘山只访僧。"(《谢韬光上人赠百龄藤杖》)全诗兴到笔随，不事藻绘，一气呵成，畅晓自然，所以为佳。

穷边词二首（录一）

将军作镇古汧洲，水腻山春节气柔。

清夜满城丝管散，行人不信是边头。

这组诗当作于宪宗元和十年（815），作者以记室从"陇西公"镇泾州期间。"古汧州"即汧阳郡，唐属陇州地，今陕西千阳县。唐自天宝（742—756）后，西北疆土大半陷于吐蕃。汧州离长安并不算远，亦成"穷边"。《旧唐书·史敬奉传》："元和十四年，敬奉大破吐蕃于盐州城下，赐实封五十户。先是，与凤翔将野诗良辅、泾原将郝玭各以名雄边上。吐蕃尝谓汉使曰：'何因遣野诗良辅作陇州刺史？'其畏惮如此。"组诗其二云："箭利弓调四镇兵，蕃人不敢近东行。沿边千里浑无事，惟见平安火入城。"赞美边将防守之功甚明。这里选的是组诗第一首。

"将军作镇古汧洲"二句，写边镇的升平景象。"将军"未点名，应是野诗良辅这样镇守过其地，而守边功绩显赫的人。"水腻"形容水流涓细、光滑如油，"山春"指山上有了春色，"节气柔"指天气暖和。正是山明水秀，春暖花开，完全不像西北边塞的景象，倒像是江南水乡的感觉。说的是自然风光，间接表现的是社会的安定祥和。显示了"将军作镇"的功劳，使人联想到汉代名将李广的风采，《史记》云："广居右北平，匈奴闻之，号曰汉之飞将军，避之数岁，不敢入右北平。"（《李将军列传》）

"清夜满城丝管散"二句，写汧阳人过上和平生活。"清夜"即清凉之夜，亦平安之夜，"丝管"指弦乐器与管乐器，"满城丝管"是说城里到处都有歌舞，市民居然有心情欣赏文艺表演，再一次展示了这座边城的平安祥和。这哪里像是边塞，简直就像杜甫笔下的成都："喧然名都会，吹箫间笙簧"（《成都府》）、"锦城丝管日纷纷，半入江风半入云"（《赠花卿》）。于是末句道："行人不信是边头"。唐诗中的"行人"，特指即征行之人，如"车辚辚，马萧萧，行人弓箭各在腰。"（杜甫《兵车行》）泛指即路人，如"文章已满行人耳"（李忱《吊白居易》）、"路上行人欲断魂"（杜牧《清明》）。这里显然是泛指，而且不是指本地人，而是指像作者这样的外来客。

明人焦竑把这首诗与常建《塞下曲》"玉帛朝回望帝乡"相提并论，谓"皆言边境净谧"。胡次焱评："满城弦管，山水光辉，有中州所无者；边城有此，德政可知。不颂其严明，不颂其仁恕，第举风俗气象言之，举影见表，举效见本，此格最高。"（《唐诗品汇》引）因为旨在美边将之能安边，故全诗不作寒苦之词；不直接写边将之军功，只通过城市风俗气象予以表现，所以蕴藉有味。

【项斯】生卒年不详，唐文宗开成初（836）前后在世。字子迁，台州乐安（今浙江仙居）人。初隐朝阳峰，凡三十余年。开成之际，声价籍甚，为张籍、杨敬之所知赏。会昌四年（844）始获一第。仕为润州丹阳县尉，卒于任所。有明辑本《项斯诗集》。

山行

青栎林深亦有人，一渠流水数家分。

山当日午回峰影，草带泥痕过鹿群。

蒸茗气从茅舍出，缲丝声隔竹篱闻。

行逢卖药归来客，不惜相随入岛云。

项斯之有名，是因为前辈杨敬之《赠项斯》有一句："到处逢人说项斯"。杨还说："几度见诗诗总好"，或许就有这一首诗吧。这是一首览胜纪行之诗，题一作《山中作》。

"青栌林深亦有人"二句，写山行见到山里人家。"青栌"即栎树，一种落叶乔木，树干奇特苍劲，树形优美多姿，这是一种有观赏价值的树。先说"青栌林深"，初不觉有人。"一渠流水数家分"，说一条溪水被几户人家分享，便有人了。这种发现，神似武陵人对桃花源的发现。一个"亦"字，是意想不到的口气。清人赵臣瑷说："看他起手先作波折，全妙在'亦有人'之一'亦'字。盖'青栌林深'，自外望之，初不意其中有人也；及行到深处，则见流水一渠，数家分汲，始知不是空林，故曰'亦有人'。若论文理，此三字本该在'回峰影'之下，今偏要插在'一渠水'之上，正是其笔势跳脱处，后人最所宜学。"（《山满楼笺注唐诗七言律》）

"山当日午回峰影"二句，承上"林深"写山中正午的景象。上句"山当日午"，太阳并不当头，而是偏南，人在群山之中，亦常在"峰影"之中。而一个"回"字，则表明时间的推移。下句"草带泥痕过鹿群"，其实作者并没有见到鹿群，只是从溪边草丛所带的泥痕，看出鹿群活动的迹象。这是一种无中生有的写法，根据的是作者的生活经验，或山中人的告知。清人金圣叹说前四句写山，"三、'回峰影'写伫看甚久，四、'过鹿群'写更无行迹。看他只是四句诗，乃忽写无人，忽写有人，忽又写无人，真为清绝出奇之构也。"（《贯华堂选批唐才子诗》）

"蒸茗气从茅舍出"二句，承上"数家"写山中的人气。两句分别抓住山民暮春时节的农事活动——烘茶与抽茧来写。上句写烘茶，不直接写山民如何捡茶、分茶、炒茶，等等，却通过茅舍升出袅袅炊烟和所嗅到茶的香味予以暗示；下句"缲丝声隔竹篱闻"，也不直接写山民如何煮茧、退蛹、抽丝，等等，却通过隔着竹篱听到了缲丝声音予以暗示，有睹景知竿之妙。字里行间，流露出对山里人家安宁和乐、顺其自然的生活的歆羡之意。

"行逢卖药归来客"二句，写路逢采药人，正好拉他做向导，以尽游兴。金圣叹说："后解写行。若将焙茗缫丝，解作山中清事，即随手再下数十余联，岂得遂毕。须知今是入山闲行之人，一路迤逦，无心所经，犹言焙茶一家也，缫丝又一家也。既而药客追随，行行遂深，写尽是日心头闲畅也。"（同前）也就是说，尾联本可写诗人走进山村，然而不然，却写在卖药归来人的引领下，作者走向更加神秘幽深的去处——"岛云"指被云雾缭绕，像水中岛屿一样的山峰。

不过，关于尾联还有一种解读，即赵臣瑷说："五六之'蒸茗气''缫丝声'，则又是已逢药客相随深入处之所见所闻，却先偷笔倒写在前，此乃唐人一定之法，后人所未知也。"（同前）说是"一定之法"，却不一定。然"诗无达诂"，这种解读，可谓别具会心，亦可供读者参考。

【雍裕之】生卒年不详，唐成都（今属四川）人，自称楚客。数举进士不第，飘零四方。代宗永泰元年（765）曾至潞州谒李抱玉。

自君之出矣

自君之出矣，宝镜为谁明？
思君如陇水，长闻呜咽声。

这是一首拟作。从诗题、构思到措辞，均非原创，其所以能传，是托古人之福。

盖南北朝时，宋孝武帝刘骏摘汉末徐干《室思诗》四句："自君之出矣，明镜暗不治。思君如流水，无有穷已时。"征求拟作，要求是：以"自君之出矣"打头，后二句以"思君如"三字领起譬喻，作五言绝句。

他自己先作了一首："自君之出矣，金翠暗无精。思君如日月，回还昼夜生。"

一时文士，赓和者甚众。除鲍令晖之作为八句，其余皆五绝体。如刘义恭所作为："自君之出矣，笥锦废不开。思君如清风，晓夜常徘徊。"颜师伯所作为："自君之出矣，芳帷低不举。思君如回雪，流乱无端绪。"由于"自君之出矣"的情事也具有普世性，所以赓和者的兴趣很高，续作历时很长，经齐、梁、陈、隋一直玩到唐代，成为一个专题。今存唐诗中，有八家续作共九首，除此诗之外的八首罗列于下：

自君之出矣，红颜转憔悴。思君如明烛，煎心且衔泪。（陈叔达）

自君之出矣，明镜罢红妆。思君如夜烛，煎泪几千行。（同上）

自君之出矣，梁尘静不飞。思君如满月，夜夜减容晖。（辛弘智）

自君之出矣，不复理残机。思君如满月，夜夜减清辉。（张九龄）

自君之出矣，弦吹绝无声。思君如百草，撩乱逐春生。（李康成）

自君之出矣，壁上蜘蛛织。近取见妾心，夜夜无休息。（卢仝）

自君之出矣，万物看成古。千寻蕈荔枝，争奈长长苦。（张祜）

自君之出矣，鸾镜空尘生。思君如明月，明月逐君行。（李咸用）

若论构思巧妙和措语有味，张九龄的一首应该夺冠。辛弘智的构思近于张九龄（第三句全同），不过次句与末句，都不如张九龄之作完美。其次就要算雍裕之的这首诗（一作辛弘智诗，误）。但只要对比一下徐干原作的四句，就会发现，此诗创作的成分太少。"宝镜为谁明"就是"明镜暗不治"的一转语，而"思君如陇水，长闻呜咽声"则是"思君如流水，无有穷已时"的改写，不过是强调了水声幽咽，如妇人之抽泣。它出新的地方，是用听觉形象取代了原诗的视觉形象。此外，徐干的四句是从一首八句的古诗中摘录下来的，是截句。而这一首诗，却是独立的五绝了。

江边柳

袅袅古堤边，青青一树烟。
若为丝不断，留取系郎船。

这是一首咏柳以惜别的诗，诗用第一人称的语气写成，称为代言体。场景设置在"江边"渡头，在古代这是典型的送别场所。

"袅袅古堤边"二句，写江边堤上的柳树。古人于江边堤上植柳，是因为柳树得水容易成活，有防止水土流失的作用。宋人传奇《炀帝开河记》载，隋炀帝下令开凿通济渠，虞世基建议在堤岸种柳，为炀帝所采纳，遂在大运河两岸植柳，并赐柳树姓杨，从此有杨柳之称。从此堤上植柳，得到普遍的推广。诗中"古堤"不必是大运河，而情景总是类似的。"袅袅"是形容柳树柔软的枝条下垂，随风摇摆的样子，这个词还可以形容烟雾升腾，这就与下句的"一树烟"发生了关系。"青青"是柳色，与"袅袅"属性状，在叠字上就有变化，"一树烟"直接用"烟"来借代"柳"，使江边柳的形象更加突出鲜明而具体生动。于是寥寥几笔，便勾勒出一幅古堤春柳的图画。

"若为丝不断"二句，以女子口吻，写依依不舍的别情。"若为"是设问语气，意即如何才能办到。"丝不断"，再次使用借代修辞，以"丝"代柳条。这个"断"字出自古代折柳送别的风俗，关于此风俗的记载，最早见于汉乐府《折杨柳歌辞》"上马不捉鞭，反折杨柳枝。"唐无名氏诗说："柳条折尽花飞尽，借问行人归不归"（《杂诗》）可见柳条是容易折断，也是经常在送别时被人折断的。所以女子痴心地想，要是折不断就好了，行人就可以不走了——这层意思，则被巧妙地含蕴在末句"留取系郎船"五字中。这已经是心理描写了，在女子的想象中，柳丝不再是柳丝，而是可以拴住客船的长绳了。这样，作者就把人物感情移植到景色中去了，从而将女主人公的一片痴情，表达得十分生动细腻，而富于感染力。元代王实甫《西厢记》第四本第三折中的著名唱词："柳丝长玉骢难系，恨不得倩疏林挂住斜晖。"与此诗中的想象，是一脉相承的。

这首诗写作成功，与作者采用第一人称的叙事角度，运用借代修辞手法，及奇思妙想与移情于物，都是分不开的。

柳絮

无风才到地，有风还满空。

缘渠偏似雪，莫近鬓毛生。

这是一首咏物（柳絮）诗，兼抒人生感喟。较之《江边柳》，此诗更具独创性，而堪称神品。

"无风才到地"二句，描写柳絮因风的情态，极为传神。柳絮又称杨花，其实不是花，而是柳树的种子，上面有白色绒毛，随风飞散如飘絮，所以称柳絮。所以柳絮的特点，是轻盈，而风则是柳絮飞舞的动力。以"无风""有风"相排比，正是如有神助："无风才到地"，是说风歇下来时，柳絮慢慢落到地面，像舞者正拟休息；"有风还满空"，是说大风一起，柳絮立刻飞满天空，像群舞者得到指令，真是闻风而动。"才""还"二字的勾勒，隐有拟人的意味，却不挑明，极具神理。而且从来没人说过，不像折柳、系船之类，说的人多了，就有审美疲劳。

"缘渠偏似雪"二句，借题发挥，抒写人生感喟。三句语意一转，说了个半截话，"缘"字是因为的意思。其实这个字是不妨商量的，若改作有感情色彩的"怜"字似更好，不但可以独立成句，而且使下句转折之意更明。柳絮因风而似雪花飘飘，是有出处的。东晋谢安在家中搞"诗词大会"，出题道"白雪纷纷何所似？"其侄胡儿抢答："撒盐空中差可拟"。其侄女谢道蕴更正："未若柳絮因飞起"，遂成千古名句。事见《世说新语》。前面说了"因为"（缘），若把末句遮住，叫人去猜"所以"，十之八九是填不出的。怎么想得到是"莫近鬓毛生"呢。"柳絮"和"鬓毛"的关系很远，它们连在一起，全是因为"似雪"这一点。柳絮起风似雪，给人以美妙的感觉，而人的鬓毛呢，"朝如青丝暮成雪"（李白），还是不要像雪的好。难怪诗人要说："莫近鬓毛生。"这个想法，也许产生自郊游，满空的飞絮，难免不掉到人的头发上，看上去老了不少。也许正是这一瞬间，激发了诗人的灵感。

此诗前三句都贴着题面，即咏"柳絮"，末句反迭出一意，为读者想不到。在结构上别具一格，所以为佳。

农家望晴

尝闻秦地西风雨，为问西风早晚回？
白发老农如鹤立，麦场高处望云开。

正当麦收晒场的时候，忽然变了风云。一时风声紧，雨意浓。秦地（陕西）西风则雨，大约出自当时农谚。提起这样的农谚，显然与眼前天气变化有关。"尝闻"二字，写人们对天气变化的关切。这样，开篇一反绝句平直叙起的常法，入手就造成紧迫感，有烘托气氛的作用。

在这个节骨眼上，天气好坏关系一年收成。一场大雨，将会使多少人家的希望化作泡影。所以诗人恳切地默祷苍天不要下雨。这层意思在诗中没有直说，而用了形象化的语言，赋西风以人格，盼其早早回去，仿佛它操有予夺之权柄似的。"为问西风早晚回？"早晚回，何时回，这怯生生的一问，表现的心情是焦灼的。

后二句是从生活中直接选取一个动人的形象来描绘："白发老农如鹤立，麦场高处望云开。"给人以深刻的印象。首先，这样的人物最能集中体现古代农民的性格：他们默默地为社会创造财富，饱经磨难与打击，常挣扎在生死线上，却顽强地生活着，并不绝望。其次，"如鹤立"三字描绘老人"望云开"的姿态极富表现力。"如鹤"的比喻，自然与白发有关，"鹤立"的姿态给人一种持久、执着的感觉。这一形体姿态，能恰当表现出人物的内心活动。最后是"麦场高处"这一背景细节处理对突出人物形象起到不容忽视的作用。"麦场"，对于季节和"农家望晴"的原因是极形象的说明。而"高处"，对于老人"望云开"的迫切心情则更是具体微妙的一个暗示。

此诗对农民有同情，但没有同情的笑，选取收割时节西风已至大雨将来时的一个农家生活片断，集中刻画一个老农望云的情节，通过这一"望"，可以使人联想到农家一年半载的辛勤，想到白居易《观刈麦》所描写过的那种劳动情景；也可以使人想到嗷嗷待哺的农家儿孙和等着收割者的无情的"收租院"，等等，此诗对农民有同情，但没有同情的话，潜在含义是很深的。由于七绝体小，意象须集中，须使人窥斑见豹。此诗不同于《观刈麦》的铺陈抒写手法，只集中写一"望"字，也是"体实施之"的缘故。

【许浑】生卒年不详，字用晦，一作仲晦，润州丹阳（今属江苏）人。唐文宗太和六年（832）进士，历官虞部员外郎，转睦、郢二州刺史。长于律体，多登高怀古之作。有《丁卯集》。

秋日赴阙题潼关驿楼

红叶晚萧萧，长亭酒一瓢。

残云归太华，疏雨过中条。

树色随关迥，河声入海遥。

帝乡明日到，犹自梦渔樵。

诗题一作《行次潼关逢魏扶东归》，作于宪宗元和三年（808）前后。其时作者首次赴长安应举，过潼关（今属陕西）逢友人，登驿楼远眺，而有此诗。

"红叶晚萧萧"二句，写旅次潼关偶逢故人，长亭话别情景。一句画出雄关黄昏景色，满山红叶，在秋风中瑟瑟有声。而旅途邂逅的友人，适在长亭（古时道路上供行旅歇息的公共设施）酒家述旧话别。两句就勾勒出一幅秋日行旅图。按，首句一作"南北断蓬飘"，既有"长亭酒一瓢"矣，此意便不必明说。易作"红叶晚萧萧"，既见景色之宜人，又见意绪之悲凉。"长亭"与"酒一瓢"，在一句之中形成反差，悲欣交集，唱叹有味，正是人生旅途之况味。

"残云归太华"二句，大笔驰骛勾画潼关四周景色。应是根据当时气候，而得江山之助，想象飞动的产物。"残云""疏雨"表明阵雨（"疏"字妙）刚过，而"归""过"二字，是来也匆匆，去也匆匆，云雨皆具动势，又恰似旅途况味。道来不着痕迹。"太华""中条"以山名相对，而对仗分解到单字——"太"与"中"对，"华（花）"与"条"借对，乃偶对缜密之范例，堪称字字珠玑。"太华"即华山，在今陕西东部，潼关以西，"中条"山在今山西西南部。作者视通万里，笔下雄浑苍茫，有声有色，气象万千，此联堪比美于"气蒸云梦泽，波撼岳阳城"（孟浩然）、"海日生残夜，江春入旧年"（王湾）、"吴楚东南坼，乾坤日夜浮"（杜甫），亦不知此老胸中吞几云梦也。律诗有此一联，足致不朽。

"树色随关迥"二句，以"树色"对"河声"，是上联写景的继续。"随关迥"接上文之"太华"，只见满山树木，沿关城一路远去，随山脉西向延伸。《水经注》载:"河在关内南流潼激关山,因谓之潼关。"潼关北临黄河,河从北面而来,至潼关转折,东向三门峡而去,最后入于渤海。故下句写"河声",接上文"疏雨"。此句意同于"黄河入海流"(王之涣),却是绘声绘色,虽加入了常识与想象,却使读者如身历其境。诗中二联,四句皆写景,毫无单调的感觉,只觉一气贯注,缺一不可。

"帝乡明日到"二句,写将到达目的地时突然产生的忐忑不安。作者初次晋京,又是应进士科举考试,虽然不是怯场,兴奋中未免夹有紧张的情绪。所以上句不仅是计程,说离京都只有一天的路了,而且有一种不够踏实的心情。末句"犹自梦渔樵",也就毫不奇怪了。这当然不是打退堂鼓,却是在给应试的热衷降温。也就是说,作者提醒自己,不要对考试抱太大希望。就算是失利,退后一步自然宽。陶诗云:"少无适俗韵,性本爱丘山。"应试自然有应试的道理,但也不是诗人唯一的出路。这样道来,读者感到悠游不迫,收束自然,极显文人的身份。

近人俞陛云对全诗有如下概括:"开篇从秋日说起,若仙人跨鹤,翩然自空而降;首句即押韵,神味尤隽。三、四句皆潼关左右之名山:太华在关西,中条在关东,皆数百里而近;残云挟雨,自东而西,应过中条而归太华,地望固确,诗句弥工。五句以雍州为积高之壤,入关以后迤逦而登,故树色亦随关而迥。六句言大河横亘关前,浩浩黄流,遥通沧海,表里山河之险,涌现毫端。篇终始言赴阙、觚棱(宫阙)在望,而故乡回首、犹梦渔樵,知其荣利之淡也。"(《诗境浅说》)

清人孙洙点赞道:"格意直追初盛。"(《唐诗三百首》五)不仅是针对三、四两句的评语,而且是就全诗通体浑成而言。诚如吴北江云:"高华雄浑,丁卯压卷之作。"(《唐宋诗举要》)作者别有《秋霁潼关驿亭》云:"霁色明高巘,关河独望遥。残云归太华,疏雨过中条。鸟散绿萝静,蝉鸣红树凋。何言此时节,去去任蓬飘。"应是最初的试笔。意犹未惬,改作此诗,保留三四句,其余另起炉灶,超然胜于前作。而前作亦不忍割爱,故两存之。

034

故洛城

禾黍离离半野蒿，昔人城此岂知劳？

水声东去市朝变，山势北来宫殿高。

鸦噪暮云归古堞，雁迷寒雨下空壕。

可怜缑岭登仙子，犹自吹笙醉碧桃。

　　诗题一作《登洛阳故城》。洛阳的营造始于西周，周平王元年（前770），周平王东迁洛邑，是为东周，自此东汉、曹魏、西晋、北魏等朝代曾建都于此。隋炀帝时，在旧城以西十八里营建新城，唐高宗、武则天时代又加扩建，称东都。旧城由此芜废，这首诗即凭吊故城感怀之作。

　　"禾黍离离半野蒿"二句，写洛阳故城秋日的荒凉。"禾黍离离"语出诗经《王风·黍离》篇的"彼黍离离"（离离是庄稼长成行的样子），传统的解释是写周王室东迁后故都的倾覆，寄托亡国哀思。这里用来表达对过去王朝兴衰更迭的追思。同时从物候上表明是秋季。"半野蒿"，写遗址的荒凉，昔日的宫殿已荡然无存。"昔人城此岂知劳"，作者面对古城遗址，自然会想到往日建筑及维修的工程是多么巨大，在上千年的历史中，不知耗尽多少民工的血泪，历经沧桑巨变，早已倾圮残毁。清人金圣叹评："若云昔人城此，岂知今日？其辞便大径露。今只云'岂知劳'，彼惟不知今日，故不自以为劳也。便得无数含咀不尽：哭昔人亦有，笑昔人亦有；吊昔人亦有，戒后人亦有。"（《贯华堂选批唐才子诗》）极是。

　　"水声东去市朝变"二句，写故城虽得地利，然繁华不能长久。上句写水，洛阳境内有黄河、洛水、伊水等多条河流，"水声东去"指黄河；下句写山，洛阳境内有邙山、龙门山、首阳山、嵩山等多座山脉，"山势北来"指北山。上句"市朝变"抚今,下句"宫殿高"追昔,因照顾韵脚而倒装,在声势上有拗峭之致。"'水声''山势',是登者瞪目所睹。'市朝''宫殿',是登者冥心所会。"(金圣叹)通过市朝(即名利场)的改换与人事的变迁,揭示了富贵权势不能持久的客观规律。也有一种批评:"许浑集中佳句甚多,然多用'水'字,故国初士人云'许浑千首湿'是也。"(南宋无名氏《桐江诗话》)

"鸦噪暮云归古堞"二句,写黄昏时分,故城凄凉的景色。这两句空间显现,"古堞"指故城上女墙(小墙),"空壕"指城下废弃的水池。俱为防守设施,以城废而形同虚设。在古诗词中,常以鸦噪衬托寂静,以雁阵表示天凉。上句写黄昏时乌鸦成群归于古堞,可见女墙上已是草木丛生;下句写南飞的雁群栖息空壕,可见壕中长满芦苇,"写满眼纷纷,却正写空无一人。"(金圣叹)"暮云""寒雨"乃互文,依声律安置,意义上可以互训。

"可怜缑岭登仙子"二句,以传说中的神仙乐事,反衬人世的无常。"缑岭"即缑氏山,在今河南偃师东南,此指修道成仙之处。"登仙子"指王子乔,又称王乔或王子晋,是周灵王之子,学老子五千文得道。"犹自吹笙醉碧桃",据《列仙传》载,王子乔喜欢吹笙,声音酷似凤凰,游历于伊洛之间,后往嵩山修炼。三十余年后,有人遇见王子乔,王子乔对他说:"请你转告我的家人,七月七日与我在缑氏山相会。"及期,王子乔乘坐白鹤出现在缑氏山之巅,几天之后,即挥手作别人间,升天而去"醉碧桃"指传说中西王母的蟠桃宴,蟠桃为传说中仙人吃的仙果。"可怜"二字,表现出对神仙世界的歆羡,"犹自"则形容神仙世界的逍遥。

作为一首怀古诗,新意并不多。但中间两联的对仗,颇具动势,气氛烘托也不错,作为一首律诗,也就站住了。

汴河亭

广陵花盛帝东游，先劈昆仑一派流。

百二禁兵辞象阙，三千宫女下龙舟。

凝云鼓震星辰动，拂浪旗开日月浮。

四海义师归有道，迷楼还似景阳楼。

这是一首咏怀古迹之作，当作于作者南游途经汴河时。隋炀帝时，发河南淮北诸郡民众，开掘了名为通济渠的大运河，运河主干在汴水一段，后世习惯上称通济渠为汴河。隋炀帝时河滨筑行宫，"汴河亭"当为隋宫附近之驿亭。

"广陵花盛帝东游"二句，写隋炀帝开大运河之事。大运河日后当然是有利于漕运的伟大工程，可惜隋炀帝开掘运河的目的是为了下扬州（古称广陵）赏花。"先劈昆仑一派流"，是说开掘运河工程非同寻常，须截流黄河，耗资巨大。"昆仑一派流"指黄河，因为旧说黄河发源于昆仑山。一"劈"字极具张力，使黄河分流，有人定胜天的气概。但依据传统风水观念，这种胆大包天的做法，极可能挖断龙脉，事关王朝的兴衰。所以两句看似夸赞，实是微词。

"百二禁兵辞象阙"二句，写运河竣工后，隋炀帝随行队伍规模之大。"百二"指山河险要，守兵以二当百，因地利也。语出《史记·高祖本纪》："秦形胜之国，带河山之险，县隔千里，持戟百万，秦得百二焉。""百二禁兵"，谓禁兵本是虎旅；"辞象阙（象阙为宫门外成对的石阙）"，却调出京城，扈驾随行。京城不要人看守吗？"三千宫女下龙舟"，据《隋书·炀帝纪》：大业元年（605）三月"庚申，遣黄门侍郎王弘、上仪同、于士澄往江南采木造龙舟、凤帽、黄龙、赤舰、楼船等数万艘。"打造这样多的豪船，耗资多少；随行这样多的宫人，用度多少，隋炀帝想过吗？大概是皇帝身边围绕着众多佞臣，整日灌输天下太平、及时行乐的迷魂汤，完全没有居安思危的观念，才会有如此昏庸之举。

"凝云鼓震星辰动"二句，接着写隋炀帝出巡声势浩大，惊天动地。上句写鼓声震天，云为之不流，星辰为之动摇；下句"拂浪旗开日月浮"，写运河上彩旗招展，夜以继日，日影、月影在浪涛中涌动。清初金圣叹评："此诗三四五六，言彼隋炀帝者。只因小小题目，做起大大文章。如何小小题目？不过止为'广陵花盛'是也。如何大大文章？此河一开之后，且举全隋所有百二禁兵、三千宫女，一夜启行，空国尽下。真乃天摇地动，不但鬼哭神号也。"从次句"先劈昆仑一派流"到此，诗句都写得非常气派，越是显得气派，越是反衬得隋亡结局的可悲。正是：其兴也勃焉，其亡也忽焉。（《贯华堂选批唐才子诗》）

"四海义师归有道"二句，总结隋亡的历史教训，乃是未吸取前朝兴亡的教训。两句在全诗有画龙点睛的作用。"四海义师"指隋末农民起义和天下反隋的义军，"归有道"指归顺于李渊、李世民父子。此句之妙，在于"四海义师"与上文"百二禁兵"相照应，上文说倾巢出动，下文则说乘虚而入，使隋文帝所创立的一统天下，迅速易帜于李唐王朝。"迷楼还似景阳楼"，句中迭字妙。"迷楼"为隋炀帝所造，建构之复杂有似迷宫，杨广亲自命名："虽真仙游其中，亦当自迷也，可目之曰'迷楼'。""景阳楼"为陈后主所建，在今南京玄武湖畔，殿下有胭脂井。陈朝灭于隋朝，陈后主与宠妃张丽华投井中未死，为隋兵所执，后世称"辱井"。"还似"二字的意味是，想不到隋朝又步了陈朝的后尘。唐太宗李世民记住了历史的教训，他有句名言即"水能载舟，也能覆舟"，并经常与大臣讨论隋亡的历史教训，最后开创了贞观之治。作者称之"有道"，也是实事求是。

清人毛张健评此诗："中两联实写汴河。起句先点'广陵'，以著凿汴河之故。末以'迷楼'相应，天然结构。"（《唐体馀编》）顺便说，此诗中间两联的对仗，略有不足之处，就是每联上下句距离没有拉开即意思比较相近，对仗虽工却不入妙。较之杜甫、李商隐等七律圣手的属对，在艺术上还存在一定的差距。

塞下

夜战桑干北，秦兵半不归。

朝来有乡信，犹自寄寒衣。

《塞下》即《塞下曲》，边塞诗乐府旧题之一。这首诗通过发生在桑干河北的夜战，写战争的残酷性，为战死者及家属深表悲哀。

"夜战桑干北"二句，写发生在桑干河北的夜战。按8世纪下半叶，李唐王朝与契丹、奚屡有战事，发生于桑干河北。"桑干河"为永定河上游，发源于山西，流经华北平原。兵不厌诈，夜袭、夜战之事是经常发生的。这里不是写某一次具体的夜战，而是概括性地描写华北边地的战争，借以表达作者对战争的看法。"秦兵半不归"，因为李唐王朝首都长安在关中，属秦朝故地，所以诗中以秦代唐，与以汉代唐一样，在唐诗中属于惯例。如"秦王"多代指唐太宗，或唐宪宗。或以为不用"汉"而用"秦"，是为了避免犯孤平，此说不符合唐代五绝写作的实际讲究。或以为是将唐王朝比作暴秦，亦属画蛇添足之说。"半不归"，写战斗中牺牲之惨重，兵员锐减一半，这也是兵家常事。或谓安史之乱使唐帝国元气大伤，波及边庭战事屡屡失利，此说可参。

"朝来有乡信"二句，写夜战后的清晨，军中还收到战死者家书，而家书的内容，是"犹自寄寒衣"，即军服（府兵制规定征衣由家人备办）已经寄出，注意查收，收到盼复等。十个字内涵深厚：这封家书，应该是家属数月之前所写，而这件"寒衣"即使随信寄到，战死者也是用不着了，此其一。战死者家中，还不知道亲人亡故的消息，还在盼望亲人早日穿上家中备办的寒衣，还在为亲人祈祷平安，翘首以待亲人早日归来吧，此其二。家人会收到阵亡通知书吗，如果能，那将是多久以后，而收到阵亡通知书的那一刻，该是一个什么样的情景呢，此其三。总之，"借寄寒衣一事，写出征人死别之苦，却妙不犯尽。"（李锳）表现出作者深厚的人文关怀。"'夜'字、'朝'字、'犹'字、'自'字，写得酸楚不可言。"（许培荣）

此诗与陈陶《陇西行》（誓扫匈奴不顾身，五千貂锦丧胡尘。可怜无定河边骨，犹是春闺梦里人。）在构思上有异曲同工之妙，苦于不知情。而陈诗就同一时间写不同空间，属于虚拟，此诗则写实景，"陈语神，许语质，非蹈袭也。"（唐汝询）全篇取材典型，以小见大，只叙事实，不着议论，含蓄沉痛，则并无二致。

客有卜居不遂薄游汧陇因题

海燕西飞白日斜，天门遥望五侯家。
楼台深锁无人到，落尽春风第一花。

诗的题目表明，所缘之事为"客有卜居不遂薄游汧陇因题"——有人（作者隐去其名）找不到栖身之所，不得不出游汧 qiān 陇（今陕西陇县）一带，寻找出路。这件事使人联想到韩愈《送董邵南游河北序》开头的一段话："燕赵古称多感慨悲歌之士。董生举进士，屡不得志于有司，怀抱利器，郁郁适兹土。"看来汧陇亦有古之燕赵之风，不然这位郁郁不得志的人，就不往那里去了。

"海燕西飞白日斜"二句，写海燕西飞，喻客之汧陇之行。"海燕"

即燕子，燕子是候鸟，春社来、秋社去，古人认为燕之迁徙要飞过大海。"海燕"一词，唐诗常见，如"海燕双栖玳瑁梁"（沈佺期），宋词亦有"年年、如社燕，飘零瀚海，来寄修椽"（周邦彦《满庭芳》）之说。"西飞白日斜"，并不是说燕子归来，而是说归来的燕子找不到栖息之处，所以不得不在日落时分，更向西飞——这个方向指向沔陇，故有喻义。次句中"天门"指宫门，"五侯"以东汉五侯（梁氏五侯，或宦者单超等五侯）代指权贵豪门。"天门遥望五侯家"，是补叙燕子何故西飞，原来它在京城无地落脚——"五侯家"的画栋雕梁不接纳它。为什么？这里就留下一个悬念。

"楼台深锁无人到"二句，承上写"五侯家"重楼空闭，无人居住。"落尽春风第一花"，指这些豪宅中的春花自开自落，"第一花"指最名贵的花（如吴融"蜀地从来胜，棠梨第一花"）。按安史之乱以后，长安城内豪门第宅，多有空置，白居易即有"长安多大宅，列在街西东。往往朱门内，房廊相对空"（《凶宅》）之句。明人周珽释云："以有居无身，慰有身无居者。此诗用解卜居不遂者之郁结也。"高棅也说："英雄以宇宙为家，所到等是逆旅，何必以无家为忧？彼五侯有楼台而无人到，殆与寒士无家者等，此篇用解其卜居不遂之郁郁也。"（《唐诗品汇》）还有一种解会，如敖子发认为："首托喻薄游者日暮途穷，下接句言：五侯门却多少楼台，而薄游者不遂鹪鹩之愿，盖怜之也。此即谚语'厨中有剩饭，路上有饥人'也。"（《唐诗选脉会通评林》）均有可能。

清人徐增点评："许浑此作是立在闲地里人说闲话，妙不可思议，而词气明媚犹如朝霞花朵，不易得也。"（《而庵说唐诗》）由于不是直叙其事，而是通过变形，出以写景寓言的方式。若无诗题，这首绝句就像是一首写景诗，因此诗题交代本事是非常必要的。

途经秦始皇墓

龙盘虎踞树层层，势入浮云亦是崩。

一种青山秋草里，路人惟拜汉文陵。

秦始皇陵在陕西临潼下河村附近，骊山北麓，建于秦王政元年（247）至秦二世二年（208）。陵墓北临渭水，规模庞大。今为第一批全国重点文物保护单位。但作者所看到的秦始皇陵，却无人管理，草木森然，一派荒凉。

"龙盘虎踞树层层"二句，写作者眼中的秦始皇陵，规模虽大而人迹罕至。"龙盘虎踞"，形容地势雄伟，景象佳丽，风水极好，语出晋吴勃《吴录》："刘备曾使诸葛亮至京，因睹秣陵山阜，叹曰：'钟山龙盘，石头虎踞，此帝王之宅。'""树层层"写树木层叠，高薄云天。盖陵墓之构建，"树草木以象山"，历千余年，气象犹在。次句"势入浮云"，写山陵的高峻，在内容上应属上，总之是欲抑先扬。"亦是崩"，写山陵的崩坏，则是猛然一迭。《三秦记》载："始皇作骊山陵。周回跨阴盘县界。水背陵障。使东西流。运大石于渭北渚。民怨之。作甘泉之歌。"歌云："运石甘泉口，渭水不敢流。千人唱，万人讴，金陵余石大如堰。"（晋张华《甘泉歌》）在作者眼中，秦始皇墓因年久失修，不免有崩坏之处。

"一种青山秋草里"二句，以汉文帝陵为对比，规模虽小而有人祭奠。汉文帝刘恒是中国历史上有名的仁慈节俭的君主，他以秦亡为鉴，在位时奉行无为而治的政策。曾罢建露台、令列侯归于封国、不须留于长安奉朝请，诏废肉刑，诏罢天下田租，大兴文教，最终开创了文景之治的局面。深受后世景仰。刘恒身后葬霸陵（位于陕西西安东郊白鹿原东北角），离秦始皇墓不远。其墓因为俭朴，旧貌反而容易保持。"一种"云云，是强调彼此皆为陈迹（"青山秋草"）之同，而四句"路人惟拜汉文陵"则是强调彼此的不同，即一个被后人憎恶，一个被后人爱戴，从而形成唱叹。宋人谢枋得云："汉文霸陵与秦始皇墓相近，秦皇墓极其机巧，汉文陵极其朴略，千载之后，衰草颓坟，尤异也。然行路之人拜汉文陵，而不拜秦皇墓，为仁不仁之异，至是有定论矣。"（《注解选唐诗》）

这首诗本咏秦始皇墓，却连及汉文帝陵。秦始皇的雄才大略，有汉文帝所不可比拟者。如书同文、车同轨、郡县制、万里长城，等等，对于国家的统一、民族的团结、政令的上下通达，影响极为深远，所谓"百代都行秦政事"（毛泽东）。秦始皇死后厚葬，汉文帝死后薄葬，而后人对他们的态度，却是厚者反薄，薄者反厚。其间意味深长，耐人寻思。

谢亭送别

劳歌一曲解行舟，红叶青山水急流。
日暮酒醒人已远，满天风雨下西楼。

这是一首送别诗，作于宣州（今安徽宣城市）。谢亭一称谢公亭，本为宣城北楼，南齐诗人谢朓为宣州太守时，曾于此楼送别友人范云。李白有《宣州谢朓楼饯别校书叔云》，是唐代送别诗第一等名篇。而作者写的这首七言绝句，也是脍炙人口的名作，诗中情景，能够使人联想到李白另一送别的名篇《黄鹤楼送孟浩然之广陵》。

不同的是，李白诗写的是春天送别，景色生机蓬勃，全诗充满一种神往之情。而此诗写的是秋天送别，又全写别后之情。"劳歌一曲"当是饯宴所唱，或是舟子所唱，"解行舟"就是送别。"劳歌"常见于唐诗（骆宾王《送吴七游蜀》："劳歌徒欲奏"），意同于骊歌、离歌。说"劳歌"得名于劳劳亭，是想当然的说法。盖楚歌即有"劳商"，游国恩以为与"离骚"为一音转，是更早的依据。"红叶青山水急流"，是江上秋景，同时已有"孤帆远影碧空尽"之意。所以这两句就是目送了。

"日暮酒醒人已远"二句，抒写送别之后，作者独下西楼（指楼的西面，"西"字为调声所需）的惆怅之情。"人已远"三字紧承前二句的目送。"日暮酒醒"与"劳歌一曲"形成对照，有无尽低回流连之意。"满天风雨"与"红叶青山"形成对照，写出秋日气候变化，又吻合送者的心境，是抒情气氛的烘托。"下西楼"是独下西楼，与先前送行双方同上酒家，形成强烈的反差，作者不直抒别情，而是一种失落惆怅之情，见于言外。一个"醒"字，最见难堪。唐人送别诗，从王维《渭城曲》始，多从行人的不堪着想，遂为现成思路，而此诗"此独舍却行子，写居人之思（即写送者的不堪），立意既新，调复清逸，堪与盛唐争雄"（《汇编唐诗十集》引语）。

这是迥然有别的一种情调。春日送别，秋日送别，事或出于偶然。但诗中表现的气象，与李白《黄鹤楼送孟浩然之广陵》迥乎不同，此事关乎时序，又不尽出于偶然了。此诗情调虽然衰飒，"红叶青山"的江景，却是美丽的可爱的，是所谓以"乐景写哀"，有反衬的作用；同时又使诗中的感伤，得到美的包装，从而具有审美价值。《历代诗法》评："中晚唐人送别截句最多，无不尽态极妍；而不事尖巧，浑成一气，应推此为巨擘。"

【施肩吾】生卒年不详，字希圣，自号栖真子，唐睦州分水（今浙江桐庐）人。曾寓居吴兴（今浙江湖州）、常州武进（今江苏武进）。宪宗元和十五年（820）进士及第，不待除授即离京东归，栖居洪州（今江西南昌）西山而终。

幼女词

幼女才六岁，未知巧与拙。
向夜在堂前，学人拜新月。

七夕作。施肩吾在诗中不止一次提到他有个小女儿，"姊妹无多兄弟少，举家钟爱年最小。有时绕树山雀飞，贪看不待画眉了。"(《效古词》)而这首《幼女词》更是含蓄兼有风趣。

一开始就着力写幼女之"幼"，"才六岁"，说"才"不说"已"，意谓还小着呢。再就智力说，尚"未知巧与拙"。这话除表明"幼"外，更有多重意味。表面是说她分不清"巧""拙"概念；其实也意味不免常常弄"巧"成"拙"，比方说，会干出"浓朱衍丹唇，黄吻烂漫赤"(左思)，"移时施朱铅，狼藉画眉阔"(杜甫)一类令人哭笑不得的事。此外，"巧拙"实偏义于"巧"，暗关末句"拜新月"事。当把二者联系起来，就意会这是在七夕，如同目睹的"乞巧"场面："七夕今宵看碧霄，牵牛织女渡河桥。家家乞巧望秋月，穿尽红丝几万条。"(林杰《乞巧》)诗中并没有对人物往事及活动场景作任何叙写，由于巧下一字，就令人想象无穷，收到含蓄之效。

前两句刻画女孩的幼稚之后，末二句就集中于一件情事。在这牛郎织女相会，人间少女、少妇对月引线穿针乞愿心灵手巧之夜，小女孩干什么呢？她郑重其事地在堂前学着大人"拜新月"呢。读到这里，令人忍俊不禁。"开帘见新月，即便下阶拜"的少女拜月，意在乞巧，而这位"才六岁"的乳臭未干的小女孩拜月，是"不知巧"而乞之，是小孩子过家家或办姑姑筵，煞有介事，"与'细语人不闻'(李端《拜新月》)情事各别"(沈德潜)啊。尽管作者叙述的语气客观，但"学人"二字传达的语义却是揶揄的。小女孩拜月，形式是成年的，内容却是幼稚的，这形成一个冲突，幽默之感即由此产生。小女孩越是弄"巧"学人，便越发不能藏"拙"。这个"小大人"的形象逗人而有趣，纯真而可爱。

左思《娇女诗》用铺张的笔墨描写了两个小女孩种种天真情事，颇能穷形尽态。而五绝容不得铺叙。如果把左诗比作画中工笔，则此诗就是画中速写，它删繁就简，削多成一，集中笔墨，只就一件情事写来，以概见幼女的全部天真，甚至勾画出了一幅笔致幽默、妙趣横生的风俗小品画，显示出作者白描手段的高超。

望夫词

手爇寒灯向影频，回文机上暗生尘。
自家夫婿无消息，却恨桥头卖卜人。

此诗写的丈夫出征在外没有音信，家中妻子对他的思念。

首句以描写女子长夜不眠的情景。"爇"即燃。"寒"字略寓孤凄意味。"手爇寒灯"，身影在后，不断回头，几番顾影（"向影频"），既有孤寂无伴之感，又是盼人未至的情态。其心情的急切不安已从字里行间透露出来。这里已暗示她得到了一点有关丈夫的信息，为后文作好伏笔。

第二句"回文机"用了一个为人熟知的典故：前秦苻坚时秦州刺史窦滔被徙流沙，其妻苏蕙善属文，把对丈夫的思念织为回文旋图诗，共八百四十字，读法宛转循环，词甚凄婉（见《晋书·列女传》）。这里用以暗示"望夫"之意。"机上暗生尘"，可见女子多日无心织布。这与"自君之出矣，不复理残机"虽同样表现对丈夫的苦苦思恋，但又不同于那种初别的心情，它表现的是离别经年之后的一种烦恼。

前两句写不眠、不织，都含有一个"待"字，但所待何人，并没有点明。第三句才作了交代，女子长夜不眠，无心织作，原来是因"自家夫婿无消息"的缘故。诗到这里似乎已将"望夫"的题意缴足。

清人潘德舆说："诗有一字诀曰'厚'。偶咏唐人'梦里分明见关塞，不知何路向金微'，'欲寄征人问消息，居延城外又移军'（张仲素《秋闺思》）便觉其深曲有味。今人只说到梦见关塞，托征鸿问消息便了，所以为公共之言，而寡薄不成文也。"（《养一斋诗话》）此诗也深得"厚"字诀。倘说到"自家夫婿无消息"便了，内容也就不免寡薄，成为"公共之言"。而这个"卖卜人"角色的加入，几乎给读者暗示了一个生活故事，诗意便深曲有味。原来女子因望夫情切，曾到桥头卜了一卦。诗中虽未明说"终日求人卜，回回道好音"（杜牧《寄远人》），但读者已经从诗中默会到占卜的结果如何。要是占卜结果未得"好音"，女子是不会后来才"恨桥头卖卜人"的。卖卜人的话自会叫她深信不疑。难怪她一心一意相候，每有动静都疑是夫归，以致"手爇寒灯向影频"（至此方知首句之妙）。问卜，可见盼夫之切；而卖卜人欺以其方，一旦夫不归时，不能恨夫，不恨卖卜人恨谁？

不过"却恨桥头卖卜人"于事何补？但人情有时不可理喻。思妇之怨无处发泄，心里只好骂两声卖卜人解恨。这又活生生表现出无可奈何而迁怒于人的儿女情态，造成丰富的戏剧性，是作者掌握了"厚"字诀的表现。

夜笛词

皎洁西楼月未斜，笛声寥亮入东家。

却令灯下裁衣妇，误剪同心一半花。

诗给读者展示了两组镜头，一是明月之夜的西楼和楼上飘出的笛声；二是东家在灯下裁衣的少妇闻笛而走神，在剪裁上弄出差错的情事。两组镜头的衔接组合，又产生出更多的意蕴。

"皎洁西楼月未斜"，从"皎洁""月未斜"数字，可知这是十五月圆之夜，能引起读者现成的联想，接着写西楼之上"笛声寥亮"，又通过"入东家"巧妙地将前二句与后二句联结，过渡自然。诗中未露面的吹笛人，可能是很关紧要的人物，也可能不是。在这个明月之夜，他吹奏的是什么曲子呢？诗人并没作具体的说明，读者可作的发挥便自由多了。是《关山月》？是《折杨柳》？是《落梅花》？曲调当与明月和相思有关，不然，何以叫诗中那位裁衣剪花的少妇那样痴迷呢？

"却令灯下"二句写笛声传入东家后造成的影响。"同心花"三字，暗示了人物的内心活动，所谓睹物思人。"误剪同心一半花"，是因为笛声"寥亮"，使她如痴如醉，方才造成失误。这里，读者对诗意的生发可以有两个方向。一般情况：西楼吹笛人与少妇了无关涉，只是他的笛声引起了她对离人的怀想，因而走了神。特殊情况：西楼吹笛人即少妇心中之人，那曲中之意只有他们自己知道，因而她有点心慌意乱。当诗的具体交代语言少了，或省略了限制性的词语，读者的能动性就增强。这是多数绝句耐人玩味的一个重要原因。这诗在误剪同心花样处结尾，留下了一个可以推测的情景，即那少妇发现大错铸成的懊恼，"天啦，竟把同心花剪掉一半儿，这是撞了什么鬼呢！"其啼笑皆非之态，跃然纸上。

中晚唐绝句与盛唐绝句风貌有较大不同，诗人逐渐超出情景二端，开始对小情趣和生活事件给以更多注意，绝句中出现了情节性内容。这首诗就是撷取一个富于启发性的日常生活片断，作点睛式刻画，显得很有生趣。绝句不可能对声乐本身详加描述，从声乐发生的效果，读者不难体会那"夜笛"声乐之妙。

【刘皂】唐咸阳（今属陕西）人，德宗贞元间在世，余不详。《全唐诗》存其诗五首。

旅次朔方

客舍并州已十霜，归心日夜忆咸阳。

无端更渡桑干水，却望并州是故乡。

这首诗一作贾岛《渡桑干》，然贾岛为范阳人，不宜心归咸阳，其事迹及创作亦无客居并州十年之迹，详近人李嘉言《长江集考辨》。令狐楚《御览诗》作刘皂诗，令狐楚与刘皂、贾岛同时，当不误。此诗为作者客居北方时怀念故乡所作。广义的"朔方"，即指北方。狭义的"朔方"是一个地名，西汉置朔方刺史部，与并州相邻，非桑干河流经之地。所以诗题上的"朔方"泛指北方。

"客舍并州已十霜"二句，写作者长期居住并州，无日不思念故乡咸阳。上句"客舍"的"舍"作动词用，乃居住的意思。"并州"为古州名，相传为大禹治水时所划九州之一，即今山西太原。"十霜"即十年，以一年一霜计也。为了合辙押韵或协调平仄，诗词用作等价代换的同义词相当宽泛，十年这个概念还可以写作十春、十秋、十冬。但在感情色彩上，彼此有所不同，比如"十霜"吧，那就有饱经风霜之意思在内。唐无名氏《杂诗》云："莫怪乡心随魄断，十年为客在他州。"十年间积累的乡愁，对于客居异乡的人是一个沉重的包袱，思念故乡之情当与年俱增，故下句承以"归心日夜忆咸阳"。须知这里的"咸阳"，就是故乡了。这是此诗的一个要害，下文再表。

"无端更渡桑干水"二句，写作者北漂更远，却又思念起并州来了。上句"无端"二字，本义是没有起点或没有终点，引申无缘无故、没来

049

由，说不出啥理由，完全不由自主，与"无常""无奈"等词一样，是人生的常态。"更渡桑干水"，则是无情的事实，事与愿违。愿回归咸阳，事更向北漂（"渡桑干"）。七绝第三句以"无端"二字作起，所以示于首二句外忽插入他意，如中唐王表诗："赵女乘春上画楼，一声歌发满城秋。无端更唱关山曲，不是征人亦泪流。"（《成德乐》）后来成为一种模式。而此诗不同之处在于，末句不是别出他意，而是出人意表地返回诗的原点："却望并州是故乡"。"却望"即回望。"并州"在诗中第一次出现是异乡，而第二次出现，居然"是故乡"了。这是退而求其次。真正的故乡"咸阳"呢，已是望不可及了。作者自伤久客，用曲笔写出，这种翻进一层，深化抒情的做法，可圈可点，极富原创性。初唐宋之问《题大庾岭北驿》结云："明朝望乡处，应见陇头梅。"景意虽同，是作者偶然触着，读者不易察觉。此诗却是作者精心追逐的结果，读者无不拍手称妙。中唐雍陶《过故宅看花》"今日主人相引看，谁知曾是客移来。"构思有暗合处，而全诗语言却比较粗糙。李商隐《夜雨寄北》做法与语妙堪与此诗比美，但相对晚出，或即借鉴此诗，亦未可知。

宋人谢枋得评："久客思乡，人之常情。旅寓十年，交游欢爱，与故乡无殊，一旦别去，岂能无依依眷恋之怀？渡桑干而望并州，反以为故乡，此亦人之至情也。非东西南北之人，不能道此。"（《注解选唐诗》）明人王世懋见之大笑，道："此岛自思乡作，何曾与并州有情？其意恨久客并州，远隔故乡，今非惟不能归，反北渡桑干，还望并州又是故乡矣。并州且不得住，何况得归咸阳！此岛意也，谢注有分毫相似否？"（《艺圃撷馀》）清人黄生云："咸阳即故乡，客并州非其志也，况渡桑干乎？在并州且忆故乡，今渡桑干，望并州已如故乡之远，况故乡更在并州之外乎？"王、黄固是解人，而谢取一个角度，亦不大错。总之，这首诗在空间上将并州与咸阳交织，在时间上将过去与将来交错，而以"渡桑干"作为一个转折点，表现长期漂泊在外的人都有的微妙而复杂的心态，堪称绝唱。

【何希尧】生卒年不详，字唐臣，号常欢喜居士，唐睦州分水（今浙江桐庐）人。施肩吾婿，隐居未仕。

柳枝词

大堤杨柳雨沉沉，万缕千条惹恨深。
飞絮满天人去远，东风无力系春心。

《柳枝词》即《杨柳枝词》，是中唐以后流行的歌曲之一，歌辞则由诗人创作翻新。借咏柳抒写别情的，在其中占有相当比例。此在造境和语言使用上很有特色，是同类诗作中的上品。

大堤在襄阳城外，靠近横塘。宋随王刘诞《襄阳曲》云："朝发襄阳来，暮止大堤宿。大堤诸女儿，花艳惊郎目。"大堤从那时起就是个寻花问柳的地方，唐人诗中写到大堤，如施肩吾《襄阳曲》："大堤女儿郎莫寻，三三五五结同心。清晨对镜理容色，意欲取郎千万金。"李贺《大堤曲》："莲风起，江畔春。大堤上，留北人。"由此推知，这首《柳枝词》写的是大堤姑娘在暮春时分送别情人的情景。

堤上夹道的杨柳由于近水，枝条特别繁茂。丝绦垂地，给人以袅娜娇怯之感。"晴烟漠漠柳毵毵，不那离情酒半酣"（韦庄），折柳送别，即使晴天，也不免使人感伤，何况雨雾迷蒙，那是要倍增惆怅的。"大堤杨柳雨沉沉"，"沉沉"二字，既直接写雨雾（大雨则不能飞絮）沉沉，又兼关柳枝带雨，显得沉甸甸的，而人的心情沉重，也不言而喻。送别情人，离恨自深，说"万缕千条惹恨深"，不仅意味着看到那两行管领离别之碧树（刘禹锡"长安陌上无穷树，惟有垂杨管别离"），使愁情加码；还无意地流露姑娘无奈中迁怨于景物的情态，显得娇痴可爱。

此诗的精彩还不在前两句。三句写分手情景道："飞絮满天人去远"，造境绝佳。盖前二句写雨不写风，写柳不写絮。到写"人去远"时，才推出"飞絮满天"的画面，便使人事和自然间发生感应关系，其妙有类于"蒙太奇"。同时这句包含一隐一显两重意味，明说着人去飞絮满天又暗示春去。宋人王观有"才始送春归，又送君归去"的名句，句下已有无尽惆怅，而两事同时发生，情何以堪！诗人都说风雪送人，景最凄迷，而"杨花似雪"，"飞絮满天"的景色，也使人迷乱。"人去远"，是就行者而言；还有一个站在堤上送行的人，一任柳絮乱扑其面，神情见于言外。

"东风无力系春心。"这个令人击节的结句，措语微妙绝伦。从上句的"飞絮满天"看，这是就自然节物风光而言，谓东风无计留春长驻，春来春去，有其必然性在；从上句的"人去远"看，"春心"二字双关恋情，则此句意味着爱情未必持久，时间会暗中偷换人心。前一重必然影射着后一重必然。诗句既针对大堤男女情事，有特定的含义；又超越这种情事，含有普遍的哲理。"立片言而据要，乃一篇之警策。"（陆机）就音情而言，这"无力"二字在句中处境特妙，必须缓咏延宕才能尽情。它直接联下三字，表明"无力系春心"，就此义而言，似不能读断。但它又紧联上二字，又有"东风无力"的含义，参照"东风无力百花残"（李商隐）、"柳条无力魏王堤"（白居易）的名句，又似可以读断。可断不可断，所以耐人玩味。

【方干】（？—885）字雄飞，唐睦州清溪（今浙江淳安）人。屡应举不第，遂隐鉴湖，终身不仕。曾学诗于徐凝。卒后门人私谥玄英先生。有《玄英先生诗集》。

题君山

曾于方外见麻姑，闻说君山自古无。

052

元是昆仑山顶石，海风吹落洞庭湖。

洞庭湖中有一座青山，传说它是湘君曾游之地，故名君山，又名湘山，洞庭山。由于美丽的湖光山色与动人的神话传说，它激发过许多诗人的想象，写下许多美丽篇章，如"遥望洞庭山水色，白银盘里一青螺"（刘禹锡《望洞庭》），"疑是水仙梳洗处，一螺青黛镜中心"（雍陶《题君山》）等，这些为人传诵的名句，巧比妙喻，尽态极妍，异曲同工。

而方干这首《题君山》写法上全属别一路数，他采用了"游仙"的格局。

"曾于方外见麻姑"，就像诉说一个神话。诗人告诉我们，他曾神游八极之表，奇遇仙女麻姑。这个突兀的开头似乎有些离题，令人不知它与君山有什么关系。其实它已包含有一种匠心。方外神仙正多，单单遇上麻姑，就有意思了。据《神仙外传》，麻姑虽看上去"年可十八九"，却是三见沧海变作桑田，所以她知道的新鲜事儿一定不少。

"闻说君山自古无"，这就是麻姑对诗人提到的新鲜事一件。次句与首句的起承间，有一个跳跃。读者不难用想象去填补，那就是诗人向麻姑打听君山的来历。人世之谜甚多，单问这个，也值得玩味。你想，那烟波浩渺的八百里琼田之中，"四顾疑无地，中流忽有山"（许棠《过君山》），这个发现，会使人惊喜不置；同时又感到这奇特的君山，必有一个不同寻常的来历，从而困惑不已。诗人也许就是带着这问题去方外求教的呢。

诗中虽然无一字正面实写君山的形色，纯从虚处落墨，闲中着色，却传达出了君山给人的奇异感受。

"君山自古无"，这说法既出人意表，很新鲜，又坐实了人们的揣想。写"自古无"，是为引出"何以有"。不一下子说出山的来历，似乎是故弄玄虚，其效果与"且听下回分解"略同。

"元是昆仑山顶石，海风吹落洞庭湖。"真是不说则已，一鸣惊人。原来君山是昆仑顶上的一块灵石，被巨大的海风吹落洞庭的。昆仑山，在古代传说中是神仙遨游之所，上有瑶池阆苑，且多美玉。古人常用"昆冈片玉"来形容世上罕有的珍奇。诗中把"君山"设想为"昆仑山顶石"，用意正在于此。"海风吹落"云云，想象奇瑰。作者《题宝林寺禅者壁》云："台殿渐多山更重，却令飞去即应难"，题下自注："山名飞来峰"。可见此诗的想象显然受到"飞来峰"一类传说的影响。

"游仙"一体，起自晋人，后世多仿作。但大都借"仙境"以寄托作者思想感情。而运用这种方式来歌咏山水，间接表现自然美，不能不说是方干的一个创造。

【刘叉】生卒年不详，河朔（今河北一带）人。少任侠，因酒杀人，亡命于外，遇赦得出。往来齐、鲁，一度从韩愈游。有《刘叉诗集》。

冰柱

师干久不息，农为兵分民重嗟。骚然县宇，土崩水溃。畹中无熟谷，垄上无桑麻。王春判序，百卉茁甲含葩。有客避兵奔游僻，跋履险厄至三巴。貂裘蒙茸已敝缕，鬓发蓬舥。雀惊鼠伏，宁遑安处，独卧旅舍无好梦，更堪走风沙。天人一夜剪瑛瑓，诘旦都成六出花。南亩未盈尺，纤片乱舞空纷拏。旋落旋逐朝暾化，檐间冰柱若削出交加。或低或昂，小大莹洁，随势无等差。始疑玉龙下界来人世，齐向茅檐布爪牙。又疑汉高帝，西方来斩蛇。人不识，谁为当风杖莫邪。铿锵冰有韵，的皪玉无瑕。不为四时雨，徒于道路成泥柤。不为九江浪，徒为汩没天之涯。不为双井水，满瓯泛泛烹春茶。不为中山浆，清新馥鼻盈百车。不为池与沼，养鱼种荚成霫霫，不为醴泉与甘露，使名异瑞世俗夸。特禀朝激气，洁然自许靡间其迹遐。森然气结一千里，滴沥声沉十万家。明也虽小，暗之大不可遮。勿被曲瓦，直下不能抑群邪。奈何时逼，不得时在我梦中，倏然漂去无余些。自是成毁任天理，天于此物岂宜有忒赊。反令井蛙壁虫变容易，背人缩首竟呀呀。我愿天子回造化，藏之韫椟玩之生光华。

　　这首诗作于宪宗元和五年（810）左右。此前作者有《入蜀》诗。韩愈由都官员外郎拜河南（今洛阳）令，作者"步行归之。既至，赋《冰柱》《雪车》二诗，一旦居卢仝、孟郊之上。"（李商隐《义山杂记·齐鲁二生》）此诗写冬日檐间冰柱，作者关注现实，借题发挥，在艺术上走上险怪幽僻一路，在唐诗中聊备一格。

　　从"师干久不息"到"更堪走风沙"十六句为一大段，交代写作背景，于时战乱不息，田园荒芜，作者避兵奔往巴蜀，一路风尘仆仆，惊魂不定。"师干"本指军队的防御力量或军队，此指唐王朝讨伐藩镇（如刘辟、李锜、吴元济、王承宗、李师道等），连年征战，"农为兵兮民重嗟"，即民不聊生。"骚然县宇，土崩水溃，畹中无熟谷，垄上无桑麻"，写农业凋敝，生产力遭受破坏。"王（旺）春判序"谓春天节序分明，"百卉苗甲含葩"谓百草发芽生长，这是交代作者奔蜀的时序。"有客避兵奔游僻"二句，作者为了躲避兵祸，逃向"三巴"（巴郡、巴东、巴西，今属四川省及重庆市）。"貂裘蒙茸已敝缕，鬓发蓬肥（蓬松）。雀惊鼠伏"，写出途中奔逃狼狈的情景，"貂裘蒙茸"是北方胡人打扮，可见作者是河朔人。作者以文为诗，所以在描写冰柱之前，先交代事由。

　　从"天人一夜剪瑛璐"到"直下不能抑群邪"为第二大段，进入正题，谓冰柱秉清澈之气，具玉洁之质，不为世用不为俗夸，寄寓诗人怀才不遇之情。"瑛璆"指琼玉，"诘旦"即平明，这是写雪（"六出花"）。"旋落旋逐朝暾化"以下即写冰柱，"或低或昂，小大莹洁，随势无等差。"以下出奇喻，或疑心是玉龙下凡、张牙舞爪；或疑心是汉高帝刘邦在斩白蛇，按《史记·高祖本纪》写刘邦斩蛇，有一老妪夜哭，谓其子白帝子为赤帝子所斩；或疑心是有人当空挥舞宝剑"莫邪"。"铿锵（铿锵）冰有韵，的皪玉无瑕"，形容冰柱有声有光。然后推出六个排比长句，分别为"不为四时雨""不为九江浪""不为双井（地名、其水适宜造茶）水""不为中山浆（酒）""不为池与沼""不为醴泉与甘露"，大意是冰柱尽管有这样的潜能，但为形态所限，遂不济其用，不能投世俗之所好。"特禀朝澈气"二句，言冰柱特禀朝澈之气，高洁自赏，无远弗届。"森然气结一千里，滴沥声沉十万家"，是诗中佳句，写冰柱分布之广，消融时动静之大。"明也虽小"四句，言冰柱能力有限，既不能覆盖所有阴暗，甚至不能覆盖曲瓦，也不具备拔除群邪（即下文"井蛙壁虫"之类）的能耐。表面是说冰柱，其实有自道苦衷的意思。

　　从"奈何时逼"到篇终为第三大段，为冰柱消融而生感慨。"不得时在我梦中"二句，谓天晴冻解，冰柱消失，去如春梦。就像是过了一个冰雕艺术节，节时满目琳琅，节后荡然无存。"自是成毁任天理"二句，是说成也天理，败也天理。"反令井蛙壁虫变容易"二句，是说冰雪消融后，"群邪"如井蛙壁虫之类，反而滋生更多更猖獗更嘈杂（"背人缩首竞呀呀"）。最后曲终奏雅道："我愿天子回造化，藏之韫椟玩之生光华"，希望天子有回天之力，使冰柱保持最佳状态，永放光华。其喻义是重造盛世，珍重人才。

　　这首诗显然受到卢仝《月蚀诗》的影响，句法长短不一，或散或整，奇谲奔放。全诗押险韵（麻韵）且一韵到底。措语上避熟就生、多用僻字，如"蓬肥""瑛璆""铿锵""泥粗"等，怪怪奇奇，佶屈聱牙，至于不能卒读。宋人葛立方辩解道："虽作语奇怪，然议论亦出于正也。"（《韵语阳秋》三）可惜诗歌不以此为贵。明人李东阳讥为"殆不成语，不足言

056

奇怪也。"（《麓堂诗话》）也是实话实说。而作者要的就是这种感觉，此诗声名在外，在唐诗中别备一格，至少有标本的意义。

姚秀才爱余小剑因赠

一条古时水，向我手心流。
临行泻赠君，勿薄细碎仇。

诗人对小剑的形容很别致："一条古时水，向我手心流。"流水的联想，来自剑锋的明亮闪烁。李贺《春坊正字剑子歌》开头就说："先辈匣中三尺水，曾入吴潭斩龙子。"这首小诗同样运用借代手法，称剑为水，意在形容其锋快无比。但诗人不一般地说水，而新鲜地呼之为"一条古时水"。意味尤为深长，好像水也会因年代久远而凝为宝物，自是价值连城。"古时水"的另一含义为：行侠仗义乃是一种"古道"，即中国人传统美德。"向我手心流"，确是小剑。还有一层含义即主人视为掌上明珠，此剑系其平生爱物。赠剑是一种割爱。割爱的原因是诗题所云"姚秀才爱余小剑"，割己之爱以成全他人，这是何等慷慨的行为，"临行泻赠君"五字，所以不同寻常。"泻"字形象化。

其次，临别赠言，也大有意味："勿薄细碎仇"。诗人并没有嘱咐朋友如何爱护这把剑，如果这样说了，那真是流于"细碎"——即小家子气了；而是以高尚的节义相期许，希望对方能胸怀大志，高瞻远瞩。却又将此意借赠小剑而喻之，便有味外味。"薄细碎仇"是指睚眦必报，胸襟狭窄。"薄"一作"报"，"勿薄细碎仇"就应系心于"家事国事天下事"，系心于正义事业，必要时哪怕挺身而出，也在所不惜。这种理解，绝不是毫无根据的拔高，证以诗人《偶书》："日出扶桑一丈高，人间万事细如毛。野夫怒见不平处，磨损胸中万古刀。"可见他所谓的大仇，主要是世上的"不平";相形之下,"人间万事细如毛",皆不足道。真是刚肠嫉恶的人,光明磊落的诗。读之真使人欲弃燕雀之小志,慕鸿鹄以高飞了。

偶书

日出扶桑一丈高,人间万事细如毛。
野夫怒见不平处,磨损胸中万古刀。

这是一首愤世嫉俗的诗。作者爱憎分明,对不合理的社会现实看不惯,有"大路不平旁人铲"的正义感。

"日出扶桑一丈高"二句,写从早到晚,红尘中纷纷扰扰。"扶桑"是神话传说中的汤谷上的神树,生长在日出的东方。而事随日生,"日出"之后,人世间的各种活动包括仕途的、经济的、合法的、非法的、依规则的、不择手段的种种竞逐,都又开始了。马致远有几句曲子写得最为形象:"蛩吟罢一觉才宁贴,鸡鸣时万事无休歇。争名利何年是彻?看密匝匝蚁排兵,乱纷纷蜂酿蜜,闹攘攘蝇争血。"(《夜行船·秋思》)"人间万事细如毛",人们通常以九牛一毛,譬喻事件的微不足道;但是所有小事加在一起,成为一种社会现象、社会问题,就不容忽视,"千里之堤,溃于蚁穴"就是这个道理。所以"人间万事细如毛"这个比喻,不但形象生动,而且内涵深刻,令人耳目一新。

"野夫怒见不平处"二句,写作者不满现实,而内心纠结。三句紧接"万事细如毛"而来,是说世态炎凉,不合理的事太多,例如善良人受欺压、贫穷者遭勒索、正直者遭排斥、怀才者遭冷落,以及纺织娘没衣裳、泥瓦匠住草房、种田的吃米糠、卖盐的喝淡汤,等等,都被"不平"二字一网打尽。作为有正义感的人,又怎么看得惯呢,又怎么能不冲动呢。

"磨损胸中万古刀",就表明这种看不惯、这种冲动。俗话说"路见不平,拔刀相助""大路不平旁人铲",歌词说"路见不平一声吼,该出手时就出手",而"胸中万古刀"则是正义感、侠义精神的象征意象,"万古"则表明这是一种代代相传的优良传统。然而,恰如曹植诗云:"利剑不在掌,结友何须多。"(《野田黄雀行》)"野夫"指平头百姓,虽然刚肠嫉恶,却能力有限,并非任何时候都可以挺身而出。多数时候,只是想想而已,敢怒不敢言而已,吹了灯瞪他两眼而已。"磨损"二字,就表现出内心的纠结、压抑和痛苦。"磨",是为了试,"损"(销蚀),是终不得试。

此诗末句用"刀"来比喻人的思想感情,极富创意,不失为名言。清人黄周星引唐人张祜诗句"百年已死断肠刀"(《听薛阳陶吹芦管》)道:"断肠之百年,何如磨胸之万古。则此胸中之刀,必非空磨者矣。"(《唐诗快》)他的看法比较乐观,认为只要正义感在,正义就一定会得到伸张。

【张祜】(782?—852?)字承吉,唐清河(今属河北)人,郡望清河东武城(山东武城)晚年居丹阳(今属江苏)。浪迹江湖,或为外府从事,或为大僚幕宾。有《张祜诗》。

观徐州李司空猎

晓出郡城东,分围浅草中。

红旗开向日,白马骤迎风。

背手抽金镞,翻身控角弓。

万人齐指处,一雁落寒空。

诗题中的"李司空"未详何人,按李愿和李愬都曾出镇徐州,其中李愿于穆宗长庆元年（821）为检校司空。此诗或作于此时。然诗题一作《观魏博何相公猎》。其实诗题有"观猎"二字足矣。诗人着重塑造身手不凡的射手形象。

"晓出郡城东"二句，写射猎的时间场所。"晓出"指旭日东升时候，点明围猎时间，"郡城"指徐州（今属江苏）城，按一作则为魏州（河北大名），"东"指东郊校猎场。"分围浅草中"，表明季节属于春初，写出壮阔场面。古时军中校猎，以初春、秋冬季为多。王维《观猎》"草枯鹰眼疾，雪尽马蹄轻"，亦是冬末春初。以气候适度，而视野开阔故也。

"红旗开向日"二句，写射猎队伍出场，人物亮相。上句写红旗招展、引起"风"字，"开"是展开，在阳光下因此格外鲜明抢眼。下句"白马骤迎风"，写射手跃马出场，"骤"字写出身手矫健。"向日""迎风"为互文，既属"红旗"，又属"白马"。铸字造句，俱见推敲的匠心。

"背手抽金镞"二句，写射手敏捷的动作。上句写取箭，因为箭囊背在身后，所以有"背手"抽箭的动作，这个动作必是熟能生巧。"金镞"指金属制成的箭头，代指羽箭。下句"翻身控角弓"，是射箭的动作。因为骏马奔驰速度很快，而射手瞄准追踪空中的猎物，有一个自然的转身，俗称鹞子翻身的动作（"翻身"）。"角弓"是以兽角为饰的雕弓。能否命中目标，全靠骑术高明和持弓之把稳，一个"控"字，下得极为准确。

"万人齐指处"二句，写命中目标的一刻和观猎场面。两句有一倒装，先以"万人齐指"写观众反应，写他们看到命中目标时指点相告的动作，表现出群情之兴奋和激动。作者没有绘声，而欢声雷动则不在话下。后说命中目标——"一雁落寒空"，于是把最关键的一笔，留着画龙点睛。一个"寒"字，照应早春季节，又有"高处不胜寒"（苏轼），即高的意味。

这首诗写点精确，剪裁得当，环环相扣，用笔干净利落，节奏迅快，直令人目不暇接。据说白居易把这首诗与王维《观猎》相提并论："张三作猎诗，以较王右丞，予则未敢优劣也。"（《云溪友议》引）清人吴乔却说："张祜《观李司空猎》诗，精神不下右丞，而丰采迥不同。"（《围炉诗话》）施闰章也说："细读之，与右丞气象全别。"（《蠖斋诗话》）那么区别在哪里呢？比较可知，王诗从首（"风劲角弓鸣"）到尾（"千里暮云平"）多作气氛烘托，不及于身手，以气象胜。张诗则集中笔力写身手，以形容胜。正是各有千秋，未易优劣。

清人李怀民却说："无大好处，但取其写兴逼真。'开'字炼，'骤'字炼，声色俱到。"（《重订中晚唐诗主客图》）都已"写兴逼真""声色俱到"了，还说"无大好处"，真是太苛刻了。

莫愁曲

侬居石城下，郎到石城游。
自郎石城出，长在石城头。

诗借乐府旧题另翻新意。《莫愁乐》是唐时流行音乐，《旧唐书·音乐志》云："《莫愁乐》出于《石城乐》。石城有女子名莫愁，善歌谣。故歌云：莫愁在何处，莫愁石城西。艇子打两桨，催送莫愁来。"张祜此诗应是为旧曲填的新词，供歌人演唱的。

前二句写郎来石城的往事。"侬居石城下"只说了一个最简单的事实，但语言的意蕴深浅有时是通过它所处的语言环境而发生变化的，联系后文尤其末句，这一句起码还包含这类意思：郎来石城前，"侬"的生活是平静的，无忧无虑之中，还有一点懵然无知的味道。而"郎到石城游"这个同样简单的事实，也由于上述道理而耐人咀嚼。女主人公专门提及此事，暗示给聪明的读者，这是她生活中的一大事件。从此，"侬"再也不是那个长"居石城下"的"侬"了，"侬"的生活大大变样，变得有色有香有滋味了，就像所有情窦初开的少女一样，她感到了幸福和满足。

从前两句到后两句，中间略去了许多情事。无须言传，自可意会。以下一跳，写到"自郎石城出"以后"侬"的情况，那便是"长在石城头"。从字面看，这不过是表现一种怀思和盼望之情，非常平凡。然而"石城"字面的反复播弄，很容易使读者或听众联想到许多关于石头与爱情的故事。由于石头为物坚牢经久，一向是爱情盟誓的取证之物，"君当作磐石，妾当作蒲苇"（《焦仲卿妻》），"海枯石烂不变心"，就是这样的誓言，尤其是那个女子望夫化石的古老的民间传说，令人难以忘怀。此诗中女主人公长在城头，恐怕也将化石了。

诗得力于剪裁工夫。诗人淘尽不必要的众多情节，着重抓住"侬居石城下"和"长在石城头"的对照，刻画郎来石城前后"侬"所发生的重大变化，以少总多，语淡情浓。

苏小小歌

车轮不可遮，马足不可绊。
长怨十字街，使郎心四散。

苏小小是南齐时钱塘名妓。古乐府《苏小小歌》云："我乘油壁车，郎乘青骢马。何处结同心，西陵松柏下。"张祜此诗则借乐府古题以写妓女怨情。妓女也有爱情，但她们的身份决定了，这种爱情具有不稳定性。她们的相好中固亦有多情公子，但往往薄幸者居多，真心救风尘者为数甚少。

这首小诗一开始就是分离的情景，情郎驾上车马就要远去了；也可能是"油壁车"投东，"青骢马"向西。总之是鸳鸯拆散，劳燕分飞，从此别易会难。"车轮不可遮，马足不可绊"，开口就怨，怨车轮不生四角，怨马足不能羁绊。其实车马何辜。只是郎之去意已决，断难挽留。车难遮，马难绊，人去街在。女主人公对车马奈何不得。转而又迁怒于十字街。埋怨它的存在，使情郎难收放浪之心。即此而言，这与刘采春所唱《啰唝曲》"不喜秦淮水，生憎江上船。载儿夫婿去，经岁又经年"同属无理而妙。"十字街，四散开"，说"长怨十字街，使郎心四散"，还妙于双关，这双关语富于独创性，尤令人解颐。面对这天真的赖诬，"十字街"将百口莫辩，何况无口！

此诗措语颇能展示人物微妙心理活动。车马可怨，十字街可怨，郎岂不可怨？而独不怨郎，而此意已在其中。"使郎心四散"句，见女主人公明知情郎用心不专。然而终不忍直斥其非，或干脆一刀两断。此事的可悲，不在她已看出对方的薄幸；而在她看到这一点时，仍痴心爱着他，护着他。二十字画活一个人，实在是佳作！

题孟处士宅

高才何必贵，下位不妨贤。

孟简虽持节，襄阳属浩然。

"处士"是对未仕或不仕者的称呼，犹今人称某某先生。"孟处士"指孟浩然，他一生没有功名，只在张九龄荆州幕下做过一度清客，后来便以布衣终老。从李太白到闻一多，都认为他的不仕主要是出于本心；但从孟浩然的诗歌和行止看，恐不尽然。"望断金马门，劳歌采樵路。乡曲无知己，朝端乏亲故"，可能是他未仕的真正原因。即使在文艺家很受尊重的唐代，学优登仕仍是知识阶层的主要出路，终身老于布衣仍是一种很大的屈辱和遗憾，昭宗时韦庄奏请追赠李贺、贾岛等人功名官爵，以慰冤魂一事，就可证明。明白这样一点，我们便不得不对诗人张祜题的这首绝句，刮目相看，为之浮一大白。

古时官场有"才德称位"的奉承话，此诗一开始就唱反调："高才何必贵，下位不妨贤。"一句说一个人的才干和禄位并不相干，二句说一个人的德行和禄位并不相干，本来可以用相同句式，诗人却稍加腾挪，将其两两对举分别作"才——位（'贵'）""位——贤"安排，取其错综之致。"何必"与"不妨"，语气也有刚柔重轻变化。两句讲的道理，本来很抽象而且不具有原创性，它使人想到左思"世胄蹑高位，英俊沉下僚。地势使之然，由来非一朝"的名句，不过道出"不妨"二字，变牢骚为傲岸，也是一种新意。但这两句的成功，关键还在于具体落实到"孟处士"身上，很有说服力。"诗穷而后工"这一命题，和堪当大任者"生于忧患"一样，是可用辩证观点予以说明的。对于后来成功了一位山水诗人、隐逸诗人之大宗的孟浩然，岂止是"何必贵"，岂止是"不妨贤"？简直不能"贵"，简直就是大有助于其"贤"。有了一个高官厚禄的孟浩然，必然会失去一个标格冲淡的诗人孟浩然；人间宁可要后一个孟浩然，无须要前一个孟浩然。

"孟简虽持节，襄阳属浩然。"后二句中，诗人抬出当代襄阳另一个姓孟的大人物来作对比，构思巧妙。这个人便是元和十三年出为襄州刺史山南东道节度使的孟简，他出身名门。官运亨通，唐史有传，算得上显赫的人物了。但与孟浩然比，他又是一个不高明的诗人。而在唐人心目中，一个高明的诗人，比十个高官更能引起钦仰，乃至可被尊为精神领袖（请注意"诗天子""诗家天子"一类口头上的尊号）。而以地名（籍贯或治所）借代人名，作为一种殊荣，一般情况下只有优秀的诗人可以得到。这样的"桂冠"诗人，可以举一大串儿：孟襄阳、李东川、王江宁、杜少陵、岑嘉州。"襄阳"称呼属于孟浩然，而且只属于孟浩然。所以孟简虽然在襄阳持节做父母官，也能写诗，却断不能据有"襄阳"的美称。同姓孟，同是诗人，但有高明不高明，官与非官的区别。用"官本位"的价值观念判断，浩然诚不如孟简；然而从精神财富创造的角度来衡量，孟简之不如浩然，又不可以道里计。"天意君须会，人间要好诗"（白居易），后二句不但构思巧妙，含义也相当深刻。

孟简是与张祜同时代的大官僚，诗人瞻仰孟浩然旧宅时，说不准正当其人持节于襄阳。诗中这样无忌惮地奚落一个当权人物，真有点迥出时辈，笑傲王侯的狂狷之态。看来，杜牧在赠诗中称道："谁人得似张公子，千首诗轻万户侯"（《登池州九峰楼寄张祜》），绝非虚美。

集灵台二首（录一）

> 虢国夫人承主恩，平明骑马入宫门。
> 却嫌脂粉污颜色，淡扫蛾眉朝至尊。

《集灵台》组诗是张祜讽刺杨玉环姊妹专宠于玄宗而作的，这里选的是第二首。一作杜甫诗，误。作者特多此类篇什，此或其《开元杂曲》中题。《元和郡县图志》一："开元十一年（723），初置温泉宫。天宝六载（747）改为华清宫。又造长生殿，名为集灵台，以祀神也。"第一首言明皇于长生殿依道教仪式接受仙人所赐符箓，贵妃姊妹入贺。此诗言虢国夫人自炫美艳，觐见玄宗时、不事妆饰，语似褒扬，实谲讽也。

"虢国夫人承主恩"二句，写虢国夫人承宠，随意出入宫禁。虢国夫人为杨贵妃三姊的封号，《旧唐书·杨贵妃传》载："太真有姊三人，皆有才貌，并封国夫人，大姨封韩国，三姨封虢国，八姨封秦国，并承恩泽，出入宫掖，势倾天下。""平明骑马入宫门"，这句值得注意有三点：第一点是"平明"，即天刚亮，虢国夫人这时入宫，就不怕与早朝发生冲突？或者是"从此君王不早朝"（白居易）了？第二点是"骑马"，非坐轿，今存唐人张萱《虢国夫人游春图》，使读者可以一睹虢国夫人骑马的风采，图中八马九人（尾随者有老年侍姆扶幼女同乘一马），虢国夫人处在画的中心，这样的抛头露面，当然是唐代社会风气开放的表现，也见得虢

065

国夫人的高调作风。第三点是"入宫门"，宫门之前，"文官下轿，武官下马"，虢国夫人骑马径入，可知是享有这种特权的。

"却嫌脂粉污颜色"二句，写虢国夫人自恃丽质，素面朝天。上句七字可圈可点，"脂粉"是干什么的？是用来化妆、美容的呀，可是对于美貌无以复加的丽人，则不但是多余的，而且是"污颜色"的。这种写法，使人不禁联想起宋玉笔下的美女："天下之佳人莫若楚国，楚之丽者莫若臣里，臣里之美者莫若臣东家之子。东家之子，增之一分则太长，减之一分则太短；着粉则太白，施朱则太赤。"（《登徒子好色赋》）"着粉则太白，施朱则太赤"，便是"污颜色"的最好注脚。"淡扫蛾眉朝至尊"，最后一笔之妙，不但与上句形成因果关系，而且有张弛之致。盖上句说不须化妆，这句"淡扫蛾眉"却又化一点妆。毕竟是"朝至尊"呀，即使是为了尊重，也还得表示一下吧。这就从内在韵律上，构成了微妙平衡。宋乐史《杨太真外传》说："虢国不施妆粉，自炫美艳，常素面朝天。"其根据，很可能就是张祜的这首诗。

这首诗当然是讽刺。但有人说其所讽刺的是虢国夫人与玄宗关系暧昧，则不通。作者明说"承主恩"，关系大大方方，何暧昧之有？清人黄白山说得好："只言虢国以美自矜，而所以蛊惑人主者自在言外。'承主恩'三字，乃春秋之笔也。"（《增订唐诗摘钞》）换言之，作者讽刺的是杨氏姊妹之乱政，玄宗也在讽刺之列。而虢国之骄恣与玄宗之惑，只于平明骑马、径入宫门之事见之，则有谲讽之妙。

接下来他说得更好："真正美人自不烦脂粉，真正才士自不买声名，真正文章自不假枝叶，以此律之，世间之'淡扫蛾眉'者寡也。"（同前）指出此诗意蕴不限于讽刺，更是真知灼见。此诗还标榜了一种审美观，生成了一个成语"素面朝天"。清人周济词话云："王嫱、西施，天下美妇人也。严妆佳，淡妆亦佳，粗服乱头不掩国色。飞卿严妆也，端己淡妆也，后主则粗服乱头矣。"（《介存斋论词杂著》）粗服乱头也好，素面朝天也好，都指不假修饰的美，是本色的美。

纵游淮南

十里长街市井连，月明桥上看神仙。

人生只合扬州死，禅智山光好墓田。

　　这首诗是作者漫游淮南后所作。宋人葛立方云："张祜喜游山而多苦吟。"(《韵语阳秋》四)禅智山指今江苏扬州市西北之蜀冈。唐时山有禅智寺，传有隋炀帝行宫。题中的"纵"字表明作者游兴之高，诗亦如有神助，不似苦吟所为。

　　"十里长街市井连"二句，写扬州的城市繁荣。扬州古称广陵、江都、维扬，地处江苏中部，历史悠久，自然环境优越，从西汉到隋唐、其繁荣程度世罕其比，有"扬(扬州)一益(成都)二"之称。南朝殷芸《小说》记时人美梦，竟有"腰缠十万贯，骑鹤下扬州"之语。这话最早把"下扬州"和成仙("骑鹤")联在了一起。扬州有著名的十里长街，《唐阙史》载："扬州胜地也，每重城向夕，倡楼之上，常有终纱灯万数，辉罗耀烈空中。九里三十步街中，珠翠填咽，邈若仙境。""九里三十步街"，取其约数就是"十里"了。杜牧诗有"春风十里扬州路，卷上珠帘总不如。"(《赠别二首》)上句正对应着"十里长街市井连"，而下句则对应着"月明桥上看神仙"，这种巧合表明诗人的一种共识：扬州看点第一要数十里长街，第二要数扬州美女(此是人间佳丽地也)。唐人习惯以"神仙"代指妓女。说是"看神仙"，其实只是看扬州之佳丽。句中"桥"字，不可放过，杜牧又有名句："二十四桥明月夜，玉人何处教吹箫。"(《寄扬州韩绰判官》)"月明"二字，亦不可放过，徐凝名句："天下三分明月夜，二分无赖是扬州。"(《忆扬州》)看来诗人又有一种共识：月亮数扬州的圆，赏月须上二十四桥。

"人生只合扬州死"二句，极度赞美扬州的宜人。在古代城市排名仅次于扬州的成都，当下最著名的广告语是："一座来了就不想走的城市"。而"人生只合扬州死"，就在前两句的极度铺垫后，把这个意思推向了极致，不说"来了不想走"，而说"只合扬州死"，诗胆之大，可圈可点，小儒不敢尔——因为讳言"死"字。而诗人却抓住这个"死"字继续做文章："禅智山光好墓田"，说风光旖旎的禅智山是最好的墓田，这一说把"死"字美化了、诗化了，变得读者都能接受了。就像书法行笔中的无往不收，行笔到了极处，需要轻轻一收，不使锋芒外露，字便臻于完美了。"禅智""山光"是两个寺名，即禅智寺（又名上方寺、竹西寺）、山光寺（又名果胜寺），不可作一个看了。然而"禅智山光"看上去有一种错觉，可以生出美好的歧义。近人俞陛云说："扬州之繁丽以亭台花月著称，若论山川之秀，远逊江南。作者独爱'禅智山光'，至欲为百岁魂游之地，亦人各有好也。"（《诗境浅说》续编）

　　总之，这首诗用夸张而细腻的笔墨，盛赞扬州的风月繁华，至以"死"字入诗，妙语惊人。作者兴趣极佳，亦引起后世读者极大兴趣，陆游居蜀中，点化诗意云："弃官若遂飘然计，不死扬州死剑南。"（《东斋偶书》）即是一例。

【李德裕】（787—850）字文饶，唐赵郡（今属河北）人。早年以荫补校书郎、历幕职。穆宗即位，擢翰林学士。历任浙西、义成、西川诸镇，政绩卓著，曾被李商隐誉为"万古之良相"。文宗大和七年（833）召入拜相，封赞皇县伯。武宗会昌年间再度任相，因功封卫国公。宣宗大中初遭牛党打击，迭贬至崖州司户。

谪岭南道中作

岭水争分路转迷，桄榔椰叶暗蛮溪。

愁冲毒雾逢蛇草，畏落沙虫避燕泥。

五月畲田收火米，三更津吏报潮鸡。

不堪肠断思乡处，红槿花中越鸟啼。

这首诗作于宣宗大中三年（849）作者被贬崖州司户时。作者历仕宪、穆、敬、文、武、宣六朝，两度为相，武宗朝拜太尉，封卫国公。其间亦因党争，多次被排挤出京。宣宗即位，作者为政敌所排，大中元年秋贬潮州司马，二年冬又贬崖州司户，三年正月抵达珠崖郡，这首诗如实记录了他在赴郡途中所见所感。

"岭水争分路转迷"二句，写赴贬所途中所见岭南风光。上句写地貌，岭南重峦叠嶂，沟壑甚多，山溪奔腾，形成不少支流，一"争"字写出溪水的湍争。而山路盘曲，岔道又多，致使行人经常迷路。清人朱三锡评："水分树暗，则路若迷矣。夫路岂真有所迷哉？只为人心中时时有愁，刻刻有畏，望之为畏途，思之若无生路：此其路之所以'转迷'也。"（《东岩草堂评订唐诗鼓吹》）下句"桄榔椰叶暗蛮溪"，写南国风光，出现了热带植物，"桄榔"树、"椰"树等常绿乔木，遮天蔽日，罩在溪流上，形成浓密的阴影。一个"暗"字，写出南国阳光强烈，景物光暗反差极大的感觉。作者处在人生低谷，迷茫、黯淡的心情，亦寓于写景之中。

"愁冲毒雾逢蛇草"二句，写贬地生态危机四伏，令人提心吊胆。上句写两怕，一是"愁冲毒雾"，所谓毒雾亦称瘴气，是潮湿与气温适于细菌病毒生长所致，而口口相传，就更加可怕。韩愈文曰："黜守潮州，惧以谴死，且虞海山之波雾瘴毒为灾，以殒其命。"（《祭湘君夫人文》）宋人周密文曰："春州瘴毒可畏，凡窜逐黥配者必死。"（《癸辛杂识前集》）俱可为证。二是"逢蛇草"，即怕有毒蛇藏于草中，所以，一路手头离不开棍子。下句"畏落沙虫避燕泥"，写空中随时掉虫，本是树上掉下来的，但因为整怕了，所以连掉落燕泥也一并畏惧。两句写得杯弓蛇影，草木皆兵，读之心惊肉跳。清人沈德潜评："时为白敏中辈排挤，贬潮州司马，又贬崖州司户。故三四语双关，犹柳州诗之'射工''飓母'（指柳宗元《岭南江行》"射工巧伺游人影，飓母偏惊旅客船"）也。"（《唐诗别裁集》）

"五月畲田收火米"二句，写南国物产气候及异乡情调。上句说五月间岭南已经在收获稻米，而且这些稻米耕作方式与中原不同，近于刀耕火种（"畲田"）。下句"三更津吏报潮鸡"，据《舆地志》载："有鸡、每潮至则鸣，故称之'潮鸡'。"有这种情况，"津吏"（管理摆渡的人）会提前告知，以免北来迁客莫名惊诧。这两句相对于上两句，是紧张后的松弛，是情绪自然消长，亦即诗之内在韵律。诗人不必写"津吏"对他的态度，但"报潮鸡"这种事儿，虽是其职责，也是他对犯官的关照。此之谓人情味。而作者贬到岭南，虽然少不了吃苦头，但通过与"津吏"之类下层人士打交道，这会增长他对边地、民情的了解，冲淡他在贬谪生活中的忧愁，这未必不是一件好事。

"不堪肠断思乡处"二句，写回归遥遥无期，也在逐渐适应。上句写"肠断思乡"，自是贬谪中的实情。但作者自己应该知道，还乡在短时间内是难以实现的目标。下句"红槿花中越鸟啼"，写景却并不悲观。有人用"越鸟巢南枝"（《古诗十九首》），来释此句，其实不妥。巢于南枝的越鸟，是在北方的越鸟。而此诗中的"越鸟"，就在它的故乡，所以它在"红槿花中"的啼叫，应是欢快的、得其所哉的。这对于贬谪中人，当然可以是一种反形，即反衬出他的去国怀乡之情。同时，也是一种欢迎，欢迎他来到南方安家。这与"津吏"为代表的土著，对作者充满善意的态度是一致的。而作者的欣慰，通过"红槿花中越鸟啼"的写景，也流露出来了。

前人说："李卫公不读《文选》而诗奇健，谪海外时一二诗尤酸楚。此诗于岭南风土甚切，词又工。"（《瀛奎律髓》）不仅如此。作者毕竟是见过大世面，经历过大风波、几起几落的人，诗中以"逢蛇草""避燕泥"

"收火米""报潮鸡""红槿""越鸟"极写岭南风土景物之异，逼出浓烈的思乡情绪，固然流露出谪居岭南的抑郁不平，却也不哭哭啼啼，有面对现实的淡定从容之感，所以为高。

长安秋夜

内官传诏问戎机，载笔金銮夜始归。
万户千门皆寂寂，月中清露点朝衣。

李德裕是唐武宗会昌年间名相，为政六年，内制宦官，外复幽燕，定回鹘，平泽潞，有重大政治建树，曾被李商隐誉为"万古之良相"。他同时又是一位诗人。这首《长安秋夜》颇具特色，像是一则宰辅日记，反映着诗人从政生活的一个片断。

中晚唐时，强藩割据，天下纷扰。李德裕坚决主张讨伐叛镇，为武宗所信用，官拜太尉，总理戎机。"内官传诏问戎机"，表面看不过从容叙事。但读者却感觉到一种非凡的襟抱、气概。因为这经历，这口气，都不是普通人所能有的。大厦之将倾，全仗栋梁的扶持，关系非轻。一"传"一"问"，反映出皇帝的殷切期望和高度信任，也间接显示出人物的身份。

作为首辅大臣，肩负重任，不免特别操劳，有时甚至忘食废寝。"载笔金銮夜始归"，一个"始"字，感慨系之。句中特别提到的"笔"，那绝不是一般的管城子，它草就的每一笔都将举足轻重。"载笔"云云，口气是亲切的。写到"金銮"，这绝非自夸际遇之盛，流露出一种"居庙堂之高"者重大的责任感。

在朝堂上，决策终于拟定，夜深人定，月色给一片和平宁谧的境界增添了诗意。《汉书·郊祀志》有"建章宫千门万户"之语，此处的"万户千门"，亦特指宫中。面对"万户千门皆寂寂"，他也许感到一阵轻快；同时又未尝不意识到这和平景象要靠政治统一、社会安定来维持。一方面宫室沉入睡乡（显言）；一方面则是一己之不眠（隐言），对照之中，间接表现出一种政治家的博大情怀。

秋夜，是下露的时候了。他若是从皇城回到宅邸所在的安邑坊，那是有一段路程的。他感到了凉意：不知什么时候朝服上已经缀上亮晶晶的露珠了。这个"露点朝衣"的细节很生动，大约也是纪实吧，但写来意境很美、很高。李煜词云："归时休放烛花红，待踏马蹄清夜月"（《玉楼春》），多么善于享乐啊！虽然也写月夜归马，也很美，但境界则较卑。这一方面是严肃作息，那一方面却是风流逍遥，情操迥别，就造成彼此境界的差异。露就是露，偏写作"月中清露"，这想象是浪漫的，理想化的。"月中清露"，特点在高洁，正是作者情操的象征。那一品"朝衣"，再一次提醒他随时不忘自己的身份。他那一种以天下为己任的自尊自豪感盎然纸上。此结可谓词美、境美、情美，为诗中人物点上了一抹"高光"。

如果我们把这首绝句当作一出轰轰烈烈戏剧的主角出台的四句唱词看，也许更有意思。一个兢兢业业的国士的形象活脱脱出现在人们眼前。但唱的句句是眼前景、眼前事，毫不装腔作势，但你只觉得它豪迈高远，表现出一个秉忠为国的大臣的气度。"大用外腓"是因为"真体内充"。正因为作者胸次广、感受深，故能"持之非强，来之无穷。"（《廿四诗品》）

登崖州城作

独上高楼望帝京，鸟飞犹是半年程。
青山似欲留人住，百匝千遭绕郡城。

072

这首诗亦作于宣宗大中三年（849）被贬崖州时。写作者身在南荒，心存魏阙的处境，情调悲怆沉郁，怨而不怒，此乃人生至于老熟之境时宠辱不惊的体现。

"独上高楼望帝京"二句，通过登楼远望，写身在崖州，眷恋故国的情怀。开篇即不同凡响。"独上高楼"凸现出登高望远、心事重重的主人公形象，较早有李白的"金陵夜寂凉风发，独上高楼望吴越"（《金陵城西楼月下吟》）不如此诗引人注目，大概是"望帝京"与"望吴越"，还是有差别吧。须知这是一位曾系国家安危于一身的重臣，虎落平阳的处境。其重重心事，与一般人的望乡，包含有更加深重的现实内容，不必细表。按，宋人晏殊写出"昨夜西风凋碧树，独上高楼、望尽天涯路。"（《蝶恋花》）实受此诗的影响。下句"鸟飞犹是半年程"，是说从崖州到长安，候鸟迁徙要飞半年时间，其路途之遥远，可想而知。"犹是"二字，饶有感慨，其意味是"人何以堪"！

"青山似欲留人住"二句，写郡城四周皆山，暗示回乡之遥遥无期。前二句全是归心，三句的"似欲留人"便是诗意的一转。用拟人法赋"青山"以有情，较早有李白的"相看两不厌，只有敬亭山。"（《独坐敬亭山》）作者的新意在"似欲留人住"，这一陈述的"似欲"二字，表现出一种判断的语气。末句必须写作出判断的缘由，方合于绝句的呼吸、张弛之法，果然，作者给出的理由是："百匝千遭绕郡城"。原来如此，重重包围郡城的"青山"，就像万人遮道之留。有人解为，"百匝千遭"绕郡的群山，适为四面环伺、重重包围的敌对势力的象征，最多算是一种别解。诗人没那么刻意，诗意没那么严重。反倒是逆境顺写，为回不去的冷酷现实，找到一种比较温馨的原因。明人周珽云："恋阙虽殷，而对景聊能自慰。"（《唐诗选脉会通评林》）不为无见。

这首诗兴象高妙，一气呵成，而余味曲包，堪称佳作。宋人杨万里作诗擅长活法，有诗云："莫言下岭便无难，赚得行人空喜欢。正入万山圈子里，一山放过一山拦。"（《过松源晨炊漆公店》）妙趣横生，在三四句。

而"青山似欲留人住，百匝千遭绕郡城"，可谓得其先声。不过此更稳重，彼更活泼。

【李贺】(790—816) 字长吉，宗室郑王之后，其父晋肃贞元时曾做过陕县令。唐福昌（今河南宜阳）昌谷人。宪宗元和二年（807）赴洛阳应进士举，妒之者以犯父名讳为由，加以阻挠。仕途失意，为奉礼郎，两年后因病辞官。有《李贺歌诗》。

示弟

别弟三年后，还家一日馀。
醁醽今夕酒，缃帙去时书。
病骨犹能在，人间底事无？
何须问牛马，抛掷任枭卢！

这首诗作于宪宗元和八年（813）作者辞官归昌谷后。清人方扶南说："此当是以父名晋肃不得举进士而归。"

"别弟三年后"二句，从久别还家写起。出句"别弟"二字点明题旨，明弘治本《锦囊集》、徐渭批本《昌谷诗注》题下有"犹"字，可知弟叫李犹。兄弟情同手足，三年阔别，多少想念。"还家一日馀"，一朝重逢，可谓悲喜交加。喜的是弟兄见面，可慰阔别之情。悲的是科举考试意外受阻，前途一片黑暗，满腹苦衷，说出来又怕影响亲人的情绪。

"醁醽今夕酒"二句，写与弟对酌的情态。"醁醽"酒名，《文选》李善注："《湘州记》曰：湘州临水县有醽湖，取水为酒，名曰醽酒。盛弘之《荆州记》曰：渌水出豫章郡康乐县，其间乌程乡有井，官取水为酒，酒极甘美，与湘东醽湖酒年常献之，世称醁醽酒。""缃帙"为浅黄色的包书布。出句写其弟不因兄遇蹭蹬而态度冷淡，热情置酒为兄洗尘。对句写愁看行囊里带去又带回的书，感觉万般无奈，正是"读尽缥缃万卷书，可怜贫杀马相如"。（关汉卿）

"病骨犹能在"二句，是牢骚语，不失为名言。出句自谓体质病弱，想不到自己还活着。对句"人间底事无"，反诘语气是强调人世间什么龌龊事都有，正所谓"卑鄙是卑鄙者的通行证"（北岛），言下之意是：虽然早有思想准备，早有从最坏处着想的打算，但想不到"父名晋肃不得举进士"的怪事都有，语极悲愤。

"何须问牛马"二句，是自宽语，强作消遣。"牛马""枭卢"为古代博戏术语，有博戏名"掷五木"。"五木"其形两头尖，中间平广，一面涂黑色，画牛犊以为花样；一面涂白，画雉以为花样。凡投掷五子皆黑者，名"卢"；白二黑三者曰"枭"。（见李翱《五木经》、程大昌《演繁露》六《投》）这两句的意思是，人生好比一场博戏。玩只管玩，结果是预料不到的。还有一层意思是，自己好比主司手中的骰子，任其投掷罢了。极旷达语，表现的却是内心的极不平衡。

此诗通体对仗，复冲淡平易，有出口成章之感。所以为佳。

咏怀二首

其一

长卿怀茂陵，绿草垂石井。

弹琴看文君，春风吹鬓影。

梁王与武帝，弃之如断梗。

惟留一简书，金泥泰山顶。

其二

日夕著书罢，惊霜落素丝。

镜中聊自笑，讵是南山期！

头上无幅巾，苦櫱已染衣。

不见清溪鱼，饮水得自宜？

《咏怀二首》作于宪宗元和九年（814）作者辞奉礼郎，回昌谷赋闲期间，清人方扶南说："此二作不得举进士归昌谷后，叹授奉礼郎之微官，前者言去奉礼，后者言在昌谷。"（《李长吉诗批注》）

第一首借司马相如酒杯浇自家块垒。"长卿怀茂陵"二句，写司马相如病居茂陵（在今陕西兴平）之冷落。"长卿"为相如字，他早年事汉景帝为武骑常侍，因病罢免，后因《子虚赋》为汉武帝赏识，为孝文园令，后因病居茂陵。著一"怀"字，表明因病思归的意思。"绿草垂石井"，是说碧绿蔓草挂满了井边的石栏，虽然环境优美，却也幽冷。"弹琴看文君"二句，写因为有卓文君相伴，尚不至于十分苦闷。"弹琴"二字表明是知音，而非寻常伴侣。"春风吹鬓影"，写文君之青春美丽，不事雕琢而绘声绘色，写出相如平生极得意处，真千古佳话也。句下既有鲍照"弄儿床前戏，看妇机中织"（《拟行路难》）的无奈，也有元稹"闲读道书慵未起，水晶帘下看梳头"（《离思》）的自得，可谓欣慨交心。

"梁王与武帝"二句，是说梁孝王早死，而汉武帝也没怎样重用他，相如仿佛被抛弃了。其实，无论是梁孝王，还是汉武帝都很赏识相如，恩遇有加，并不曾"弃之如断梗"，只是相如身体不行，病退茂陵，这才被武帝疏远了。而李贺本人，从来没有得到过相如似的风光和眷顾。说相如怀才不遇，完全是借古人酒杯、浇自己块垒。"惟留一简书"二句，是说相如遗著《封禅书》，最后成为泰山石刻。"金泥"，是填在石刻字内的颜料。据说相如病重时，汉武帝还惦着他的书，害怕散失了。派所忠前往茂陵，不幸晚了一步，相如已亡故了，特留下一卷封禅书，由家人献给汉武帝，武帝亦读之甚为惊异。相如有《封禅书》立在泰山顶上，请问梁王、武帝留下什么了呢？联想到李白的"屈平辞赋悬日月，楚王台榭空山丘。"(《江上吟》)你就不能说这里全是为相如遗恨。这里应该包含有作者自恋的心理。这就是为什么下一首从"著书"说起的原因。

第二首写闲居昌谷，写作自适的生活。春秋时鲁国大夫叔孙豹有"太上有立德，其次有立功，其次有立言，虽久不废，此之谓三不朽"(《左传·襄公二十四年》)之说，认为著书立说是通向不朽的途径之一。前诗言："惟留一简书，金泥泰山顶"，实际上就属于这种情况。所以此诗"日夕著书罢"二句，与之意思衔接，是说自己勤奋"著书"，乃至早生华发。"惊霜落素丝"，是说几丝白发像秋霜一般地飘落下来，意近于李白所谓"不知明镜里，何处得秋霜"(《秋浦歌》)。接下来诗人便说"镜中"。"镜中聊自笑"二句，是顾影自怜，"笑"是苦笑："讵是南山期"，也就是对自己的健康和寿命("南山期"指长寿)表示怀疑，以其未老先衰也。

"头上无幅巾"二句，写作者在昌谷不修边幅的生活。"幅巾"又称巾帻、帕头，是用整幅帛布束首，是布衣之士所用的、儒雅而讲究的装束。看王绩："幅巾朝帝罢，杖策去官忙。"(《赠李征君大寿》)就可以知道。作者因为生活贫寒，又无甚交际，也就从俭了。"苦檗已染衣"，是说衣服也是黄檗汁染衣料做的，取其价廉。"黄檗"树皮内层经炮制后入药，味苦性寒。古诗多双关人生辛苦，如："黄檗郁成林，当奈苦心多"、"高山种芙蓉，复经黄檗坞。果得一莲时，流离婴辛苦"(《子夜歌》)诗言苦檗染衣，意谓人生已泡苦水之中。"不见清溪鱼"二句，以如鱼在水，譬喻昌谷生活的苦乐，只有自己知道。宋人岳珂《桯史》云："至于有法无法，有相无相，如鱼饮水，冷暖自知。"语出唐人裴休《黄檗山断际禅师传心法要》作"如人饮水，冷暖自知。"此喻仍是欣慨交心，有寂寞中自有持守之意，略近于卢照邻"寂寂寥寥扬子居，岁岁年年一床书。惟

有南山桂花发，飞来飞去袭人裾。"（《长安古意》）

自初唐以来，近体定型，凡五言八句，多为律诗。而李贺独醉心于乐府古诗，故造句不求入律，谋篇不求工对，如第一首；亦不刻意避之，如第二首前半，听其自然，自饶滋味。此二诗实五言古诗。鸾凤群中，忽逢野鹿，贵在不可多得也。

苏小小歌

幽兰露，如啼眼。无物结同心，烟花不堪剪。草如茵，松如盖。风为裳，水为珮。油壁车，夕相待。冷翠烛，劳光彩。西陵下，风吹雨。

诗题一作《苏小小墓》。苏小小是南齐时的钱塘名妓，也是历代文人的大众情人。乐府古辞云："我乘油壁车，郎乘青骢马。何处结同心，西陵松柏下。"辞中的苏小小便是以情人形象出现的。清人袁枚尝刻一私印文曰："钱塘苏小是乡亲"，为某尚书大人所呵，袁正色曰："诚恐百年以后，人但知有苏小，不复知有公也。"（《随园诗话》）唐李绅《真娘墓序》："嘉兴县前亦有吴妓人苏小小墓，风雨之夕，或闻其上有歌吹之音。"朱自清《李贺年谱》谓贺入京之先，有东南之游。诗或作于其时。

"幽兰露"四句，紧扣乐府古辞，编织了一个幽冥世界中的婚庆。一切都那么的不确定，鬼新娘苏小小的形象是飘忽的：兰草上的露水，好比她的眼泪。而露水是容易干的，所谓"朝露待日晞"。传统婚俗中有哭嫁的仪式，这就是"啼眼"的根据。"无物结同心"，用看不见的丝绳编织同心结，"烟花不堪剪"，用看不见的花布制作嫁衣，"烟花"形容布料，偏义于如烟的烟，当然不堪剪、也不用剪。那么这件嫁衣，也就相当于安徒生童话里皇帝的新衣了。不同的是，这新衣肉眼看不见，诗人却以灵感看见了。

"草如茵"八句，均为三言句，写送亲的场面。有地毯，绿草就是地毯；有车盖，松树就是车盖；盖下的新娘打扮得漂漂亮亮，"风"是她飘飘的嫁衣，"水"是她晶莹的环珮，这与上文的"无物"结同心，"烟花"不堪剪，具有同一性，都是虚无的；"油壁车"指妇人所乘、油漆过的车，诗中指苏小小的车，这个车当然是也是肉眼看不见的，诗人却看见它就停在那里（"夕相待"）；还看见张灯结彩，只不过阴间的烛光是幽幽的发着绿色（"冷翠烛"），就像萤火虫发出的光，又像是白骨所生的磷火，像是精心准备的（"劳光彩"）。"西陵下"两句，则是写吹吹打打，既然是嫁娶之事，一定要吹吹打打，当然，表现不同于人间。末句"风吹雨"三字，所写内容即"风雨之夕，或闻其上有歌吹之音。"有一种传说：大地磁场能记录过去时代的声音，往往在风雨之夜被激活。在诗中，这种冥冥中的歌吹之音，被诗人定性为婚庆之乐。诗亦到此结束。结束在"骑青骢马"之鬼新郎出现之前，给人留下了无穷无尽的回味和期待。

蒲松龄《聊斋志异》序打头就说："披萝带荔、三闾氏感而为骚，牛鬼蛇神、长爪郎吟而成癖。"上句是说屈原写《山鬼》，下句则说李贺写诗——"牛鬼蛇神，不足为其虚荒诞幻也。"（杜牧）《苏小小歌》是代表作之一。这样的白日见鬼，而写得活灵活现，在全唐诗中也只有李贺一人，当得起"诗鬼"的称号。作者写鬼，犹如蒲松龄写鬼，"虽为异类，情亦犹人"，且有特殊审美价值。读这种诗，切莫往感遇上扯。作者超越自然，也超越自我，在编织一个童话。读者看不真苏小小的脸，只感觉到她是"风为裳，水为珮"，满身穿戴，都无定质。恰如《搜神记》里的紫玉，鬼魂还家，夫人一眼瞥见，"抱之，玉如烟然。"这就叫虚荒诞幻之美，较之《山鬼》，青出于蓝矣。

天上谣

　　天河夜转漂回星，银浦流云学水声。玉宫桂树花未落，仙妾采香垂珮缨。秦妃卷帘北窗晓，窗前植桐青凤小。王子吹笙鹅管长，呼龙耕烟种瑶草。粉霞红绶藕丝裙，青洲步拾兰苕春。东指羲和能走马，海尘新生石山下。

　　这是一首游仙之作。在游仙之作中，作者大都扮演着一种追梦人的角色。乔治·桑曾对巴尔扎克说："你写你看到的，我写我想到的。"被认为是现实主义与浪漫主义在写作手法上的区别之一。而《天上谣》这种诗，正是写作者想到的。

　　"天河夜转漂回星"四句一韵，从银河写到月宫，是仰望夜空的想象。"天河"即银河，是最引人瞩目的天象之一，夏夜从东北向南横跨天空，看上去就像一条奔流的大河。但凡激流、水文都很复杂，诗人写星星在洄水中打漩（"漂回星"），自是妙想。苏轼说文章若"行云流水"，天上的行云，好比地上的流水。所以"银浦流云"，也是自然的联想。作者用通感手法，变看云为听云，化视觉为听感。一个"学"字拟人，表明天国之种种，必以人间为蓝本。清人黎简评："言天河无水，以云为水，故云作水声也。似此不经之谈，偏是妙绝千古。通首皆仙语，太白放纵，转逊此遒险。"（《黎二樵批点黄陶庵评本李长吉集》）对全诗而言，这是一个精彩的开头。"玉宫桂树花未落"，写到月宫，即广寒宫，也是碧海青天即夜空的景象，有仙姑在月中活动，采摘桂花、盛入香囊，挂在衣带上（"垂珮缨"）。读者便嗅到桂花的清香。

　　"秦妃卷帘北窗晓"四句一韵转仄，想象天明后列仙的活动。"秦妃"

指秦穆公之女弄玉，即秦娥，嫁与萧史，萧史善于吹箫作凤鸣，后夫妻一道乘凤飞天成了神仙。事见汉刘向《列仙传》。诗人想象她清早卷帘，推开北窗，窗外植有梧桐，那是凤凰栖息的专树。"青凤小"之青凤，或是她与萧史所乘之神鸟，或是神鸟所育之雏凤。读者可以想象，室内壁上应挂着玉箫，玉箫的主人还未起床。"王子"指王子乔，即周灵王王子乔，亦善乐器，不过是吹笙，能作凤凰鸣。"王子吹笙鹅管长"，是说王子乔正在吹笙伴奏，"鹅管"指形状如同鹅毛管的笙笛（笙体上的许多长短不一的竹管）。照理说，下句应该写歌舞，殊不知作者异想天开，写到"呼龙耕烟种瑶草"，以"龙"对应下界的牛，以"烟"对应下界的土壤，以"瑶草"对应下界的庄稼。古代虽然有很多的神仙传说，但天国里有耕作之事，耕作还须王子乔伴奏，这个却是闻所未闻，读者长见识了。

"粉霞红绶藕丝裙"四句两韵，写仙女踏春，指点人间沧桑。"粉霞"指粉红色的衣衫、"红绶"指红色丝带、"藕丝裙"指纯白色的裙子，用感情显现手法，罗列仙女的着装，而仙女姿容宛在。"青洲（传说中的仙洲）步拾兰苕春"，实际上是描写了一队司春的女神，恰如郭沫若所说："司春的女神来了，提着花篮来了，散着花儿来了，唱着歌儿来了。""东指羲和能走马"，是说她们一边走，一边指指点点、批评羲和，说他驱赶日车跑得太快了；弄得"海尘新生石山下"——海水最近又干了、扬起尘土来了，沧海快变桑田了。可怜下界的凡人，真是"寄蜉蝣于天地，渺沧海之一粟"（苏轼）呀！此诗在仙女们的啧啧叹息声中戛然而止，给读者留下无尽的感伤。

清人姚文燮认为此诗事关美刺："元和朝，上慕神仙，命方士四出采药，冀得一遇仙侣。贺作此讽之。"（《昌谷集注》一）是古人常有的误读。诗中明明虚拟了一个天国乐园，美妙而和谐，仙人居住其间，怡然自乐。诗的结尾以"人生流光之促"（方世举）与仙界之美满幸福相对照，恰恰表现的是向往与追求之情。谁不渴望春光永驻、红颜不老呢，在现实中办不到的事，李贺在游仙诗中办到了。

秋来

桐风惊心壮士苦，衰灯络纬啼寒素。

谁看青简一编书，不遣花虫粉空蠹。

思牵今夜肠应直，雨冷香魂吊书客。

秋坟鬼唱鲍家诗，恨血千年土中碧。

这是一首悲秋之作，也是咏怀抒愤之作，前人或谓为自挽。七言八句，而非近体律诗，却是独步三唐的绝唱。

"桐风惊心壮士苦"四句，写主人公夜读惊秋，而生质疑。宋人欧阳修《秋声赋》开篇云："欧阳子方夜读书，闻有声自西南来者，悚然而听之，曰：异哉！"与此极为神似。"桐风"指吹过梧桐叶的秋风，小儒必嗫嚅，以为生造（全唐诗只此一例），然而历代读者接受，你就没辙。"惊心壮士苦"，即悚然听桐风之至，暗呼异哉苦也，一年又将衰飒矣。"衰灯络纬啼寒素"，以"衰灯"指黯淡的灯光，又是生造的又一例；"络纬"俗称纺织娘，秋凉时发出哀鸣，其声似纺线；"寒素"本指家世寒微，"素"字又暗关编织之意。"谁看青简一编书"二句，是对刻苦读书、著书的质疑。《新唐书·李贺传》载，李贺常有一囊随身，遇所得，即书投囊中，未始先立题然后为诗，如他人牵合程课者，及暮归，足成之。其母使婢探囊中，见所书多，即怒曰："是儿要呕出心乃已耳。"然而在这个秋夜，他产生了质疑，清代诗人黎简释云："言谁能守此残编、如防蠹（"不遣花虫粉空蠹"）然，愤词也。（末二句）恐老死似此也，至此诗佳亦何济耶！"（《黎二樵批点黄陶庵评本李长吉集》）

"思牵今夜肠应直"四句，写因自伤不遇，而与古人发生共鸣。一句以思牵肠直写积恨难消，造语极为奇警。"雨冷香魂吊书客"，此句写秋风秋雨之夜的幻觉，"香魂"指冥冥之中到访的诗魂或花魂，"书客"即"庞眉书客"（《高轩过》），乃作者自指。这个到访的幽灵，必是作者"萧条异代不同时"（杜甫）的知音，譬如《拟行路难》十八首的作者鲍照。于是诗人写出了石破天惊的最后两句："秋坟鬼唱鲍家诗，恨血千年土中碧。"连缀了鲍照诗和苌弘血两个典故。鲍诗或表现诗人怀才不遇、报国无门的忿懑，或表理想幻灭，如"丈夫生世能几时？安得蹀躞垂羽翼""自古圣贤皆贫贱，何况我辈孤且直"等。又有《蒿里行》、挽歌也，因生"鬼唱""秋坟"，可见作者造语之活，是所谓"咳唾落九天，随风生珠玉"（李白）者。《庄子》载："苌弘死于蜀，藏其血，三年化为碧。"后世用为蒙冤抱恨、生死不渝的典故。诗中借抒生不逢辰、遭遇埋没之愤郁，惊心动魄，遂为名句。曹雪芹的"昨宵庭外悲歌发，知是花魂与鸟魂"（《葬花吟》）、毛泽东的"万户萧疏鬼唱歌"（《送瘟神》）等，均脱胎于此诗。

清人姚文燮概括道："衰梧飒飒，促织鸣空。壮士感时，能无激烈！乃世之浮华干禄者滥致青紫。即细帙满架，仅能饱蠹。安知苦吟之士，文思精细，肠为之直？凄风苦雨，感吊悲歌。因思古来才人怀才不遇，抱恨泉壤，土中碧血，千载难消，此悲秋所由来也！"（《昌谷集注》）作者铸句，特重感性显现，绝少理性说明；锦心绣口，不就声律。今之从事诗教者恒有一误区，即将中华诗词与格律诗词画上等号。其病在于未与唐人商量，尤其未与李贺商量也。

秦王饮酒

秦王骑虎游八极，剑光照空天自碧。羲和敲日玻璃声，劫灰飞尽古今平。龙头泻酒邀酒星，金槽琵琶夜枨枨。洞庭雨脚来吹笙，酒酣喝月使倒行。银云栉栉瑶殿明，宫门掌事报一更。花楼玉凤声娇狞，海绡红文香浅清，黄鹅跌舞千年觥。仙人烛树蜡烟轻，青琴醉眼泪泓泓。

这首诗有个问题认识统不起来，那就是"秦王"指谁。一说指秦始皇；一说指唐太宗李世民，做皇帝前是秦王；一说指唐德宗李适，做太子时受封雍王，雍属秦地；还有一说，出于清人陈沆："长吉诗中秦王，皆指宪宗，以其有秦皇汉武之风也。"（《诗比兴笺》）按，篇中未及秦事，故秦始皇一说可以排除。其余三说，则莫衷一是。陈沆说："从来英武之主，莫不始于忧勤，终于骄佚，长吉见其微而叹之。"（同前）但此诗之所以能成为名篇，恰如一位名导演说过的话："有意义不如有意思。"

"秦王骑虎游八极"四句为一段，写秦王武功盖世。

前二句说秦王威慑八方，剑光把天空都映照成碧色。唐太宗李世民曾先后率部平定薛仁杲、刘武周、窦建德、王世充等军阀，在唐朝的建立与统一过程中立下赫赫战功。唐德宗李适即位前，曾以兵马元帅的身份平定史朝义之乱，又以关内元帅的头衔出镇咸阳，抗击吐蕃。唐宪宗李纯力图中兴，从而取得元和削藩的巨大成果，使藩镇势力暂时有所削弱，重振中央政府的威望，史称元和中兴。若论武功，都沾得上边。由于诗人不是写实，而是把主人公神化了，所以很难指实一定是谁。"羲和敲日玻璃声"二句，是诗中奇笔。是说秦王征巡八极，羲和驾日开道。诗人想象，太阳亮晶晶的，敲之必具玻璃之声。"劫灰飞尽古今平"，是说秦王扫平六合，劫难成为过去，从此天下太平。此句可圈可点，从没有人这样说过。"夫'劫'乃时间中事，'平'乃空间中事；然'劫'既有'灰'，则时间亦如空间之可扫平矣。"（钱锺书《谈艺录》十）用时髦话说，"秦王"是历史的终结者。

"龙头泻酒邀酒星"十一句为一大段，写秦王饮酒恣欢。

既然"劫灰飞尽古今平",历史已经终结,为什么不为这样的胜利开怀畅饮呢。"龙头"为铜铸的龙形酒器,据《北堂书钞》载:唐太极宫正殿前有铜龙,大宴群臣时,将酒从龙腹装进,由龙口倒入樽中。"酒星"是天上主管酒食的星辰。"金槽琵琶夜枨枨"两句写饮宴时的伴奏,"金槽"指琵琶镶金的弦码,"枨枨"为琵琶声,"洞庭雨脚"是形容笙乐吐音、像洞庭湖上密集的雨点。"酒酣喝月使倒行",是说酣饮达旦、意犹未足,故清人姚文燮评:"恣饮沉湎,歌舞杂沓,不卜昼夜。"(《昌谷集注》)"喝月倒行"意犹挥戈退日,意在挽留时间,是诗中又一神来之笔。"银云栉栉瑶殿明"二句,是说五更已过,东方之云彩既白("银云"),大殿已经亮了,而宫门掌事者始"报一更"(一作"报六更"),明人徐渭评:"言天将明而报一更以劝酒也,最奇。"(《唐诗快》)

"花楼玉凤声娇狞"五句,写饮宴不到终场,歌舞还须进行。"花楼玉凤"是对歌女的形容,"声娇狞"是说歌声娇柔而有穿透力,"海绡"鲛绡,相传为海中鲛人所织(出《述异记》),"红文"指红色花纹,"香浅清"指淡淡的清香,"黄鹅"指鹅黄的舞衣,一说指鹅黄色的酒俱通,"跌舞"指踏摇的舞姿,"千年觥"指举杯祝寿,"仙人烛树"指刻有神仙的烛台上树立着多支蜡烛,"青琴"为传说中的神女,"泪泓泓"即泪汪汪,清人范大士曰:"醉极而泪,乐极生悲,两意俱妙。"(《历代诗发》)这五句重在宫廷宴乐场面的感性呈现,杂置、并列、堆砌种种名物、印象,以句句用韵为关联,在可解不可解之间,给读者留下应接不暇之感和自由想象的空间。或谓李贺为奉礼郎日,当有缘目睹大内宴会场面,诗中景象未必尽出虚构,其言甚是。

如就讽刺而言,未见其妙——"有你不少,无你不多"。而就想象奇特、发人所未发,引用率之高而言,则此诗罕有其匹。明末黄周星说:"日可敲乎,敲可有声乎?雨脚能吹笙乎?月可喝使倒行乎?""篇中日月云雨,供其颠倒,驱遣簸弄,直是无可奈何。"(《唐诗快》引)清人黎简说:"想到日之声如玻璃,亦地老天荒,无人有此奇想。"(《黎二樵批点黄

085

陶庵评本李长吉集》）马位说："'羲和敲日玻璃声'，不知有出不，抑自铸伟辞？"（《秋窗随笔》）此诗人兴到神会之语，何须出处。

感讽五首（录二）

其一

南山何其悲，鬼雨洒空草。长安夜半秋，风前几人老。低迷黄昏径，袅袅青栎道。月午树立影，一山惟白晓。漆炬迎新人，幽圹萤扰扰。

李贺有一种境界幽冷荒诞的诗，它们常常为人引以说明李贺诗的某种特点，却又因为情调的"消极"，为选家所摒弃。连司空图的二十四"诗品"也没有"荒诞"一品，不免小有遗憾。而这类"荒诞"的诗，实蕴含诗人李贺的苦心孤诣，是诗人获得"诗鬼"之谥的主要原因，在美学风格上也有独到的贡献。列在《感讽》第三的"南山何其悲"，便是这样的呕心沥血之作。诗中塑造的阴森恐怖的境界，是诗人内心苦闷的深刻的象征。

我国古代通行土葬，城市近郊的山陵往往为市朝之公墓，如洛阳的北邙与长安的终南山，都有松柏丛生的陵园。此诗写的就是深秋夜半南山墓地的情景。

南山是坟地，故空寂无人，雨天尤其萧瑟。"鬼雨"的铸词由此而来，非常警策。而"空草"的铸词也非常别致。因为秋能兴悲，愁能杀人，尤其在远离市井的南山，打在空寂的草木上的秋雨，真个别有阴冷的鬼气。"鬼"字遥兴篇末的冥境。（人口语中的"鬼天气""鬼话"等含有诅咒的意味，即由此延伸而出。）以下一跳写到长安，那是繁华的人境。然而人皆有死，终须托体山阿。联系到开篇，"长安夜半秋，风前几人老"二句只平平道来也有些惊心动魄了。由青春年少而至于衰老，本是自然规律，何关乎秋风秋雨？然而秋风秋雨使人忧伤，忧伤足以加速人的衰老，而衰老则将导致人的死亡啊。

"低迷黄昏径，袅袅青栎道。"两句是三重意义上的过渡：就地域言，是从长安到南山的过渡；就气候言，虽从风雨到雨霁的过渡；就生命言，是从人境到冥界的过渡。这个过渡通过山林的道径描述而完成，很有别趣。曲折的路径笼罩在昏暗之中，两旁是沙沙响着的青栎，谁走在这样的路上也不免心中犯疑，乃至毛骨悚然。沿着这条幽暗之路，最后通到了一片白晃晃的世界。后四句中读者就看到了一个安静得可怕的午夜世界。诗人用战栗着的想象和可补造化之笔，描绘了一个神秘的，比黑夜更为可怕的白夜："月午树立影，一山惟白晓。漆炬迎新人，幽圹萤扰扰。"

寂静的山林，月到中天，树影缩成一团，消失在树脚，于是到处明晃晃，有甚于天亮的时候。这时磷火（漆炬）如烛光点点；鬼影幢幢，似乎是在迎接新来的伙伴，坟茔中乱糟糟萤火般的磷光，使人想到鬼的聚会！这想象，是幻觉，又那么逼真。铸辞用字的倒错和异常，产生了令人惊愕不已的效果："月午"对应着人间的日午，"白晓"其实出现在深夜，鬼灯发着幽昧的光，故曰"漆炬"，"新人"其实是新鬼。阴错阳差的语言有力地刻画出一个本不存在的冥界。在古诗或乐府中，"新人"还特指新妇（如《焦仲卿妻》"不足迎新人"，《上山采蘼芜》"新人不如故"，杜甫《佳人》"但闻新人笑"），从李贺《苏小小墓》看，他是认定鬼也能恋爱婚嫁的。所以"漆炬迎新人"二句，未尝不可解为鬼的迎娶，正是"冷翠烛（即漆烛），劳光彩"（《苏小小墓》）呢。"幽圹萤扰扰"则应是鬼的喜庆热闹的婚筵场面了。这也是诗中的别趣。

据说天才的诗人在创作时都有些精神失常或失态。作为一位有些神经质的诗人，李贺更是如此。他在悲哀苦闷时想到死后，却又把幻想作为审美观照的对象加以玩味，不由自主地又给它添上一点点生趣，"虚荒诞幻"中仍有着天真烂漫的所在。读者为之既错愕又神往。诗列在"感讽"题下，显然想要告诫世人什么，又终于没有说出。但可以揣想，大概是讽刺世人"一死生为虚诞，齐彭殇为妄作"（王羲之语）吧。却出人意表地创造了一个独到的艺术境界，借以表现了一种生之困惑。杜牧说"荒国陊殿，梗莽丘垄，不足为其怨恨悲愁也；鲸吸鳌掷，牛鬼蛇神，不足为其虚荒诞幻也"（《李长吉歌诗序》），于此诗可见一斑。

其二

　　　石根秋水明，石畔秋草瘦。侵衣野竹香，蛰蛰垂叶厚。
岑中月归来，蟾光挂空秀。桂露对仙娥，星星下云逗。凄凉
栀子落，山璺泣清漏。下有张仲蔚，披书案将朽。

　　《感讽五首》非一时一地之作，没有一个主题。这首诗原列第五，作于昌谷家中，一韵到底，是一首秋游感遇之作。诗中的山，当指南山。

　　"石根秋水明"四句，写日间秋游之所见。前二同组、以"石"字领起，可见山中多石。石林中有泉水流过，给山中带来生机，"明"字写出秋高气爽的季节特点。看不到烂漫山花，看见的是秋天的劲草，一个"瘦"字写出秋草细长的特点。山中适合竹类生长，竹子是常青的，因有水源，所以竹叶茂密（"蛰蛰"语出《周南·螽斯》是密集的样子），散发出清香之气。"岑中月归来"六句，写月出后的情景。"月归来"，其实是携月归来，即陶诗"带月归"，于是月在动。"蟾光挂空秀"写停下来看月，月亮（"蟾光"）高挂天上，于是月不动。"桂露对仙娥"是想象月宫，"桂"指月中桂，"仙娥"即嫦娥。"星星下云逗"，或释为星星躲在云彩下边，眨巴着眼睛互相逗乐，是典型的望文生义。按，"云逗"一词出自韩愈的"或罗若星离，或蓊若云逗。"（《南山诗》）"云逗"对"星

离"，是云停的意思，《说文》："逗，止也。"也就是说，浮云下看得到星星。秋夜露气大，栀子花在凋落，其景凄凉。"山罍 wèn"指山石裂缝，有清泉如滴漏。总上十句为一大段，写山行及归来所见秋景，或明丽芳香，或凄凉幽冷，色调并不一致，罗列一处，感觉生奇诡异，乃是作者倾囊属句的结果，不足为怪。其间有一个关键词没有说出，那就是"散心"。

"下有张仲蔚"二句为第二段，貌似怀古，实为感遇。张仲蔚是汉代扶风人，博学、通天文，隐居不仕，"所居蓬蒿没人"（晋挚虞《三辅决录注》）。在诗中其实是自况，"披书案将朽"，是说勤学苦读，用韩愈的话说就是"口不绝吟于六艺之文，手不停披于百家之编""贪多务得，细大不捐。焚膏油以继晷，恒兀兀以穷年"，却落得个"文虽奇而不济于用"（《进学解》）书案将朽，复有何益！所以这一段也有一个关键词呼之欲出，那就是"纠结"，或者"牢骚"。

总之，结尾两句有画龙点睛的作用。如果没有这样两句收束全诗，全诗将有句无篇。若追溯其源，则唐初卢照邻《长安古意》已开先河矣。

致酒行

零落栖迟一杯酒，主人奉觞客长寿。主父西游困不归，家人折断门前柳。吾闻马周昔作新丰客，天荒地老无人识。空将笺上两行书，直犯龙颜请恩泽。我有迷魂招不得，雄鸡一声天下白。少年心事当挐云，谁念幽寒坐呜呃。

元和初，李贺带着刚刚踏进社会的少年热情，满怀希望打算迎接进士科考试。不料竟因避父名"晋肃"当讳，被剥夺了考试资格。从此

"怀才不遇"成了他作品中的重要主题，他的诗也因而带有一种哀愤的特色。但这首困居异乡感遇的《致酒行》，音情高亢。别具一格。

"致酒行"即劝酒致辞之歌。诗分三层，每层四句。

从开篇到"家人折断门前柳"四句一韵，为第一层，写劝酒场面。先总说一句，"零落栖迟"（潦倒游息）与"一杯酒"连缀，略示以酒解愁之意。在写主人祝酒前，先从客方（即诗人自己）对酒兴怀落笔，突出了客方悲苦愤激的情怀，使诗一开篇就具"浩荡感激"（刘辰翁）的特色。接着，从"一杯酒"而转入主人持酒相劝的场面。他首先祝客人身体健康。"客长寿"三字有丰富潜台词：忧能伤人，折人之寿，而"留得青山在，不怕没柴烧"啊！七字画出两人的形象，一个是穷途落魄的客人，一个是心地善良的主人。紧接着，似乎应继续写主人的致辞了。但诗笔就此带住，以下两句作穿插，再申"零落栖迟"之意，命意婉曲。"主父西游困不归"，是说汉武帝时主父偃的故事。"主父偃西入关，郁郁不得志，资用匮乏，屡遭白眼"（见《汉书·主父偃传》）。作者以之自比，"困不归"中寓无限辛酸之情。古人多因柳树而念别。"家人折断门前柳"，通过家人的望眼欲穿，写出自己的久羁异乡之苦，这是从对面落墨。引古自喻与对面落墨同时运用，都使诗情曲折生动有味。经此二句顿宕，再继续写主人致辞，诗情就更为摇曳多姿了。

"吾闻马周昔作新丰客"到"直犯龙颜请恩泽"是第二层，为主人致酒之辞。"吾闻"二字领起，是对话的标志。这几句主人的开导写得很有意味，他抓住上进心切的少年心理，甚至似乎看穿诗人引古自伤的心事，有针对性地讲了另一位古人一度受厄但终于否极泰来的奇遇：唐初名臣马周，年轻时受地方官吏侮辱，在去长安途中投宿新丰，逆旅主人待他比商贩还不如。其处境狼狈岂不比主父偃更甚？为了强调这一点，诗中用了"天荒地老无人识"的生奇夸张造语，那种抱荆山之玉而"无人识"的悲苦，以"天荒地老"四字来表达，可谓无理而极能尽情。马周一度困厄如此，以后却时来运转，因替他寄寓的主人、中郎将常何代笔写条陈，太宗大悦，予以破格提拔。"空将笺上两行书，直犯龙颜请恩泽"即言其事。主人的话到此为止，只称引古事，不加任何发挥。但这番语言很富于启发性。他说马周只凭"两行书"即得皇帝赏识，言外之意似是：政治出路不特一途，囊锥终有出头之日，科场受阻岂足悲观！事实上马周只是为太宗偶然发现，这里却说成"直犯龙颜请恩泽"，主动自荐，似乎又怂恿少年要敢于进取，创造成功的条件。这四句真是以古事对古事，话中有话，极尽循循善诱之意。

"我有迷魂招不得"至篇终为第三层，直抒胸臆作结。"听君一席话，胜读十年书"，主人的开导使"我"这个"有迷魂招不得"者，茅塞顿开。作者运用擅长的象征手法，以"雄鸡一声天下白"写主人的开导生出奇效，使自己心胸豁然开朗。这"雄鸡一声"是一鸣惊人，"天下白"的景象是多么光明璀璨！这一景象激起了诗人的豪情，于是末二句写道：少年正该壮志凌云，怎能一蹶不振，老是唉声叹气"幽寒坐呜呃"五字，语亦独造，形象地画出诗人自己"咽咽学楚吟，病骨伤幽素"（《伤心行》）的苦态。"谁念"句，同时也就是一种对旧我的批判。末二句声情激越，颇具兴发感动的力量，使全诗具有积极的思想色彩。

《致酒行》以抒情为主，却运用主客对白的方式，不作平直叙写。《李长吉歌诗汇解》引毛稚黄说："主父、马周作两层叙，本俱引证，更作宾主详略，谁谓长吉不深于长篇之法耶？"本篇富于情节性，饶有兴味。在铸辞造句、辟境创调上往往避熟就生，如"零落栖迟""天荒地老""幽寒坐呜呃"，尤其"雄鸡一声天下白"句，或意新，或境奇，都属李长吉式的"锦心绣口"。

李凭箜篌引

吴丝蜀桐张高秋，空山凝云颓不流。江娥啼竹素女愁，李凭中国弹箜篌。昆山玉碎凤凰叫，芙蓉泣露香兰笑。十二门前融冷光，二十三弦动紫皇。女娲炼石补天处，石破天惊逗秋雨。梦入神山教神妪，老鱼跳波瘦蛟舞。吴质不眠倚桂树，露脚斜飞湿寒兔。

作于元和五六年（810—811）间，时李贺在长安官奉礼郎，有缘接触宫廷乐师李凭。箜篌本为胡乐，约于东晋武帝时由西域传入，在唐十部乐中，多数皆用二十三弦之竖箜篌。此诗即写听李凭弹箜篌的感受。

前四是全诗的引子，三句写音乐的开始，第四句才点出何人、何时、何地、如何。首句不说破箜篌，而以"吴丝蜀桐"作感性显现，是李贺一种典型的表现手法，暗示乐器选材之精、制造之美；"张"是诗人选择的最恰当的动词，嵌在丝桐与高秋之间，不仅指张设乐器，而且兼关秋气高涨；二三句在大段描写音乐前先营造一下气氛，于是演奏者出台亮相。

以下八句描写李凭的箜篌演奏。五六换仄韵，玉碎凤叫，写乐声之清和；花谢花开写乐声效果，而以"泣""笑"代谢、开，化无声为有声矣。七八换平韵，言长安十二门前的冷光（月光）也为之融化了，箜篌声甚至感动了天帝。以下四句换仄韵，由乐声联想到淅沥秋雨，由秋雨联想到天漏，由天漏而联想到女娲补天处之石破，翻空作奇，出人意表。神山之神妪指成夫人——传说为晋代兖州弹箜篌的好手。有人说这里的"教"是受动用法，即就教于神妪，如江淹受五色笔于神人、王羲之学书于卫夫人，似较合于常情；然作主动用法，则违乎常理，而李贺诗正以违乎常理为特色，固不妨照字面解会。

末二句暗示曲终人去，音乐效果还在。连月中仙人（吴刚）神物（玉兔）都还沉浸在乐声余韵中，没有睡意，也感觉不到露气的清寒。诗写奏乐，伴随着景的推移，所以王琦玩味道"当是初弹之时，凝云满空；

继之而秋雨骤作；洎乎曲终声歇，则露气已下，朗月在天。皆一时实景也。而自诗人言之，则以为凝云满空者，乃箜篌之声遏之而不流；秋雨骤至者，乃箜篌之声感之而旋应。"这种理解是富于启发性的。

全诗大量运用了神话材料如江娥（湘妃）、素女（嫦娥）、紫皇、女娲、神妪、香兰、桂树、老鱼、瘦蛟、寒兔等，妙于组织，所谓虚荒诞幻、出神入幽，无一字落常人蹊径（《唐宋诗举要》）。清方世举曰："白香山江上琵琶，韩退之颖师琴，李长吉李凭箜篌，皆摹写声音至文。韩足以惊天，李足以泣鬼，白足以移人"（《李长吉诗集批注》）。

雁门太守行

黑云压城城欲摧，甲光向日金鳞开。

角声满天秋色里，塞上燕脂凝夜紫。

半卷红旗临易水，霜重鼓寒声不起。

报君黄金台上意，提携玉龙为君死。

作于元和初，张固《幽闲鼓吹》谓韩愈为国子博士分司东都，李贺以歌诗干谒，韩极困欲睡，门人呈卷，旋解带，旋观首篇——即此诗，才读前二句，却援带命邀之，一时传为佳话。雁门在今山西北部，是古时交兵之地。诗题是汉乐府《相和歌·瑟调曲》旧题，六朝及唐人拟作多以咏叹征戍之苦，而李贺此篇则显得新异。

诗中战争虽属虚拟性质，其中提到的地名如雁门、塞上、易水、黄金台，均在河东、河北，参之李贺其他作品，论者一般将它与唐代藩镇作乱的历史背景相联系，言之成理。

开篇写对阵，着力气氛烘托，有先声夺人的效果：黄昏时分，城下大军压境，天上黑云压城，而四角亮得出奇（是暴风雨即将到来的征兆），落日惨淡的光辉照得城头城下金甲，鱼鳞般闪闪发光，——两军对垒，整个空气是凝滞的，处于爆发前的寂静。其实敌人兵临城下未必同时乌云密布，这完全是诗人的艺术构思，是象征、描述意象的叠加，效果是加倍的。三四于战斗非正面描写，偏致力于角声、秋色、夜色的描写仍有惊心动魄的效果。那胭脂凝夜紫的夜色，是晚霞还是战血？毋宁是隐喻、描写双重意象的叠加，是场面的感性显现，不是解说而是呈示一场战争，诉诸读者的视听感官。五六写驰援，"临易水"的字面暗示"壮士一去兮不复还"的意念。至于接下来的遭遇战，仍只侧面描写，"霜重鼓寒声不起"暗示的显不是势如破竹，而是困难重重，——只把战争的困难限在气候，却能收到侧面微挑的效果。

诗不讳言敌强，不讳言牺牲和困难，甚至不讳言死，其所突出的只在"雁门太守"的一片忠诚。黄金台是战国时燕昭王建于易水东南，以招揽天下士的处所，诗用这故事，写出将士以身许国的赤胆忠心。故清人萧馆评此诗"颇类睢阳（张巡）激励将士诗。"

这首诗写得十分凝重。它是一首七古，篇幅却相当一篇七律，但读之不觉其短。首先在于诗人着重侧面的烘托，他没有采用正面叙写的语言，却专重烘托气氛和展示意象，启发读者的想象和联想，自能一以当十。其次是很大的意象密度，诗中常将描述的、比喻的、象征的意象叠加，颠扑不破，耐人反复吟味。三是夜色浓重，几乎每一句都色彩鲜明，其中金黄、胭脂、紫红等艳丽的彩色，与黑、白（玉）等非彩色交织运用，构成色彩斑斓的画面效果，也是令人读不厌的。这种情况在杜、韩诗中只偶尔一见（杜如"香稻"一联），并不形成特色，而在李贺诗则是擅长的绝活，旁人任学难到的。

梦天

老兔寒蟾泣天色，云楼半开壁斜白。

玉轮轧露湿团光，鸾佩相逢桂香陌。

黄尘清水三山下，更变千年如走马。

遥望齐州九点烟，一泓海水杯中泻。

　　此诗写梦天游月之幻境。前四写天阶月色，这是白露为霜时节，空中一阵微雨，好像是月中蟾兔因清寒而悲泣，雨霁云开，琼楼玉宇露出一角粉壁，——是梦的感觉，境界清凉、湿润、朦胧、虚幻。

　　紧接写车轮辗着清露穿行天街，团光微湿；"玉轮"的意象可能从月亮的形象得来，但不必指月，因为下句中乘车人便和素娥在月中桂树下相逢，——而这乘车人，可以假定为诗人之梦魂。说假定，是因为谁与鸾佩相逢、相逢后又怎样，诗中都未明确交代。

　　后四句话头忽转，写从天际俯瞰下界。"黄尘""清水"各指陆地、海洋，"三山"即传说中海上仙山蓬莱、方丈、瀛洲，说它们"更变千年如走马"，是活用《神仙传》《沧海桑田》的典故。"齐州"即中州、九州，从天上看去不过是九个点儿而已，诗人杜撰了"点烟"一词，表明它不但小，而且缥缈；陆地是这样，大海呢，也不大，一杯水而已，——江河赴海就像是往杯中注水而已。

　　梦天不奇，古已有之，奇在梦天所见所闻，如幻如真。梦从天上看人间渺小，还在人意中，梦从天上看到人世间变化的迅速，就出人意表，所谓"洞中方数日，世上已千年"——李贺诗妙在他能形象地表现天上人间的这种速度差，以天上的眼光看人间，从而给人以新奇感和惊异感：

"黄尘清水三山下，更变千年如走马"、"南风吹山作平地，帝遣天吴移海水；王母桃花千树红，彭祖巫咸几回死"（《浩歌》）、"晓声隆隆催转日，暮声隆隆催月出。汉城黄柳映新帘，柏陵飞燕埋香骨。捶碎千年日长白，孝武秦皇听不得"（《官街鼓》）写瞬息沧桑。"海沙变成石，鱼沫吹秦桥。空光流远浪，铜柱从年消"（《古悠悠行》）写风化过程。"况是青春日将暮，桃花乱落如红雨"（《将进酒》）写花落之快。这些画面语言，只能用电影中的低速镜头（快镜头）来处理（如在几分钟内呈示种子的发芽、开花；鸡子的孵育过程），令人感到奇乎其技。李贺的想象力确实是异常活跃的。

金铜仙人辞汉歌

> 茂陵刘郎秋风客，夜闻马嘶晓无迹。画栏桂树悬秋香，三十六宫土花碧。魏官牵车指千里，东关酸风射眸子。空将汉月出宫门，忆君清泪如铅水。衰兰送客咸阳道，天若有情天亦老。携盘独出月荒凉，渭城已远波声小。

本篇据朱自清推测大约是元和八年（813），李贺因病辞去奉礼郎之职，由京赴洛，为探寻前事、感慨古今兴亡而作。魏明帝曹睿拆徙长安汉宫铜人欲运洛阳置于前殿，为景初元年（237）事，见《三国志·魏书·明帝纪》裴松之注引；习凿齿《汉晋春秋》说"盘拆，声闻数十里，金钦（铜人）或泣，（以重不可致，）因留霸城。"这个汉宫故物易主的故事中，铜人下泪的传说，投合李贺的艺术趣味，遂有此作。

全诗分前后两部分。前四句写汉宫的寂寥。仙人承露的铜塑乃是汉武帝刘彻生前所造，故诗一开始就从"茂陵（汉武陵寝）刘郎"说起。刘彻生前作过一首《秋风辞》，云："欢乐极兮哀情多，少壮几时兮奈老何"，称他"秋风客"也就熔铸了这诗意。"夜闻马嘶"，一说为汉武魂游故宫，着意只在"晓无迹"三字，渲染出汉宫森森鬼气；一说指魏官夜间拆迁铜人的车马声，惊动了汉武亡灵。

汉代宫室，班固《西都赋》有"离宫别馆，三十六所"之说。"画栏"二句，写汉代亡国后故宫的荒凉，可用李煜"雕栏玉砌应犹在""春花秋月何时了"为之注。以"土花"写苔藓，李贺诗常用意象，感觉是寂寞与荒凉。

后八句写金铜仙人夜别汉宫的凄苦。魏官取得铜仙人，赶车出东门向魏都洛阳而去，在写铜仙人潸然泪下之前，诗人巧妙地先写一句"东关酸风射眸子"，酸风就成了铜人下泪的表面原因，而更深层的原因下句补出——"忆君（汉武）清泪如铅水"。铜仙人下泪是一奇，铜仙人眸子怕风又是一奇，催人泪下的风是"酸风"，铜仙人流下的清泪是"铅水"，具见李贺构思措语之妙。

写铜仙人一路独行，除了用"汉月"相送来衬托其孤单，还写到路边的草色，与刘长卿"草色青青送马蹄"之句（《送李判官之润州行营》）的不同之处，是李贺生造"衰兰"一词，更觉凄凉；说兰草衰老意犹未足，诗人又补一句"天若有情天亦老"，更令人觉天地为之色变。末二描写，在荒凉的月色中，铜仙人越去越远，渭水的波声也越来越小，画面与声响配合，饶有余味。

这首诗写易代沧桑，盛衰荣枯之变，与唐室中衰有关，盖安史乱后，唐故行宫亦有衰落如诗中汉宫者，诗人以没落王孙，借铜仙辞汉之泪，表达宗国之痛，非泛泛咏古，故读之令人情移。全诗只对金铜仙人辞汉宫事再造情景，不着一字议论，而意在言外，这是李贺形象思维的重要特点。诗中造意措语，奇谲异常，如秋风客、土花碧、铜仙铅泪、衰兰送客、天亦老，多为"古今未尝经道者"（杜牧），这是李贺诗吸引人的所在之一。后来铜仙人清泪竟成改朝换代、天地翻覆的典故："父老犹记宣和事。抱铜仙，清泪如水"（刘辰翁）、"铜仙铅泪似洗，叹移盘去远，难贮零露"（王沂孙）、"铜雀春情，金人秋泪，此恨凭谁雪"（文天祥）；"天若有情天亦老"曾被认为奇绝无对，宋石曼卿对以"月如无恨月长圆"，一时传为佳话，此句亦被广为引用，如"莫道安仁头白早。天若有情，天也终须老"（张先）、"朱弦悄，知音少，天若有情应老"（晏殊）、"天若有情天亦老，人间正道是沧桑"（毛泽东）。

北中寒

一方黑照三方紫，黄河冰合鱼龙死。

三尺木皮断文理，百石强车上河水。

霜花草上大如钱，挥刀不入迷蒙天。

争溘海水飞凌喧，山瀑无声玉虹悬。

此诗写北国的奇寒。诗题的"北中"即北地，北国。谋篇布局，在散乱中见经营，是这首诗的一个显著特点。

全诗没有情节贯穿，甚至也没有时间流程，全由片断的景色联缀而成，每句诗都展示一种景观，共同体现着"北中寒"。然而诗人也有意匠经营。首先，诗第一句就是大的笼罩："一方黑照三方紫，"写出北中天色晦暗，竟映带得其余各方成了紫色。诗人所本为《周礼注》"北方以立冬，谓黑帝之精。"《金丹清真元奥》："太阳南明，太阴北黑。"但在表现更具象，"黑""紫"的浓重色调，给人以神秘而威压之感。"照"本用于光明（普照），这里用于晦暗（笼罩），更增添了上述感觉。

在全诗写景中，首句有确定基调的作用，也就是提纲挈领。以下各句，虽说没有明显的逻辑联系，然而除"三尺木皮断文理"外，都是写天地间水文变幻所构成的种种不同奇观，而这正是严寒统治的世界的特点。这些景观次第是：冰封的黄河及河上的行车、钱大的霜花、浓重的雾幔、浮冰充斥的海洋、冻结了的飞瀑，等等。既源于真实，又糅合了诗人奇特的想象，从而把读者带进了一个奇异的冰雪世界，那里天是墨的、地是亮的，宛如一座神秘的水晶王国，你会感到寒冷，更会感到超出寒冷百倍的惊讶和愉快。这首诗，就像是李贺从他那古破锦囊中掏出些零金碎玉般的断句，随便凑合而成的。然而，它们一经组合，便天衣无缝了。

　　遣词设喻，于无理处得奇趣，是这首诗的另一个显著特点。如果我们拘泥于常识，自然常识和语法常识，那么就会对《北中寒》的诗句逐一加以"订正"：黄河冰合时，应是鱼龙潜底。说"鱼龙死"，岂有此理？《汉书》谓"胡貉之地，阴积之处，木皮三寸"，不是"三尺"。是"百石重车"，不是"强车"；是"上河冰"，不是"上河水"。迷雾可说挥刀难破，不是"不入"。如此等等，然而所有这些无论从事理上还是措辞上对常规的违反，都包含着独创的匠心，都是出奇制胜。"鱼龙死"意味着河水全体冻结，注重表现异乎寻常的严寒，无理而有趣。"百石强车上河水"的"水"即是"冰"，但用"水"字则取得了一种令人惊异的效果。"抽刀断水水更流"虽更近乎常理，而"挥刀不入迷蒙天"则别有神奇之感，可见那北国之雾异常的稠密。虹本有七彩，而"玉虹"的铸词，更强调冻瀑的透明，而透明中亦能折射出不同的色光。这些都能给读者以十分新异的语感。

将进酒

　　琉璃锺，琥珀浓，小槽酒滴真珠红。烹龙炮凤玉脂泣，
罗帏绣幕围香风。吹龙笛，击鼍鼓；皓齿歌，细腰舞。况是

青春日将暮，桃花乱落如红雨。劝君终日酩酊醉，酒不到刘
伶坟上土！

李贺这首诗以精湛的艺术技巧表现了诗人对人生的深切体验。

此诗用大量篇幅烘托及时行乐情景，作者似乎不遗余力地搬出华艳
辞藻、精美名物。前五句写筵宴之华贵丰盛：杯是"琉璃锺"，酒是"琥
珀浓""真珠红"，厨中肴馔是"烹龙炮凤"，宴庭陈设为"罗帏绣幕"。
其物象之华美，色泽之瑰丽，令人心醉，无以复加。它们分别属于形容
（"琉璃锺"形容杯之名贵）、夸张（"烹龙炮凤"是对厨肴珍异的夸张说法）、借喻
（"琥珀浓""真珠红"借喻酒色）等修辞手法，对渲染宴席上欢乐沉醉气氛效
果极强。炒菜油爆的声音气息本难入诗，也被"玉脂泣""香风"等华艳
辞藻诗化了。运用这么多辞藻，却又令人不觉堆砌、累赘，只觉五彩缤
纷，兴会淋漓，奥妙何在？乃因诗人怀着对人生的深深眷恋，诗中声、
色、香、味无不出自"真的神往的心"（鲁迅），故辞藻能为作者所使而不
觉繁复了。

以下四个三字句写宴上歌舞音乐，在遣词造境上更加奇妙。吹笛就
吹笛，偏作"吹龙笛"，形象地状出笛声之悠扬有如瑞龙长吟——乃非人
世间的音乐；击鼓就击鼓，偏作"击鼍鼓"，盖鼍皮坚厚可蒙鼓，着一
"鼍"字，则鼓声洪亮可闻。继而，将歌女唱歌写作"皓齿歌"，也许受
到"谁为发皓齿"（曹植）句的启发，但效果大不同，曹诗"皓齿"只是
"皓齿"，而此句"皓齿"借代佳人，又使人由形体美见歌声美，或者说
将听觉美通转为视觉美。将舞女起舞写作"细腰舞"，"细腰"同样代美
人，又能具体生动显示出人体的曲线美，一举两得。"皓齿""细腰"各
与歌唱、舞蹈特征相关，用来均有形象暗示功用，能化陈词为新语。仅
十二字，就将音乐歌舞之美妙写得尽态极妍。

"行乐须及春"（李白），如果说前面写的是行乐，下两句则意味"须
及春"。铸词造境愈出愈奇："桃花乱落如红雨"，这是用形象的语言说明

"青春将暮"，生命没有给人们多少欢乐的日子，须要及时行乐。在桃花之落与雨落这两种很不相同的景象中达成联想，从而创出红雨乱落这样一种比任何写风雨送春之句更新奇、更为惊心动魄的境界，这是需要多么活跃的想象力和多么敏捷的表现力，想象与联想活跃到匪夷所思的程度，正是李贺形象思维的一个最大特色。他如"黑云压城城欲摧""银浦流云学水声""羲和敲日玻璃声"等例子不胜枚举。真是"时花美女，不足为其色也；牛鬼蛇神，不足为其虚荒诞幻也"（杜牧《李长吉歌诗叙》）。

由于诗人称引精美名物，运用华艳辞藻，同时又综合运用多种修辞手法，使诗歌具有了色彩、线条等绘画形式美。

诗中写宴席的诗句，也许使人想到前人名句如"葡萄美酒夜光杯，欲饮琵琶马上催"（王翰《凉州词》），"兰陵美酒郁金香，玉碗盛来琥珀光"（李白《客中作》），"紫驼之峰出翠釜，水晶之盘行素鳞。犀箸厌饫久未下，鸾刀缕切空纷纶"（杜甫《丽人行》），相互比较一下，能更好认识李贺的特点。它们虽然都在称引精美名物，但李贺"不屑作经人道过语"（王琦《李长吉歌诗汇解序》），他不用"琥珀光"形容"兰陵美酒"——如李白所作那样，而用"琥珀浓"取代"美酒"一词，自有独到面目。更重要的区别还在于，名物与名物间，绝少"欲饮""盛来""厌饫久未下"等叙写语言，只是在空间内把物象——感性呈现（即不作理性说明）。然而，"琉璃锺，琥珀浓，小槽酒滴真珠红"，诸物象并不给人脱节的感觉，而自有"盛来""欲饮""厌饫"之意，即能形成一个宴乐的场面。

这手法与电影"蒙太奇"（镜头剪辑）语言相类。电影不能靠话语叙述，而是通过一些基本视象、具体画面、镜头的衔接来"造句谋篇"。虽纯是感性显现，而画面与画面间又有内在逻辑联系。如前举诗句，杯、酒、滴酒的槽床相继出现，就给人酒宴进行着的意念。

省略叙写语言，不但大大增加形象的密度，同时也能启迪读者活跃的联想，使之能动地去填补、丰富那物象之间的空白。

此诗前一部分是大段关于人间乐事的瑰丽夸大的描写，结尾二句猛作翻转，出现了死的意念和"坟上土"的惨淡形象。前后似不协调而正具有机联系。前段以人间乐事极力反衬死的可悲，后段以终日醉酒和暮春之愁思又回过来表露了生的无聊，这样，就十分生动而真实地将诗人内心深处所隐藏的死既可悲而生亦无聊的最大的矛盾和苦闷揭示出来了。总之，这个乐极生悲、龙身蛇尾式的奇突结构，有力表现了诗歌的主题。这又表现了李贺艺术构思上不落窠臼的特点。

官街鼓

晓声隆隆催转日，暮声隆隆呼月出。汉城黄柳映新帘，柏陵飞燕埋香骨。捶碎千年日长白，孝武秦皇听不得。从君翠发芦花色，独共南山守中国。几回天上葬神仙，漏声相将无断绝。

"官街鼓"又称"咚咚鼓"，是一种报时信号。唐制：左右金吾卫左右街使，掌分察六街徼巡。日暮鼓八百声而门闭。五更二点鼓自内发，诸街鼓承振，坊市门皆启，鼓三千挝，辨色而止。（见《新唐书·百官志》）

这首诗题目是"官街鼓"，主旨却在惊痛时光的流逝。李贺把自己不具形的思想情感对象化、具体化，创造了"官街鼓"这样一个艺术形象。官街鼓是时间的象征，那贯串始终的鼓点，正像是时光永不留驻的脚步声。

诗开始就描绘出一幅离奇的画面：日月跳丸，循环不已；画外传来咚咚不绝的鼓声。这样的描述，既夸张，又富于奇特的想象。一、二句描述鼓声，展示了日月不停运转的惊人图景；三、四句转入人间图景的描绘：宫墙内，春天的柳枝刚由枯转荣，吐出鹅黄的嫩芽，宫中却传出美人死去的消息。这样，官街鼓给读者的印象就十分惊心动魄了。它正是"月寒日暖，来煎人寿"的"飞光"的形象的体现。第五、六句用对比手法再写鼓声：千年人事灰飞烟灭，就像是被鼓点"捶碎"，而"日长白"——宇宙却永恒存在。可秦皇汉武再也听不到鼓声了，与永恒的时光比较，他们的生命多么短促可悲！这里专提"孝武（即汉武帝）秦皇"，是因为这两位皇帝都曾追求长生，然而他们未遂心愿，不免在鼓声中消灭。值得玩味的是，官街鼓乃唐制，本不关秦汉，"孝武秦皇"当然"听不得"，而诗中却把鼓声写得自古已有之，而且永不消逝，秦皇汉武一度听过，只是眼前不能再听。可见诗人的用心，并非在讴咏官街鼓本身，而是着眼于这个艺术形象所象征的事物——那永恒的时光、不停的逝川。

七、八两句分咏人生和官街鼓，再一次对比：尽管你"高堂明镜悲白发，朝如青丝暮成雪"，日趋衰老；然而官街鼓永远不老，只有它"独共南山守中国"。这两句因省略较多，曾引起分歧的解说。但仔细玩味，它们是分咏两个对立面。"君"字乃泛指世人，可以包含"孝武秦皇"，却未必专指二帝。通过两次对比，进一步突出了人生有限与时间无限的矛盾之不可克服。诗写到这里，意思似乎已表达得淋漓尽致了。但诗人并没有就此搁笔，最后两句突发异想道：天上的神仙也不免一死，不死的只有官街鼓。它的鼓声与漏声相继不断万古长存。这里仍用对比，却不再用人生与鼓声比，而以神仙与鼓声比：天上神仙已死去几回而隆隆鼓声却始终如一，连世人希羡的神仙寿命与鼓声比较也是这样短促可悲，那么人生的短促就更不在话下了。

《官街鼓》反复地、淋漓尽致地刻画和渲染生命有涯、时光无限的矛盾，有人认为意在批判神仙之说。这评价是很不够的。从李贺生平及其全部诗歌看，他慨叹人生短促、时光易逝，其中应含有"志士惜日短"的成分。他怀才不遇，眼看生命虚掷，不免对此特别敏感，特别痛心。此诗艺术上的一个显著特色是，通过异常活跃的想象，把抽象的时间和报时的鼓点发生联想，巧妙地创造出"官街鼓"这样一个象征的艺术形象。赋无形以有形，化无声为有声，抽象的概念转化为可感的形象，让读者通过形象的画面，在强烈的审美活动中深深体味到诗人的思想感情。

开愁歌

　　秋风吹地百草干，华容碧影生晚寒。我当二十不得意，一心愁谢如枯兰。衣如飞鹑马如狗，临岐击剑生铜吼。旗亭下马解秋衣，请贳宜阳一壶酒。壶中唤天云不开，白昼万里闲凄迷。主人劝我养心骨，莫受俗物相填豗。

　　这首诗约作于宪宗元和三年（808）到六年，李贺从故里再赴长安，途经华阴县时。题下原注"华（山）下作"。先是，他因举进士受阻于父讳，蹭蹬归乡。此诗基本上直叙其事、直抒胸臆，是李贺诗之近于韩愈者。

　　"秋风吹地百草干"四句一韵平声，写秋景肃杀及失意之愁苦。首句句调从岑诗"北风卷地白草折"而来，一个"干"字易为平韵，且贴近口语。次句"华容碧影"指华山峰影，初唐梁知徽即有"华容佳山水"之句可证。然"华容"二字，容易产生花容之歧义，尤其是直接"生晚寒"三字，这是秋季肃杀的气候特点，也是百花凋零的季节。于是形成对诗人冷遇处境的象征。所以马上就"我当二十不得意"，这是直抒胸臆，盖作者年二十一应河南府试，初试告捷，不料有人以"父名晋肃，子不得举进士"为由，阻止了他的科举之路。"一心愁谢如枯兰"，用"枯兰"来譬喻人的憔悴，且拈出"一心愁谢"为共同特征，是作者的发明，非常形象而又匪夷所思。所以一经写出，便成脍炙人口的名句。

　　"衣如飞鹑马如狗"四句转为仄韵，写困顿之中解衣贳酒。"衣如飞鹑"语出《荀子·大略》"子夏贫，衣如悬鹑"。盖鹌鹑尾秃，后人遂以"鹑衣"形容着装简陋；"马如狗"形容马极瘦小，语出《后汉书·陈蕃传》"车如鸡栖马如狗"，这句本来可整抬，北宋贺铸就这样做："缚虎手，悬河口，车如鸡栖马如狗。"（《小梅花》）但是用典之妙，在举下而联上，说"马如狗"，则"车如鸡栖"即在不言之中。而"衣如悬鹑"这话，正好嫁接过来，如自己出。可见作诗，饱学与妙悟缺一不可。一个贫士形象跃然纸上，接着便写他"临岐击剑生铜吼"，这又是一个奇句，人物形象并不陌生，鲍照诗"对案不能食，拔剑击柱长叹息"（《拟行路难》），李白诗："停杯投箸不能食，拔剑四顾心茫然"（《行路难》），都有他的影子；一个"吼"字是拟人（或拟物）；"生铜吼"指剑吼，不直言其物，而只言其物之材质（"生铜"），是作者惯用的感性显现，直接诉诸读者的感觉，所以为妙。"旗亭下马解秋衣"二句，写途中质衣换酒，"旗亭"即酒店，"秋衣"的作用本来就是御寒，用来换酒，不啻挖肉补疮。"贳 shì（赊欠）酒"语出《西京杂记》二："司马相如，初与卓文君还成都。居贫愁懑，以所著鹔鹴裘，就市人阳昌贳酒，与文君对饮。"是文人穷愁潦倒之举。"宜阳"即作者故乡福昌县，此借指作者本人。

"壶中唤天云不开"四句，写以酒浇愁，及主人好言相劝。"壶中唤天"用道家典故，《云笈七签》引《云台治中录》载，鲁人施存常悬一壶，中有日月天地如人世间，夜宿其中，自号"壶天"。作者用以表现通过醉酒，逃避现实。然而，恰如李白所说："挥刀断水水更流，举杯消愁愁更愁。"（《宣州谢朓楼饯别校书叔云》）即使进入壶天、在醉中，依然是"唤天云不开"；即使是白昼，依然是前路一片迷茫（"万里闲凄迷"）。正是"我有迷魂招不得"（《致酒行》），需要有高人指点迷津。在作者笔下，高人常以店主身份出现，因为接待南来北往的客，见多而识广。"主人劝我养心骨"二句，便写店主的劝慰，一是保重身体，留得青山在；二是放下、看破、自在，"莫受俗物（物欲）相填豗（填塞心胸）。"正是"雄鸡一声天下白"（《致酒行》）。读这首诗，连那首诗都懂了。

此诗的最大特点，就是一改作者不落笔墨畦径的常态，是缘事而发而不变形，姚文燮概括道："当秋凋折，芳色易摧。年少羁迟，不禁慷慨恋壮。究竟天高难问，惟逆旅主人来相慰勉耳。"（《昌谷集注》）并无费解之处，因此被钱锺书称为"眉疏目爽之作"（《谈艺录》一三）但"一心愁谢如枯兰""衣如飞鹑马如狗，临岐击剑生铜吼""壶中唤天云不开，白昼万里闲凄迷"等，譬喻造语奇崛，依然有诗人自己的特点。

杨生青花紫石砚歌

端州石工巧如神，踏天磨刀割紫云。傭刓抱水含满唇，暗洒苌弘冷血痕。纱帷昼暖墨花春，轻沤漂沫松麝薰。干腻薄重立脚匀，数寸光秋无日昏。圆毫促点声静新，孔砚宽硕何足云。

中国人称文房四宝，有湖笔、徽墨、宣纸、端砚之说。这是一首赞美端砚的歌。"端州"今属广东高要市，所产端砚，以紫色者尤为世所重，以其石质坚实、细润，发墨不损毫，唐代大书家柳公权曾推为砚中第一。李肇《唐国史补》说："端州紫石砚，天下无贵贱通用之。""青花紫石砚"指有青色纹理的紫石端砚，是唐代的一种名贵砚台。"青花"即砚石上的鸲鹆眼。"杨生"乃拥有该砚的主人。

"端州石工巧如神"四句，赞美端砚选材珍贵，制作精良。开篇即天马行空发挥想象，赞美石工的神乎其技（"巧如神"），晚清《午风堂丛谈》云："柳公权论砚云：端溪石为砚至妙，益墨，青紫色者可直千金。水中石其色青，山半石紫，山顶石尤润如猪肝色者佳。"所以采石作业，或在老坑中，或在山腰，或在山顶。作者不具实道来，却道"踏天磨刀割紫

106

云"，仿佛是空中作业。一方面把采石的工序神化了，一方面又形容了石质非凡的细腻。然后作者用了一个专业术语"傭刓 wán"，即均匀地削磨石块、雕刻成型。"抱水含满唇"指砚台注水，柳公权还说："贮水处有赤白黄点（亦有青绿色点），世谓鸲鹆眼。"（同前）清人朱彝尊说："沉水观之，若有萍藻浮动其中者，是曰青花。"（《曝书亭集》）所谓鸲鹆眼，即是青花。以下作者又用"苌弘血"譬喻青花，《庄子·外物》云："苌弘死于蜀，藏其血，三年而化为碧。"诗人用此典，赋砚台以神秘色彩。

"纱帷昼暖墨花春"五句，赞美端砚的好用。"纱帷"指书斋之中，"昼暖"是说天气晴和的时候，"墨花春"指试墨。"轻沤漂沫松麝薰"，指磨墨用水不多，轻磨数下便觉墨香满室。因为墨是松烟和麝香（"松麝"）所制，而砚台又特别发墨，所以才能磨出这等效果。"干腻薄重"是说砚台不渗水、石质细润、砚体薄而重，品质极佳。"立脚匀"，指做工好，砚台在桌案上搁得平。"数寸"谓砚体不大，与末句"宽硕"形成对比，李之彦《砚谱》云："惟斧柯山出者，大不过三四指。""光秋无日昏"指墨的色泽黑亮，而不灰黯。"圆毫促点声静新"指毛笔蘸墨着纸，发生轻微的响声，间接地表明好砚不伤毫。这一节连文房四宝都写到了，但以砚为主，墨、笔、纸只是陪衬。由于感性显现，而非理性说明，所以必须逐句加以解释，否则不知所云。而最后一句："孔砚宽硕何足云"是强此弱彼，"孔砚"指尼山（孔子故乡）石砚，以形制宽大为特点，因为以孔子冠名，所以名声在外，然而与端砚一比，就比下去了。作者这样写，一方面是尊题的需要，一方面是事实胜于雄辩。

清人方世举概括道："前四句曲尽石之开坑，中四句曲尽石之发墨，后二句又曲尽其不退笔：砚品至矣。端石之青花，唐时已重之。李长吉之长，真能状难写之景如在目前。"（《李长吉诗集批注》）全诗一韵到底。"紫云"的"云"，在繁体字中从雨部，与"何足云"的"云"本非一字，并不重复。

苦昼短

　　飞光飞光，劝尔一杯酒。吾不识青天高，黄地厚，惟见月寒日暖，来煎人寿。食熊则肥，食蛙则瘦。神君何在？太一安有？天东有若木，下置衔烛龙，吾将斩龙足，嚼龙肉。使之朝不得回，夜不得伏。自然老者不死，少者不哭。何为服黄金，吞白玉？谁似任公子，云中骑碧驴？刘彻茂陵多滞骨，嬴政梓棺费鲍鱼。

　　这首诗作于元和年间（806－820）。时宪宗李纯好神仙、求方士，曾任命一位名叫柳泌的术士为台州刺史，还说"烦一州之力，而能为人主致长生，臣子亦何爱焉。"（《资治通鉴》）上行下效，竟成风气。作者以议论为诗，"何为服黄金，吞白玉""刘彻茂陵多滞骨，嬴政梓棺费鲍鱼"，谲讽指向甚明。

　　"飞光飞光"十句为一大段，与时间对话，提出终极问题。"飞光"一词，出于梁代沈约"飞光忽我遒"（《宿东园》），连呼"飞光"，即将时间人格化。"劝尔一杯酒"，表明有话要对"飞光"说。（四川童谣有"蚱蜢蚱蜢，你不籇米，婆婆回来打死你"，就是这种句调。）"吾不识青天高，黄地厚"，意即人的知识是有限的，荀子说："不登高山，不知天之高也；不临深渊，不知地之厚也"（《劝学》），故常言道"不知天高地厚"，以斥狂妄无知。"惟见月寒日暖，来煎人寿"，是说只看到日月跳丸，昼夜轮回，每个人都将面对死亡！一个"煎"字表现出内心深深的痛苦。"食熊则肥，食蛙则瘦"，二句措语甚奇，人类处于食物链顶端，"食熊"表示富，"食蛙"表示贫，而死亡是不论贫富的。"神君何在？太一安有"，"神君"即神灵（据《汉武故事》，武帝曾向神君乞求长生），"太一"（天帝）则为至尊在神，"何在""安有"同义反复，一概抹倒，表明人寿有限，毫无办法。

"天东有若木"八句，异想天开地提出不是办法的办法。据神话传说，日出之处有神树"若木"，其下栖息着"烛龙"，即驾驭日车的六龙，一说"天之西北有幽冥无日之国，有龙衔烛而照之"（王逸）。办法不就有了吗："吾将斩龙足，嚼龙肉。"就斩断龙的腿，吃了它的肉；"使之朝不得回，夜不得伏"，使它不能巡行天空以成昼，不能休息以成夜，昼夜交替的问题一解决，死亡问题不也就随之解决了吗。"自然老者不死，少者不哭"，这两句偏于"老者不死"。这无异于天方夜谭，叫作想得美。诗人用这种童话般天真的思维来消解问题，骨子里是一种揶揄。以下便好把话题引到否定服食求仙上来。明人钟惺说："'自然'二字谑词妙甚！"

"何为服黄金"六句，直斥服食求仙之非。"服黄金，吞白玉"，语出"服金者寿如金，服玉者寿如玉"（《抱朴子》内篇引《玉经》），实践证明是行不通的。"任公子"是传说中骑驴升天的仙人，但谁见过呢。人们只见到无情的事实，即秦皇、汉武都是在追求神仙的道路上死去，成为冢中枯骨。作者直呼其名道，"刘彻（汉武帝）茂陵多滞骨"，盖汉武帝葬于茂陵，《汉武帝内传》载西王母语谓"刘彻好道、然神慢形秽，骨无津液，恐非仙才也。""嬴政（秦始皇）梓棺费鲍鱼"，秦始皇崩于沙丘平台，丞相李斯恐天下生变，乃秘不发丧，诏令车载鲍鱼，以乱其臭（事见《史记·秦始皇本纪》）。无情的事实，把帝王从神坛上请下来了。

总之，此诗想象之奇特，措语之放肆，汪洋捭阖，仪态万方，非常接近《庄子》。作者本是敏感的诗人，"其于光阴之速，年命之短，世变无涯，人生有尽，每感怆低回，长言永叹。"（钱锺书《谈艺录》一四）此诗针砭现实的同时，也表现了诗人对人生终极问题的思考，"诗意总言光阴易过，人寿难延，世无回天之能，即学仙事属虚无，秦汉之君可征也，人何徒忧生之足云耶。"（周珽）明人徐渭称其"字字奇"，董懋策称其"字字老"，其实说它字字天真，也是可以的。

马诗二十三首（录二）

其一

大漠沙如雪，燕山月似钩。

何当金络脑，快走踏清秋。

《马诗》是通过咏马、赞马或慨叹马的命运，来表现志士的奇才异质、远大抱负及不遇于时的感慨与愤懑，其表现方法属比体。而此诗在比兴手法运用上却特有意味。

一、二句展现出一片富于特色的边疆战场景色。连绵的燕山山岭上，一弯明月当空；平沙万里，在月光下像铺上一层白皑皑的霜雪。这幅战场景色，一般人也许只觉悲凉肃杀，但对于志在报国之士却有异乎寻常的吸引力。"燕山月似钩"与"晓月当帘挂玉弓"（《南园》其六）匠心正同，"钩"是一种弯刀，与"玉弓"均属武器，从明晃晃的月牙联想到武器的形象，也就含有思战斗之意。作者所处的贞元、元和之际，正是藩镇极为跋扈的时代，而"燕山"暗示的幽州蓟门一带，又是藩镇肆虐为时最久、为祸最烈的地带，所以诗意是颇有现实感慨的。思战之意有针对性。平沙如雪的疆场寒气凛凛，但它是英雄用武之地。所以，这两句写景乍看是运用赋法，实启后两句的抒情，又具兴义。

三、四句借马以抒情：什么时候才能披上威武的鞍具，在秋高气爽的疆场上驰骋，建树功勋呢？《马诗》其一云："龙背铁连钱，银蹄白踏烟。无人织锦襜，谁为铸金鞭？""无人织锦襜"二句的慨叹与"何当金络脑"表达的是同一个意思，就是企盼把良马当作良马对待，以效大用。"金络脑""锦襜""金鞭"统属贵重鞍具，都是象征马受重用。显然，这

110

是作者热望建功立业而又不被赏识所发出的嘶鸣。

此诗与《南园》（男儿何不带吴钩）都写投笔从戎、削平藩镇、为国建功的热切愿望。但《南园》是直抒胸臆，此诗则属寓言体或比体。直抒胸臆，较为痛快淋漓；而用比体，则觉婉曲耐味。而诗的一、二句中，以雪喻沙，以钩喻月，也是比；从一个富有特征性的景色写起以引出抒情，又是兴。短短二十字中，比中见兴，兴中有比，大大丰富了诗的表现力。从句法上看，后二句一气呵成，以"何当"领起作设问，强烈传出无限企盼意，且有唱叹味；而"踏清秋"三字，声调铿锵，词语搭配新奇，盖"清秋"草黄马肥，正好驰驱，冠以"快走"二字，形象暗示出骏马轻捷矫健的风姿，恰是"所向无空阔，真堪托死生。骁腾有如此，万里可横行"（杜甫《房兵曹胡马》）。所以字句的锻炼，也是此诗艺术表现上不可忽略的成功因素。

其二

武帝爱神仙，烧金得紫烟。

厩中皆肉马，不解上青天。

这是李贺《马诗》第二十三首，直接讽刺对象为汉武帝刘彻，亦有借古讽今之意。汉武帝固然是一位雄才大略的皇帝，但也有负面评价。一宗是迷信神仙之道；另一宗是黩武，"闻西夷大宛国有名马，即大发军兵，攻取历年，士众多死，但得数十匹耳。"（桓谭）

"武帝爱神仙"二句，咏汉武帝炼丹求仙事。东汉班固《汉武帝内传》载："汉孝武皇帝，景帝子也……及即位，好神仙之道。"今存《史记·孝武本纪》基本上是一部封禅书，围绕在汉武帝周围的是李少君、齐人少翁、栾大和公孙卿等方士。这些方士以魔术手法炫人眼目，以动听言辞故弄玄虚，使武帝对之深信不疑，尊之礼之封之赏之，言听计从，而结局是方术无一灵验。故次句曰："烧金得紫烟。""烧金"一语甚奇，本意指方士炼丹砂为黄金以服食，而造语则类乎今人说"烧钱"，即徒耗金钱而已。语云："真金不怕火来炼"，而武帝"烧金"的结果，耗费了大量钱财，得到的却是"紫烟"一缕，意思是炼丹未成。一个"得"字，类似于宋词"赢得仓皇北顾"（辛弃疾）的"赢得"，是适"得"其反，有一字褒贬之妙。措语甚为冷峻。

"厩中皆肉马"二句，谓汉武帝好马而未得其马。《史记·大宛列传》："天子（指武帝）即好宛马，拜李广利为贰师将军""取其善马数十匹，中马以下牡牝三千余匹。"意即得不偿失。"肉马"一词，是作者的一大发明。相当于"凡马"，但更具感性色彩。同时指肥马，因为千里马是不着膘的，所以肥马即凡马也。古人养马，取其代力、做伴，而非为食肉。"肉马"二字，最有讽刺意味的，便是隐含合供庖厨之意。就像今人发明一词曰"菜画"，指在艺术品市场上当大白菜卖的、并无艺术价值的赝品一样。这样富于原创性的语言，令读者耳目一新。"不解上青天"，是对"肉马"下一注释，同时回归到"武帝爱神仙"的话题上来，是说要想升天，须得靠"拂云飞""捉飘风"之天马，若靠这样的"肉马"，压根就别想升天。于是，此诗便有另一重讽刺意味，清人方世举云："此言有才遇，国士之不幸；不得真才，亦国之不幸也。"（《李长吉诗集批注》）曾益云："犹言所用者非王佐不能致治。"（《昌谷诗注》）究其"所用者"（"肉马"），则方士之流也。一首诗、两重讽刺，同时又得到了整合，所以为妙。

关于此诗的寓意，王琦说："长吉谓其烧炼则黄金化为紫烟、终不成就，所获之马、又皆凡马，不可乘之以上青天。所求皆是无益之事。此首似为宪宗好神仙而信方士之说而作。"（《李长吉歌诗汇解》）可以参考。

南园十三首（录四）

其一

花枝草蔓眼中开，小白长红越女腮。

可怜日暮嫣香落，嫁与东风不用媒。

　　此诗原列第一。清人王琦注此诗时加了一个题解："眼中方见花开，瞬息日暮，旋见其落，以见容华易谢之意。"这个解释正确不正确呢？在古典诗歌中，暮春景物是入诗最频繁的题材之一，好多诗人都写过落花诗。的确，很多诗都是借落花来表现所谓"美人迟暮"之感的。但能否就此推出李贺此诗，也是表现的那同一种感情呢？关于这个问题，现成的答案是没有的。理解诗歌，首先应当从诗歌本身的艺术形象和这形象给人的实际感受出发，同时应当充分注意诗人的艺术个性，才能得出正确的结论。让我们逐句分析一下吧。

　　"花枝草蔓眼中开"，这句说眼见南园花草繁茂可爱。"开"主要是对"花枝"而言的，而诗中"草蔓"二字告诉读者，随着春深，绿草绿叶渐渐多了。万紫千红，逐渐会被"绿肥红瘦"的景象代替。"小白长红越女腮"这句用了一个比喻形容花朵的娇艳。"小白长红"就是白少红多的意思，也就是偏于红的粉红色，与"越女腮"连文，即以美女粉红的脸蛋来比喻花瓣色泽的鲜嫩。"可怜日暮嫣香落"，这句写花落。"可怜"二字既可作可爱讲，又可作可惜可悯讲，这里应取哪一意呢？且先看落花去向："嫁与东风不用媒"。既不是委弃尘土，也不是随逐流水。这句承上美女的比喻，把落花比作一个成熟的姑娘，不经媒妁之言，就自己随着情郎"东风"一起出奔了。显然，上文的"可怜"应该做可爱讲，而不是可悯的意思。

113

此诗给人以极新奇的印象，落花诗尽有佳作，但几曾读到过这样的落花诗呢。诗里虽有"日暮嫣香落"的字样，但充溢在字里行间的绝非感伤，而是一种轻快、亲切的情调，是对大自然丰富含蕴的一个奇趣的发现。这在李贺富于独创的诗歌中并不是罕见的情形。王琦的解释，不免化神奇为平庸。好诗被说坏，往往是评诗者心中先有一个旧的框框，比如一见写落花，不管诗人具体怎样写，先就得出"容华易谢"感叹迟暮的结论。不料诗人独具只眼，恰恰从人们只看得见感伤的落花景象中看出了一段优美动人的"好的故事"。他看到的不是零落成泥，或落花流水，而是燕尔新婚。这是旧题材的翻新，是化平庸为神奇。

此诗体现了李贺诗歌的一个最显著的特色，这就是奇特的幻想。古典诗歌中，用花枝比拟少女，或用少女比拟花枝，本来是习见的。在此诗里，虽然也用了这样的比拟，但毫无陈陈相因之感，反而令人觉得耳目一新。其原因就在诗人匪夷所思地把落花比作一个新娘，而不是一个普通的少女。这一幻想使花落的景象有了更新更丰富的含义，完全摆脱了俗套，给人以美的感受。诗人这种奇异幻想，体现了他对理想的憧憬，对美好事物的神往。类似这样的童话般优美的境界，在他的《天上谣》《梦天》等诗中也可以看到。

李贺诗的独创性体现是多方面的，"辞尚诡奇"（《新唐书》本传）就是一个方面。如"小白长红"的造语就很奇特。形容色彩的程度，一般只用"深""浅"，间或有用"多""少"的，像此诗用"长""小"，的确见所未见。这显然是诗人有意避熟就生，不肯落入常套的缘故。后来宋词中有"绿肥红瘦"的名句，与"小白长红"实际是同一性质的创新。

其二

男儿何不带吴钩，收取关山五十州。

请君暂上凌烟阁，若个书生万户侯！

《南园》组诗十三首作于元和八年（813）作者辞官回昌谷后。昌谷有南北二园，南园为作者读书处。这是其中第五首，为感遇抒怀之作。

"男儿何不带吴钩"，开篇即说男儿当投笔从戎，为收取关山、统一国家立功扬名。首句出以具有祈使意味的反诘句，就像一句征兵广告词——你报名参加志愿军了吗！你拿起武器了吗！具有鼓动的意味。正是"天下兴亡，匹夫有责"。"吴钩"是吴地所产利器，"吴钩、刀名也，刃弯。今南蛮用之，谓之葛党刀。"（《梦溪笔谈》）上句语气峻急，暗示形势逼人。下句"收取关山五十州"，有一层意思就是形势不容乐观。按《资治通鉴》卷二三八载，元和七年（812）安身之地在延和殿听政，李绛曰："今法令所不能制者，河南北五十余州（指当时藩镇割据、中央不能掌管的河南河北地区）……正陛下宵衣旰食之时，岂得谓之太平。"另一层意思则是：此正男儿报效国家，建功立业的好时机。按，自安史之乱以来，藩镇割据危及中央集权，朝廷年年征讨，为投身幕府的文士，提供了致身通显的现实途径。"收取"二字，举重若轻，犹言探囊取物之事。

"请君暂上凌烟阁"，将战争之事按下不表，以"暂上"别出祈使，脉络却是潜通的。"凌烟阁"是最高规格的忠烈祠，"天子画凌烟之阁，言念归臣"（《周国柱大将军纥干弘神道碑》）太宗贞观十七年（643）命阎立本画开国功臣二十四人于凌烟阁，比例皆真人大小，面北而立，以为人臣荣耀之最。而跻身其间，如魏徵、杜如晦、房玄龄、尉迟敬德、李靖、李勣、程咬金、秦叔宝者，无不是身亲戎旅，或兼资文武之才，没有纯粹的书生。三句祈使登阁，末句表明缘由："若个书生万户侯！"这是诗中的又一次反诘，相当于杨炯的"宁为百夫长，胜作一书生"（《从军行》）、王维的"忘身辞凤阙，报国取龙庭。岂学书生辈，窗间老一经。"（《送赵都督赴代州得青字》）"万户侯"本是汉代食邑万户以上第一等的侯爵，如卫青、霍去病等，此指高官显爵。此句可作豪语读，即正面表达作者关心时事与爱国激情。按当时"裴度伐吴元济，蔡郓、淮西数十州至是尽归朝廷。贺盖美诸将之功，而复羡其荣宠，故不觉壮志勃生。"（姚文燮《昌谷集注》）也可以作愤激语读，即发抒作者感到读书无用的牢骚。即清人王琦所云："观凌烟阁上之像，未有以书生而封侯者，不得不弃笔墨而带吴钩矣。"（《李长吉歌诗汇解》）黎简云："欲弃毛锥，亦自愤也。"（《黎二樵批点黄陶庵评本李长吉集》）

投笔从戎之意，本有一现成典故可用，即《东观汉记·班超传》所载，班超"家贫，恒为官佣写书以供养，久劳苦，尝辍业投笔叹曰：'大丈夫无他志略，犹当效傅介子、张骞立功异域以取封侯，安能久事笔砚间乎。'"《后汉书·班超传》亦载此事。作者岂有不知此事之理。只是才思敏捷，宁自出机杼，不屑依傍古人，恐成滥调。全诗首尾两度诘问，而一气呵成，自铸伟词，所以为妙。

其三

寻章摘句老雕虫，晓月当帘挂玉弓。
不见年年辽海上，文章何处哭秋风？

这首诗是《南园》第六首。紧接前首"若个书生万户侯"，继续抒写未尽之意。故开篇即从"书生"说起。

"寻章摘句老雕虫"二句，自慨日夕耽于吟诗，虚度了春秋。其措辞来历如下："寻章摘句"语出《三国志》裴松之注引《吴书》：吴王"任贤使能，志存经略；虽有余闲，博览书传历史，藉采奇异。不效诸生寻章摘句而已。"即韩愈《进学解》"窥陈编以盗窃"之意，鄙夷语也。"雕虫"指学起来既不容易、实际作用又不大的技术，如作赋之类。汉代扬雄《法言·吾子》云："'吾子少而好赋？'曰：'然，童子雕虫篆刻。'俄而曰：'丈夫不为也。'""老雕虫"，即白首穷经、老死户牖之间。下句"晓月当帘挂玉弓"，承接上句之意，是"三更灯火五更鸡"之意，是说用功了一个通宵。"晓月"，残月也，"当帘"是说月牙就在窗边，是叠景也，"挂玉弓"语出阮籍《咏怀》三八云："弯弓挂扶桑，长剑倚天外。……岂若雄杰士，功名从此大。"是对"雄杰士"的联想，反衬寻章摘句者的渺小。

"不见年年辽海上"二句，大意是国家正需勇士效力，何用文人悲秋。三句引进一个地域概念——"辽海"，实指当时的河北道魏州、博州等地。自安史之乱以来，为强藩割据之地，对中央政权时叛、时附，战乱不断。令爱国者思之内心焦虑，恨不得大哭一场，却又哭不出来。末句"文章何处哭秋风"，本意为"辽海用兵之地，用不着苦吟悲秋之士。"（黎简）却把"文士"隐去，代以"文章"，一则协律，再则有意无意与上文"寻章"重复一字。包含多重意味：其时"朝廷重视武将，文章之士无用武之地，只能哭向秋风而徒叹穷途，此其一；'何处'二字，有虽欲哭秋风亦无处可诉之意，此其二；'哭秋风'即所谓'悲秋'，其中自含时世身世之悲，说'文章何处哭秋风'就意味着在这样的时代中是找不到任何知音的，此其三。"（刘学锴）全诗串讲即："书生之辈，寻章摘句，无间朝暮。当晓月入帘之候，犹用力不歇，可谓勤矣。无奈边场之上，不尚文词，即有才如宋玉，能赋悲秋，亦何处用之？念及此，能无动投笔之思，而驰逐于鞍马之间耶？"（《李长吉歌诗汇解》）

这首诗仍属通首一气呵成，比前首（男儿何不带吴钩），措辞更含蓄，而韵味更深长，以形象取胜也。三四构成诘问，乃七言绝句常用手法。平起者多以"不知"领起，如"不知湖上菱歌女，几个春舟在若耶"（王翰）、"不知叠嶂重霞里，更有何人度石桥"（顾况），等。仄起者或以"不见"领起，末句以"何处"与"不见"勾勒，如此诗便是。故读来令人回肠荡气。

其四

小树开朝径，长茸湿夜烟。

柳花惊雪浦，麦雨涨溪田。

古刹疏钟度，遥岚破月悬。

沙头敲石火，烧竹照渔船。

《南园》题下诗十三首，前十二首为七绝，后一首为五律。作者恐不如此，是编者的问题。诗写暮春雨后的景色，时间有从早到晚的推移。

"小树开朝径"二句，写春雨之后，作者清晨出游所看到的情景。首句用了一个主观的镜头，作者走在沿溪的小径之上，两边小树成行，不断向两边分开，这是一种动态的写法，或称移步换形。关键全在动词一个"开"字。"长茸湿夜烟"，是说路边的春草，全被雨洗过一遍，湿漉漉的绿得可爱。"长茸"是以形容词代名词，这是作者的发明，也是他惯用的感性显现手法。从这句可见，昨夜雨下得很急，但清早已经停了。

"柳花惊雪浦"二句，写雨后郊外一派狼藉的景象。这是杨花纷飞的季节，但柳絮落满河边，白茫茫像是下过一场大雪。读者可以看作风景，也可以看作是煞风景，一个"惊"字，似有此意。宋僧道潜的两句诗："禅心已作沾泥絮，不逐春风上下狂。"（《口占绝句》）也是这种景象的写照。"麦雨涨溪田"，因为雨量不小，所以田里灌满水，溪水上涨。"麦雨"二字，不可单看，诗人是连水稻一起说了。事实是稻田要水，麦地要干。若真是麦地被淹，农夫就有得活干。然而，读诗不能太抠字眼，农田得水是好事，晴了就更好。

"古刹疏钟度"二句，写夜幕降临的景象。这一天诗人游兴甚浓，入夜意犹未阑。这里仍有时间的推移，先是听到黄昏的古刹钟声，应该是回家的时候了。下句是"遥岚破月悬"，"岚"本指山头云气，"遥岚"则指远山；"破月"指农历下半月的月亮，出在后半夜，时间便有推移。一个"破"字甚奇，想必是将月亮作镜子看了——古有"破镜飞上天"（《古绝句》）之说。因为有时空的推移，所以这两句仍是走在路上的感觉。

"沙头敲石火"二句，是一个特写镜头，也是溪边渔船上的动静。这里发出了声音，就是火镰敲击火石的声音。这种古老的取火办法，在上世纪五六十年代的陕北农村还比较盛行，现在已很难见到踪影。得火之后，渔人点燃用竹枝扎成的火把以照明，这就是"烧竹照渔船"。不仅光明有了，温暖也有了。在写景诗中，最后出现了人的活动，给全诗带来了生意。《南园》其十有"舍南有竹堪书字，老去溪头作钓翁"之句，可见诗人在观察渔人生活的时候，对那种自由自在的生活，也生出一些羡慕之意。

清人黎简评："十二首绝句，皆长吉停整之作，七绝之正格也。但末章五律似未老成。"（《黎二樵批点黄陶庵评本李长吉集》）五律非李贺长项，但这一篇写景诗通体浑成，融情于景，仍算得上佳作。

昌谷北园新笋

斫取青光写楚辞，腻香春粉黑离离。
无情有恨何人见？露压烟啼千万枝。

李贺故家南园而外，还有北园。题为《昌谷北园新笋》的诗共四首，实际上除了第一首写新笋而外，后三首俱写新竹。此其二，是一首借题竹书愤的诗。李贺喜欢在竹上题诗，《南园》其十云："舍南有竹堪书字"，可参。写作背景同前者。

一二句的意思是刮去竹竿的青皮（称之"杀青"），然后书写上一行行诗句。竹皮有一层青色光润的油质，刮去方能受墨，诗人便代称以"青光"，称杀青为"斫取青光"。又因新竹有一种香味，而刚脱箨的竹竿色带嫩白，故作者称之为"腻香春粉"。这样做使词意较难理解，却使诗歌形象具有了很强的感性色彩，较之径直地写新竹，艺术效果好得多。同样，关于写字题诗的事也是用的借代法。"楚辞"原本是屈原创始的一种诗体，而这里用来代指诗人自己的诗作。而这一代也就有了意味。盖"屈原放逐，乃赋《离骚》"。自谓所作为"楚辞"，不仅合于被谓为"骚之苗裔"的诗人的创作实际，而且暗示自己的诗中颇有牢骚。不说写字而直接状以"黑离离"三字，也是借代。王国维论意境，重不隔，轻借代。由此看来，是不可执一而论百的。李贺这两句诗，就以借代之妙而生色。

三四句意思是题在竹上的诗句无法为人知道，千万枝笼在烟雾中的竹枝滴着清露，仿佛在啼泣。"无情"指竹本身，"有恨"指诗句。竹本无情，一经题了诗也就翻作有情了。似是写竹，实际是诗人不遇于时的"恨"的发抒。移情于物，便使诗句本身变得含蕴深厚。

诗中运用借代而兼移情的手法，意境不免有些隐晦，有些朦胧。但它不是"口齿不清"，而是一种有效有艺术的手法。那些感性的形象较之概念的字句更能诉诸读者的直觉，引起反复玩索的兴趣，从而感染读者较深。这种手法在晚唐温、李的词与诗中是得到继承和发展的。

【杜牧】（803—853）字牧之，唐京兆万年（今陕西西安）人。杜佑孙。文宗大和二年（828）进士及第，登贤良方正能直言极谏科，授弘文馆校书郎。同年为江西团练巡官，后赴宣州。七年任淮南节度府推官，转掌书记。九年回京任监察御史，后分司东都。开成中回京任左补阙，转膳部、比部员外郎，皆兼史职。武宗会昌二年（842）后出为黄州、池州、睦州等地刺史。宣宗大中二年（848）擢司勋员外郎，转吏部员外郎，四年复守池州。五年入为考功员外郎、知制诰，次年为中书舍人。后人称杜甫为"老杜"，称其为"小杜"。又与李商隐并称"小李杜"。有《杜樊川集》。

润州

向吴亭东千里秋，放歌曾作昔年游。
青苔寺里无马迹，绿水桥边多酒楼。
大抵南朝皆旷达，可怜东晋最风流。
月明更想桓伊在，一笛闻吹出塞愁。

玩诗意当是重游润州（江苏镇江）之作，润州在六朝为京都近辅，人文荟萃，杜牧时已今非昔比。首联点明故地重游，向吴亭在丹阳县东面，"放歌"是昔游情态，略约表过。

次联用捣腾句法，谓先朝遗寺冷落，长满青苔；桥边临水出现了许多的酒楼。一衰一盛，形象地反映了润州一带风物人情的沧桑变化。

三联怀古为诗中可圈可点之名句，盖魏晋名士好清谈，崇尚老庄，行为旷达，这种风气一直贯彻东晋南朝。曾几何时，这些名士们便成历史上匆匆过客，令人抚事感怆。

末联由月下闻笛（吹奏《出塞》），而念及东晋江左第一笛手桓伊，上承东晋风流而作结。全诗抒发因不得意，而产生的人生无常的悲慨，特托意于怀古耳。然全诗语言清新，意象疏朗，洗空藻饰，在艺术上具有俊爽的特色。

题宣州开元寺水阁

阁下宛溪，夹溪居人

六朝文物草连空，天淡云闲今古同。

鸟去鸟来山色里，人歌人哭水声中。

深秋帘幕千家雨，落日楼台一笛风。

惆怅无因见范蠡，参差烟树五湖东。

作于文宗开成三年（838），时在宣歙观察使崔郸幕任宣州团练判官。《大清一统志》载宣城陵阳三峰上有景德寺，晋名永安，唐名开元，兰若中之最盛者。本篇题咏，满怀惆怅，驰骋古今，与前诗略同。原题下有注："阁下宛溪，夹溪居人。"

宣州为六朝京都近辅，寺亦六朝文物，故前四从六朝说入，设想超脱，落笔高远，"今古同"直贯以下三、四所写开元寺水阁附近山光水色，风土人情。"歌哭"语出《礼记·檀弓》："晋献文子成室，张老曰'美哉轮焉，美哉奂焉，歌于斯，哭于斯，聚国族于斯'"，即生聚（庆婚吊丧）之意。这里明说的是"古今同"，然同中即有异矣。吴汝纶谓前四句琢制奇语；以其概括凝练而一气贯下也。

五、六写宛溪雨晴景色，为传诵之名句，"千"与"一"对，乃多少之相映成趣；"雨"与"风"对，乃自然现象之别具情韵，是诗人对宛溪风光的综合印象。

末二即因山水风光的感召，而产生了对抛弃禄位而乘扁舟隐于五湖的范蠡的企慕。五湖指太湖及周围的四个卫星湖。

本篇与前诗皆一时登览引起的感兴，客观风物描写极美，其中织入了江南明丽的景象，节奏明快而语调流走。诗中明朗健爽的因素与低回惆怅交互作用，体现出杜牧诗歌拗峭不平的特色。

九日齐山登高

江涵秋影雁初飞，与客携壶上翠微。

尘世难逢开口笑，菊花须插满头归。

但将酩酊酬佳节，不用登临恨落晖。

古往今来只如此，牛山何必独沾衣？

此诗作于武宗会昌五年（845）重阳，时任池州刺史。齐山（一作齐安即黄州郡名误）在州城南三里许。时张祜来池州相探，诗中"客"即指张，后张亦有《和杜牧之齐山登高》之作。

122

首联即点题，据宋周必大《九华山录》云，池州齐山山脚插入清溪，清溪直接大江，山巅有翠微亭（按翠微即山之借代语）。"江涵秋影"四字妙传江水之清，"秋影"包容甚广，不独指雁影也。"与客携壶"是置酒会友，兼之有山有水，是人生乐事矣。按诗人由黄州调任池州，以地僻人稀，心境并不愉快。张祜较杜牧年长而诗名早著，由于受到元稹的排抑未能见用于时；张对杜牧神交既久，杜对张祜复怀同情；张祜的到来便给杜牧不少慰藉。

中间两联写当日登山之乐，捎带出随缘自适之生活哲学。三、四为唐诗名句，谓人生难得开心，不妨开怀大笑；也不妨潇洒一回——休问你我年纪如何，今日须插满头菊花而归；五、六进一步发挥"难逢""须插"之意，谓应把握当前及时行乐，不要无益地痛惜流光。要之，数句既是当日登山情事的记录，又不局限当日情事，而融入了诗人的生活经历，表现了一种通达的生活态度，故能传诵人口。

末联承上"登临恨落晖"意，举出齐景公的反例作结，《晏子春秋》载："景公游于牛山（在临淄南），北临其国城而流涕曰'若何滂滂去此而死乎？'诗人对齐景公在死亡面前表现出来的畏惧心理不以为然，他实际上已意识到生命之流是一个自然的过程，既然"古往今来只如此"，那还有什么理由不抓住当前的生活，而为将来的物化惴惴其栗，可怜虫般作向隅泣呢？联系到诗人《送隐者》"无媒径路草萧萧，自古云林远市朝。公道世间惟白发，贵人头上不曾饶"，我们不难体味这种旷怀中包含着一种苦涩的潜意识，即因痛恨世间的不公道，而转而平和地看待死亡，认为它是一种自然公道的结局。这就是所谓抑塞之怀，出以旷达。

以上三诗大体反映了杜牧的文采风流及其七律的特色，句子成分较为完整，习用"大抵""更想""难逢""须插""但将""不用""何必"等勾勒字面，即使不用，也能做到诗意显豁，而不乏警句，俊爽的特色也就表现在这里。

早雁

金河秋半虏弦开，云外惊飞四散哀。

仙掌月明孤影过，长门灯暗数声来。

须知胡骑纷纷在，岂逐春风一一回。

莫厌潇湘少人处，水多菰米岸莓苔。

　　此诗作于武宗会昌二年（842），时杜牧为黄州刺史。当年八月，回鹘一部在乌介可汗率领下侵扰天德、振武一带，并深入云州（山西大同），大肆掳掠。诗咏其事，以北雁提早南飞，暗示北方发生战事，并有以雁之"惊飞四散"喻人民流离失所的用意，通体比兴，不似它作，是杜牧七律别调。

　　首联想象鸿雁遭射四散的情景，金河为唐单于都护府治所，今内蒙古和林格尔，此泛指北方边地。

　　次联续写"惊飞四散"的征雁飞经都城长安上空情景。用笔爽健，以"仙掌"（铜仙掌承露金盘）、"长门"代表的帝王宫殿之壮丽高华以反衬南飞秋雁之"孤影""数声"的凄凉可悯，尤为警策。

　　三联由北雁南飞关心到它们的归期。句中"春风"似兼有比兴象征意义，据《资治通鉴》载，当时唐朝廷曾诏发陈、许、徐、汝、襄阳等兵屯太原及振武、天德，俟来春驱逐回鹘。但诗人对此似乎还有些怀疑和担心。

　　末联乃是对大雁的寄语。相传雁飞不过衡阳，以其地气暖和故也。故诗人想象它们在潇湘一带停歇下来，并以江南主人的口气对它们表示慰问，"莫厌"云云，口气温馨，充满体贴同情。全诗笔笔写雁，但不着一雁字；句句咏雁，句句写人；言近旨远，意切情深，表现了诗人对国计民生的关切。

按会昌年间李德裕为相，是晚唐政治经济上有所作为的时期。面对这次入侵，李德裕采取了坚决回击的措施，在次年春夏之交，便一举击败了乌介可汗一部，使之逃往天山，最后遭到覆灭。此诗五、六表示的担忧和讽刺，原是不必要的。

赤壁

折戟沉沙铁未销，自将磨洗认前朝。

东风不与周郎便，铜雀春深锁二乔。

赤壁为三国时代的古战场，故址在今湖北省江夏区西南赤矶山。汉献帝建安十三年（208）孙、刘联军击败了曹军，为三国鼎立奠定了局面，史称赤壁大战。当时年仅三十四岁的周瑜，是这次战役中的头号风云人物。

"折戟沉沙铁未销，自将磨洗认前朝"，从一件出土文物（折戟）兴起对前朝人物和事迹的慨叹，说得煞有介事，其实很可能只是一种手法。不从山河形胜说起，而从一片铁说起，从这一片铁和一场战争的内在联系说起，这个以小见大的构思是非常巧妙的，而且画面感、触摸感很强，诗，就要这样形象的语言。

"东风不与周郎便，铜雀春深锁二乔"，是这首诗的议论和结穴所在。赤壁大战，周瑜是用火攻的战术击败了有着数量优势的强大敌人，而火攻必须倚仗的自然条件就是东风。诗人抓住这一点做文章，反说其事，假如要没有东风给周郎以方便，那么，胜败双方可能会易位，而曹操成了胜利者的结果，必然是二乔被掠，铜雀台就会多了两位东吴佳丽。这种调侃的语气，引来宋人的批评说："孙氏霸业，系此一战。社稷存亡，生灵涂炭都不问，只恐被捉了二乔，可见措大不识好恶。"（《彦周诗话》）《四库提要》为之辩解道："大乔乃孙策妇，小乔为周瑜妇，二人入魏，即吴亡可知。此作者不欲质言，故变其词耳。"

其实这样的吐槽是不得要领的。说二乔命运，就是说社稷存亡，不必更说社稷存亡、生灵涂炭。而要害还在于，诗人的议论过分强调了外因、天时的作用，而撇开了决定战争胜负的更深层次的原因——内因、人和的原因。接下来的问题是，他为什么要如此议论呢？只有一个合理的解释，那就是借题发挥，说得更直白些，就是借古人（曹操）的酒杯，浇自己的块垒。

何以言之？"杜牧有经邦济世之才，通晓政治军事，对当时中央与藩镇、汉族与吐蕃的斗争形势，有相当清楚的了解，并曾经向朝廷提出过一些有益的建议。如果说，孟轲在战国时代就已经知道'天时不如地利，地利不如人和'的原则，而杜牧却还把周瑜在赤壁战役中的巨大胜利，完全归之于偶然的东风，这是很难想象的。他之所以这样地写，恐怕用意还在于自负知兵，借史事以吐其胸中抑郁不平之气。"（沈祖棻）这个说法是通达的。

杜牧本人以武略自负，注过《孙子》，却怀才不遇，是命运的失败者。赤壁之战的失败者曹操，也注过《孙子》，武略或不下于周瑜。作者为曹操翻案，正是借题发挥，自作不平之鸣。

过华清宫

长安回望绣成堆，山顶千门次第开。
一骑红尘妃子笑，无人知是荔枝来。

华清宫是唐代行宫，开元间建于陕西骊山，原名温泉宫，天宝六年改名。唐明皇、杨贵妃生前经常在此避暑或过冬。原诗共三首，这是第一首，写由华清宫联想到的一件天宝逸事。这件逸事，据《新唐书·后妃传》记载是这样的：杨贵妃嗜食荔枝，为了给她供应新鲜荔枝，曾设专骑从数千里外将荔枝快速运送到京师。同样的记载，亦见李肇《国史补》。可见诗中所写，决非道听途说。

"长安回望绣成堆，山顶千门次第开。"这两句写作者路过骊山，由望中景色引起想象。按骊山有东、西绣岭，岭上广植林木花卉，望之宛若锦绣。"绣成堆"三字巧妙地拆用地名（绣岭），描绘眼中所见的锦绣河山，措语颇妙。唐人到骊山不会不想到华清宫，就像今人到北京不会不想到天安门一样，那是自然的事情。句中"千门"就指华清宫，因为唐诗中的"千门"皆指宫门，其出处在《汉书》（"建章宫千门万户"）。华清宫建筑群落环列山谷，有津阳门、开阳门、望京门、昭阳门及无数台殿楼阁，也当得起"千门"之称。"次第开"不仅意味着为数众多、井然有序，而且是试图复活历史画面。宫门依次打开，人物呼之欲出。

"一骑红尘妃子笑，无人知是荔枝来。"这两句追述天宝逸事，并寄予感慨。"一骑红尘"与"妃子笑"连属做成一个唱叹：一面是紧迫之至、疲于奔命，使人联想到"十里一走马，五里一扬鞭"（王维），即军书传递十万火急的情景；一面是轻松之至、粲然以对，有一点点赞许，有一点点满意。这就引起悬念：一骑红尘所为何来？妃子粲然又为何来？因为悬念的提起，最后的揭秘才大跌眼镜——"无人知是荔枝来"！原来"一骑红尘"无关军国大事，原来"妃子笑"是因为"荔枝来"。按儒家传统观念，国家的治平取决于统治者的修齐——"历览前贤国与家，成由勤俭破由奢"（李商隐）。在人民消费水平很低的时代，用专骑运送荔枝以满足一人之欲的事，听起来真如天方夜谭，真是非常荒谬。所以诗人对此持讽喻和批判的态度。

诗属咏史范畴，当然有借古鉴今之意。在写作上，它采取了以小见

127

大、举重若轻的手法。专骑传送荔枝之事，只是天宝逸事中的一件琐事，然而，举一反三，可以引起对天宝逸事的更多联想，使人觉得荒淫误国、唐明皇难辞其咎。故曰以小见大。"一骑红尘"两句看似轻描淡写，其实是举重若轻——因为"妃子笑"暗含典故：周幽王为了博得宠妃褒姒一笑，不惜以烽火戏诸侯，结果导致了国破身亡的后果。这样的历史鉴戒还不严重吗？宋代大诗人苏轼后来用同样的题材写了一首七古，诗云："十里一置飞尘灰，五里一堠兵火催。颠坑仆谷相枕藉，知是荔枝龙眼来。"又云："宫中美人一破颜，惊尘溅血流千载。"（《荔枝叹》）用夸张、用重笔，写得声色俱厉、惊心动魄，然而那些长诗，却远不如这首绝句脍炙人口。其原因之一，就在于举轻若重，到底不如举重若轻。

江南春

千里莺啼绿映红，水村山郭酒旗风。

南朝四百八十寺，多少楼台烟雨中。

大和七年（833）春，诗人奉沈传师命由宣州、经建康往扬州聘问牛僧孺，诗即作于往返途中。"江南春"是一个大的题目，就像山水画之长卷，与山水小品在创作难度上是不一样的；而绝句是小诗，比不得歌行。所以这首诗是大题小做，却取得了空前的成功，其秘诀只在两个字：穿越。

"千里莺啼绿映红"二句，概写江南风和日丽的风光。首句兼有听觉与视觉之美，而气象阔大，却引来吐槽，吐槽者偏偏又是大学者杨升庵，他说："千里莺啼，谁人听得？千里绿映红，谁人见得？若作十里，则莺啼绿红之景，村郭楼台，僧寺酒旗，皆在其中矣"，清人何文焕驳得好："即作十里，亦未必尽听得着、看得见！"诗人"视通万里"，既然十里也

128

是穿越，那就不如穿越千里了。"题云'江南春'，江南方广千里，千里之中，莺啼而绿映焉；水村山郭，无处无酒旗，四百八十寺，楼台多在烟雨中也。此诗之意即广，不得专指一处，故总而命曰江南春。"（何文焕）次句"水村山郭酒旗风"是名诗句，也是空间显现，是诗中有画的。一句中有山、村、水、郭、酒、旗，还有一个"风"字也是名词，但风是不具形的，它的存在则通过"酒旗"招展见出，所以，这个字也可以视为动词。而一句之中，包含了山、水、城、乡几个关键词，还差一个人字，却又从"酒旗"加以暗示，酒使人醉，江南之春景使人心醉。所以，这两句是难得的好句，吐槽是没有道理的。

"南朝四百八十寺"二句，概写江南雨景，盖江南水乡，雨景之美有愈于晴日，我们可以想起很多佳句，如"闲梦江南梅熟日，夜船吹笛雨潇潇，人语驿边桥"（皇甫松）、"春水碧于天，画船听雨眠"（韦庄）。而杜牧这两句，更是以气象阔大取胜。三句不但是视通万里，更是思接千载。更正一下，南朝之于唐代，好比晚清、民国之于新中国，不过两百年光景，但两百年也是穿越。南朝统治者多佞佛，一朝有一朝建筑，无怪江南佛寺之多也。"四百八十寺"是作者独有的堆垛数目营造气势的手法（它如"二十四桥明月夜""汉宫一百四十五""故乡七十五长亭"），也是取其整数的说法。按绝句三四句应有的关系，这句出以肯定、出以清楚，下句则应该出以不肯定，出以朦胧，"多少楼台烟雨中"就是不肯定，就是朦胧。因为江南地域广大，"四百八十寺"不可能全在烟雨中；但烟雨笼罩的区域也不少，"多少楼台烟雨中"所表现气象，也够大了，有读傅抱石山水画的感觉。

所以这首诗妙在穿越，诗人想象在无尽的时空中自由穿越。如果只写看得见、听得着，只要摄影录音就行了，那还要诗干什么呢。此外，南朝统治者造寺的动机是一回事，这许许多多佛寺形成壮丽的人文景观，为后人留下了宝贵的文化遗产，为江南之春增添了如许景致，则是另一回事。诗的意蕴与其说是讽刺，不如说是感喟，是赞叹，是沉思，同时又带一点感伤。对历史的沉思与对自然美的歌咏，水乳交融着。是美大于善，形象大于思想。是诗之至也。

泊秦淮

烟笼寒水月笼沙，夜泊秦淮近酒家。
商女不知亡国恨，隔江犹唱后庭花。

秦淮河经过金陵城内流入长江，六朝以来为游览胜地，诗人夜泊秦淮闻歌女唱陈后主时流行的颓靡歌曲，不禁触景生情，作为此诗。

前二写秦淮夜景，盖流经闹市中心的河流，两岸是商业区和"红灯区"集中的地带，两岸都有"酒家"，月夜上灯后，景色自胜日间。近人朱自清、俞平伯各有一篇《桨声灯影里的秦淮河》，蜚声文坛，得历史与江山之助也。而这首诗一开始即写"夜泊"，及秦淮夜景"烟笼寒水月笼沙"，可知不是偶然的。月下沙岸尤明，水上则弥漫着一层轻纱似的烟雾，用句中排的形式，写景空灵细腻且有唱叹意味。有人说此句"写景萧寥冷寂，泊舟处当非繁华喧闹之处"，恐未必然。

后二写闻歌有感，秦淮河不宽，故在舟中可以清楚地听到对岸的歌声。唐崔令钦《教坊记》录有《后庭花》曲（说详《春江花月夜》诗析），可见唐时尚在流行。六代兴亡之感慨，忧国忧民之情怀，一时涌向心头。诗只言"商女不知亡国恨"，而那些座中颇有身份的听众呢，则不言而喻，世风之日下，时局之可忧，亦见于言外。旨意委婉，感慨转觉深沉。沈德潜、管世铭等均推此诗为唐人七绝之绝唱，乃至压卷之作。

按关于"商女"，《辞源》释为歌女是正确的（"商"是宫商之商），"不知亡国恨"，是指不知所唱歌曲产生的历史背景，并无费解之处。《元白诗笺证稿》谓诗中"商女"是扬州歌女而在秦淮商人舟中，扬州与金陵"隔江"，所以"不知亡国恨"，把本来简单的问题反而搞复杂了，虽言出方家，不能不说是千虑一失。还有人说"商女"即商人女眷，与"酒家"无涉，恐未必然；从整个诗看，还是联系秦淮酒家，释为歌女，措意为深。

寄扬州韩绰判官

青山隐隐水迢迢，秋尽江南草未凋。
二十四桥明月夜，玉人何处教吹箫？

杜牧于大和七年（833）至九年春在扬州牛僧孺幕，韩绰为其同僚。此诗作于离扬以后。

前二写江南秋光，包含着忆扬州和故人的情怀。"隐隐""迢迢"这一对叠字，不但画出山青水长、绰约多姿的江南风貌，而且暗示着双方相隔的空间距离，欧阳修《踏莎行》"离愁渐远渐无穷，迢迢不断如春水"、"平芜尽处是春山，行人更在春山外"可为之注脚。"草未凋"写江南秋色，清新旷远不同江北，句下寓有眷念旧地的深情。

后二叙别来怀念之情。乃从扬州诸多美好印象中撷取最不能忘怀的时间——"明月夜"（参张祜《纵游淮南》"月明桥上看神仙，人生只合扬州死"、徐凝《忆扬州》"天下三分明月夜，二分无奈是扬州"）、地点——"二十四桥"（一说扬州城内原有二十四座桥；一说只是一桥相传古时有二十四位美女吹箫于桥上故名，即使如此，桥名也能给人造成数量上的错觉），以调侃的口吻，询问对方的行踪。此处的"玉人"乃指韩绰，而"教吹箫"又把关于美女的传说纳入，使人感到韩绰的风流倜傥与情场得意，再加上"何处"二字悠谬其词，令人读之神往。宋词人姜夔七绝《过垂虹》云："自作新词分外娇，小红低唱我吹箫。曲终过尽松陵路，回首烟波十四桥"，即深得小杜神韵，可以参读。

赠别

娉娉袅袅十三余，豆蔻梢头二月初。
春风十里扬州路，卷上珠帘总不如。

文学艺术要不断求新，因陈袭旧是无出息的。即使形容取喻，也贵独到。从这个角度看看杜牧《赠别》，也不能不承认他作诗的"天才"。

此诗是诗人赠别一位相好的歌妓的，从同题另一首（"多情却似总无情"）看，彼此感情相当深挚。不过那一首诗重在"惜别"，这一首却重在赞颂对方的美丽，引起惜别之意。第一句就形容了一番："娉娉袅袅"是身姿轻盈美好的样子，"十三余"则是女子的芳龄。七个字中既无一个人称，也不沾一个名词，却能给读者完整、鲜明生动的印象，使人如目睹那美丽的倩影。其效果不下于"翩若惊鸿，宛若游龙；荣耀秋菊，华茂春松"（曹植《洛神赋》）那样具体的描写。全诗正面描述女子美丽的只这一句。就这一句还避实就虚，其造句真算得空灵入妙。第二句不再写女子，转而写春花，显然是将花比女子。"豆蔻"产于南方，其花成穗时，嫩叶卷之而生，穗头深红，叶渐展开，花渐放出，颜色稍淡。南方人摘其含苞待放者，美其名曰"含胎花"，常用来比喻处女。而"二月初"的豆蔻花正是这种"含胎花"，用来比喻"十三余"的小歌女，是形象优美而又贴切的。而花在枝"梢头"，随风颤袅者，尤为可爱。所以"豆蔻梢头"又暗自照应了"娉娉袅袅"四字。这里的比喻不仅语新，而且十分精妙，又似信手拈来，写出人似花美，花因人艳，说它新颖独到是不过分的。一切"如花似玉""倾国倾城"之类比喻形容，在这样的诗句面前都会黯然失色。

诗人正要离开扬州，"赠别"对象就是他在幕僚失意生活中结识的扬州歌妓。所以第三句写到"扬州路"。唐代的扬州经济文化繁荣，"春风"句意兴酣畅，渲染出大都会富丽豪华气派，使人如睹十里长街，车水马龙，花枝招展。这里歌台舞榭密集，美女如云。"珠帘"是歌楼房栊设置，"卷上珠帘"则看得见"高楼红袖"。而扬州路上不知有多少珠帘，所有帘下不知有多少红衣翠袖的美人，但"卷上珠帘总不如"！不如谁？谁不如？诗中都未明说，含吐不露，但读者已完全能意会了。这里"卷上珠帘"四字用得很不平常，它不但使"总不如"的结论更形象，更有说服力；而且将扬州珠光宝气的繁华气象一并传出。诗用压低扬州所有美人来突出一人之美，有众星拱月的效果。《升庵诗话》云："书生作文，务强此而弱彼，谓之'尊题'。"杜牧此处的修辞就是"尊题格"。但由于前两句美妙的比喻，这里"强此弱彼"的写法显得自然入妙。

杜牧此诗，从意中人写到花，从花写到春城闹市，从闹市写到美人，最后又烘托出意中人。二十八字挥洒自如，游刃有余，真俊爽轻利之至。别情人不用一个"你（君、卿）"字；赞美人不用一个"女"字；甚至没有一个"花"字、"美"字，语言空灵清妙，贵有个性。

金谷园

繁华事散逐香尘，流水无情草自春。
日暮东风怨啼鸟，落花犹似坠楼人。

金谷园是西晋时富豪石崇的别墅，地在洛阳西北，极尽繁奢，至唐代已成遗迹。杜牧经过这里，怀古伤情，写下了这首诗。

面对荒园，诗人首先想到了金谷园昔日的繁华如今安在？"繁华事散逐香尘"。当年名园无尽的繁华已随着香尘的飘散而无影无踪。"香尘"不但意象（象征往事如烟），而且是金谷园繁华事中的一例，王嘉《拾遗记》谓:"石季伦（崇）屑沉水之香如尘末,布象床上,使所爱者践之,无迹者赐以真珠。"是石崇当年豪奢的写照之一斑。

次句写眼前景色:"流水无情草自春"。人事虽非,景色依旧。流水、春草犹如历史的见证者,就像孔尚任在《桃花扇》中所写的那样:"眼看他起朱楼,眼看他宴宾客,眼看他楼塌了。"流水非是无情,只因它见多了前朝旧事,知道那不过是云烟过眼,一时而已。"草自春"的"自"字,表现出春草的悠然,活脱脱一副冷眼旁观状。

第三句"日暮东风怨啼鸟",诗人触景生情:傍晚时分,阵阵东风传来了鸟儿的声声悲鸣。春天里听到鸟叫,原该是高兴的事,但诗人却从鸟儿的啼叫中听出了悲声。其实鸟声的悲喜非深通鸟语者不能识别,只是诗人心情如此,所谓景由情生,这才听出了悲声。当然几个环境因素也起了重要的作用:此时——日暮;此地——废园;此风——凉风。当敏感的诗人正发着思古之幽情,鸟声入耳,让诗人听来似乎是在悲鸣。此悲实乃诗人之悲,此怨实乃诗人之怨。一"怨"字让气氛顿时凝重起来。

恰在此时,有落花随风而下。诗人从落花的下坠,不由得联想起了当年此地曾发生过的惨烈一幕。《晋书·石崇传》记载:石崇有妓曰绿珠,美而艳。孙秀使人求之,不得,矫诏收崇。崇正宴于楼上,谓绿珠曰:"我今为尔得罪。"这句话好像焦仲卿说:"卿当日胜贵,吾独向黄泉。"其产生的后果,就是兰芝说:"黄泉下相见,勿违今日言。"于是,绿珠泣曰:"当效死于君前。"因自投于楼下而死。这个殉情的故事,本身就凄美动人。然"落花"与"坠楼人"发生联想,仍然需要异常活跃的想象力,实在是匪夷所思,从来没有人这样写过;其可行,一是因为二者都是坠物,二是因为落花与坠楼人都无法自主命运,一个随风飞扬,一个听人摆布。诗家以花比美人者多矣,而以"落花"比"坠楼人",乃作者之独诣,正是"惊心动魄,可谓几乎一字千金"（钟嵘）。而"落花"这一意象,又将绿珠"坠楼"事件诗化了,美化了,不那么惨烈了,使读者产生出带有审美愉悦的感伤。

杜牧所处的时代，正是宦官专权，党争不断，晚唐已如江河日下，国家的命运已非个人所能控制。此时的杜牧，或许正有这一份感伤在心头，吊古伤怀，自然写得凄切哀婉。所谓"亡国之音哀以思，其民困"（《礼记·乐记》）。"繁华事散逐香尘"二句，正反映了当时的时代氛围。

清明

清明时节雨纷纷，路上行人欲断魂。
借问酒家何处有，牧童遥指杏花村。

清明节是我国最重要的传统节日之一，也是祭祖和扫墓的日子。这个习俗，应该是从寒食悼念介子推演变而来的。清明节可以点火了，人们可以携带香蜡纸烛、酒食果品等物品为亲人扫墓。古人又有清明踏青的习俗，所以又称踏青节，暮春三月（相当于公历4月初），草木生长，是郊游的好时光。

杜牧《清明》，这首诗见于千家诗而不见于杜牧诗集，据说是诗人在池州写的。

"清明时节雨纷纷"，开始就写出清明节气候的特点，就是晴雨不定。俗话说"春天孩儿面，一天变三变。"最初天气是晴好的，所以游人未带雨具。这里的"雨纷纷"，写的是阵雨。次句的"路上行人"乃是郊游踏青的人。唐代清明踏青的盛况，杜甫在《清明》诗中写道"著处繁华务是日，长沙千人万人出。"此诗虽然说的是池州，风俗总是一样的。郊游遇雨，没有雨具，有淋成落汤鸡的可能，任何人都会感到狼狈，"欲断魂"写的就是这种狼狈相。有人把它和上坟联系，没分清这是哪儿跟哪儿。

前两句是清明郊外的全景，"路上行人"是复数；后两句则是一个戏剧性片断，是发生在两个人之间的问答。"借问酒家何处有"，省去的主语是行人中的某一人。"借问"是向牧童打听。打听的内容是"酒家何处有"。目的很明确，一是为了躲雨，二是饮酒祛寒。末句"牧童遥指杏花村"之妙，在于牧童没有答话，因为牧童和牛也在避雨。不答话不等于没回应，牧童的回应用了肢体语言，那就是用手中的鞭子，朝杏花村的方向指了一指。有人说后两句的妙处，在于那牧童的一指，极富生活情趣，又如《小放牛》之舞台动作，连音乐都似乎听到了。全诗很有画面感，画出了一幅富于戏剧性的"雨中问津图"。

把"杏花村"和酒联系起来，是此诗的一大发明。这三个字是金不换的。日后的江南，到处都有酒家打这个招牌。四川清音有这样的发挥："三十里路桃花店，四十里路杏花村。杏花村中出美酒，桃花店里出美人。好酒越吃越不醉，好花越看越爱人。"把"杏花村"所蕴含的诗意，作了充分的阐释。

还有人把这首诗重新断句，整成一首小词："清明时节雨，纷纷路上行人，欲断魂，借问酒家何处，有牧童遥指杏花村。"这说明诗人裁词组合，具有一定的活性，重新断句，就如颠了一下万花筒，词语重新组合，会放出别的异彩。这首小令的组合，并未颠覆诗意。这是一种语言万花筒现象。这一断句把那个"有"字从韵脚调整为领字，就是天才发明或妙手偶得，使之特别富于词味。这件事也表明了此诗之受人欢迎。

屏风绝句

屏风周昉画纤腰，岁久丹青色半销。
斜倚玉窗鸾发女，拂尘犹自妒娇娆。

周昉是约早于杜牧一个世纪，活跃在盛唐、中唐之际的画家，善画仕女，精描细绘，层层敷色。头发的钩染、面部的晕色、衣着的装饰，都极尽工巧之能事。相传《簪花仕女图》是他的手笔。杜牧此诗所咏的"屏风"上当有周昉所作的一幅仕女图。

"屏风周昉画纤腰","纤腰"二字是有特定含义的诗歌语汇，能给人特殊的诗意感受。它既是美人的同义语，又能给人以字面意义外的形象感，使得一个亭亭玉立、丰满而轻盈的美人宛然若在。实际上，唐代绘画雕塑中的女子，大都体形丰腴，并有周昉画美人多肥的说法。倘把"纤腰"理解为楚宫式的细腰，固然呆相；若硬要按事实改"纤腰"作"肥腰"，那就更只能使人瞠目了。

说到"画纤腰"，尚未具体描写，出人意料，下句却成"岁久丹青色半销"，——由于时间的侵蚀，屏风人物画已非旧观了。这似乎是令人遗憾的一笔，但作者却因此巧妙地避开了对画中人作正面的描绘。

"荷马显然有意要避免对物体美作细节的描绘，从他的诗里几乎没有一次偶然听说到海伦的胳膊白，头发美——但是荷马却知道怎样让人体会到海伦的美。"（莱辛《拉奥孔》）杜牧这里写画中人，也有类似的手段。他从画外引入一个"鸾发女"。据《初学记》，鸾为凤凰幼雏。"鸾发女"当是一贵家少女。从"玉窗""鸾发"等字，暗示出她的"娇娆"之态。但斜倚玉窗、拂尘观画的她，却完全忘记她自个儿的"娇娆"，反在那里"妒娇娆"（即妒忌画中人）。"斜倚玉窗"，是从少女出神的姿态写画中人产生的效果，而"妒"字进一步从少女心理上写出那微妙的效果。它竟能叫一位妙龄娇娆的少女怅然自失，"还有什么比这段叙述能引起更生动的美的印象呢？凡是荷马（此处请读作杜牧）不能用组成部分来描写的，他就使人从效果上去感觉到它。诗人呵，替我把美所引起的热爱和欢欣（按：也可是妒忌）描写出来，那你就把美本身描绘出来了。"（《拉奥孔》）

从美的效果来写美，《陌上桑》就有成功的运用。然而杜牧《屏风绝句》依然有其独创性。"来归相怨怒，但坐观罗敷"，是从异性相悦的角度，写普通人因见美人而惊讶自失；"拂尘犹自妒娇娆"，则从同性相"妒"的角度，写美人见更美者而惊讶自失。二者颇异其趣，各有千秋。

此外，杜牧写的是画中人，而画，又是"丹青色半销"的画，可它居然仍有如此魅力（诗中"犹自"二字，语带赞叹），则周昉之画初成时，曾给人何等新鲜愉悦的感受呢！这是一种"加倍"手法，与后来王安石"低回顾影无颜色，尚得君王不自持"（《明妃曲》）的名句机心暗合。它使读者从想象中追寻画的旧影，比直接显现更隽永有味。

题乌江亭

胜败兵家事不期，包羞忍耻是男儿。
江东子弟多才俊，卷土重来未可知。

这首诗作于武宗会昌元年（841）作者赴任池州刺史，路过乌江亭时，是一首咏史诗。亭在今安徽和县东北乌江之上，相传为项羽自刎处。《史记·项羽本纪》记载："于是项王乃欲东渡乌江。乌江亭长檥船待，谓项王曰：'江东虽小，地方千里，众数十万人，亦足王也。愿大王急渡。今独臣有船，汉军至，无以渡。'项王笑曰：'天之亡我，我何渡为！且籍与江东子弟八千人渡江而西，今无一人还，纵江东父兄怜而王我，我何面目见之？纵彼不言，籍独不愧于心乎？'乃自刎而死。"宋代李清照点赞道："生当作人杰，死亦为鬼雄。至今思项羽，不肯过江东。"（《夏日绝句》）代表了主流的史观。而杜牧这首诗则剑走偏锋，对项羽之死发表批评性议论。

"胜败兵家事不期"二句，率先发表议论，堪称名言。"兵家事不期"一作"由来不可期"。常言道："胜败乃兵家常事"，这句话最早的出处，就在此诗首句。《旧唐书·裴度传》云："一胜一负，兵家常势。"到明人罗贯中《三国演义》中方作"胜负乃兵家常事"，遂为熟语。换言之，成为一种常识。"包羞忍耻是男儿"，这话涉及另一个成语"忍辱负重"，则出自《三国志·吴志·陆逊传》火烧连营一节。而忍辱负重，能屈能伸的典故，则有春秋时代越王勾践的卧薪尝胆，吴国大夫伍子胥的三年复仇等著名历史故事，对后世影响甚大。"是男儿"，也就是"作人杰"了。这两句议论堂堂正正，为下文批评项羽的自弃预为铺垫。

"江东子弟多才俊"二句，以事在人为，批评项羽"天之亡我"论。"江东子弟"语出项羽之"籍与江东子弟八千人渡江而西"一语，"多才俊"则概括了乌江亭长"江东虽小，地方千里，众数十万人，亦足王也"的话，正是无一字无来历。三句是半截话，吊起读者悬念。末句"卷土重来未可知"是压轴语，又凿空创造出一个成语"卷土重来"。所谓"卷土"，指人马奔跑时尘土飞扬，形容失败之后积蓄力量，再作反扑，极为生动，颇具张力。《商君书·战法》云："王者之兵，胜而不骄，败而不怨"，后世略为"胜不骄，败不馁"。而"未可知"三字就是持"败不馁"的态度，对项羽的认命服输，大不以为然。

清人吴景旭云："牧之数诗，俱用翻案法，跌入一层，正意益醒，谢叠山所谓'死中求活'也。"（《历代诗话》）所谓"数诗"，除此诗外，还有"东风不与周郎便，铜雀春深锁二乔"（《赤壁》）、"南军不祖左边袖，四老安刘是灭刘"（《题商山四皓庙》）等。盖事物本有两面理，如只强调一面，即不全面。翻案法的本质，就是反对一面理，而让人看到事情的另一面，所以绝不是单纯的好异、抬杠、反说其事或死中求活。毛泽东曾多次书写杜牧的这首诗，表现了对它的偏爱，作为一个大军事家，对此诗之成理是心领神会的。

南陵道中

南陵水面漫悠悠，风紧云轻欲变秋。
正是客心孤迥处，谁家红袖凭江楼？

这首诗大约写在文宗开成（835－840）年间，作者任宣州团练判官时，南陵是宣州属县。诗收入《樊川诗集》外集，题一作"寄远"。诗记旅途所见，却突然触着，从一刹那的感觉中提升到哲理与智慧的境界。

"南陵水面漫悠悠"二句，写舟行所见水容天色，"首句咏南陵，已有慢橹开波之致。次句咏江上早秋，描写入妙。"（俞陛云）对下两句起一个引子的作用。而传神写照，全在"正是客心孤迥处"二句。沈祖棻引苏东坡《蝶恋花》"墙里秋千墙外道。墙外行人，墙里佳人笑。笑渐不闻声渐小，多情却被无情恼。"云："夫此红袖自凭江楼，固不知客心之孤迥；而客心之孤迥，亦本与此红袖无关。是二者固无交涉，客岂不知？然以彼美之悠闲与己之孤迥相对照，乃不能不觉其无情而恼人矣。其事无理，其言有情。"（《唐人七绝诗浅释》）这是一种习惯性赏析。其实这两句妙在不仅可以表达"多情却被无情恼"的人生况味；还可以表达"相看似相识，脉脉不得语"（孟浩然）的旅途况味，所谓慰情聊胜于无也。同时，它还隐喻着人生处境，即每个人在生活中都扮演着双重角色，即既可以是看客（看风景的人），而同时也被看（成为别人所看的风景）。

新诗名篇卞之琳之《断章》："你站在桥上看风景，看风景人在楼上看你。"几乎就这是两句的翻版，当然是无意识的撞车。在诗中，风景本身已无关紧要，重心落到两个看风景、同时互为风景的人身上，构成"落花有意，流水无情"的戏剧性关系。"正是客心孤迥处，谁家红袖凭江楼"之诗味，来自互文性的结构。这种结构最早见于《庄子·齐物论》："昔者庄周梦为蝴蝶，栩栩然蝴蝶也"，"俄然觉，则蘧蘧周也。不知周之梦为蝴蝶与，蝴蝶之梦为周与。"但杜牧说人生而不说梦，这就翻出了庄子手心。

卞之琳《断章》精彩之处，在于它从"你站在桥上看风景，看风景人在楼上看你"开始，下面又绕出另两句话："明月装饰了你的窗子，你装饰了别人的梦。"以顶真的修辞，突破了互文性结构，对上述人生处境补充诠释。部分回到人生如梦的话题，所以又翻出了杜牧手心，全诗也更加精粹。而《断章》也正是"绝句"的意思。

遣怀

落魄江湖载酒行，楚腰纤细掌中轻。
十年一觉扬州梦，赢得青楼薄倖名。

这首诗作于武宗会昌二年（842）作者外放黄州刺史以后，为追忆十年前扬州岁月而作。作者在文宗大和七年（833）至九年，曾在淮南节度使牛僧孺幕府任推官、转掌书记，居扬州。因未展其才，故放浪形骸，落拓不羁。日后追忆，不免有一事无成之叹。"遣怀"，实是释放负面情绪。

"落魄江湖载酒行"二句，是对昔日扬州生活的回忆。"落魄"乃困顿失意的样子，概括了作者多年的不甚得意。"江湖（一作江南）载酒行"，暗用《吴书》郑泉"愿得美酒满五百斛船"随身的典故，以见作者生活的放荡不羁，同时也表明作者需要用酒来排遣的烦忧，所谓"慨当以慷，忧思难忘。何以解忧，唯有杜康。"（曹操）与"载酒行"相关之事，必是沉湎声色，故李白诗云："美酒樽中置千斛，载妓随波任去留。"（《江上吟》）"楚腰纤细掌中轻"，就是"载妓"的意思了，这里用了两个典故：一是"楚腰纤细"，即楚王以细腰为美，见于《墨子》；二是"掌中轻"，即赵飞燕能作掌上舞，见于《汉书·外戚传》，都是形容扬州歌妓的美丽与善舞。史载："牧少隽，性疏野放荡，虽为检刻，而不能自禁。会丞相牛僧孺出镇扬州，辟节度掌书记。牧供职之外，惟以宴游为事。"（《唐阙史》）然时过境迁，作者从声色享受中得到的安慰毕竟有限，从"落魄"二字的笼罩，是可以感觉到的。

"十年一觉扬州梦"二句，是作者自我检讨，对现实处境表现了极度的不满。扬州在唐代是天下最繁华的都市，"扬州梦"对许多人来说就是人生之梦,代表着成功。然而"十年一觉",这个"觉"字可以读成"睡觉"的"觉",但从诗意看,更可以读成"觉醒"的"觉"。作者回首往事,有如梦初醒的感觉。是什么呢?诗人不直说一事无成,也不直说是人生的输家,反说是:"赢得青楼薄幸名"!这个"赢"字,就非常耐人寻味。古人深感年寿有时而尽,追求声名之传于后。李白发牢骚道:"古来圣贤皆寂寞,惟有饮者留其名。"(《将进酒》)而杜牧却说:"赢得青楼薄倖名"。青楼留名,较之饮者留名,况愈下矣。何况"薄倖"又是个贬义词,等于薄情,则情何以堪。文人之自我调侃,莫此为甚。所以此诗脍炙人口,在后世尤其为文人所激赏。

近人刘永济评:"才人不得见重于时之意,发为此诗,读来但见其傲兀不平之态。世称杜牧诗情豪迈,又谓其不为龊龊小谨,即此等诗可见其概。"(《唐人绝句精华》)梁简文帝说"文章且须放荡",这是一句泄露天机的话,此诗所以为佳,即在直见性命。

叹花

自恨寻芳到已迟,往年曾见未开时。
如今风摆花狼藉,绿叶成阴子满枝。

诗题一作《怅诗》,文本为:"自是寻春去校迟,不须惆怅怨芳时。狂风落尽深红色,绿叶成阴子满枝。"本事见《唐阙史》上,曰杜牧在宣州幕时,曾游湖州,见女年十余、惊为国色,以重币结之,与其母约曰:"吾不十年,必守此郡。十年不来,乃从尔所适。"大中三年(849),始授湖州刺史,比至郡,则已十四年矣。所约者已从人三载,而生三子。因赋诗自伤。或与杜牧行迹及史事不合,然此诗缘事而发,却是无疑的。"本事"亦有助于对诗意的理解。诗人并非直叙其事,而托言寻春叹花,

142

所以耐人寻味。

"自恨寻芳到已迟"二句，写不遇缘。上句说来晚了，错过了花期，是自责的语气，下句"往年曾见未开时"，则是说来早了，又等不及花开。这叫作早不成，晚不就。总之是没有缘分。明代民歌《挂枝儿》有《缘法（缘分）》诗最妙："有缘法哪在容和貌。有缘法哪在钱和钞。有缘法哪在先后相交。有缘千里会，无缘对面遥。用尽心机也，也要缘法来凑巧。"这事还可以更远地联想到屈原赋中的"往者余弗及兮，来者吾不闻。"（《远游》）事异情同，谁落到这样的处境，都会感到遗憾，或悲痛。

"如今风摆花狼藉"二句，写迟到的惆怅。"如今"与"往年"呼应，写出时过境迁，过了这个村，就不再有这个店。作者没有披露事情的真相，而是示人以变相，三句写风雨送春时节，满地落花的情景。"狼藉"（零乱的样子）二字，表现出作者的遗憾，可谓满目凄凉。末句有一跳跃，出现意想不到的画面："绿叶成阴子满枝"。要是换个角度看，绿肥红瘦，硕果累累，这未尝不是好事。只不过这好事与自个儿无关。袁枚有《佳句》诗云："明知与我全无份，不觉情深唤奈何。"正是这种心情，网络语叫"羡慕嫉妒恨"。

"狂风落尽深红色，绿叶成阴子满枝。"末二句写春天的狂风过后，留下了遍地的春花，曾经的万紫千红变成了遍地的落蕊，诗人为之一悲——姹紫嫣红的春天就这样离他而去。诗人借春花凋零，来表现自己对心目中女子已经嫁人生子这一现实的失落之情。然而春去之后，红花落尽，绿叶满枝，在绿荫丛中隐藏的还有累累果实。"绿叶成阴子满枝"这一句，诗人的情感又有一个转折，虽然看到春花被狂风吹落了，但换一个角度，又看到了掩映在浓荫下的果实。这是对诗人内心的一种无言安慰。

这首诗的本事，本非韵事，但作者巧妙地运用了比兴手法，以自然界的花开花谢，比喻女子的妙龄与色衰，以"绿叶成阴子满枝"，譬喻女子结婚生子，妙在自然贴切。诗中表达的人生后时之恨，与薛道衡"人归落雁后，思发在花前"（《人日思归》），情事各别，而各有千秋。

山行

远上寒山石径斜，白云生处有人家。
停车坐爱枫林晚，霜叶红于二月花。

这诗哪一句最好？当然是"霜叶红于二月花"。

常言道，"红花虽好，也要绿叶扶持"，这就在花和叶中，分出了主从的关系。在春游之中，自然是看叶应不如看花的。要是有人写出"看花应不如看叶"的诗句呢，那就会令人耳目一新。这就是逆向思维，也是诗家思维。宋人罗与之就是这样写的："看花应不如看叶，绿影扶疏意味长。"不过他还在说绿叶。要是红叶呢，那就更有理由这样说了。看花应不如看叶，因为"霜叶红于二月花"！在同一红中，分出强弱，而且是叶红于花，可谓出人意表，又落人意中。这首诗主要的得分，也就在这里了。

要问这诗哪一字最妙，读者可能就不曾留意，或答"爱"，或答"红"，其实都不如说"停"字更妙。

诗题叫"山行"，一开篇写的也是山行："远上寒山石径斜"。山路远，气候寒，石径曲折，又是晚行，本该投宿了。却道一句："白云生处有人家"——可以投宿的山家还远隔白云。俗语道"看到屋，走得哭"，须抓紧行呢。这两句决不全是悠闲地写景，是写景中见一派行色匆匆。以下是一个转折，在这不该停车的当儿，偏停了，并非小车出了毛病。"停车——坐爱枫林晚，霜叶红于二月花。"山回路转，迎面而来的景色迷人，"停车"是情不自禁的。枫林逢秋，又逢晚照，红上加红，尤为美艳。"叶"向来是作"花"之陪衬入诗的。这里却夺了"花"的席位，悲秋伤晚，古诗中司空见惯，此诗却独标高格，比刘禹锡"我言秋日胜春朝"之句更蕴藉，更出色。这个说秋叶胜春花的句子之好，还好在它出

144

现在山行一停的情节中。行人居然置天晚、秋寒、山远、径斜于不顾，停车相看，爱不忍去。使得"霜叶红于二月花"之说更有艺术说服力。"停"与"行"是矛盾的，用来颇具别趣。这"停"字下得实在是好。

秋夕

银烛秋光冷画屏，轻罗小扇扑流萤。
天阶夜色凉如水，坐看牵牛织女星。

作者一作王建。这是一首七夕诗，同时又是一首宫词。题目没有这样说，但从诗的字里行间是可以读出来的。诗中人的身份是宫女，而且年纪偏小。

"银烛秋光冷画屏"二句，写七夕之夜，诗中人百无聊赖。如果是民间女子，她应该在过节，拜新月，对月穿针，纳凉，吃瓜果，总不至于寂寞。只有在深宫之中，才会出现这种无聊的情景。"银烛""画屏""轻罗小扇"，这些精美名物，暗示诗中人居处是华贵的。这些都是实物，只有"秋光"二字较虚，应该指当夜的新月，并不那么明亮，一个"冷"字，既来自秋凉时节的实感，又带有主观的感情色彩，是通感于寂寞的。"扑流萤"这个动作，表现出宫女的无聊，同时也见得她年纪偏小。稍有年纪的女人，都不会这样做了。"轻罗小扇"是扑流萤的道具，却也暗关汉代班婕妤《怨歌行》诗中的那把团扇，有秋来冷落之感。

"天阶夜色凉如水"二句，借牛郎织女故事，暗示诗中人的心理活动。"天阶"指露天的石阶，"天"一作"瑶"，却没有"天"字好，一是声音不响亮，二是"天"字对宫廷有隐喻的作用。"夜色凉如水"承首句的"秋光"，"如水"之喻太好，有一种凉得像浸在水里那样很舒服的感觉。"坐看牵牛织女星"，与"轻罗小扇扑流萤"，是一静一动，一弛一张，唱叹有致。星象甚多，而独言牵牛织女，此所以见其为七夕也。（民间传说，牛郎织女于此夜鹊桥相会。）"坐看"一作"卧看"，是诗中人姿态。而躺姿比坐姿，似乎更胜一筹，以其更迁就人的惰性，更得无人之态。而美人躺比"葛优躺"更入画。末句虽然只是一个动作，但它暗示的是诗中人的心理活动，牵牛织女，一年一会，作者《阿房宫赋》谓秦宫人望幸，至有三十六年不得见者，得无怨乎？怨而不怒，真风人之诗也。

宋人评此诗："含蓄有思致。星象甚多，而独言牛女，此所以见其为宫词也。"（曾季狸《艇斋诗话》）按，盛唐崔颢《七夕》后半云："长信秋深夜转幽，瑶阶金阁数萤流。班姬此夕愁无限，河汉三更看斗牛。"诗不甚传。杜牧此诗，师其意不师其词，不让班姬出场，只于次句暗用团扇诗意，便觉浑成无迹，后出转精，遂成绝唱。

【雍陶】生卒年不详，字国钧，成都人。少年时家境贫寒，遭遇蜀中动乱后，四处漂泊，834年中进士，曾授国子毛诗博士，任简州刺史。晚居芦山。有《唐志集》五卷。

题情尽桥

从来只有情难尽，何事名为情尽桥。
自此改名为折柳，任他离恨一条条。

这首诗约作于宣宗大中八年（854）作者出任简州刺史期间。《四川通志》三一简州："折柳桥在州北一里。《方舆胜览》：在州朝天门外，本名'情尽'，唐刺史雍陶易今名。"《唐诗纪事》："陶典阳安（简州之郡名），送客至情尽桥，问其故。左右曰：'送迎之地止此，故桥名情尽。'陶命笔题其柱曰'折柳桥'。"把一个无理而有特色的桥名，改成一个合理而似曾相识的桥名，孰失孰得，有得讨论。然而就诗论诗，还是颇有意趣的。

"从来只有情难尽"二句，对老的桥名提出诘难。首句大处笼罩，把古今天下一网打尽。无论是爱情、友情、亲情、家国情、儿女情，都不是说尽就能尽的。白居易诗云："天长地久有时尽，此恨绵绵无绝期。"（《长恨歌》）"此恨"不就是情吗，诗人说情比天长、比地久，不就是"情难尽"么。金代元好问词云："问世间情为何物，直教人生死相许。"（《摸鱼儿》）生死不渝，不也是"情难尽"么。理由充分，于是扣到题面，反诘道："何事名为情尽桥。"为下文的"改名"，作好铺垫。

"自此改名为折柳"二句，提出更改桥名的主张。如果前两句是破，这两句就是立，既然老桥名于理未合，于是提出改名的方案，这个方案就是"折柳桥"。之所以这样改，是因为如所周知，汉唐以来有折柳送别的习俗，始见于汉乐府的《折杨柳歌辞》。而且，可以肯定的是，情尽桥头即有杨柳，所以诗人信手拈来，写成末句："任他离恨一条条"。这句可谓曲终奏雅，运用借代的手法，用无形的"离恨"，借代了无限的柳条。同时切合了眼前送客之事，所以为佳。"任他"二字表明，"离恨"与乡愁一样，不是什么负面情绪，倒是一种有价值的感伤。所以不能拒绝它，反倒要记住它。

2013年写入中央文件的一段话提到："要依托现有山水脉络等独特风光，让城市融入大自然，让居民望得见山、看得见水、记得住乡愁。"（《中央城镇化工作会议》文件）这话说得多好哇，读者正是应该从这样的角度，来理解诗人的"任他离恨一条条"。

城西访友人别墅

澧水桥西小路斜，日高犹未到君家。
村园门巷多相似，处处春风枳壳花。

这是一首日常生活纪事诗，写一次下乡访友走冤枉路的经历，诗题是日记式的。作诗要有风趣，而诗家最怕遇到无趣之人。这首诗就作得很有风趣。

"澧水桥西小路斜"二句，写访友途中经过，颇不顺利。"澧水"又名兰江、佩浦，流经湖南的澧县、安乡，注入洞庭湖。"澧水桥西"表明友人别墅所在方位，要过桥西行；"小路斜"三字，不但是说小路难行，还隐含有岔路较多的意思。因此，次句才是"日高犹未到君家"，这里的主要意思还不是说路远，而是说走了许多的冤枉路。从末句可以知道，作者应该不是第一次造访友人，至少友人告诉过他别墅的标志性景物，那就是"枳壳花"，这是诗中的一个包袱，先只预为铺垫，要到最后才会抖出来。

"村园门巷多相似"二句，写景兼带说出下乡不顺利的原因。那就是路找错了，找错的原因，是"村园门巷多相似"。只要有几次出错，就会迷路。而"村园门巷"的"相似"点何在呢，这就是诗人一直揭着的包袱，末句予以揭示："处处春风枳壳花"。原来诗人记得或友人告诉过他，别墅外有几棵枳树。"枳壳花细而香，闻之破郁结，篱旁种之，实可入药。"（《草花谱》）枳壳花为白花，非常打眼，等于做了一个标志。没想到"春风"却来捣乱，处处插上标记，赚得诗人多走了许多路。似乎是一件不痛快的经历，然而其中却有痛快的因子：虽然多走了路，但也看够了花。明人高启诗云："渡水复渡水，看花还看花。春风江上路，不觉到君家。"（《寻胡隐君》）就是说，因为一路看花，不觉路远。这完全是痛快。而此诗的痛快，可以抵消一部分不痛快，所以写出另一种人生况味。近人俞陛云说："咏乡村风物者，宜以闲淡之笔，写天然之景，山花野草，皆可入诗"，"末句枳壳花云云，其佳处正在于闲笔托意而不露痕迹，物我相融。"（《诗境浅说》续编）

全诗以叙事起、抒情结，语言浅近而趣味无穷。三、四句与王维"门外青山如屋里，东家流水入西邻"（《春日与裴迪过新昌访吕逸人不遇》）、于鹄"不愁日暮还家错，记得芭蕉出槿篱"（《巴女谣》），皆以善写村居之景入妙。

天津桥春望

津桥春水浸红霞，烟柳风丝拂岸斜。
翠辇不来金殿闭，宫莺衔出上阳花。

　　天津桥是洛水上的一座浮桥，是洛阳名胜之一，邻近上阳宫。洛阳是唐代的东都，在王朝的全盛时期，由于帝王频幸，繁华不亚于西京长安。而在安史之乱以后，上阳宫逐渐荒芜，在一定程度上反映国运的衰落。《天津桥春望》便是诗人感伤时世之作。

　　"津桥春水浸红霞"二句，写天津桥的春光。首句用叠景法，写天津桥与红霞在洛水中倒影的重叠，极为生动迷人。次句写河岸美丽的风光——"烟柳风丝拂岸斜"。风景不殊，时代却已变了。所以这两句也是反衬，即用红霞、烟柳等秾丽的春色，来反衬下文将提到的上阳宫的寂寞与荒凉。

　　"翠辇不来金殿闭"二句，写上阳宫的寂寥，有不胜今昔之慨。首句包含两个短语，"翠辇不来"与"金殿闭"。"翠辇"指皇帝的车驾、"金殿"指上阳宫，主语极富辞彩；"不来"与"闭"，谓语却极为扫兴。而诗中出彩的却是末句"宫莺衔出上阳花"。这句的出彩不但是诗句本身，还在它与上句形成的关系。因为上阳宫抛荒，无人管理，黄莺也就可以来此胡闹了。不过，就是在上阳宫兴盛的时候，就一定没有"宫莺衔出上阳花"之事么？可知诗人是强词夺理。在生活中，强词夺理不好。在诗词创作上，强词夺理却是一种妙药。如"自是桃花贪结子，错教人怨五更风。"（王建《宫词》）。再说，黄莺又不是宫中养的，诗人却冠以

"宫莺"称号，似乎不如此，不足以形容其"衔出上阳花"的撒野。这是诗人措辞的妙趣。

近人俞陛云评："极写津桥烟景之美，益见故宫荒寂之悲。宫花无主，付与流莺，句殊凄侧。"（《诗境浅说》续编）此诗有巧思、有风韵，含情无限，转觉凄然。是感伤诗中的佳作。

【温庭筠】（812？—866？）本名岐，字飞卿，太原祁（今山西祁县）人。文思敏捷，每入试，押官韵，八叉手而成八韵，有"温八叉"之称。恃才不羁，又好讥刺权贵，多犯忌讳，取憎于时，故屡举进士不第，长被贬抑，终生不得志。官终国子助教。诗与李商隐齐名，称"温李"。为花间派词人鼻祖。与韦庄并称"温韦"。后人辑有《温飞卿集笺注》。

达摩支曲

捣麝成尘香不灭，拗莲作寸丝难绝。红泪文姬洛水春，白头苏武天山雪。君不见无愁高纬花漫漫，漳浦宴馀清露寒。一旦臣僚共囚虏，欲吹羌管先汍澜。旧臣头鬓霜华早，可惜雄心醉中老。万古春归梦不归，邺城风雨连天草。

《达摩支曲》唐健舞曲名，见崔令钦《教坊记》，与歌词内容无关。"摩"一作"磨"。题下原注"杂言"二字。这是一首歌咏北齐后主高纬亡国之恨的诗，有借古鉴今之意。

"捣麝成尘香不灭"四句一韵（入声），以文姬归汉、苏武牧羊的故事陪衬主题，是全诗的引子。蔡文姬名琰，东汉才女，遇董卓之乱，没入南匈奴十二年，为左贤王生二子。后为曹操赎回。苏武为西汉使者，出

150

使匈奴被扣，放逐北海牧羊十九年，后得归汉、赐关内侯。前二对仗起兴，"捣麝成尘""拗莲作寸"极言美善之物（麝香、莲藕）遭遇摧残折磨，以象文姬、苏武之遭遇不幸。"香不灭""丝难绝"以象二人的家国情怀。"红泪文姬洛水春"二句再对仗，"洛水春"谓归汉，"天山雪"谓没胡，有互文之意味。王闿运批："以高纬比文、苏，未知其意，大约言'有节能久，高不能久'耳，用意甚拙。"（《手批唐诗选》）

"君不见无愁高纬花漫漫"四句一韵（平声），写高纬荒淫亡国，是全诗的主意。高纬是北齐后主，曾经自作《无愁》之曲，手抱琵琶自弹自唱，和之者百数人，时称"无愁天子"。宫女宝衣玉食者五百余人，又广筑宫殿，极尽奢侈。后为北周所俘，送至长安，封温国公，诬以谋反罪名处死。"花漫漫"极形其花天酒地，奢侈无度。"漳浦"指齐都邺城所临漳水之滨，"宴馀清露寒"借宴后的沉寂暗示乐极生悲。"一旦臣僚共囚虏，欲吹羌管先汍澜"，写北齐亡国后，高纬即使偶以羌笛寻乐，也止不住泪流满面。"臣僚"云云，指与高纬同时被俘的高恒及从臣韩长鸾等人，后来均被处死。

"旧臣头鬓霜华早"四句一韵（仄声），写北齐遗民亡国之恨。"旧臣"北齐遗民，"头鬓霜华早"极言其忧愁，以致早生华发。"可惜雄心醉中老"，谓其空有复国之雄心，可惜回天乏术，只能借酒浇愁，潦倒终身。"万古春归梦不归"，即李后主"春花秋月何时了，往事知多少"（《虞美人》）意，联系上文，与文姬、苏武坚守信念、终于归汉，彼此形成鲜明对照，所以发人深省。"邺城风雨连天草"，以凄迷景色作结。"邺城"故址在今河北临漳县西，魏置邺都，后赵、前燕、东魏、北齐相继建都于此，曾日月之几何，而江山不可复识，惟余连天衰草，摇摆于风雨之中，读之令人销魂。

这首诗对于"无愁天子"高纬的下场，悲悯多于斥责，盖作者所处的时代，唐王朝江河日下，正在风雨飘摇之中，明眼人看在眼中，却是回天乏术。《礼记·乐记》说："治世之音安以乐，其政和；乱世之音怨以怒，其政乖；亡国之音哀以思，其民困。"这首诗即可谓亡国之音，包含许多的无奈，作者亦不自知其所以然者。

赠少年

江海相逢客恨多，秋风叶下洞庭波。
酒酣夜别淮阴市，月照高楼一曲歌。

这首诗写作者浪迹江湖中，与一少年相逢旋又分手的场面。在抒写"客恨"的同时，别有一种惺惺相惜之情见于言外。

"江海相逢客恨多"二句，写客中与少年意外相逢的复杂心情。一方面当然是惊喜，"江海"一般指他乡，他乡遇故人，没有不惊喜的。何况对方又是情投意合之人。不过，"关山难越，谁悲失路之人；萍水相逢，尽是他乡之客"，也会引起感伤。总之，客中本有"客恨"即客愁，而客中相逢接着就会有客中相别，所以更多一层"客恨"。而秋风，又为客恨加码。"秋风叶下洞庭波"一句，借力于楚辞《九歌·湘夫人》"袅袅兮秋风，洞庭波兮木叶下"，为诗句平添几分文采。

"酒酣夜别淮阴市"二句，写作者与少年酒楼惜别的场景。"淮阴"古县名，秦置，在今江苏淮阴市。"淮阴市"很有意思，这三个字与今人说的"淮阴市"不一样，乃指淮阴市井。从而使人想起淮阴侯韩信，和那个淮阴少年的故事，以及古代市井间许多慷慨悲歌之士，大大丰富了诗歌的意境。使人感到诗中的少年，亦必是满身侠义。结句"月照高楼一曲歌"为少年传神写照。人生最开心最释怀之事，莫过于对酒当歌。"少年眼空一切，侠气如云，故将所恨一概捐却，当此月照高楼之际，浩歌一曲，以自抒其洒落胸襟而已。"（王尧衢）如在今日，座中一定有人掏出手机拍一段视频，传出去与人分享。这"一曲歌"就让人留下终生难忘的记忆，这首诗亦因此成为传世之作。

明人徐增点评："第一句是不遇，第二句是时晚，第三句是不屑，淮阴市乃韩信受辱处，第四句便行，总写其侠气。"（《而庵说唐诗》）这首诗的亮点，就在于作者成功地塑造一个侠少形象。

蔡中郎坟

古坟零落野花春，闻说中郎有后身。
今日爱才非昔日，莫抛心力作词人。

这首诗作于武宗会昌三年（843）春作者自吴中返长安途径常州时。"蔡中郎"即蔡邕，字伯喈，东汉末年人，官至左中郎将。博学能文，好词章、精音律、工书画。其坟在毗陵（今江苏武进县），见《吴地志》。此诗借吊蔡中郎坟，自抒愤懑，孔子曰"诗可以怨"也。

"古坟零落野花春"二句，写蔡中郎坟的荒凉，及与墓主相关的故事。首句描绘坟地，"古坟零落"与"野花春"，皆是墓地无主的景象，然统一中有对照，"野花春"所显示的生意，对荒冢的残破有反衬的作用。"闻说中郎有后身"，则是有关墓主的故事。传说大科学家、文学家张衡死日，蔡邕之母始怀孕。张、蔡二人才貌相类，故人称蔡邕为张衡之后身。（事见《殷芸小说》三）不过，作者说"中郎有后身"（不说中郎是后身，或张衡有后身），则是活用典故，是以此类推，蔡邕死后也一定有"后身"，而这个后身，必为才人无疑。作者隐然以此自命，直启以下的议论。

"今日爱才非昔日"二句，借蔡邕的爱才如命，抨击现实的黑暗。《三国志·魏书·王粲传》载："献帝西迁，粲徙长安，左中郎将蔡邕见而奇之。时邕才学显著，贵重朝廷，常车骑填巷，宾客盈坐。闻粲在门，倒屣迎之。粲至，年既幼弱，容状短小，一坐尽惊。邕曰：'此王公孙也，有异才，吾不如也。吾家书籍文章，尽当与之。'""爱才"到了这等痴心的地步，真是古今少有。而作者的用意，主要还在批评"今日"不爱惜人才，埋没人才，扼杀人才。末句"莫抛心力作词人"，"词人"即"中郎后身"也。按作者本人文思敏捷，每入试、押官韵，八叉手而八韵成，故有"温八叉"之誉。只为恃才傲物，好讥刺权贵，取憎于时，屡举进士不第，终生不得志。所以末句乃自抒愤懑，同时因为其遭遇的典型性，故能引起不同时代怀才不遇者的高度共鸣。

清人陆次云评："借古人发泄，立意遂远。"（《五朝诗善鸣集》）作者胸中贮书多，典故的信手拈来，灵活运用，是此诗成功的关键。

咸阳值雨

咸阳桥上雨如悬，万点空濛隔钓船。
还似洞庭春水色，晓云将入岳阳天。

这首诗作于宣宗大中元年（847）以后，是年春作者曾游洞庭湘中，有《次洞庭南》（今存佚句一联）。此诗写于咸阳，诗中提到了洞庭之游。

"咸阳桥上雨如悬"二句，写咸阳值豪雨，雨量之大为平生罕见。"咸阳桥"即西渭桥，建于汉代，因与长安城便门相对，也称便桥、便门桥。故址在今咸阳市南。杜诗中曾经提到这座桥："车辚辚，马萧萧，行人弓箭各在腰。耶娘妻子走相送，尘埃不见咸阳桥。"（《兵车行》）作者眼中的咸阳桥，却在倾盆大雨之中。这场豪雨并不伴随狂风，所以没有雨点横飞，"雨如悬"三字，表明雨脚直下。"万点空濛"可见雨点不大，却很密集，一片迷茫。写降雨面积之大，笼罩整个渭河，"隔钓船"三字，表明河上的钓船隐在水帘之后，若可见若不可见。这样一场雨，必出现在久旱之后，真难得一见之奇观。所以作者按捺不住心中的狂喜。

"还似洞庭春水色"二句，写观雨时产生的错觉。错觉总是和往日的生活经验相联系，好像是回到了从前。人在豪雨之中，四下烟雨茫茫，有异于"东边日出西边雨"，渭河只见河面，而看不到两岸，则有湖海一般的感觉，激活了过去某个春天，作者游览八百里洞庭的记忆，此刻仿佛回到了从前。这场在关中难得一见的雨景，在洞庭泽国却是司空见惯的景色。诗人敏感地抓住这一点，以"还似"二字作有力兜转，将二者巧妙联到一起，描绘出一幅壮阔飞动的雨景。最奇之笔在末句，"晓云将入岳阳天"，在密集的雨帘中，作者分明又看到一片云气蒸腾，缓缓地向岳阳城的上空飘去。"晓云"一词用得别致，给人以明亮的感觉，而非通常所见的雨云。"将"即携带，极有力度。刘学锴先生点评："后两句虽系眼前景触发的联想，但基于往日亲历，故写来仍有实感，且具有阔远的气势。"（《温庭筠诗词选》）

这是一首纯写雨景的诗。由于作者借助经验，将两种似乎无关的景物，从空间上加以联系，景味俱远，所以为佳。

过分水岭

溪水无情似有情，入山三日得同行。
岭头便是分头处，惜别潺湲一夜声。

这首诗作于文宗大和四年（830）秋冬之际，作者由秦入蜀途经汉中府略阳县（今属陕西）东南八十里的分水岭时。"分水岭"一般指两个流域分界的山，陕西省略阳县东南的嶓冢山，为汉水与嘉陵江的分水岭。这首诗再一次表明，妙用拟人法，是写景诗的不二法门。

"溪水无情似有情"二句，写嶓冢山道路蜿蜒曲折，溪水在山涧中的流向，与作者行程走向相同。首句不直说，却想象溪水为了解除行人的孤独，一连三日陪行。于是赋"无情"以"有情"。这种写法并非作者的首创，李白诗即有"仍怜故乡水，万里送行舟。"（《渡荆门送别》）此诗首句的"'似'字用得恰到好处，它暗透出这只是诗人时或浮现的一种主观感觉。换成'却'字，便觉过于强调、坐实，可是能够肯定并强调溪水的有情，赋予溪水一种动人的人情美；改成'亦'字，又不免掩盖主次，使'无情'与'有情'平分秋色。只有这个'似'字，语意灵动轻妙，且与全诗平淡中见深情的风格相统一。"（刘学锴）"入山三日得同行"，紧承上句，"得同行"三字，有感恩的意味。原来经过三日的同行，行人对溪水已产生了依恋之情。这就为下文写与溪水分道扬镳，做好了铺垫。

　　"岭头便是分头处"二句，写作者夜宿分水岭，梦醒时分的感受。三句一转，说过了分水岭，溪水的流向，不再与道路的走向一致，人与溪水将渐行渐远，惜别之情不禁油然而生。末句不说明日水声渐小，却将拟人进行到底，写当夜溪声聒耳，似与行人话别——"惜别潺潺一夜声"。前三句写山行，末句写住店。前三句不表溪声，末句放大溪声。使全诗顿挫有致。又可见作者夜宿分水岭，中夜梦回，一时间不能立即入睡，但觉满耳溪声。这明明与夜深人静有关，作者却说是溪水在话别——移情于物，转觉情深。"岭头""分头"这种句中有意无意的重复，是晚唐诗在句法上的一大发明，李商隐用得最多，形成句中的低回唱叹，颇有韵味。

　　此诗写过分水岭的行程中与溪水的一段因缘，以及由此引起的诗意感受，一气呵成。拟人法的贯彻始终，以及末句听觉形象的加入，为全诗生色不少。

题卢处士山居

西溪问樵客，遥识楚人家。

古树老连石，急泉清露沙。

千峰随雨暗，一径入云斜。

日暮飞鸦集，满山荞麦花。

在唐诗中，寻人访友独成一个类别，是因为古人出游多靠步行，寻人访友的整个过程相当于一次郊游，与大自然亲密接触，万象毕来，奉献诗材。许多的诗句，就是一路上哼成的。诗题一作《处士卢岵山居》，点明受访者的名字，没有说不遇。

"西溪问樵客"二句，写沿途问路的情况。以问答的方式开篇，是开门见山，直接进入情节。山行必有岔道，遇岔道就得问津，以免走冤枉路。"西溪"便是作者问津之处。而"樵客"指砍柴的人，山行中容易碰到砍柴的人，而砍柴的人最知道山里的路，包括捷径。王维诗就说："欲投人处宿，隔水问樵夫。"（《终南山》）作者当日也向"樵客"问路，真是问对了人，"樵客"真还知道卢岵这个人。"遥识楚人家"，后三字一作"主人家"，即"卢岵山居"。以下六句，便写一路风光。

"古树老连石"二句，写深山老林，环境的幽美。作者沿沟而行，一边是山坡及石壁，古木成林、枝干杈丫，时有悬泉；另一边则是山涧，泉水注入其中，沿途溪水清浅见底，岸边是沙滩。清人宋宗元说："'老'字'清'字，非八叉平时能下。"（《网师园唐诗笺》）意思是作者诗丽字多而淡字少，而这一联在律诗中又属于拗句，"老"字和"清"字的平仄对拗，在音节上加强了高古、清幽的气氛。这两句的写景表明，作者按樵

157

夫的指示，渐渐走进了风景区中，风光已是应接不暇。

"千峰随雨暗"二句，写山中气候及路况。高山空气潮湿，雨水较多。一路看山不厌，"千峰"有此暗示；同时经历着天气的变化，"随雨暗"有此暗示。山雨来得快，晴得也快，"一径入云斜"，便是雨后所见情景，同时表明卢处士住得很高，常与白云为伍。使人想起梁代陶弘景的诗："山中何所有，岭上多白云。只可自怡悦，不堪持赠君。"(《诏问山中何所有赋诗以答》) 这一回作者可以体会一下了。

"日暮飞鸦集"二句，写黄昏时分看到的景象，暗示山居也快到了。"飞鸦集"，是"日暮"时常见景象，鸟倦飞而知还，暗示着行人也很疲倦了。最后映入眼帘的是庄稼："满山荞麦花"。荞麦春天开花，暗示着造访的季节。以"荞麦花"入诗，在温庭筠前为少有。《全唐诗》里，仅白居易诗中出现过一次："独出前门望野田，月明荞麦花如雪。"(《村夜》) 有荞麦花便有野田，有野田便有人家，原来卢岵山居快要到了。"满山荞麦花"，也写出作者在行程结束前，精神为之一爽的感觉。

诗写到这里戛然而止，是恰到好处，以下不用再写了。这样光明的结尾，下面的情节，读者想都想得到：篱笆墙内狗在叫了，主人倚杖柴门外了，家人应该沏茶了，作者脸上浮现出轻松的笑容。写出来反是笨伯。

碧涧驿晓思

香灯伴残梦，楚国在天涯。
月落子规歇，满庭山杏花。

这是一首客中所作的小诗。"碧涧驿"是驿站名，具体所在未详。诗写作者夜宿碧涧驿春晓的瞬间感觉与情思，情形类似孟浩然《春晓》，而在形象思维上有显著的不同。

"香灯伴残梦"二句，写春晓醒来后刹那间的感觉，透出一种迷惘的意绪。客房中的油灯本不宜称为"香灯"，但作者有喜欢使用精美名物的习惯，"香灯"指以香膏为燃料的照明灯，"残梦"指醒后对梦境的瞬时记忆。"香"字与"残梦"三字必有联系。大约诗人醒前做过一枕春梦，故醒有余香也。梦境中的空间，于下句道出："楚国在天涯"。这里没有提到人，却必有人在。是亲人、是友人、是爱人，诗中未明说，然此人必在作者久居过的楚地。岑诗云："枕上片时春梦中，行尽江南数千里"（《春梦》），作者写的应是类似的情悦。梦中明明在楚地，觉来"楚国在天涯"，不觉怅然若失。

　　"月落子规歇"二句，写清醒后怀人的情思。从醒来到天明，有一段不能入睡的时间，诗人在想心事。"子规"是杜鹃鸟的别名，"子规歇"三字恰恰表明曾听见杜鹃的啼鸣，似叫"不如归去"，也就是说，诗中包含听觉形象。当其啼声停止，转觉过于清静，于是由听觉形象转为碧涧驿眼前的景物："满庭山杏花"。而"满庭山杏花"，偏在子规声歇处写出，是此时无声胜有声。末句有两种解会，一种是"满庭山杏挹晨露而争开"（俞陛云），一种是山杏花瓣掉了一地。笔者更倾向后一种解会。何以言之？满地落花的情调，更通感于"月落子规歇"也。其意象密度之大，须用整整一首新诗来加以诠释：

　　我已在佛前求了五百年/求它让我们结一段尘缘/佛于是把我化作一棵树/长在你必经的路旁/阳光下慎重地开满了花/朵朵都是我前世的盼望/当你走近/请你细听/颤抖的叶是我等待的热情/而你终于无视地走过/在你身后落了一地的/朋友啊　那不是花瓣/是我凋零的心（席慕蓉《一棵开花的树》）

　　"满庭山杏花"，不只是晓色在纸，而象征作者凋零的心。五绝出现早于近体，故以小古风为常态。而这首五绝却属于近体（折腰格），与《子夜歌》所代表的小古风迥然有别。其意境风格都更接于作者的诗风，也就是丽密，"丽"指富于辞采，"密"指意象密集。

送人东游

荒戍落黄叶，浩然离故关。

高风汉阳渡，初日郢门山。

江上几人在，天涯孤棹还。

何当重相见，尊酒慰离颜。

　　这首诗当作于懿宗咸通咸通二年秋 (861)，所送何人不详。诗中地名都在今湖北省，此诗很可能作于江陵，诗人时年五十左右。

　　"荒戍落黄叶"二句，写秋日送别，有悲壮色彩。悲秋的传统起于楚辞，屈原有"袅袅兮秋风，洞庭波兮木叶下"（《九歌·湘夫人》），宋玉有"悲哉秋之为气也，萧瑟兮草木摇落而变衰。"（《九辩》）为千秋悲秋之祖。此诗将远行与秋天联系在一起，与宋玉《九辩》对读，特别有道理。首句以"荒戍（荒废的边塞营垒）落黄叶"起兴，已隐有"憯凄增欷兮，薄寒之中人""坎廪兮，贫士失职而志不平"（《九辩》）意。从作者一方讲，则是"憭栗兮若在远行，登山临水兮送将归。"（同前）次句"浩然离故关"，写的就是"怆怳懭悢兮，去故而就新"（同前）。"浩然"二字语出《孟子·公孙丑下》"予然后浩然有归志"，是下定决心之决，盖决心不易下也。首句之悲兴，一下就扳过来了，故清人沈德潜评："起调最高。"（《唐诗别裁集》）

　　"高风汉阳渡"二句，想象友人一路行色，不禁肃然起敬。句中提到两处地名：一处是"汉阳渡"，即今湖北汉阳的长江渡口；一处是"郢门山"，即荆门山，位于今湖北宜都市西北长江南岸。这两个空间是次第出现，并不在同一时间，是镜头式的语言。"高风""初日"是互文，写友人东游遇上好天气，这也是秋高气爽的季节特色，正是"泬寥兮天高而

160

气清，寂寥兮收潦而水清"（同前）。一路上风日迎来送往，天公作美，而大丈夫四方之志，亦见于言外，与上文的"浩然"二字，承接得势。友人远游的目的是寻找人生出路，作者在感情上祝他一路平安、万事如意，在理智上对他的此行、不一定看好。所以诗句看似信心百倍，也暗含一些挂念和担心。

"江上几人在"二句，担心友人旅况凄清，没有同路的人。上句是说时近岁暮天寒，江上客舟稀疏，在外飘零、闯荡江湖的人不多，"关山难越，谁悲失路之人"（王勃）。下句"天涯孤棹还"，主语含糊。可以理解为江上之舟中，有远者正在回归，与友人反道而行，未必不是铩羽而归。其出门时，未必不是"浩然"而往也。表现的是对友人前途的担心。与韩愈《送董邵南游河北序》风味相似，韩文前言"吾知其必有合也"，是良好的祝愿，而下文请"为我吊望诸君之墓"云云，则是直面现实。措语含蓄而跌宕起伏，读之令人感慨无端。

"何当重相见"二句，对友人殷勤致意，希望对方兴冲冲出门，平平安安回家。作者对友人的远行，给予了最良好的祝愿。但无论结果如何，作者都希望老朋友能平安归来，成功不成功都不重要。"尊酒慰离颜"，有道是"天下快意之事莫若友，快友之事莫若谈"（蒲松龄），所以朋友分手的感伤是："勿言一樽酒，明日难重持"（沈约），朋友久别的愿望是："何时一尊酒，重与细论文"（杜甫），总之是朋友重逢就开心，没有解不开的心结。这个结尾的心态非常阳光，时代总体上虽然风衰俗怨，杰出诗人终不为风气所囿。

清人纪昀评："苍苍莽莽，高调入云。温、李有此笔力，故能熔铸一切浓艳之词，无堆排之迹。"（《删正二冯先生评阅才调集》）周咏棠云："高朗明健，居然盛唐格调。晚唐五言似此者，亿不得一。"（《唐贤小三昧集续集》）全诗一片神行，语语从肺腑中流出，非搜索枯肠者可比。

161

菩萨蛮

　　小山重叠金明灭，鬓云欲度香腮雪。懒起画蛾眉，弄妆梳洗迟。　　照花前后镜，花面交相映。新帖绣罗襦，双双金鹧鸪。

　　就内容而言，此词止写一女子晨起梳妆而已。第一句费解在"小山"一词，有两种解释，一说为眉妆（十眉）之名目（毛熙震《女冠子》"不语檀心一点，小山妆"），"重叠"意即蹙额（唐诗有"双蛾叠柳"之语），"金"则指额黄（檀心一点）而言，额黄为散发微掩，在"明灭"显隐之间；一说为屏山（作者同调"枕上屏山掩"），"重叠"是画屏上之山形，以金线刺绣而成，故受光不一，在阳光下"明灭"闪烁也。产生歧义的原因在于，作者将名词（屏或眉）借代以感性形象（山），从而导致扑朔迷离之感。以上两说似皆可通解。诗词有"不说清"和"未说清"，前者如"别是一般滋味在心头"，却不说什么滋味，此则属后者即"未说清"不免为病，读者各随所解，亦有因病致妍之致。

　　周汝昌认为，"小山重叠金明灭"二句喻眉为山，喻鬓为云，更喻腮为雪，三四的画眉和妆梳，分承一二句，乃是上片文心脉络。其说近是。"鬓云"写乱发，不言"云鬓"（云样的鬓发），而言"鬓云"（鬓发的乌云），更富于感性色彩，也和下文"香腮雪"在修辞上取得了一致。"欲度"是欲掩的意思，在状态上有化静为动之妙。

　　总之，前二句写的是女子晨间欲起未起的情态，正是"身未动，意先懒"——直启三句的"懒"字，和四句的"迟"字，这二字大有意味，它表明女子的处境是孤独的、幽怨的，杜荀鹤《春宫怨》云："早被婵娟误，欲临妆镜慵。承恩不在貌，教妾若为容"，即可为二句注脚，女子之晨间懒起，正因"教妾若为容"之一念耳。懒起非不起，不过起迟而已，而当女子起来对镜梳妆之际，便渐渐进入角色，四句著一"弄"字，即"搔首弄姿"之"弄"但不是对人卖弄，而是自我欣赏、自我陶醉。美国艺术片《出水芙蓉》中男主角，模仿独身女子晨起的慵懒与弄妆的滑稽表演，最得个中深致。

过片"照花前后镜"二句，写妆成顾影自怜，状镜中有镜、镜中有花、镜中有面、花面交替至于无穷的难写之景，如在目前。其"前镜"，妆台之座镜、大镜也；"后镜"，手中所持柄镜、小镜也，对映审视，如成角度，则镜中可见头上侧影，有八九面之多；如正对，则镜影中复现镜影，恍如无尽。《华严经》论法界缘起之说，有云："犹如众镜相照，众镜之影，见一镜中。如影中复现众影，一一影中复现众影，即重重现影，成其无尽复无尽也"，设譬甚妙，而此词以两句尽之，"纯乎华严境界"，故为词中善状物象之名句。

末二写梳妆既毕，遂开始一日之女红——刺绣罗襦。"新帖"即时新花样子，剪纸为之，贴于绸帛之上，以为刺绣时之底样。花样为何？乃成双作对之鹧鸪，当女郎以金线绣之之际，岂能无动于衷，于是自然流露出她对于爱的渴慕。这就与上片"小山重叠"（皱眉）与"懒起"迟妆等情态和情事取得了照映。或释"帖"为"贴"，谓末二写着装，亦无伤于词意。

此词纯乎客观描写，着重感性显现，而不用知性的说明，爱情意识是通过场面自然露的；词彩艳丽，情境娇媚而优雅，具有诱人的艺术魅力。是以丽密含蕴见长的温词之代表作。

更漏子

　　玉炉香，红蜡泪，偏照画堂秋思。眉翠薄，鬓云残，夜
长衾枕寒。　　　梧桐树，三更雨，不道离情正苦。一叶叶，
一声声，空阶滴到明。

　　组词共六首，这是其中的一首。

　　"更漏"是古代的一种计时器，夜间凭漏刻传更，温庭筠《更漏子》
共六首，都是以调为题，写深夜闺中情境，被人戏称为"小夜
曲"。温词的主体风格是丽密含蕴，但也间有清新明快，偏于发露之作。此词则是
两者绝妙的折衷。

　　首二句客观地并列两种精美名物——香炉和红烛，是飞卿惯用的手
法。细辨则以写"红蜡"为主，以写"玉炉"为陪。红蜡着一"泪"字，
不仅是形容，兼有情味，使人联想到杜牧《赠别》中名句："蜡烛有心还
惜别，替人垂泪到天明。"下句应作"偏照"，"偏"字极妙，写无情作有
情矣。张泌《寄人》诗云："多情只有春庭月，犹为离人照落花"，其中
"犹"字之妙，与此"偏"字同。不过张诗点明了"多情"二字，而温词
则不说破，让人自味。或作"遍照"则索然无味，且不可解。下云"画
堂秋思"，画堂何能有秋思？实已暗示画堂有人矣。以下即转出此人，
"眉翠"而云"薄"，"鬓云"而曰"残"，正是卧时光景，与"小山重叠
金明灭，鬓云欲度香腮雪"所写正复相同，亦即《菩萨蛮（夜来皓月才当
午）》所谓"卧时留薄妆"。"夜长衾枕寒"，是客观叙述。失眠之意，已
于言外得之。回应篇首，可见玉炉香袅，红蜡垂泪，正是此人长夜之所
见也，"衾枕寒"者，是此人长夜之所觉也，无数秋思，淡淡出之，虽偶

逗情语（"秋思"），亦多含蓄蕴藉。这正是温词特色所在。

　　词过片继写失眠的感受，无端引发一场夜雨，又让梧桐的阔叶将雨声扩放，取得强烈的艺术效果。笔法由上片的凝重浑厚转为浅明流利，似就《长恨歌》"秋雨梧桐叶落时"一句，集中渲染，淋漓尽致。"不道离情正苦"的"不道"二字，意味与"偏照"的"偏"字正复相同，写无情为有情，将无意作故意，所以耐味。这里虽然明点"离情"，而且下笔似过为明快，但词人始终把握着分寸，不将失眠二字说破，只通过失眠人的听觉造境，这是它在直致中的含蓄处。此词影响宋词甚大，聂胜琼《鹧鸪天》"枕前泪共阶前雨，隔个窗儿滴到明"，即本于此而成浅薄，比较成功的再造同类情境的是万俟雅言的《长相思》"一声声，一更更，窗外芭蕉窗里灯，此时无限情。梦难成，恨难平，不道愁人不喜听，空阶滴到明。"妙在声情相生，尤以前二句为佳。还有李清照的《声声慢》"梧桐更兼细雨，到黄昏点点滴滴，这次第、怎一个愁字了得？"妙在最末的一问，虽然将情明点，却翻过"愁"字一层。

望江南

　　　梳洗罢，独倚望江楼。过尽千帆皆不是，斜晖脉脉水悠悠。肠断白蘋洲。

　　调名亦作《忆江南》。

　　这是温词中近于民歌的作品，纯乎白描，抒情明快，迥异于丽密含蓄的《菩萨蛮》及《更漏子》一类代表作。

　　读此词要注意它来自生活的一个特定的前提，就是词中"梳洗罢"而独倚江楼竟日凝眸的情态，未必是经常性的。这种望穿秋水的情态，只在某一特殊情况下，才最有意味——那就是由于预约或预计或预感，以为远人即将归来的日子。从而，"梳洗罢"就不是例行公事，而具有特殊意义。也许在梳妆时，她已经把即将到来的快乐设想好多遍了，把将要对他说出的话想过若干遍了，把激动的情绪抑制过若干遍了。然而正如生活中常有的那样（"人事多错忤"），预期的事没有发生。正是在这种情况下，失望之感才特别强烈。也许那江楼就靠近渡口，一班一班的客船到了又开走了，下船的人"皆不是"那人，只好再等下一班。直到末班船到，她才感到自己受了感情的欺骗——一天的激动和忙乎都白费了，浪费情绪！明天不等了！但谁知道呢，"等到明天再等"（郭沫若《瓶》）。"客有可人期不来"，所妙在一个"期"字。

其次当留意词中造境，"过尽千帆"二句，以柔婉之笔宕出远神：江面千帆过尽，一片空寂，唯余脉脉无言的斜晖，映照着悠悠不尽的江水，整个空间似乎笼罩着一层难以名状的空虚寂寞和忧伤怅惘，正象征着女主人公的心境。"脉脉"是含情的样子，"悠悠"是不可穷尽的样子，这是词中人物对景物的特殊感受，此时此刻，只有斜晖还脉脉含情地陪伴着她，而悠悠逝水却不为愁人少驻，通过这样"有情""无情"的对照，就将女主人公的凄清处境和穷极无聊的心境进一步展示出来了。

中唐赵微明《思归》："犹疑望可见，日日上高楼。惟见分手处，白蘋满芳洲。"词中"白蘋洲"当是两人分携处无疑。

【李群玉】（808？—860？）字文山，澧州（今湖南澧县）人。举进士不第。后以布衣游长安，因献诗于唐宣宗，授弘文馆校书郎。不久，辞官回乡。有《李群玉诗集》。

黄陵庙

小姑洲北浦云边，二女容华自俨然。

166

野庙向江春寂寂，古碑无字草芊芊。

风回日暮吹芳芷，月落山深哭杜鹃。

犹似含颦望巡狩，九疑愁断隔湘川。

"黄陵庙"即舜之二妃娥皇女英庙，亦称湘妃祠，坐落在湖南省湘阴县北洞庭湖畔。《水经注·湘水》："湖水西流经二妃庙南，世谓之黄陵庙也。"诗为游祠凭吊之作。

"小姑洲北浦云边"二句，点明黄陵庙所在方位及庙中神主。"小姑洲"是湘水中洲岛，"浦云"指江天有云，暗示晴好。"二女容华自俨然"，是夸庙中二妃的神像塑得不错，"俨然"是整齐逼真的样子。光看神像，不觉得这是一座"野庙"，然而下联表明，这确实是一座野庙。由此可见当地人对二妃心存敬畏，连牧童也不敢造次，所以没有遭到破坏。

"野庙向江春寂寂"二句，写庙外环境，不免显得有几分荒凉。因为是"野庙"（无人专管），面对春江，不免有空寂之感，这与二妃追寻舜帝的当年心境暗合。"古碑无字草芊芊"，"古碑无字"一种情况是本来无字，如乾陵武则天碑，是因为墓主不好评说，无字就是一种评说；二妃庙碑不属于这种情况。或许有预留性质而最终没有完成，也可能是碑上的字被风化漫灭了。不过，二妃动人的传说深入人心，无字也没关系，只是碑在乱草丛中，更显荒凉。

"风回日暮吹芳芷"二句，写到风月，烘托黄陵庙日暮到深夜的气氛。作者当夜或居住不远，"风回日暮""月落山深"均实地所感，也有可能是纯出想象。"芳芷"是湘江一特有的楚物，暗关二妃的传说，按《楚辞·湘夫人》即有"沅有芷兮澧有兰，思公子兮未敢言"之句。"月落山深哭杜鹃"，相传杜鹃是古蜀王杜宇（望帝）魂魄所化，鸣声似"不如归去"，令人想起二妃当年漂泊之苦。

"犹似含颦望巡狩"二句，是说篇首塑像的神情，仿佛还在盼望舜帝归来。"含颦"就是啼妆了，不必更言"啼妆"。"巡狩"是天子出行的专用词，被省略的主语为舜帝。"九疑"即九疑山，相传舜帝南巡死于湘水南部的苍梧之野，也就是九疑山所在的地方。这一结尾与篇首照应，使全诗浑成，属于想得到的好。

这首诗属于怀古，作者写得一往情深，但也写得很辛苦。何以言之，就是它有许多异文，据《全唐诗》校，"小姑"一作"小孤"，"容华"一作"啼妆"、一作"明妆"，"风回日"一作"东风近"，"月落"一作"落日"，"愁断"一作"如黛"、一作"愁绝"，《全唐诗话》作"凝黛"，《文苑英华》作"愁黛"，是作者或传抄者改来改去留下的痕迹。

放鱼

早觅为龙去，江湖莫漫游。
须知香饵下，触口是铦钩。

放生活动起源很早，表现了人类保护自然、尊重生命意识。《列子·说符》载："邯郸之民，以正月之旦献鸠于简子，简子大悦，厚赏之。客问其故，简子曰：'正旦放生，示有恩也。'"持续、广泛的放生习俗的形成，是在佛教传入中国之后。此诗借放生之事，将鱼拟人，殷勤寄语，别有寓托。

"早觅为龙去"二句，是作者对鱼的良好祝愿。齐白石题画有："谚云有一物似龙者可以为龙"，鱼有鳞甲及须似龙。《艺文类聚》九六辛氏《三秦记》："河津一名龙门，大鱼积龙门数千不得上。上者为龙，不上者鱼。"作者希望所放之鱼，不要辜负机会与缘分，早登龙门，"为龙"在诗中象征着实现远大目标。"江湖莫漫游"是警示，"江湖"双关本义之外的环境复杂之社会。"莫漫游"即不可目光短浅、恣意闯荡，"江湖多风波，舟楫恐失坠"（杜甫《梦李白》）也。

"须知香饵下"二句，告以江湖存在诱惑，谨防上当受骗。"须知"是谆谆告诫的口气。"香饵"为引鱼上钩之物，用喻外部世界难以抗拒的诱惑，或谓之"糖衣炮弹"。"触口是铦钩"，是说下口不得，下口后果严重。"铦 xiān 钩"指锋利的钓钩，会坏了性命。一个"铦"字，用得令人触目惊心。江湖陷阱很多，不小心后悔莫及。能令人合理联想到陈毅的一首诗："手莫伸，伸手必被捉。"（《手莫伸》）

汉魏六朝乐府有《枯鱼过河泣》："枯鱼过河泣，何时悔复及。作书与鲂鱮，相教慎出入。"突发奇想，开以鱼拟人之先河。但"过河泣""作书"，都不是鱼的行为。而此诗"为龙""江湖""香饵""铦钩"，无一不与鱼的生存紧密相关，在诗歌的完成度上，显然更胜一筹。而其警示的对象，又不止于鱼也。

火炉前坐

孤灯照不寐，风雨满西林。

多少关心事，书灰到夜深。

这首诗写孤独苦闷的心情，妙在不直说。人在这种情况下，会想心事。心中有事，就会有下意识的动作，不是自言自语，就是写写画画。《世说新语·黜免》载："殷中军（殷浩）被废，在信安，终日恒书空作字。扬州吏民寻义逐之，窃视，惟作'咄咄怪事'四字而已。"原来殷浩被罢免，事出突然，他想不明白是咋回事，所以书空以发泄苦闷。而这首诗所写，有一点类似。

"孤灯照不寐"二句，写冬夜加雨夜的情景。作者独处一室，夜不能寐。诗词中"孤灯"一词，均指孤独中所对之灯。"风雨满西林"，作者居所西边的树林，传来风雨之声。气温显然比较寒冷。这就是作者烤火的原因，和下文提到的灰的来历。

"多少关心事"二句，写作者在火塘边想心事时，一边书灰。诗中不挑明具体想什么，使人想起《增广贤文》所谓："不如意事常八九，能与人言不二三。"而这些难与人言之事，也就成为"书灰"的内容了。显然，"书灰"不是写日记，句子不会长，而且通常只写关键词，如"咄咄怪事"，甚至只写某个名字。"书灰"是活用"书空"的典故。"书灰"的好处一如"书空"，既能释放负面情绪，又不会授人以柄，语云："沙滩上写字，抹了就是。"

此诗重在表现一种人生况味。对于"关心事"，虽然是不着一字；但诗中人的重重心事和苦闷，却通过"书灰"这个细节，得到充分的暗示。

引水行

一条寒玉走秋泉，引出深萝洞口烟。
十里暗流声不断，行人头上过潺湲。

这首诗描写南方山区用竹筒把泉水接引至生活之地的技术及其景观，杜甫在白帝城就见过，形诸吟咏："白帝城西万竹蟠，接筒引水喉不干。"（《引水》）元人王祯称之"连筒"："以竹通水也。凡所居相离水泉颇远，不便汲用，乃取大竹，内通其节，令本末相续，连延不断。搁之平地，或架越涧谷，引水而至。"（《东鲁王氏农书》）连筒是农业时代的自来水系统。

"一条寒玉走秋泉"二句，写连筒引水出洞。"一条寒玉"形容引水竹筒（一说喻清冷澄澈的泉水，则与"秋泉"意重），李贺诗曾用"削玉"形容竹竿的光洁挺拔，此处用"寒玉"形容竹筒的碧绿光滑、色调偏冷，是后出转精。"走秋泉"指筒中流水，这是看不见却听得出的，写出诗人发现竹筒引水奥秘的欣喜之情。次句写作者探明水源，发现水是从山洞暗河里引出的。"深萝洞口"形象地写出了山洞的隐秘不易发现，因为四周长满藤蔓植物。一个"烟"字，则表明水源的存在，是由水汽蒸腾（地下水往往有一定温度）泄露出的。"按通常顺序，应先写深萝泉洞，再写竹筒流泉，这里倒过来写，是由于诗人先发现竹筒流泉，其声淙淙，然后才按迹循踪，发现它来自幽深的岩洞。这样写不但符合观察事物的过程，而且能将最吸引人的新鲜景物先描绘出来，收到先声夺人的艺术效果。"（刘学锴）

"十里暗流声不断"二句，写连筒高架半空十里相随的景象。装设连筒，水源必须处于地势高处，流水才会沿着筒管向低处流。其走向一般是沿着山路顺势而下，作者下山，与连筒走向一致，才会有十里闻声的情况发生。三句"十里暗流"遥承首句"一条寒玉走秋泉"，"声不断"挑明听觉感受。连筒行经途中遇到沟壑，为取径便捷，有时须凌空架设。末句"行人头上过潺湲"，写的就是这种情况。从行人头上掠过的本来是连筒，作者却置换以本属听觉的"潺湲"（亦可形容细水长流），更觉新颖而生动形象。也表现出诗人耳闻目接之间新奇、喜悦的感受。

马克思学说有一个概念叫作"人化自然"，指人类活动改变了自然界，于是自然景观中往往包含着人文景观。这首诗实际上就写出作者在生活观察中，对"人化自然美"的发现，间接反映出古代劳动人民的聪明才智，使读者感到耳目一新。

黄陵庙

黄陵庙前莎草春，黄陵女儿茜裙新。
轻舟短棹唱歌去，水远山长愁杀人。

"黄陵庙"本二妃庙，此诗虽以此为题，内容却与二妃故事毫不相干。诗中写的是作者在江上与一位少女的短暂际遇，"黄陵庙"在诗中只有场景的作用。可能与同题七律作于同时。《全唐诗》一作李远诗。

"黄陵庙前莎草春"二句，写少女的突然出现。均以"黄陵"打头，谓之同纽，是强调际遇的地点，以示印象深刻。"莎草春"写江畔景色，即"青青河畔草"也。"黄陵女儿"是一位不知名的少女，故以地名之。是一位渔家姑娘，因为从事劳动，所以被作者看到。"茜裙新"是说少女穿着一条崭新的红裙，没有说诗人动心，然无字处皆具意也。而且没有答话，少女也不一定知道作者的存在，只是被作者当风景看了。即使怦然心动，也只有作者自己知道。

"轻舟短棹唱歌去"二句，写少女的突然离去。"轻舟短棹"指小船，船去如飞的意思，也由"轻""棹"二字表出。少女确实没有感觉诗人的存在，"唱歌去"三字表达得十分清楚。这是一种"无人态"（苏轼语），即人或动物在自由自在、不受外界干扰的环境下，很放松的状态。假如发现有人在看，她就不会表现得那么自在。"水远山长"指少女去远，亦有"隔花阴人远天涯近"（汤显祖）之意。"愁杀人"写诗人心中油然而生的惆怅，"杀"字表明惆怅程度之深。

唐诗常写陌生人之间的好感，这本属人情之常，清代袁枚甚至用来形容写诗："佳句听人口上歌，有如绝色眼前过。明知与我全无分，不觉情深唤奈何。"（《佳句》）此诗体近竹枝词，用白描手法和朴素的语言，刻画了一位无名的红裙少女形象，淡淡地流露了诗人对她的爱悦之情。此即张问陶所谓："好诗不过近人情"而已。

赠人

曾留宋玉旧衣裳，惹得巫山梦里香。
云雨无情难管领，任他别嫁楚襄王。

根据诗题及内容，当是表达对失恋友人的劝慰之意。诗中不宜直叙其事，作者用变形手法，活用宋玉《高唐赋》《神女赋》故事，以巫山神女借代移情的女子，宋玉借代失恋男子，楚襄王借代女子别恋的对象。全诗措意含蓄，委婉得体，意在以调侃语气，淡化失恋者的痛苦情绪。

"曾留宋玉旧衣裳"二句，是说神女曾经属意于宋玉。据《襄阳耆旧记》载，楚王曾听信谗言，解除宋玉职务，使之沦为"无衣裘御冬"之寒士。《九歌·湘君》有"捐余玦兮江中，遗余佩兮醴浦"为信物的描写。首句活用其事，谓神女"曾留宋玉旧衣裳"以为信物。"惹得巫山梦里香"，是说宋玉与神女有染（用"香"字表出）。按《高唐赋》写楚王昼寝，梦与神女欢会；《神女赋》写楚襄王（一说宋玉）梦见神女，"欢情未接，将辞而去"，均不涉及宋玉与神女有染之事。作者想当然尔，"何须出处"（苏轼语）。

"云雨无情难管领"二句，是说神女移情、由她去吧。"云雨"一词，出自《高唐赋》中神女自我表白："旦为朝云，暮为行雨"，双关男女之情。"无情"是针对云雨形态易变，双关恋情难凭，故曰"难管领"。"任他别嫁楚襄王"是决绝语，使人联想到流行语"天要下雨，娘要嫁人，由他去吧。"因为下雨、嫁人这两件事情，都是失恋男子所管不了的，所以不如放手之为明智。何况楚襄王与宋玉，是君臣关系，戏文道："君要臣死，臣不得不死。"何况是神女自己的选择呢。

作为朋友之间的讽喻诗，这首诗可以说写得有理、有利、有节，还有趣。它的成功，在很大程度上取决于典故的活用。须知写诗非同考据，作者根据典故存在的歧解，为我所用，因为贴近口语，所以并不费解。

鸂鶒

锦羽相呼暮沙曲，波上双声戛哀玉。

霞明川静极望中，一时飞灭青山绿。

这是一首咏物的仄韵七绝。所咏鹨鶒 xī chì，是一种水鸟，毛色颇具美感、好并游，俗称紫鸳鸯，形比鸳鸯略大。唐诗中经常涉及。

"锦羽相呼暮沙曲"二句，描写黄昏时分一对（"双"）鹨鶒和鸣于沙洲的画面。使人联想到《周南·关雎》的"关关雎鸠，在河之洲。"而更具色彩感，这是"锦羽"二字带来的。"沙曲"即沙洲、沙湾，是鹨鶒之栖息地。次句"波上双声戛哀玉"，扣住首句"相呼"，描写鹨鶒的叫声，像玉磬一般清脆。"哀玉"，语出南朝徐陵赋"哀玉发于新声。""哀"字形容感人的音质美。

"霞明川静极望中"二句，写鹨鶒飞远，传目送之神。"霞明川静"写天气晴好，晚霞满天，澄江如练，能见度很高。所以鹨鶒飞走，很远还能看到。"极望"犹言望断，紧接"一时飞灭"，指对象从视线中消失；"青山绿"写鹨鶒消失后，剩下的景色，只有一带青山如画。同时表现出作者对鸟儿的神往。这两句的语调，显然受到柳宗元"烟销日出不见人，欸乃一声山水绿"（《渔翁》）的影响，用来不着痕迹，所以为妙。

这首诗前半绘声，后半绘色，写出了鹨鶒的神韵，表现出作者对大自然和小生命的热爱。

书院二小松

一双幽色出凡尘，数粒秋烟二尺鳞。
从此静窗闻细韵，琴声长伴读书人。

这首诗写作者书院中的两棵小松树，大概是刚刚移栽的吧。诗是乘兴而为，表现了作者对这两棵小松的怜惜和祝愿。

"一双幽色出凡尘"二句，是对小松的形容。松树是常青之树，孔子说："岁寒，然后知松柏之后凋也。"（《论语·子罕》）"幽色"形容小松的青色。因为是两棵，相依相伴，颇不孤单，所以"一双"二字有欣慰之感。这两棵小松，本是栽种的树苗，不可能是种子从地里长出来。而"出凡尘"三字，却不拘事实，倒给人欣喜的感觉。"数粒秋烟"，松树是针叶，小松的叶子不多，所以远远看去，就像几团烟似的。"秋"字点明季节。张揖《广雅》云："松多节皮，极粗厚，远望如龙鳞。""二尺鳞"形容小松的树干，就像是描写小龙，道出了作者对小松的爱怜。

"从此静窗闻细韵"二句，写作者对小松的美好祝愿。"从此静窗闻细韵"，如照常理，这句后应补一句：这是不可能的。琴曲有《风入松》，那是指松涛，即成片的松林，在大风中发出的波涛般的声音。谁又听过两棵小松发出哪怕是细微的声音呢。别人想不到，作者写得煞有介事，恰恰表现出一往情深，一厢情愿。唤起读者美好的感觉，仿佛真能听到"静窗闻细韵"似的。"琴声长伴读书人"，这琴声就是指《风入松》了，也是指来自小松的细韵，这音乐不是听到的，是作者想到的。表现出一种怡悦感，正好趁此读书了。

这首诗写得清雅脱俗，极富情趣。表面上是写书院二小松，其实含有"吾亦爱吾庐"（陶渊明）之意，这句陶诗接下来就写读书："既耕亦已种，时还读我书。"读书对环境是有要求的，这小松就相当于作者的小书童了。

【无可】生卒年不详，僧人，本姓贾，范阳（今河北涿县）人。贾岛堂弟。初与贾岛同居青龙寺，后云游四方。宝历中（825—827）至金州，与金州刺史姚合过从甚密，游览唱和。又与张籍、马戴、喻凫、厉玄友善。全唐诗存其诗二卷。

秋寄从兄贾岛

暝虫喧暮色，默思坐西林。

听雨寒更彻，开门落叶深。

昔因京邑病，并起洞庭心。

亦是吾兄事，迟回共至今。

无可是唐代著名诗僧，为贾岛堂弟。幼时二人俱为僧，贾岛后来还俗。这首诗是无可居庐山西林寺时，以诗代柬寄贾岛的，题一作《秋夜宿西林寄贾岛》。

"暝虫喧暮色"二句，写作者黄昏独坐。首句写暮色苍茫、草虫喧叫，本属秋夕寻常情景，捌腾着"暝虫喧暮色"，诗句顿觉奇警。"默思坐西林"，即有挂念之意。"西林"寺名，寺在庐山香炉峰西南，风景绝佳。两句一"喧"一"默"，互为映衬。

"听雨寒更彻"二句，写作者一夜的听觉感受。宋人魏庆之《诗人玉屑》释云："唐僧多佳句，其琢句法比物以意，而不指言一物，谓之象外句，如无可上人诗曰'听雨寒更彻，开门落叶深'，是落叶比雨声也。"奈何雨声与落叶声差别大，听觉能辨之。清人纪昀评："此说自通（应说颇巧），然作雨后叶落，亦未尝不佳。"（《瀛奎律髓汇评》）而"开门落叶深"，而正是夜来风雨的缘故。屈复评："虽不及乃兄'落叶满长安'，亦自精彩。"（《唐诗成法》）"更"字平声，即"深更"的"更"。

"昔因京邑病"二句，转忆旧日之约。出句说贾岛赴试京邑，屡度不第，一"病"字双关身体违和与遭遇不偶。对句"并起洞庭心"，说两人有约，泛舟洞庭，即归隐江湖也。贾岛《送无可上人》诗云："终有烟霞约，天台作近邻。"可以为证。清人李怀民评："只拈一事，寓感俱集。"（《重订中晚唐诗主客图》）

"亦是吾兄事"二句，言未能如愿，而心向往之。"亦是"二字，是对贾岛过去的提议表示肯定。不料后来贾岛干禄有了结果，得到一个长江主簿的微官，食之无味，弃之可惜。"迟回共至今"，是一种如嚼鸡肋的状态。作者只陈述事实，而盼望对象早日幡然省悟之意，亦跃然纸上。

不是知根知底，何能说到这个分上。

全诗写景言情俱佳，与贾岛诗风也非常接近，真是难兄难弟。

【刘驾】生卒年不详，约唐懿宗咸通中（867）前后在世。字司南，江东人。与曹邺友善。大中六年（852）得第同归越中。时国家承平，献乐府十章，帝甚悦。累历达官，终国子博士。

贾客词

贾客灯下起，犹言发已迟。高山有疾路，暗行终不疑。
寇盗伏其路，猛兽来相追。金玉四散去，空囊委路岐。扬州
有大宅，白骨无地归。少妇当此日，对镜弄花枝。

在古代社会经商的利润很大，但行业风险也很高。风险之一是拦路抢劫，在丝绸之路上，在黄泥岗上，客商往往是强盗紧盯的猎物，在旧小说中、在戏文中，也经常有剪径的情节。不过在唐诗中，一般不在诗人特别关注的民生疾苦范围。这首诗写在社会不安定因素日益增加的中唐时代，一位商贾的悲惨命运，具有一定的典型性。

"贾客灯下起"二句，写这个商人起床很早，还是觉得时间来不及——"犹言发已迟"。商人性急，正是性急导致了一念之差。"高山有疾路"二句，是说前面高山有一条捷路，知道的人少，但商人知道。过去走过，没有遇到强人。"暗行终不疑"，是说他凭经验办事，打算碰运气，事情就决定了。然而"不怕一万，就怕万一。""躲脱不是祸，是祸躲不脱。""寇盗伏其路"二句，说路上埋伏着劫匪，"猛兽来相追"是形容劫匪凶残。"金玉四散去"二句，写金银被洗劫一空，空囊被扔了一地。

"扬州有大宅"二句，是说可怜这商人在扬州的豪宅，再也迎不来自己的主人了。"白骨无地归"，表明主人遇到最凶狠的劫匪，洗劫财物，且不留活口，所以悲剧了。在古人的观念中，客死异乡是可悲的，尸骨无人收就更其可悲。一般情况下，只有穷愁潦倒的人才会如此，谁想这样悲惨的命运会发生在富甲一方的商人头上呢。"少妇当此日"二句，是说更有可悲者，在灾难发生的当天，商人之少妇在家中，也许就是在扬州的大宅子里，连眼皮都没有跳一下，还在"对镜弄花枝"，潜意识中正等着商人回家。

这个结尾比较接近陈陶《陇西行》之"可怜无定河边骨，犹是春闺梦里人"。沈彬《吊边人》之："白骨已枯沙上草，家人犹自寄寒衣。"将同一时间、不同空间，反差极大的画面组接在一起，艺术效果显著。令人怵目惊心，从而更觉可悲。

【刘沧】生卒年不详，约唐懿宗咸通中（867）前后在世。字蕴灵，汶阳（今山东宁阳）人。大中八年（854）与李频同榜登进士第。调华原尉，迁龙门令。《全唐诗》存其诗一卷。

经炀帝行宫

此地曾经翠辇过，浮云流水竟如何。
香销南国美人尽，怨入东风芳草多。
残柳宫前空露叶，夕阳川上浩烟波。
行人遥起广陵思，古渡月明闻棹歌。

"炀帝行宫"亦称隋宫，指隋炀帝杨广建于江都的行宫。《舆地纪胜》："淮南东路，扬州江都宫，炀帝于江都郡置宫，号江都宫。"这是唐代诗人咏史怀古最常见的题材，刘沧此诗写得清疏流畅可读。

"此地曾经翠辇过"二句，写行经炀帝行宫。"此地"即江都宫所在地，历史故事发生之地；"翠辇"指帝王的车驾，"过"指经过，也有回不来之意。"浮云流水"，形容往事如烟；"竟如何"冷冷一问，严肃中有调侃之意，引起下文怀古之思。清人黄叔灿评："首联唱叹而起，哀音动人。"（《唐诗笺注》）

"香销南国美人尽"二句，写作者面对行宫不胜今昔之概。想当年隋炀帝开凿大运河，下江南游玩，龙舟上带着皇后、妃嫔及大批宫女，一时心血来潮，还令一千名十六七岁的宫女上岸拉船，曾几何时，一切都荡然无存，只余芳草萋萋。元人廖文炳解："一起曰'此地曾经'，又曰'竟如何'，是已一无所有矣；眼见'浮云流水'，因之想起炀帝行宫，故曰'翠辇过'也。三曰'美人尽'，是一无所有矣；四曰'芳草多'，是更无所有矣。然写'美人尽'，则曰'香销南国'；写'芳草多'，则曰'怨入东风'，真使人可作数日想也。"（《唐诗鼓吹笺注》）

"残柳宫前空露叶"二句，写风景不殊人世已换。据载隋炀帝喜欢柳树，曾经在运河大堤上植柳，蔚为景观；而今行宫遗址空余残柳露叶而已。"夕阳川上浩烟波"，写眼前夕阳西下，运河烟波浩渺，千秋功罪，谁与评说。元人杨载论诗要炼字，举例说"如刘沧诗'香销南国美人尽，怨入东风芳草多'，是炼'销''入'字。'残柳宫前空露叶，夕阳江上浩烟波'，是炼'空''浩'字，最是妙处。"（《诗法家数》）

"行人遥起广陵思"二句，呼应篇首以景结情。"行人"是作者自指，"广陵"指扬州，当日作者游览隋宫遗址，一直沉浸在怀古的思绪之中。联系唐王朝江河日下的现实，及李世民针对亡隋而发的"水能载舟，也能覆舟"的名言，感慨莫名。"古渡月明闻棹歌"，当月亮升起的时候，渡头有人唱起了"棹歌"，"棹歌"是行船时唱的歌，这就巧妙地与隋炀帝乘龙舟之事联系起来，令人联想到"箫鼓鸣兮发棹歌，欢乐极兮哀情多。"(刘彻) 清人黄生说："结句闻棹歌之声，因想当日楼船歌舞之盛，从此而达广陵也，妙在前面已说得声消影灭，结处却重复掉转，此是死里重生、跌断复起，绝妙古文结法也。"(《唐诗摘钞》)

这首诗好评虽多，也有吐槽。纪昀就说："亦是许浑怀古之流，此种诗似乎风韵，实则俗不可医。"(《瀛奎律髓汇评》)所谓俗者，即俗套、亦即熟套也。作者的思路并不开阔，情景是胶着在一处的。与李益《隋宫燕》、李商隐《隋宫》等诗对读，高下自见。

【李频】(？—876)字德新，睦州寿昌（今属浙江）人。少时以诗著称。大中进士，调校书郎，为南陵主簿，迁武功令。后为建州（今福建建瓯）刺史，卒于官。《全唐诗》存其诗三卷。

湖口送友人

中流欲暮见湘烟，岸苇无穷接楚田。
去雁远冲云梦雪，离人独上洞庭船。
风波尽日依山转，星汉通宵向水悬。
零落梅花过残腊，故园归去及新年。

这是一首写冬日洞庭湖上（"湖口"是湘江流进洞庭湖的入口）送别的诗，也是一首写景诗，一片离情融入景中。

"中流欲暮见湘烟"二句，写湘口所见。首句写面前湘江，黄昏时分江心笼罩着暮霭，次句写江之隔岸，岸边是无边的芦苇和云梦湿地（"楚田"）。江、湖相连，景象显得异常空阔。清人胡以梅解："此是中流送别，非陆路分手。起处幽情寓思，精妙之极。"(《唐诗贯珠》)"去雁远冲云梦雪"二句，写分手场景。三句极望前途，以雁行兴起别事。严冬将尽，大雁从云梦泽朝北起飞，"雪"一作"泽"。四句"离人独上洞庭船"，是说友人分手后，乘船将从洞庭湖出发。友人的"独上"，与雁阵的群飞形成对照，见依依惜别之情。

"风波尽日依山转"二句，想象友人日夜兼程情景。"风波尽日"，是写"洞庭船"之昼行；"星汉通宵"，是写"洞庭船"之夜行。"依山转""向水悬"，是想象途中"山重水复疑无路，柳暗花明又一村"的情景、况味。"零落梅花过残腊"二句，是想象友人到家的情景。七句说梅花凋零腊月将尽，叙客中情景，有顾影自怜意；末句"故园归去及新年"，是掐指一算，友人回家刚好赶上新年，与家人团聚宴饮，将是多么快乐。七八句一作"回首羡君偏有我，故园归醉及新年"，则诗意尽露，不如含蓄。

清人屈复分析此诗意脉道："先写湘水连天，为下离人独往凄凉一衬。又用'去雁'一陪，况涉洞庭之远险，为新年始到起。以'去雁'承'楚天'，以'云梦雪'点时，以'洞庭'承'岸苇'，以'尽日'承暮前，以'通宵'承暮后，以'风波''向水'承'中流'，以'梅花''残腊'遥应'雪'字，以'及新年'伤己之未能归在言外。"（《唐诗成法》）可资参考。

【崔珏】生卒年不详。字梦之。尝寄家荆州，大中（847—860）中登进士第，由幕府拜秘书郎，为淇县令，有惠政，官至侍御。《全唐诗》存其诗一卷。

哭李商隐（录一）

虚负凌云万丈才，一生襟抱未曾开。

鸟啼花落人何在，竹死桐枯凤不来。

良马足因无主踠，旧交心为绝弦哀。

九泉莫叹三光隔，又送文星入夜台。

　　宣宗大中十二年（858）李商隐去世，享年四十五岁。作者得知消息，写了两首沉痛的悼诗，此诗原列第二。诗中多处信手拈来李商隐诗文，确属熟能生巧。

　　"虚负凌云万丈才"二句，概括李商隐一生怀才不遇。"凌云"形容志向崇高，语出李商隐《初食笋呈座中》，诗云"皇都陆海应无数，忍剪凌云一寸心。"以新笋寓意，讽劝当局爱惜人才，不应横加摧折，不料竟成诗谶。"一生襟抱未曾开"，痛惜李商隐抱绝世之才，未能大用，坎坷终身。清人朱东岩评："一起二句自是先生知己，九原有灵当为泣下。"（《东岩草堂评订唐诗鼓吹》）

　　"鸟啼花落人何在"二句，写作者闻噩耗后的悲痛。李商隐《流莺》有"曾苦伤春不忍听，凤城何处有花枝"之句；《安定城楼》有"不知腐鼠成滋味，猜意鹓雏竟未休"之句，典出《庄子》，将排斥他的人喻为嗜腐的鸱鸟，而自比凤雏；又相传凤"非梧桐不止，非练实（竹实）不食，非醴泉不饮"。作者因而用之，以"鸟啼花落""竹死桐枯"等兴象譬喻生不逢辰，以"人何在""凤不来"的一问一答谓哲人其萎，是反复唱叹，是"长歌可以当哭"（《悲歌》），故不厌其重复。

　　"良马足因无主踠"二句，哭李商隐之未遇而死。"良马"喻非凡人才，"无主"指不遇识才爱才的明主，"踠"指弯曲、马失前蹄。正是"千里马常有，而伯乐不常有。故虽有名马，祇辱于奴隶人之手，骈死于槽枥之间，不以千里称也"（韩愈《马说》）。"旧交心为绝弦哀"，"旧交"自指，虽属知音，却能力有限，无力施以援手，眼睁睁看着李商隐抱恨而死，自己也落得俞伯牙似的，只好绝弦罢弹。从六句可以看出作者与李商隐相契之深。

　　"九泉莫叹三光隔"二句，意谓李商隐诗歌不死。上句说不要认为九

182

泉之下见不到三光（指日月星），李商隐不就是一颗闪亮的"星"吗。"又送文星入夜台"，为什么是"又送"呢？盖李商隐作《李贺小传》道："长吉将死时，忽昼见一绯衣人，驾赤虬，持一板，书若太古篆或霹雳石文者，云当召长吉。长吉了不能读，欻下榻叩头，言：'阿弥老且病，贺不愿去。'绯衣人笑曰：'帝成白玉楼，立召君为记。天上差乐，不苦也。'长吉独泣，边人尽见之。少之，长吉气绝。"是李贺作"文星"在前，故曰"又送"。

可以看出，作者与李商隐交情非浅，是情至文生，故感染力强。清人薛雪曰："崔珏以《鸳鸯》得名，而《哭义山》之作，亦是九原知己。"（《一瓢诗话》）梅成栋曰："后人无数挽词，未能出此。"并非溢美。

【司马札】大中（847－860）时在世。到过今陕西、山西、河南、江苏等地，一心追求功名不偶。

宫怨

柳色参差掩画楼，晓莺啼送满宫愁。
年年花落无人见，空逐春泉出御沟。

宫怨是宫词中的一大类，专门表现宫女的哀愁。这首诗的作者名不甚著，而这首诗却能从汗牛充栋的宫怨诗中脱颖而出，全在旁观的角度。于宫人不着一字，只从柳色、莺啼、花落、御沟下笔，而尽得风流。

"柳色参差掩画楼"二句，写春宫美景，作者取的写生的角度。换言之，并不是宫女角度，诗中看不到宫女在场。看到的是"满园春色宫墙柳"（陆游）、"春色满园关不住"（叶绍翁）。连"画楼"也是柳条掩映中露出一角的画楼。"晓莺啼送满宫愁",写景中有抒情。柳树是黄莺的最爱,"两个黄鹂鸣翠柳"(杜甫)就是无意识的捕捉,莺声传到墙外,给人以宫怨满园,亦关不住的感觉。

"年年花落无人见"二句,写御沟及落花流水。三句是有意味的写景,"年年花落"除本义外,也双关青春易逝,宫人一茬茬老去,所谓"岁岁年年人不同"(刘希夷)。"无人见",不仅是说宫花自开自落,外人无从得见,也是说宫人命运,贾元春把宫中说成"那见不得人的去处"(《红楼梦》十八回),便是"无人见"的权威解释。"空逐春泉出御沟",表面也是写落花,也有随水漂流宫外的,但多半也无人知道。

如果有人知道,他必是个敏感的诗人。如本诗的作者,必是从御沟流水中的一片落花,浮想联翩,察觉到落花背后的故事,所以此诗无字处皆其意也。这首诗的结尾与李商隐《吴宫》"吴王宴罢满宫醉,日暮水漂花出城",一种见微知著,可谓异曲同工。

【薛逢】生卒年不详,字陶臣,蒲洲河东(今山西永济县)人,会昌元年(841)进士。历侍御史、尚书郎。《全唐诗》存其诗一卷。

宫词

十二楼中尽晓妆,望仙楼上望君王。

锁衔金兽连环冷,水滴铜龙昼漏长。

云髻罢梳还对镜,罗衣欲换更添香。

遥窥正殿帘开处,袍袴宫人扫御床。

这首诗作于武宗会昌（841—846）年间作者任职长安时，因为他有机会耳闻宫中情事，发于吟咏。命题《宫词》，比命题《宫怨》，更加不动声色。这首诗的角度，是宫人的角度，属于代言体。诗从望幸写起，以失望结束，情致缠绵，风格独特。

"十二楼中尽晓妆"二句，连出两楼名、两"望"字，写宫女晓妆望幸。"十二楼"指后宫楼台，语出《史记·封禅书》："黄帝时为五城十二楼，以候神人于执期，命曰迎年。""望仙楼"为唐内苑楼名，元稹《连昌宫词》："上皇正在望仙楼"。一个"尽"字表明句中"晓妆"宫女是复数，是"后宫佳丽三千人"同一情态，写出了后宫佳丽认真化妆动作中的集体无意识（"望君王"）。

"锁衔金兽连环冷"二句，写清晨气候寒冷，晓妆所需时间漫长。两句通过后宫设施局部的画面显现，对宫女的心理活动进行暗示。"锁衔金兽"指铜质兽形门环，暗示宫门紧闭，"连环冷"暗示宫女们早起，必须忍受气候的寒冷。"水滴铜龙昼漏长"，是说晓妆这一段时间，感觉漫长。"昼漏"指白天的宫漏，用于计时，"铜龙"是昼漏的外包装。

"云髻罢梳还对镜"二句，写宫女们将见君王时，忐忑不安的心情。"云髻罢梳""罗衣欲换"是晓妆进入最后环节的情景，"还对镜""更添香"是反复检查和发现问题进行补救，写出宫女晓妆的全神贯注，和避免出现纰漏、小心翼翼的情态。这种近乎强迫症的心态，与"复恐匆匆说不尽，行人欲发又开封"（张籍）、"妆罢低声问夫婿，画眉深浅入时无"（朱庆馀）有异曲同工之妙。

"遥窥正殿帘开处"二句，写宫女偷觑御床的情态。按习惯性的思维，这一联如写一人承宠，众人失落亦无不可。然习惯是诗歌之敌，作者高明之处是不写这个，偏写在御驾光临之前宫女的偷窥（"遥窥"），只一小动作，便透露出期冀、兴奋、不安、焦急交织的复杂心态。"袍袴宫人"指穿袍子、穿裤子、着装男性化、正在打扫清洁的宫人，也就是工作人员（低级宫女）。元人郝天挺说这是说偷窥者"反不得如袍裤宫人一侍左右"（《唐诗鼓吹注解》），不妥，岂有参选者羡慕工作人员之理呢。"袍袴宫人"一词，全唐诗仅此一例，就像王建的"扫眉才子"一样，作者享有专利。

清人钱朝鼒说："只一起'望君王'三字，写尽士人抑郁无聊、痴痴想望神理。结句有含讽意。"（《唐诗鼓吹笺注》）焦袁熹说："通首是比。虽是唐人陋态，亦庶几怨而不怒者矣。"（《此木轩唐七言律诗读本》）此种寓意，宫词多有。此诗纯作宫词看，也是佳作。

【赵嘏】（806—852?）字承祐，唐楚州山阳（今江苏淮阴）人。弱冠前后曾北至塞上，历浙东观察使、宣歙观察使幕。文宗大和六年（832）举进士不第，寓居长安。武宗会昌四年（844）始及第。宣宗大中六年（852）左右，为渭南尉。

寒塘

晓发梳临水，寒塘坐见秋。
乡心正无限，一雁度南楼。

清沈雄《古今词话》引毛先舒论作词云："意欲层深，语欲浑成"，"大抵意层深者语便刻画，语浑成者语便肤浅，两难兼也。"这话对于近体诗也适用。此首一作司空曙诗。取句中二字为题，实写客中秋思。常见题材写来易落俗套，须看它运用逐层深入、层层加"码"的手法，写得别致。初读此诗却只觉写客子对塘闻雁思乡而已，直是浑成，并不见"层深"。须剥茧抽丝，层次自见。

前二句谓早起临水梳发，因此在塘边看到寒秋景色。但如此道来，便无深意。这里两句句法倒装，则至少包含三层意思：一是点明时序，深秋是容易触动离情的季节，与后文"乡心"关合；二是由句式倒装形成"梳发见秋"意，令人联想到"宁羞白发照渌水""不知明镜里，何处得秋霜"(李白)的名句，这就暗含非但岁华将暮，而人生也进入迟暮。

上言秋暮人老境困，三句更加一层，点出身在客中。而"乡心"字面又由次句"见秋"引出，故自然而不见有意加"码"。客子心中蕴积的愁情，因秋一触即发，化作无边乡愁。"无限"二字，颇有分量，决非浮泛之词。乡愁已自如许，然而末句还要更加一"码"："一雁度南楼"。初看是写景，意关"见秋"，言外其实有"雁归人未归"意。写人在难堪时又添新的刺激，是绝句常用的加倍手法。

韦应物《闻雁》云："故园渺何处？归思方悠哉。淮南秋雨夜，高斋闻雁来。"就相当于此诗末二句的意境。"归思后说闻雁，其情自深。一倒转说，则近人能之矣。"(《唐诗别裁》)"一雁"的"一"字，极可人意，表现出清冷孤独的意境，如写"群雁"便乏味了。前三句多用齿舌声："晓""梳""水""见秋""乡心""限"，读来和谐且有切切自语之感，有助表现凄迷心情，末句则不复用之，更觉调响惊心。此诗末句脍炙人口，宋词"渐一声雁过南楼也，更细雨，时飘洒"(陈允平《塞垣春》)，即从此句化出。

这首诗"初非措意，直如化工生物，笋未生而苞节已具，非寸寸为之也。若先措意，便刻画愈深，愈堕恶境矣。"(清毛先舒《古今词论》)它兼有层深与浑成的特点，这有赖于作者生活感受深切，又工吟咏这样两重原因。

江楼旧感

独上江楼思渺然，月光如水水如天。

同来望月人何处？风景依稀似去年。

"江楼旧感"也就是江楼感旧，即登江楼而怀旧的意思。

这首诗的语言干净，篇法圆紧，针线细密。诗中耐人寻味、话中有话的一句，是末句"风景依稀似去年"。而"依稀似去年"的风景，便是"月光如水水如天"。这个句中排比、句中顶真的诗句，将江楼眺望中，难以描绘的上下天光、月夜江景，只用五个不同的字，就状得如在目前。末句说"风景依稀似去年"，即不变；三句一定是说变，即在"风景"以外，定有"不似去年"者，此即"同来望月人"也。原来去年作者与友人同登江楼，欣赏过类似月景。"何处"二字，将友人轻轻抹去，这就是变化之所在。"独上""同来"四字，为此诗线索。

现在回到首句，"独上江楼思渺然"，以"独上"二字开篇，可谓入手擒题。"思渺然"是情绪惆怅、茫然的样子。明人李攀龙云："言独上之时，思同来之友，见水月连天，思去年之景，皆有针线。"（《唐诗直解》）是。谢枋得竟说："崔护'人面只今何处在，桃花依旧笑春风'，不如此诗意味更悠远。"（《唐诗绝句类选》）话不好这样说，应该说异曲同工，各有好处。

近人俞陛云说："唐人绝句，有刻意经营者，有天然成章者。此诗水到渠成，二十八字，一气写出。月明此夜，风景当年，后人之抚今追昔者不能外此。在词家中，唯有'月到旧时明处，与谁同倚阑干'句，与此诗意境相似。"（《诗境浅说》续编）极是。

【李忱】（810—859）即唐宣宗，宪宗第十三子。初名怡，即位日改名忱。穆宗长庆元年（821）封光王，武宗会昌六年（846）即位，改元年号大中。卒谥文献。

瀑布联句

千岩万壑不辞劳，远看方知出处高。
溪涧岂能留得住，终归大海作波涛。

太平天国将领冯云山素娴诗文，曾书瀑布诗"穿山透石不辞劳，到底方知出处高"云云，以赋壮怀。其诗实由这首诗改易数字而成。诗中瀑布形象充分人格化，写得有气魄，故为冯云山所激赏。

首句是瀑布的溯源。在深山之中，有无数不为人知的涓涓细流，腾石注涧，逐渐汇集为巨大山泉，在经历"千岩万壑"的艰险后，它终于到达崖前，"一落千丈"，形成壮观的瀑布。此句抓住瀑布形成的曲折过程，赋予无生命之物以活生生的性格。"不辞劳"三字有强烈拟人化色彩，充溢着赞美之情，可与《孟子》中一段名言共读："天将降大任于斯人也，必先苦其心志，劳其筋骨，饿其体肤，空乏其身，行拂乱其所为，所以动心忍性，增益其所不能。"艰难能锤炼伟大的人格。此句似乎隐含这样的哲理。

近看巨大的瀑布，绕崖转石，跳珠倒溅，令人有"飞流直下三千尺，疑是银河落九天"之感，却又不能窥见其"出处"。唯有从远处望去，"遥看瀑布挂前川"时，才知道它来自白云缭绕的峰顶。第二句着重表现瀑布气象的高远，寓有人的凌云壮志，又含有慧眼识英雄的意味。"出处高"则取势远，暗逗后文"终归大海"之意。

写瀑布经历不凡和气象高远，刻画出其性格最突出的特征，同时酝足豪情，为后两句充分蓄势。第三句忽然说到"溪涧"，照应第一句的"千岩万壑"，在诗情上是小小的回旋。当山泉在岩壑中奔流，会有重重阻挠，似乎劝它留步，"何必奔冲下山去，更添波浪向人间"（白居易《白云泉》）。然而小小溪涧式的安乐并不能使它满足，它心向大海，不断开辟前程。唯其如此，它才能化为崖前瀑布，而且最终要东归大海。由于第三句的回旋，末句更有冲决的力量。"岂能"与"终归"前后呼应，表现出一往无前的信心和决心。"作波涛"三字语极形象，令人如睹恣肆浩瀚、白浪如山的海涛景象。从"留""归"等字可以体味结尾两句仍是人格化的，使人联想到弃燕雀之小志、慕鸿鹄以高翔的豪情壮怀。瀑布的性格至此得到完成。

此诗的作者是一位皇帝和一位僧侣。据《庚溪诗话》，"唐宣宗微时，以武宗忌之，遁迹为僧。一日游方，遇黄檗禅师（按：据《佛祖统纪》应为香严闲禅师。因宣宗上庐山时黄檗在海昌，不可能联句）同行，因观瀑布。黄檗曰：'我咏此得一联，而下韵不接。'宣宗曰：'当为续成之。'其后宣宗竟践位，志先见于此诗矣。"可见，禅师作前两句，有暗射宣宗当时处境用意；宣宗续后两句，则寄寓不甘落寞、思有作为的情怀。这样一首托物言志的诗，描绘了冲决一切、气势磅礴的瀑布的艺术形象，富有激情，读来使人激奋，受到鼓舞，故也竟能为农民革命领袖冯云山所喜爱。艺术形象往往大于作者思想，这也是一个显例。

【陈陶】生卒年不详，字嵩伯，自称三教布衣，唐长江以北人。大中初南游，足迹遍于江南、岭南等地。后隐居南昌西山。有《陈嵩伯诗集》。

陇西行

誓扫匈奴不顾身，五千貂锦丧胡尘。

可怜无定河边骨，犹是春闺梦里人。

《陇西行》是乐府旧题，属《相和歌·瑟调曲》，内容写西部边塞战争。陇西指今甘肃宁夏陇山以西的地方。这首诗在内容上是反映长久的战争给人民造成的痛苦和灾难。

"誓扫匈奴不顾身，五千貂锦丧胡尘"二句写壮烈的牺牲，"貂锦"即貂裘锦帽，乃汉代羽林军装束，此处代称戍边的将士。其所以壮烈，是因为有第一句的"誓扫匈奴不顾身"，这是豪言壮语，"誓扫""不顾"，表现了将士英勇气概和献身精神，并没有任何的曲笔。在任何时代，保家卫国都是军人的责任，责无旁贷，都有一个面对牺牲的问题，战士的态度只能是"不顾身"，只能是以身许国，只有这一个选择，没有第二个选择。所以这不可能是曲笔。紧接着这个誓言，便写惨烈的牺牲，"五千貂锦丧胡尘"的意味是全军覆没，是"严杀尽兮弃原野"（屈原）。胜败兵家常事，当然不是所有战事都是这个结果，作者这样写，是有选择性的。这个选择性表明，这首诗的主题，不是弘扬军威。

当然，要写弘扬军威也没什么错，只是作者在这首诗中不打算表现这个方面，他所关注的是一个民生问题——"可怜无定河边骨，犹是春闺梦里人。"战争付出的代价，是要由人民来承担的，而首当其冲的就是"春闺"，战士的家属，绝大多数都是少妇。死者长已矣，而战争造成的痛苦，是要由生者来承担的，这些柔弱的少妇！她们中每一个人，没有一天不在默默祈祷，为了丈夫平安。每一个人都希望得到好消息，而拒绝坏消息。每一个人都贪恋好梦，拒绝噩梦。然而，现实是残酷的，战争是残酷的，就在少妇做着好梦的时候，兴许她的丈夫已经成了"无定河"（源出于蒙古，东南流至陕西清涧入黄河，以急流挟沙，深浅无定得名）边的一堆白骨。

"河边骨"与"春闺梦"，将两个不调和的画面剪接在一起，效果是惊心动魄的。诗人深怀悲悯之心，不愿惊破少妇好梦似的，不说"梦里魂"，却说"梦里人"。越是这样，作为"知情人"的读者越会感觉悲凉，越觉得少妇梦醒之后不堪设想。反过来说，知道结果，固然会导致哀恸；然而，悲剧已经降临到自己身上，还长久地被蒙在鼓中，更让人感到悲凉。

汉代贾捐之《议罢珠崖疏》写道："父战死于前，子斗伤于后，女子乘亭鄣，孤儿号于道，老母、寡妻饮泣巷哭，遥设虚祭，想魂乎万里之外。"同时代诗人许浑《塞下》"朝来有乡信，犹自寄征衣"、沈彬《吊边人》"白骨已干沙上草，家人犹自寄寒衣"，与此诗的用意也很相似，可见这首诗的话题有很高的典型性。作者以"可怜"与"犹是"作勾勒唱叹，写闺中少妇不知良人战死，仍然在梦中与之相会，较之许、沈的客观叙写，更为深婉，也更让读者震撼。

【李商隐】(813—858)字义山，号玉谿生。祖籍怀州河内（今河南沁阳）。九岁丧父，从堂叔学习古文。大和三年（829）为令狐楚辟为幕僚。开成二年（837）进士及第。三年入泾原节度使王茂元幕，且入赘王家。为牛党中人所忌，致使仕途蹭蹬，长期辗转于幕府。有《李义山集》。

赠柳

章台从掩映，郢路更参差。
见说风流极，来当婀娜时。
桥回行欲断，堤远意相随。
忍放花如雪，青楼扑酒旗。

这首诗作于宣宗大中元年（847）作者自长安赴桂林途中。题为"赠柳"，与"忆梅"一样，虽然可以看作咏柳，但有很强拟人意味，甚至就是影射某女子的。冯浩认为系为洛阳歌妓柳枝作，不全属无稽之谈，因为诗中表现的是依依不舍的缱绻之情。

"章台从掩映"二句，是说从北到南，柳树的影子无处不在。"章台"是汉代长安的街名，街旁植柳，唐人称为章台柳，韩翃诗云："章台柳，章台柳！往日依依今在否？纵使长条似旧垂，也应攀折他人手。""从掩映"，即任其垂拂遮掩，而与己无关。"郢路更参差"是一个对句，"郢"为战国时的楚都，即今湖北江陵；"参差"是柳条繁茂的样子。两句都在咏柳，却有"春风桃李花开日"（白居易）那样的意味，有忆人的意思。

"见说风流极"二句，写柳枝的妩媚动人。首联可以不对仗，却是工稳的对仗；颔联应该对仗，却又似对非对了。俗话说"耳听为虚，眼见为实"。上句就是耳听为虚，是说未见柳之前，就听说过柳的"风流极"；下句是说见到柳的时候，才觉得更"婀娜"，比预计的更好。玩味这由衷欣赏的语气，不是影射某人又是什么。

　　"桥回行欲断"二句，是与柳送迎的意绪。恰如"风雨送春归，飞雪迎春到。"（毛泽东）包含着悲欢离合之情。因为柳树生长在堤上，故以"桥""堤"为场景。上句是说行程之中，从桥上回首，"欲断"即望断，指向远处望直到望不见。"堤远意相随"，是说长堤虽长、柳却一路依依相送。清人袁枚说："'堤远意相随'，真写柳之魂魄。与唐人'山远始为客，江奔地欲随'，皆是呕心镂骨而成。"（《随园诗话》）纪昀亦说："五、六句空外传神，极为得髓。"（《李义山诗集辑评》）

　　说到"桥""堤"，最容易落入折柳送别的套路。而如写折柳送别，柳将成了道具；而在此诗，柳是与诗中人对等的角色。这就是新意。

　　"忍放花如雪"二句，专咏柳絮。柳絮虽称杨花，然而恰如苏轼谓其"似花还似非花"，也无人认真把它看作是花，更无人用"开放""怒放"来写杨花柳絮的，所以"忍放花如雪"这样的说法，令人耳目一新。它象征的是不可扼制（"忍"是岂忍）的情思。"青楼扑酒旗"，把收场的镜头留给酒家，自然有"何以解忧，惟有杜康"（曹操）的意思了。

　　题曰"赠柳"，诗中却不着一个"柳"字，句句写柳，心不在柳而在人。作家王蒙说："在中国古典诗人中，很少有像李商隐这样的现象。一生有许多爱情故事，又很婉丽，但又不是从一而终、矢志不渝，同时又不流于轻薄和玩弄。写出来的情诗是那么美，用美来节制自己的悲伤，用美来包装悲伤。这种节制和包装的唯美的过程，又使他不会一味地颓唐下去，所以他从不疯狂。"（《李商隐的挑战》）此诗就应该属于这一类诗作。

锦瑟

锦瑟无端五十弦，一弦一柱思华年。

庄生晓梦迷蝴蝶，望帝春心托杜鹃。

沧海月明珠有泪，蓝田日暖玉生烟。

此情可待成追忆，只是当时只惘然。

　　这首诗是李商隐晚年所作，历代解说纷纭。主要有咏瑟（苏轼）、悼亡（朱鹤龄）、自伤身世（元好问、何焯）、自序其诗（程湘衡）诸说，实各执一端耳。其实撇开中间两联，单看首尾四句，全诗关键词在"思华年""成追忆""已惘然"三语，则此诗当是作者闻瑟兴感，自伤身世，怀旧伤逝之作，也可以用作序诗。

　　"锦瑟无端五十弦，一弦一柱思华年"，开篇由闻瑟而引起对华年盛时的回顾，即元好问所谓"佳人锦瑟怨华年"。据载古瑟五十弦（瑟二十五弦），弦各有柱以为支架，可以移动，以调整弦的音调高低的支柱（故不可"胶柱鼓瑟"）。"无端"犹言没有来由地、无缘无故地，是一种埋怨的口吻，意味略近"羌笛何须怨杨柳"之"何须"，是就音乐逗起听者怨思而发的。"一弦一柱思华年"，意味略近"弦弦掩抑声声思，似述平生不得意"，音乐引起听者深深的共鸣，不由得细把从前事一一回想。

　　"庄生晓梦迷蝴蝶，望帝春心托杜鹃"，此联及下联运用意象，将锦瑟的音乐形象——迷幻、哀怨、清寥、缥缈，等等，以通感的方式转化为视觉形象，以概括抒写其华年所经历的种种人生境界和人生感受。庄生梦迷蝴蝶典出《庄子·齐物论》），其意蕴是人生如梦，这是诗人回顾往事而引起的迷惘和悲痛，其中当然也可包括悼亡的内容。望帝魂化杜鹃典出《文选·蜀都赋》注,《华阳国志》有望帝让国委位及杜鹃啼血之说,"春心"即伤春之心,在义山诗中常含有忧国伤时及感伤身世之意,"托杜鹃"隐喻借诗歌发抒内心的积郁和哀怨。

"沧海月明珠有泪,蓝田日暖玉生烟",上句包含着一系列与珠玉有关的典故,古代认为海中蚌珠的圆缺和月亮的盈亏相应,所以此处将明珠置于沧海月明的背景之上;古代又有南海鲛人泣泪化珠的传说（见《博物志》),所以此处又由珠牵入泪;《新唐书·狄仁杰传》载仁杰微时为吏诬诉,黜陟使阎立本异其才,尝谓之"沧海遗珠"。全句由此构成一幅沧海月明、遗珠如泪的画图,隐隐透露出寂寥之感。下句中,蓝田山是有名的产玉之地,古人有"石韫玉而山辉,水怀珠而川媚"（陆机)、"诗家之景,如蓝田日暖,良玉生烟,可望而不可置于眉睫之前"（戴叔伦）等说法,诗人用此熟语,象征平生所向往、所追求的理想境界之"可望而不可即"。

以上四句虽各言一事,然由音乐意境统率,潜气内转,以浓重悲怆迷惘情调一以贯之,加之对仗工整,故能彼此映带、有很强的整体感。"此情可待成追忆,只是当时只惘然"两句一收,是对"一弦一柱思华年"的总括,谓如此情怀,哪堪追忆,只在当时已是令人不胜惘然。言下之意,今朝追忆之怅恨,当如之何!以"可待""只是"作勾勒,尤觉曲折深至,令人低回不已。

总之,本诗是李商隐这位富有抱负和才华的诗人追忆在悲剧性的华年逝水时所奏出的一曲人生哀歌。这首诗和无题诗性质是相似的,诗中没有采取历叙平生的方式,而是将自己的悲剧性身世境遇和悲剧心理幻化为一系列象征性图景。这些图景既有形象的鲜明性、丰富性,又具有内涵的朦胧性和抽象性。这就使得它们没有通常抒情方式所具有的明确性,又具有较之通常抒情方式更为丰富的暗示性,能引起读者多方面的联想,最能代表义山诗意境朦胧、情调感伤、富于象征暗示色彩的特点。

无题二首

其一

凤尾香罗薄几重，碧文圆顶夜深缝。

扇裁月魄羞难掩，车走雷声语未通。

曾是寂寥金烬暗，断无消息石榴红。

斑骓只系垂杨岸，何处西南任好风。

这首诗写女主人公待嫁的心理（或以为有遇合不谐之寓意），表面内容与古诗十九首之《冉冉孤生竹》相类，手法却有很大的不同。这是七律，那是古诗。古诗的写法基本上用内心独白，叙事大体为顺叙，手法基本上属现实主义，意境清晰。而李商隐七律则植入情景，感性显现，跳跃性强，裁词有象征主义、唯美主义倾向（如此诗之凤尾香罗、碧文圆顶、扇裁月魄、车走雷声、金烬暗、石榴红、斑骓、垂杨，等等），语词搭配具有活性，意境朦胧。"凤尾香罗"一诗，就从女子深夜缝制罗帐写起。

"凤尾香罗薄几重"二句，被省略的主语是女主人公。她深夜缝制罗帐，是期待与意中人相会。"凤尾香罗"是织成凤尾纹（"几重"）的薄罗，"碧文圆顶"是有青碧花纹的圆顶百折罗帐。宋人程大昌说："唐人婚礼多用百子帐……楮柳为圈，以相连锁，可张可阖。"（《演繁露》）这顶罗帐是重要的床上用品，"百子帐"的喻意是多子多福，诗中人在夜深人静之时，挑灯自缝罗帐，与普天下所有自制嫁衣的女子一样，其兴奋、期待、喜悦的心情，俱于无字处流出。

"扇裁月魄羞难掩"二句，写诗中人追忆昔日邂逅，甜蜜、羞涩、忐忑的心情交织。出句写初次见面的羞涩，"月魄"指缺月阴影部分，代指

196

月亮，而此处是形容团扇。有道是"团扇、团扇，美人并来遮面。"（王建《宫中调笑》）"羞难掩"写女子初见对方，以团扇半遮面的样子，语出乐府"憔悴无复理，羞与郎相见。"（《团扇郎歌》）对句"车走雷声语未通"写意中人来去匆匆。"车走雷声"写女子听觉的敏感，能辨识对方的车声，与"新妇识马声"（《焦仲卿妻》）、"我已辨其音矣"（《李娃传》）同致；"语未通"，是说见过面，却不曾交换言语。而心许目成之意，亦见于言外。"车走雷声"一语，亦含"轩车来何迟"（《冉冉孤生竹》）意，直启下联的焦灼感。

"曾是寂寥金烬暗"二句，写别后长期隔绝与悠长思念，既含心理期待，又有内心焦灼。出句写诗中人孤独的情态，场景乃是中夜之香闺，"金烬（灯花或烛花）暗"含孤灯挑尽之意，兼寓相思无望。"烬"字同"灰"，是作者常用意象，他如"蜡炬成灰泪始干"、"一寸相思一寸灰"（《无题》），是诗中人心绪的象征。对句"断无消息"指男方信息中断，导致不祥预感；反过来说，要是能到对方不变心的呢，她的心中就会踏实："君亮执高节，贱妾亦何为！"（《冉冉孤生竹》）"石榴红"，表明季节是春去夏来，暗示青春已逝，"过时而不采，将随秋草萎。"（同前）

"斑骓只系垂杨岸"二句，言所思系马垂杨，愿逐好风相随，是女主人公一往情深的愿景。上句"斑骓"指毛色苍黑相杂的马，语出古乐府："陆郎乘斑骓……望门不欲归。"（《神弦歌·明下童曲》）暗示意中人离诗中人的空间距离其实并不遥远。末句"何处西南任好风"，语出曹植诗："愿为西南风，长逝入君怀。君怀良不开，贱妾当何依。"（《七哀》）总之，诗中人已做好心理上和物质上的准备，正是万事俱备，只欠"好风"。诗中人企盼佳期而不得之情，与寂寥中之相思期待，青春易逝之感，与作者的人生际遇相通；故诗中贯串着执着追求的意念，希望在寂寞中燃烧的情态，是作者的爱情诗与缺乏深挚感情的艳体诗的一个重要区别。

李商隐无题诗具有很强的原创性，"对文艺理论，对意识形态，对封建社会的主流意识，对教条主义，对至今仍然存在的文学的狭隘性，对我们的诗学、文学、美学的一些框架，一些概念，一些符号系统，也是一种挑战。"（王蒙《李商隐的挑战》）读者的接受有一个从不理解到逐渐理解的过程。如明人许学夷云："语虽秾丽而中多诡僻，如'狂飙不惜萝阴薄，清露偏知桂叶浓'（《深宫》）、'落日渚宫供观阁，来年云梦送烟花'（《宋玉》）、'曾是寂寥金烬暗，断无消息石榴红'等句，最为诡僻。《冷斋夜话》云：'诗至义山为文章一厄'是也。论诗有理障、事障，予窃谓此为意障耳。"（《诗源辨体》）就是隔膜的批评。批评者不知道，他所认为的"障"，正是李商隐的优点。

其二

> 重帏深下莫愁堂，卧后清宵细细长。
> 神女生涯原是梦，小姑居处本无郎。
> 风波不信菱枝弱，月露谁教桂叶香。
> 直道相思了无益，未妨惆怅是清狂。

这首诗写孤独的女性心理，与前一诗在内容上略有差距。诗中女子被称为"莫愁"，出处为南朝乐府《莫愁乐》（诗二首："莫愁在何处？莫愁石城西。艇子打两桨，催送莫愁来。""闻欢下扬州。相送楚山头。探手抱腰看。江水断不流。"）《唐书·乐志》云："石城有女子名莫愁，善歌谣。"可知其身份为歌女。

"重帏深下莫愁堂"二句，从诗中人孤眠写起，从环境氛围写到内心体验。上句写层帏（包含罗帐）深锁，是女子卧室的景象，"莫愁"二字反形出室中弥漫着莫名的幽怨。下句"卧后"犹言躺下，"清宵细细长"是孤眠人对夜的感觉，她要么是失眠、要么是老醒，所以觉得夜长、盼着天亮，语云"愁人知夜长"，果然不假。遥起下文"本无郎"三字。本句之"细细"二字用得别致，因为在感觉上，"细"和"长"是相联系的，正如粗和短是相联系的一样。

"神女生涯原是梦"二句，写诗中人对爱情的深刻憧憬。"神女"典出宋玉《高唐赋》，序称楚王游高唐梦见神女，神女自称"且为朝云，暮为行雨"。出句的意思是，女子的爱情遇合只存在于梦中。对句即写女子的现实处境，句下原注："古诗有'小姑无郎'之句"，"古诗"指南朝乐府《神弦歌·青溪小姑曲》，诗云："开门白水，侧近桥梁。小姑所居，独处无郎。"(青溪在今南京钟山，汉秣陵尉蒋子文之妹未嫁而死，后人为蒋立庙，以小姑配祀，称青溪小姑。)强调"本无郎"，恰是说有思郎之意。

"风波不信菱枝弱"二句，写诗中人在生活中备受摧残，而得不到沾溉。出句说自己本像"菱枝"一般柔弱，偏偏遭遇"风波"的摧折；对句"月露谁教桂叶香"说自己虽有"桂叶"般的美质，却不能蒙受"月露"的滋润。此二句与作者显有寓托的"狂飙不惜萝阴薄，清露偏知桂叶浓"(《深宫》)近似，"两者参较，益见'内无强近，外乏因依'(李商隐《祭徐氏姊文》)之诗人托寓身世之痕迹。"(刘学锴)"不信""谁教"为对仗中的勾勒语，前者意谓明知故为，后者意谓能而不为，以见"风波"之横暴，"月露"之无情也。

"直道相思了无益"二句，写诗中人备受煎熬，依然不放弃对爱情的信心。"直道"意为即使说，张相释云："'直'与'就使''即使'之'就'字、'即'字相当，假定之词。"(《诗词曲语辞汇释》)有退一步讲的意思。"未妨惆怅是清狂"，语意近于宋词之"衣带渐宽终不悔，为伊消得人憔悴"(柳永)，含有不悔、自怜，甚至自赏等多重含义。"未妨惆怅"和"难得糊涂"可以作成一个对子，都是违乎常情、独持选项的姿态。"清狂"语出《汉书·昌邑王传》之"清狂不惠"，有似狂非狂、痴情执着、放任自我等多种意项，是贬词褒用。屈赋有"世溷浊而莫余知兮，吾方高驰而不顾"(《涉江》)，语意近之。清人黄周星云："义山最工为情语。所谓'情之所钟，正在我辈'(《世说新语·伤逝》)，非义山其谁归？"(《唐诗快》)此即透骨情语也。

李商隐的爱情诗不重叙事性、情节性，而借助比喻、象征、联想等多种手法，增强暗示性和跳跃性，故意境较为朦胧，前人多以为有寓意，惟难确指。清人姚培谦说："此义山自言其作诗之旨也。"（《李义山诗集笺注》）何焯说："义山《无题》数诗，不过自伤不逢，无聊怨题，此篇乃直露本意。"（《李义山诗集辑评》）张采田说："通篇反复自伤，不作一决绝语，真一字一泪之诗也。"（《李义山诗辨正》）均可参考。

安定城楼

迢递高城百尺楼，绿杨枝外尽汀洲。
贾生年少虚垂涕，王粲春来更远游。
永忆江湖归白发，欲回天地入扁舟。
不知腐鼠成滋味，猜意鹓雏竟未休。

作于开成三年（838）春，时李商隐试博学宏词科，以朋党中人排斥而落选，回到泾原节度使王茂元幕，愤而为此。安定即泾州（甘肃泾川县北）郡名。

"迢递高城百尺楼，绿杨枝外尽汀洲"，开篇以登高望远为发端，"迢递"以状城墙之长，"百尺"以状城楼之高，杨柳是望中近景，杨柳尽头是水上沙洲。开阔的景色引起的联想和情感也是开阔的。紧接着，"贾生年少虚垂涕，王粲春来更远游"借古人自陈困厄的处境，西汉的贾谊年青时曾给汉文帝上过《陈政事疏》，指陈朝政之失曰"可为痛哭者一，可为流涕者二，可为长太息者六"，并提出巩固中央政权的建议，却遭到公卿们的反对，落得个"虚垂涕"的结果；建安七子之一的王粲，曾远游依附刘表，也是个怀才不遇的人物，《登楼赋》云"悲旧乡之壅隔兮，涕横坠而弗禁"。两事分喻诗人之忧怀国事和远幕依人，有"气交愤于胸臆"之感。

"永忆江湖归白发，欲回天地入扁舟"，接下来自述凌云之志，乃在功成身退。《史记·货殖列传》载范蠡亡吴功成后，"乃乘扁舟，浮于江湖"，为二句所本。出句先点明最终目的是归隐江湖，紧接补叙出一个重要条件即"欲回天地"——也就是要扭转乾坤，澄清政治，看到唐王朝的中兴；而绝不贪图禄位。据说王安石十分激赏此二句，经常吟诵，以为"虽老杜无以过"（《苕溪渔隐丛话》引）。二句使全诗在思想上升华到很高的境界。"不知腐鼠成滋味，猜意鹓雏竟未休"，最后诗人对朝廷中啄腐吞腥，争权夺势的小人投以讽刺，用《庄子·秋水》中鸱枭争腐鼠以吓鹓雏（凤凰）的典故，意言我不贪求禄位，尔何苦以此吓我耶！

全诗将抒写怀抱、忧念国事、感喟身世、抨击腐朽融为一体，展示出诗人阔远的胸襟与在逆境中仍峻拔坚挺之精神风貌；风格博大深沉，洵杰作也。张采田笺此诗曰："义山一生躁于功名，盖偶经失志，姑作不屑语以自慰也"，虽然能探诗人心事，但由于没能"永忆"一联所表现的理想抱负，就显得不够全面，降低了此诗的思想意义。

无题四首

其一

相见时难别亦难，东风无力百花残。

春蚕到死丝方尽，蜡炬成灰泪始干。

晓镜但愁云鬓改，夜吟应觉月光寒。

蓬山此去无多路，青鸟殷勤为探看。

在唐诗中，李商隐的无题诗是作者独创的品牌，其诗多写悲剧性爱情心理，"与诗人之悲剧身世及由追求而幻灭的人生感受自不妨有某种潜在联系"(刘学锴)。作者在《有感》诗中自道："一自高唐赋成后，楚天云雨尽堪疑。"也说明这类诗具有上述特点。

这首诗写暮春伤别。"相见时难别亦难，东风无力百花残"，开篇记别或忆别，起句就常语"别亦难"翻出新意——相见困难，离别为难，句中重复"难"字，一属客观处境，一属主观感受，意味自有不同。次句宕开一笔，写暮春之景，有主观色彩，盖分别在落花时节，连风也显得无力，则人的黯然伤魂之状如在目前。

"春蚕到死丝方尽，蜡炬成灰泪始干"，次联接着写别后相思。以到死丝方尽之春蚕与成灰泪始干的蜡炬，象喻至死不渝的深情和明知无望、仍愿继续荷担终生痛苦作执着追求之殉情精神；感情炽热缠绵，深挚沉着，带有浓郁悲剧色彩。这两句的象征意蕴远远大于作者的思想，在后世，往往被用作奉献精神的化身，有一句话叫"鞠躬尽瘁，死而后已"，还有一句话叫"毁灭了自己，照亮了别人"。

"晓镜但愁云鬓改，夜吟应觉月光寒"，三联出现了人物，作者的心中人。一句写清晨，她面对妆镜，感伤青春不再；一句写夜深，她在月下吟诗，想必不胜清寒。这是十分体贴的话，表现出作者的一往情深。"蓬山此去无多路，青鸟殷勤为探看"，结尾是故作宽解，谓对方所居不远，希望能得到她的信息。"蓬山"是传说中的海上仙山，诗中指女子的居处。"青鸟"是传说中为西王母传书的使者，诗中代指能为作者传递信息之人。

这首诗融比兴与象征、写实与象征为一体，脉络清晰而回环递进，在无题诸诗中最为精纯。四联各有侧重，将相思与离别，希望与失望，现实与梦想，自感与慰人等相对相关的情绪交织写出，情感内容极为丰富。"相见时难别亦难，东风无力百花残""春蚕到死丝方尽，蜡炬成灰泪始干"等，是千古传诵的名句。

其二

昨夜星辰昨夜风，画楼西畔桂堂东。

身无彩凤双飞翼，心有灵犀一点通。

隔座送钩春酒暖，分曹射覆蜡灯红。

嗟余听鼓应官去，走马兰台类转蓬。

这首诗写单恋之苦，当作于会昌六年（846）任职秘省期间。诗中写了一场宴会和两个人——作者和他的意中人。

"昨夜星辰昨夜风，画楼西畔桂堂东"，首句交代宴会的时间是"昨夜"，似乎很具体，却由于今天的定位并不明确，这一时间概念到底模糊。从次句看，宴会的地点是在一处豪宅的楼堂馆所中，但是"画楼"，还是"桂堂"，抑或是两间，也有模糊性。作者是否参与了这个宴会呢？从首句看，似乎没有，因为"星辰"和"风"暗示着有一个人被凉办起来。而这个被凉办的人，就是作者本人。清诗人黄仲则有句云："如此星辰非昨夜，为谁风露立中宵。"表明他就是这样理解的。

"身无彩凤双飞翼，心有灵犀一点通"，这显然是写男女关系——作者和意中人关系的。这两句使人想起宋人柳永有一个直白的说法："空有相怜意，未有相怜计。""身无彩凤双飞翼"正是说"未有相怜计"，而"心有灵犀一点通"则是说"空有相怜意"。彩凤之喻尽人皆知，而灵犀之说则不大好懂。原来，犀牛角心有白纹如线直贯两端，称"通天犀"，古人以为灵异之物。所以"心有灵犀"的喻义是虽不能同在，但却心心相印、息息相通。这两句与柳词两句意思相似，但在语言包装上，却要华丽得多，也要脍炙人口得多。许多没有读过这首诗的人，都诵得这两句诗。

"隔座送钩春酒暖，分曹射覆蜡灯红"，是宴会的情景，这两句本来可以直接"画楼西畔桂堂东"的。但被"心无彩凤"两句打断了一下，这也好，便形成了时间推移的感觉。夜深了，酒宴由敬酒转为罚酒，渐渐热闹起来。"隔座送钩"是一种游戏——类似后世的击鼓传花，视鼓停时钩落谁手而定输家；"分曹射覆"也是一种游戏——藏物于巾盂下让人去猜，视猜中与否而定输赢。输家就是罚酒的对象。"春酒暖""蜡灯红"，烘托出宴会灯红酒绿，温馨热烈的氛围。在这个氛围之外，有一个星光风露下的孤独者，还有一个在宴会上心不在焉的人。虽然诗中没有交代他和她被隔开的原因，但多半来自社会的礼防，应该是没有什么问题的。

"嗟余听鼓应官去，走马兰台类转蓬"，那一夜（"昨夜"）像梦一样消失了，结尾回到现实。经过一夜相思无益，晨鼓响起，上班应卯的时辰又到了（兰台是秘省别称），作者又开始忙碌、奔波于形役之途。在这首诗的姊妹篇中，有"岂知一夜秦楼客，偷看吴王苑内花"之句，可知这首诗写的是一场单恋，所怀者似为贵家姬妾一流。"画楼西畔桂堂东"或是其目成之所，两人实无接于风流。在那漫长的没有手机的时代，有情人间的交流曾经是那么的困难。然而，却因此产生了许多的诗意。今天，手机虽然给人们的交往带来许多的便利，然而，有些诗意也从现实生活中消失了，当然，仍在唐诗中得到永生。

其三

来是空言去绝踪，月斜楼上五更钟。

梦为远别啼难唤，书被催成墨未浓。

蜡照半笼金翡翠，麝熏微度绣芙蓉。

刘郎已恨蓬山远，更隔蓬山一万重！

这首诗写梦绕魂牵的相思苦情，"梦为远别"是一篇眼目。"来是空言去绝踪，月斜楼上五更钟"，开篇用逆挽的手法，写醒来后梦中人踪迹杳无之怅惘，眼前斜月晓钟的实景反形出梦境的虚无缥缈，"来"、"去"二字相起唱叹，更增感慨。"梦为远别啼难唤，书被催成墨未浓"两句补叙梦里别情及醒后相思。出句谓梦中伤别，悲啼不禁，"啼难唤"者，任眼泪系留不住也；对句写醒后修书，匆匆急就，"墨未浓"者，催成之书，言不尽意也。均妙于含蓄。用"墨未浓"来形容"书被催成"，尤其耐人寻味，是成功的细节描写。

"蜡照半笼金翡翠，麝熏微度绣芙蓉"，写中夜室内光景，烛光之下，"金翡翠"（代灯罩）、"绣芙蓉"（代被褥）这些通常意味情爱的实物，和刚刚消逝的梦境打成一片，似乎还可以闻到伊人梦魂的余香，造境朦胧，如幻如真。"半笼""微度"的轻描浅写，有浅斟低唱之致。"刘郎已恨蓬山远，更隔蓬山一万重"，结尾是彻底的清醒，写幻梦消失、会合无缘的怅恨。二句用刘晨天台遇仙故事，直抒蓬山（海上仙山）重隔之恨，而以"已恨""更隔"虚字勾勒为递进语，似言彼此交往本有不便，加之对方又复远走，好合的希望就更加渺茫了，递进中加复叠，尤具回肠荡气之致。与同类作品一样，此诗于叙事成分损之又损，而抒情成分浓上加浓。这样纯粹抒情的爱情诗和元白叙事成分很浓的爱情诗相比，可能比较费解，但就其精纯程度而言，却为元白所不及。

其四

飒飒东风细雨来，芙蓉塘外有轻雷。

金蟾啮锁烧香入，玉虎牵丝汲井回。

贾氏窥帘韩掾少，宓妃留枕魏王才。

春心莫共花争发，一寸相思一寸灰！

这首诗写闺中对爱情的向往与幻灭之苦，"相思"为全诗之眼。"飒飒东风细雨来，芙蓉塘外有轻雷"，开篇以兴语发端，写细雨、轻雷之春景，烘托闺中不可断绝而有所期待之春心，兴象华妙，"芙蓉"在古诗中双关夫容，冀郎之见怜也。

"金蟾啮锁烧香入，玉虎牵丝汲井回"，接下来两句纯属物象描写，其意比较隐晦。按，金蟾啮锁状香炉，玉虎牵丝谓辘轳，分别为室内用器和室外设施，本是闺情诗的意象材料（南朝乐府《杨叛儿》"欢作沉水香，侬作博山炉"，牛峤《生查子》"帘外辘轳声，敛眉含笑惊"）状出闺中锁闭深藏之环境，复以"烧香""汲井"暗透情思的潜炽和相牵，句中"香""丝"乃拆字双关"相思"。这种写法，搞不好如自家脚指头动，在李商隐笔下则意味无穷。

"贾氏窥帘韩掾少，宓妃留枕魏王才"，这两句用典剖白内心，比前两句要好懂。贾充女窥帘爱慕韩寿而与之私通，且赠之异香，事见《世说新语》；甄氏死后托梦留枕曹植于洛水，事见《洛神赋》李善注。两事各由上文"烧香""牵丝"引出，或为女子热烈主动地求爱，或为女子对心上人的藕断丝连，总是炽热的爱情表白。这两句对仗考究，本来曹植应称"陈王"，曹丕才是"魏王"，诗中以"魏王"称曹植，是因为"魏王"双声，与"韩掾"叠韵形成的对仗，比较美听。同时，因为故事情节的规定性，读者并不会发生误会。"宓妃留枕魏王才"的"才"字，是为了押韵和对仗而用的凑字，却正因为用得特别而给读者留下很深的印象。后世戚继光有一联"但使雕戈销杀气，未妨白发老边才"（《盘山绝顶》），"边才"本是"边人"，为押韵而生造，生造得好，与此有异曲同工之妙。

"春心莫共花争发，一寸相思一寸灰"，结尾陡转反接，由向往追求转为否决，否决之中复透难泯之春心。"春心"习语耳，而与"花争发"连文，则赋予它美好的形象，且显示了它的自然合理性；"相思"本抽象概念，由香销成灰生出联想，创造出"一寸相（香）思一寸灰"的奇句，不仅化抽象为形象，而且与前句形成强烈对照，通过美好事物被毁灭显示出强烈的感伤美或悲剧美。

此诗实写悲剧性的爱情心理，而与诗人之悲剧性身世及由追求而幻灭的人生感受亦有潜在联系，广义而言，也可以说是寓托。前人多有指实为托寓陈情令狐者，则不免狭隘而近乎穿凿也。

隋宫

紫泉宫殿锁烟霞，欲取芜城作帝家。

玉玺不缘归日角，锦帆应是到天涯。

于今腐草无萤火，终古垂杨有暮鸦。

地下若逢陈后主，岂宜重问后庭花！

这首诗约作于大中十一年（857）游江东时。隋宫指隋炀帝在江都营建的行宫江都、显福、临江等宫。诗写隋炀帝肆意淫游，昏顽拒谏，贪欲无穷，至死不悟，足为覆亡之殷鉴。

"紫泉宫殿锁烟霞，欲取芜城作帝家"，开篇点题，"紫泉"即紫渊（长安水名）出司马相如《上林赋》，此借指长安；"芜城"乃广陵之别名，语本鲍照《芜城赋》，指隋之江都。这两句隐含转折关系，即尽管长安高入烟霞，炀帝之心仍然不足，还想以江都作为"帝家"。以"芜城"代江都，是大有深意的，就像"汉皇重色思倾国"一样，思倾国者果倾国，欲以芜城为帝家者终以帝家为芜城。此所谓皮里阳秋。

"玉玺不缘归日角，锦帆应是到天涯"，这两句撇开一笔，未承上写游幸江都事，而以虚拟语气推想道：若不是皇帝的玉玺归了李渊（日角龙庭面相大贵），炀帝的锦帆还怕不到天边！意谓他是不会以游江都为餍足的。这就揭示了炀帝昏淫成性，至死不悟。用今人的话说，就是不见棺材不落泪，带着花岗岩脑袋去见上帝。

"于今腐草无萤火，终古垂杨有暮鸦"，这两句写景中寓隋宫故实，一是炀帝曾在洛阳景华宫征求萤火虫数斛，夜出游山放之，光遍岩谷，在江都还修了"放萤院"；一是沿运河栽柳，所谓"西至黄河东至淮，绿影一千三百里"。诗人巧妙地做入"腐草"——传说萤乃腐草所化,"暮鸦"——即黄昏中集于树梢的乌鸦,在一无一有的对比中感慨今昔,寓无限沧桑之感,冷峻之讽刺与深沉之感喟融合无迹。

"地下若逢陈后主,岂宜重问后庭花",结尾活用故实,据《隋遗录》载陈后主叔宝亡国后入隋,与当时为太子的杨广相熟,杨广作了皇帝后游江都时,梦中与死去的陈叔宝相遇,还请张丽华舞了一曲《玉树后庭花》。两句意谓隋炀帝过去不能接受陈后主亡国殷鉴,终于重蹈前车覆辙。这番与陈后主地下重逢,还有心情再向他请教《玉树后庭花》的表演么?诗对隋炀帝固然是冷嘲,对当时统治者却含热讽,何焯云:"前半展拓得开,后半发挥得足,真大手笔。"

重过圣女祠

白石岩扉碧藓滋,上清沦谪得归迟。

一春梦雨常飘瓦,尽日灵风不满旗。

萼绿华来无定所,杜兰香去未移时。

玉郎会此通仙籍,忆向天阶问紫芝。

"圣女祠"指陈仓(今陕西宝鸡东)与大散关之间的圣女神祠。文宗开成二年(837)冬,兴元军节度使令狐楚病卒,作者随丧回长安,途经这里,曾作《圣女祠》诗。宣宗大中九年(855)末至大中十年(856)初,东川节度使柳仲郢奉调还朝,作者又随自梓州返回长安,再次经过这里并作此诗,故曰"重过"。作者把祠中所供圣女,看作是天上贬谪到凡间的仙女,同时又把在朝在野视同天上人间,故寄予深厚同情。

"白石岩扉碧藓滋"二句,就岩上壁画感圣女之沦谪。据《水经注·

漾水》载："武都（郡名，治所在宝鸡）秦冈山，悬崖之侧，列壁之上，有神像，若图指状妇人之容，其形上赤下白，世名之曰'圣女神'。"首句即写"悬崖之侧，列壁之上"长满苔藓，而圣女画像在焉。次句"上清沦谪得归迟"，直叙圣女沦谪、迟迟未归。"上清"是道教传说中最高之天界。

"一春梦雨常飘瓦"二句，写圣女灵风雨露应有的沾溉。谓其超妙，全在"梦雨""灵风"的措辞，尤其是定语"梦""灵"字的精选上，如果写成"细雨""微风"岂不省事，又岂不太随便，太平平无奇。而"梦""灵"字面，又是紧紧和圣女祠这个对象关联着的，"常飘瓦"是说晴不起来；"不满旗"是说招展不起来。两字之易，即化板为活，超常得奇，造成了一种神秘的气氛。"荒山废祠，细雨如梦似幻，灵风似有似无，既带朦胧希望，又显得虚无缥缈，引人遐想，充满无奈。"（余恕诚）诚含不尽之意见于言外。

"萼绿华来无定所"二句，用关于别的两位仙女的传说，来反衬圣女久谪不归之苦。道书《真诰》载，"萼绿华"为云南山人，年约二十、着青衣，一月之内六过羊权（晋穆帝时人）家，后授羊权以仙药引其登仙。《墉城集仙录》载，"杜兰香"是渔父在江边收养的弃婴，长大后有青童自天而降，引其升仙而去，临行谓养父曰："我仙女杜兰香也，有过谪人间，今去矣。"清人何焯以"'无定所'则非'沦谪'，'未移时'则异'归迟'。"释此二句含义，可以参考。

"玉郎会此通仙籍"二句，同情圣女之久谪，希望她能重归天界。"玉郎"是道家所称天上掌管神仙名册的仙官。"通仙籍"即取得重登仙界的资格。"忆向天阶问紫芝"，"忆"在这里是期盼之词，"向天阶问紫芝"，是重返天界的委婉说法。"紫芝"本为真菌，道教以为仙草。这样的诗句，是"獭祭"即翻书裁词的结果，所以读来费解一些。或以为柳仲郢奉调，将为吏部侍郎，执掌官吏铨选。恰似仙班之有"玉郎"。而作者对圣女的同情，也含蓄地反映了自个儿仕途不顺的感慨，和希望入朝为官的心理诉求。

此诗之所以成为传世名篇，全赖颔联之警策，算得上唐诗最出彩的对仗之一。由此可知，对仗好坏是决定律诗成败的重要因素。

赠刘司户蕡

江风吹浪动云根，重碇危樯白日昏。

已断燕鸿初起势，更惊骚客后归魂。

汉廷急诏谁先入，楚路高歌自欲翻。

万里相逢欢复泣，凤巢西隔九重门。

这首诗作于大中二年（848）作者在黄陵（今湖南湘阴）与刘蕡相遇时。刘蕡于大和二年（828）第试贤良方正，论及宦官擅权误国，语辞峻切，遭到宦官忌恨，诬陷以罪，贬为柳州（今属广西）司户参军。大中二年初春，刘自贬所放还途中，与作者相遇于黄陵。

"江风吹浪动云根"二句，以自然气候譬喻政治气候。"云根"指江边的山石。"碇"即系船的石墩，"危樯"即高耸的桅杆，代指船只。"白日昏"指天昏地暗，日月无光。隐喻刘在政治上的翻船。南宋辛弃疾词云："江头未是风波恶，别有人间行路难。"（《鹧鸪天·送人》）可以诠释此联。

"已断燕鸿初起势"二句，紧承上联为比兴，喻刘蕡先后遭遇的政治打击。上句喻刘蕡应试，因言获罪，犹如"燕鸿"铩羽于未起之时。下句"更惊骚客后归魂"，更以屈原（"骚客"）喻刘蕡遭遇贬谪外放的坎坷经历。"后归"指刘蕡被贬，长达七年之久。这一联以"已断""更惊"相勾勒，属流水对，写得一波未平一波又起，使篇首"江风"的气势，

210

一直贯注四句。

"汉廷急诏谁先入"二句，以屈原、贾生的遭遇隐喻刘蕡，表达了作者内心的景仰与痛惜。《汉书·贾谊传》载，贾谊被贬长沙王太傅，汉文帝又召他回长安，并拜他为梁怀王太傅。"汉廷急诏"即指此事，用喻指刘蕡不知何时能被朝廷起复。"楚路高歌自欲翻"，谓"屈原放逐，乃赋《离骚》"（司马迁），"翻"是指以旧曲制作新词，喻指刘蕡的遭遇类似屈原，诗可以怨。或谓"楚路高歌"指楚狂接舆，亦通；然不如屈、贾之匹配。

"万里相逢欢复泣"二句，写友人相逢悲喜交集的复杂心情。"万里相逢"指在远离京城的地方重逢，"欢复泣"即写悲喜交集。"凤巢"喻贤臣在朝，相传黄帝时凤凰息于东园，或巢于阿阁，"西隔九重门"喻指贤者被放、远离朝廷（"九重门"）。长安位于黄陵的西北，故云"西隔"。末句暗用屈赋的"鸾鸟凤凰，日以远兮；燕雀乌鹊，巢堂坛兮。"（《涉江》）即"亲小人，远贤臣"（诸葛亮）之意。

这首律诗思路贯通，意脉流畅，有一气呵成之感，结尾"一剪便住，绝好收法"（纪昀）。领联的流水对，"只十四字，而当日北司（指宦官）专恣，威柄凌夷，已一齐写出"（陆昆曾）。为全诗增色不少。

二月二日

二月二日江上行，东风日暖闻吹笙。

花须柳眼各无赖，紫蝶黄蜂俱有情。

万里忆归元亮井，三年从事亚夫营。

新滩莫悟游人意，更作风檐夜雨声。

这首诗作于宣宗大中八年（854）作者在柳仲郢幕府的第三年。农历

211

二月二日为踏青节，诗写梓州涪江春色，抒发由此引起的乡愁。

"二月二日江上行"二句，写蜀人逢节春游，江上有弦吹之声。唐人于"二月二日"踏青的风俗，各地都有，如"二月二日新雨晴，草芽菜甲一时生。轻衫细马春年少，十字津头一字行"（白居易）、"旧苑新晴草似苔，人还香在踏青回"（韩琮）、"桂苑五更听榜后，蓬山二月看花开"（黄滔）等，都是写的这个日子。"东风日暖"写春风和煦，天气转暖，海棠、桃花、李花、杏花、梨花、菜花等，都相继开了，为了点缀节日气氛，不免组织乐队吹吹打打，甚是热闹。

"花须柳眼各无赖"二句，写春意热闹，反形出作者心中的烦恼。"花须柳眼"是拟人，"须"指花蕊、双关髭须，"眼"指柳叶、双关眉眼；"无赖"是逗人烦恼之意，语出杜诗"无赖春色到江亭"（《绝句漫兴九首》），下面还有两句："即遣花开深造次，便觉莺语太丁宁。"作者造句，深受杜甫这一类诗的影响。"'无赖'者自无赖，'有情'者自有情，于我总无与也。"（钱谦益《李义山诗笺注》）有杜甫"映阶碧草自春色，隔叶黄鹂空好音"（《蜀相》）的意味。清人金圣叹云："看他'无赖''有情'上加'各'字'俱'字，犹言物犹如此，人何以堪也。"（《贯华堂选批唐才子诗》）拟人法的运用，使得"紫蝶""黄蜂"等昆虫名，也具有了人格化色彩。

"万里忆归元亮井"二句，写作者久滞东川满满的乡愁。此二句皆用典，"元亮"是陶渊明的字，"井"即"背井离乡"之"井"，指故里。作者一定想到陶渊明这段话："眷然有归欤之情。何则？质性自然，非矫厉所得。饥冻虽切，违己交病。尝从人事，皆口腹自役。于是怅然慷慨，深愧平生之志。"（《归去来兮辞》序）"彭泽去家百里"，况作者去家"万里"乎！"三年从事亚夫营"，自叙滞留东川，三年一事无成。"亚夫营"指汉将军周亚夫之"细柳营"，作者巧妙地捉住那个"柳"字，代称柳仲郢幕府。可见文心之细。

"新滩莫悟游人意"二句，写作者当夜卧听滩声，心态失衡。清人屈复释云："偶行江上，日暖闻笙，花柳蜂蝶，皆呈春色，独客游万里，从军数载，睹此春光，能不怀乡？故嘱令今夜新滩莫作风雨之声，令人思家不寐也。"（《玉溪生诗意》）按"新滩"非新成，是夜来风雨大作，涪江涨水，滩声异于常时。"游人"是作者自指。"莫悟"是责怪的语气，谓"我方借此遣恨，乃新滩莫悟，而更作风雨凄其之态，以动我愁，真令人驱愁无地矣"（《玉溪生诗评注》）。"更作风檐夜雨声"，写当晚听风听雨，惹人心潮澎湃，乡愁难耐，辗转反侧，不能成寐也。

全诗以轻快流利的笔调，写抑塞不舒的情怀，与"以乐景写哀"（王夫之）的手法同构，在作者的感伤诗中别具一格。

无题四首（录一）

> 何处哀筝随急管，樱花永巷垂杨岸。
> 东家老女嫁不售，白日当天三月半。
> 溧阳公主年十四，清明暖后同墙看。
> 归来展转到五更，梁间燕子闻长叹。

这首无题诗写美女无媒难嫁，朱颜见薄于时，寓才士不遇。在作者无题诸诗中属于另类，一则非近体而是古体，且用仄韵，二则一洗绮罗香泽之态，摆脱宛转绸缪之度。

"何处哀筝随急管"二句，直入情景，置女主人公于良辰美景，歌吹声中。上句以疑问词"何处"领起，有寻声暗问的意思，"哀筝随急管"，急管繁弦之欢快，对诗中人造成一种诱惑和召唤。"樱花永巷垂杨岸"，是女主人公居处的环境，使人想起"枇杷花里闭门居"（王建）之句，写的是蜀中女校书薛涛晚年隐居枇杷花巷的情景，此诗则是"樱花永巷"，诗中人身份应该彼此彼此。联系上句，可知这一天她是坐不住的。

"东家老女嫁不售"二句，女主人公出场亮相。这两句几乎是大白话，同时也是白描。"东家"二字，语出有自。盖宋玉《登徒子好色赋》中写到一位东家之子，是绝代佳人。这首诗中的"东家老女"，与之若搭界若不搭界，或是"妖韶女老，自有余态"（袁枚）吧。不得不指出，"老女"一词还有一个出处，即北朝乐府《地驱歌乐辞》："老女不嫁，蹋地唤天。""白日当天三月半"，是丽日当空、春光将暮的光景，暗示着诗中人将要过期作废，也暗示着她在这一天会有所行动吧。

　　"溧阳公主年十四"二句，引出另一女性角色，应当是老女当日游春所见。"溧阳公主"本是梁简文帝的女儿，嫁侯景、有宠。这里用来代称青春年少的贵族女子，"年十四"，尚不及笄年，亦可谓少年得志了。"清明暖后同墙看"，"清明"与"三月半"时间差不多。"同墙看"有两解，一是溧阳公主携夫登墙（其实是登墙内楼台）望春，被老女窥见；一是"墙"字来自《登徒子好色赋》"登墙窥臣三年"的"墙"，谓老女登墙窥见公主。无论何种情况，对诗中人心态都会有很大影响。

　　"归来展转到五更"二句，写老女游春归来，果然心态失衡。"展转"同"辗转"，语出《周南·关雎》："求之不得，寤寐思服。悠哉悠哉，辗转反侧。""到五更"，则是通宵失眠矣。"长叹"即长叹短吁，是老女当夜辗转反侧、不由自主的失声，作者不说这个失声没人听见，却说"梁间燕子闻长叹"。这又是一次反形，所谓"梁间燕子"，即"双栖玳瑁梁"上的"海燕"（沈佺期"海燕双栖玳瑁梁"）。燕子闻老女之长叹，又如何？是深表同情呢，还是嫌她太吵呢，总之耐人寻味。

　　清人屈复释云："贫家之女，老犹不售；贵家之女，少小已嫁。故展转长叹，无人知者，惟燕子独闻也。"作者运用古体诗形式，将一个沉重的内容，出以朴质无华、幽默风趣的语言，自由轻松的笔调。在对大龄女子寄予同情的同时，又有感士不遇的深刻寓意。所以为人传诵。

碧城三首（录一）

碧城十二曲阑干，犀辟尘埃玉辟寒。

阆苑有书多附鹤，女床无树不栖鸾。

星沉海底当窗见，雨过河源隔座看。

若是晓珠明又定，一生长对水精盘。

"碧城"是道教传说中元始天尊居处，《上清经》云："元始天尊居紫云之阁，碧霞为城。"（《太平御览》六七四引）《碧城三首》写什么，从来扪烛扣盘，莫衷一是。明人胡震亨说"此似咏其时贵主之事。唐初公主多自请出家，与二教（道、佛）人媟近。……非止为寻常闺阁写艳也"（《唐音戊签》）较为通达。

"碧城十二曲阑干"二句，写公主入道，居处器用之华贵。"碧城"即以仙家居处，喻公主所居之道观。"十二曲阑干"，语出南朝乐府《西洲曲》"阑干十二曲，垂手明如玉"，形容廊腰曼回，栏干曲折通幽，居住条件非寻常道观可比。"犀辟尘埃"指入道公主头上插着犀角簪，相传有"却尘犀，海兽也。然其角辟尘。致之于座，尘埃不入"（《述异记》）。"玉辟寒"指入道公主多有玉器，相传玉性温润，可以辟寒。

"阆苑有书多附鹤"二句，写公主在道观，与男性暗通款曲。"阆苑"亦神仙居处，此指道观。"有书多附鹤"，相传仙道以鹤传书，此指女冠可与所欢书信往来。"女床"山名，语出《山海经·西山经》："西南三百里，曰女床之山。"双关女冠寝处。"无树不栖鸾"，鸾鸟是传说中的五色神鸟，旧有鸾凤和鸣之说，此以"鸾"代指男性。暗示入道公主与男性私相媟近。

"星沉海底当窗见"二句，写公主在光天化日下，与所属意者保持距离。"星沉"谓天明，"雨过"谓云雨既毕，"当窗见"指眉目传情，"隔座看"指保持距离——类语亦见于"隔座送钩春酒暖"，有眉成心许，掩人耳目等含义。而"海底""河源"是造成诗美的装点字面而已。或曰腹联写幽欢既毕，天将破晓，双方当窗隔座相对情景，亦可备一说。

"若是晓珠明又定"二句，由夜合晓离不能长聚，转生长相厮守的愿望。"晓珠"指晨露，"水精盘"（水晶盘）指承露盘，"若是"云云是假设露珠不干（明又定），"一生长对水精盘"，指"晓珠"与水晶盘将永不分离。这个假设当然是不成立的。这里用了另一个道教典故："董偃以玉晶为盘，贮冰于膝前。玉晶，千涂国所贡，武帝以赐偃。"董偃是馆陶长公主所宠幸的用人，暗指入道公主所属意之人。

清人纪昀谓此诗："寄托深远，耐人咀味矣，此真所谓不必知名而自美也。"（《玉溪生诗说》）道出了李商隐诗的特点：虽缘事而发，却隐去真事。专重感性显现，裁剪典故辞藻，依声律缀合，令各种印象自然融合，诗无达诂，而辞采甚美。是讽刺耶，艳羡耶，若起作者于地下而问之，亦恐不知所以然。故读者自圆其说可也。

泪

永巷长年怨绮罗，离情终日思风波。

湘江竹上痕无限，岘首碑前洒几多。

人去紫台秋入塞，兵残楚帐夜闻歌。

朝来灞水桥边问，未抵青袍送玉珂。

这首诗乍看是咏物诗，细玩末二句，始知为缘事而发，清人程梦星说："此篇全用兴体，至结处一点正义便住。不知者以为咏物、则通章赋体，失作者之苦心矣。八句凡七种泪，只结句一泪为切肤之痛。"（《重订李义山诗集笺注》）清人冯浩和张采田认为是宣宗大中二年（848）冬为李德裕遭贬而作。

"永巷长年怨绮罗"二句用戚夫人、屈原事。"永巷"指"宫中长巷，幽闭宫女之有罪者。"（《三辅黄图》）汉高祖刘邦死后，吕后"乃令永巷囚戚夫人"（《史记·吕后本纪》），并加以残酷迫害，断其手足，令其生不如死。"绮罗"即指戚夫人，以其曾见宠于刘邦也。"离情终日思风波"，语出屈原赋"顺风波以从流兮，焉洋洋而为客"（《楚辞·九章·哀郢》）。二事可谓千古奇冤，哪得无泪。

"湘江竹上痕无限"二句用娥皇、女英、羊祜事。"湘江竹上"句，语出《竹谱详录》所引《述异记》载："舜南巡，葬于苍梧（古地名，今湖南九疑山一带），尧二女娥皇、女英泪下沾竹，文悉为之斑。""岘首碑前"句，事见《晋书·羊祜传》载：羊祜镇荆襄时，一次游山，对同游者喟然叹曰："自有宇宙，便有此山，由来贤达胜士，登此远望如我与卿者多矣，皆湮灭无闻，使人悲伤！"言讫下泪。"羊祜卒，百姓于岘山（在今湖北襄阳）建碑。望其碑者莫不流涕。"后称"堕泪碑"。二事一属遭遇不幸，一属在所难免；所同者，唯在于泪痕长留耳。

"人去紫台秋入塞"二句，用昭君出塞、霸王别姬事。上句语出杜甫《咏怀古迹》："一去紫台连朔漠，独留青冢向黄昏。"下句事见《史记·项羽本纪》："项王军壁垓下，兵少食尽。汉军及诸侯兵围之数重。夜闻汉军四面皆楚歌，乃大惊曰：'是何楚人之多也！'项王则夜起，饮帐中。有美人名虞，常幸从……于是项王乃悲歌慷慨，自为诗曰：'力拔山兮气盖世，时不利兮骓不逝。骓不逝兮可奈何？虞兮虞兮奈若何？'歌数阕，美人和之。项王泣数行下。左右皆泣，莫能仰视。"二事属于命运悲剧，是亦有泪。

"朝来灞水桥边问"二句，抹倒以上用典，当是此诗所缘之事。"灞水"是渭河支流，源出蓝田县东秦岭北麓，流经长安东入渭河。"桥"在长安市东灞水上，是出入长安的要路之一，唐人常以此为饯行之地。"青

217

袍"谓寒士，当是作者自指；"玉珂"是马鞍上的玉饰，当指某达官贵人。"未抵"二字令人惊讶，不知是什么事，能令作者伤心到超越戚夫人、屈子、娥皇、女英、羊祜、昭君、霸王、虞姬的程度，未免太夸张了吧。由此可知，必是作者所遇到的最伤心、最不能接受的离别，而决非泛泛以古人之泪形送别之泪。

近人俞陛云释云："诗题只一'泪'字，而实为送别而作。其本意于末句见之，前六句列举古人挥泪之由，句各一事，不相连续，而结句以'未抵'二字结束全篇：七律中创格也。首二句以韵语而作对语，一言宫怨之泪，一言离人之泪。三句言抚湘江之斑竹，思故君之泪也。四句言读岘首之残碑，怀遗爱之泪也。五六句言白草黄云，送明妃之远嫁；名姬骏马，悲项羽之夭亡；家国苍凉，同声一恸，儿女英雄之泪也。末句言灞桥送别，挥手沾巾，纵聚千古伤心人之泪，未抵青袍之湿透。玉珂所送者何人？乃悲深若是耶！"（《诗境浅说》）所以，为李德裕遭贬而作，是可备一说的。

北宋前期诗坛代表人物杨亿、钱惟演、刘筠等，刻意学李商隐诗，号称"西昆体"；曾各作《泪》二首，句句尽用前代感伤涕泣典故，然而并非如李商隐之缘事而发，故皆流于肤浅。

流莺

流莺漂荡复参差，度陌临流不自持。

巧啭岂能无本意，良辰未必有佳期。

风朝露夜阴晴里，万户千门开闭时。

曾苦伤春不忍听，凤城何处有花枝？

这首诗或作于宣宗大中三年（849）春，作者在长安暂充京兆府掾属时。"天官补吏府中趋，玉骨瘦来无一把"（《偶成转韵》），应是他当时生活和心情的写照。"流莺"一词是南朝沈约、谢朓等诗人发明的辞藻，一作"流嘤"，本指流啭的黄莺，也可以认为是流转（流动）的黄莺，给人漂荡、无定所的感觉。

"流莺漂荡复参差"二句，开头就写黄莺转徙，无枝可依。"漂荡"同飘荡，即漂泊，杜诗有"世乱遭漂荡"（《羌村三首》）之句；"参差"是形容鸟儿扇动翅膀的样子，语出诗经"燕燕于飞，参差其羽。"（《邶风·燕燕》）"度陌临流"犹言千山万水，"不自持"是说不由自主，无形中被命运主宰。今人有北漂之语，感觉大抵近之。

"巧啭岂能无本意"二句，谓黄莺定有诉求，却未必有运气。"巧啭"指莺声美听，老子有"美言不信"之说，"岂能无本意"谓其必有诉求，只是无人能会，即韩愈"鸣之而不能通其意"（《杂说》）之意；"良辰"即良辰美景、指好天气，"未必有佳期"指未必有好运气。这两句寓托有自伤身世之意。

"风朝露夜阴晴里"二句，写黄莺的啼叫永无休止。这一联是律诗特有的以状语为对，句子主要成分有所省略。意即：不管什么样的天气（风天、露天、阴天、晴天）里，无论宫门（"万户千门"语出《汉书·郊祀志》："作建章宫，度为千门万户。"）开启或关闭的时候，被省略的话是：都能听到黄莺的啼声。著名的例子还有白居易的"春风桃李花开日，秋雨梧桐叶落时"（《长恨歌》），被省略的话是：唐明皇的相思无时或已。

"曾苦伤春不忍听"二句，作者现身，见物我之同情。上句被省去的主语是谛听者，即作者本人。"伤春"一词亦见《杜司勋》，兼有忧念时局之意。"凤城"指长安（长安有丹凤门），曹操诗云"绕树三匝，何枝可依"（《短歌行》），初唐李义府云："上林如许树，不借一枝栖"（《咏乌》）；"何处有花枝"，并不是说没有花枝，只是说没有可以栖身的花枝。这也不仅是说黄莺，而且有夫子自道之意味。

清人纪昀说"前六句将流莺说作有情，七句打合到自己身上，若合若离，是一是二，绝妙运掉。与《蝉》诗同一关捩，但格力不高，声响觉靡耳"（《玉溪生诗说》）是较公允的评价。

正月崇让宅

密锁重关掩绿苔，廊深阁迥此徘徊。

先知风起月含晕，尚自露寒花未开。

蝙拂帘旌终展转，鼠翻窗网小惊猜。

背灯独共余香语，不觉犹歌起夜来。

这首诗作于宣宗大中十一年（857）正月洛阳崇让宅（王茂元旧居）。十九年前即文宗开成三年（838）作者入泾原（甘肃泾川县）节度使王茂元幕，王爱其才，妻以女。大中五年（851）王氏病故，六七年后作者重过旧宅寄宿，因作此诗以悼念亡妻。

"密锁重关掩绿苔"二句，写崇让宅的荒凉冷落，伤心惨目。崇让宅有过繁华的过去，这里有亭台池榭，举行过许多次宴会，作者有《崇让宅东亭醉后沔然有作》云："曲岸风雷罢，东亭霁日凉。新秋仍酒困，幽兴暂江乡。……密竹沈虚籁，孤莲泊晚香。如何此幽胜，淹卧剧清漳。"特别是作者在这里结下良缘，夫妻间有许多美好的回忆。此来却是"密锁重关"即重门紧闭，"掩绿苔"指庭中小径因久无人行，而长满青苔。"廊深阁迥此徘徊"，写作者踱步在空荡荡的廊阁之间，不禁浮想联翩，一种人去宅空、寻寻觅觅的情绪，弥漫于字里行间。即潘岳"望庐思其人，入室想所历"（《悼亡诗》）之意。

"先知风起月含晕"二句，写夜幕降下后，乍暖还寒的气候。出句写望月，凭经验判断，明朝是一个风天，谚云："月晕而风，础润而雨。"暗示气温将要下降，是最难将息时候。对句"尚自露寒花未开"，写庭花（指该在正月开放的花、如迎春花、樱桃花之类）怯于夜露，尚无开花迹象。清人姚培谦释云："重关久锁，虚室徘徊。见月则如见其人，将风含晕，月之暗惨也；见花则如见其人，露寒未开，花之娇怯也。"（《李义山诗集笺注》）

"蝙拂帘旌终展转"二句，写因为心理作用，当夜未睡安稳。语云："老房子，传说多。"深宅大院，油灯所照，数尺而已，稍远则暗，又有两种依托于人居的动物——蝙蝠和老鼠，制造动静，令人生疑。出句说蝙蝠，在夜空中飞旋，捕食蚊虫，不免碰触门帘上端的横沿（"帘旌"），发出声响，令人难以入睡（"终展转"）。对句"鼠翻窗网小惊猜"说老鼠，或咬破窗纱（"窗网"），自由进出，也会发出声响。叫人疑神疑鬼（"惊猜"）。清人陆昆曾曰："明知二虫所为，而不能不展转惊猜者，以心怀疑虑故也。"（《李义山诗解》）"心怀疑虑"，指疑心王氏月夜魂归也。

"背灯独共余香语"二句，写作者在半睡眠状态中，与亡妻交流的幻觉。"背灯"是睡眠情态，"独共余香语"，是在幻觉中嗅到妻子的气味（"余香"），仿佛旧日之共枕，不禁窃窃私语起来。"不觉犹歌起夜来"，《起夜来》是乐府旧题，《乐府解题》释云"《起夜来》，其词意犹念畴昔思君之来也"，是妻子思念丈夫之词。历来作者有句云："飒飒秋桂响，非君起夜来"（柳恽）、"香销连理带，尘贾合欢杯。懒卧相思枕，愁吟起夜来"（庾肩吾）等。所以末句是从对面着想，转觉情深。

清人陆鸣皋点评："宅系妇家，故全是悼伤之意。通首写夜来景色，描摹如画，蝙拂鼠翻，其佳处仍在神韵。"（《李义山诗疏》）张采田点评："悼亡诗最佳者，情深一往，读之增伉俪之重，潘黄门后绝唱也。"（《李义山诗辨正》）不过此诗按时间顺序展开写景抒情，与无题诸诗略异，手法上接近元稹悼亡诗而毫不逊色。

富平少侯

七国三边未到忧，十三身袭富平侯。

不收金弹抛林外，却惜银床在井头。

彩树转灯珠错落，绣檀回枕玉雕锼。

当关不报侵晨客，新得佳人字莫愁。

这首诗似咏史，实为借汉喻唐、借古讽今之作。汉景帝时张安世被封富平侯，其孙张放少时继承爵位，史称"富平少侯"。然此诗所咏并不切张放行事，清人徐逢原以为讽刺敬宗，程梦星则以为"此诗刺武宗，题曰'富平少侯'，诡辞也。"（《李义山诗偶评》）若看作对世袭制的讽刺，或更通达。

"七国三边未到忧"二句，谓少侯不知国家忧患为何物，仅凭世袭制度封侯。"七国"指汉景帝时代七个同姓的诸侯国（吴、楚、赵、胶东、胶西、济南、淄川），曾联合发动叛乱，后被平定。"三边"指幽州、并州、凉州，战国时属燕、赵、秦地，与匈奴接壤，遂称三边。"未到忧"即不曾忧，指未知国是。"十三身袭富平侯"，指张放年少继承爵位，"十三"属臆说，因为《汉书》并未交代袭爵的具体年份。须知这是写诗，而非考据，没有那么严谨。

中间两联极形少侯之骄贵宴安，为所欲为。"不收金弹抛林外"二句，写少侯不知物力之艰，生活奢靡。上句用韩嫣事，典出《西京杂记》："韩嫣好弹，以金作弹丸，所失者日有十余。儿童闻嫣出弹，常随之拾取弹丸。"下句用淮南王事，典出《乐府诗集·淮南王篇》："后园凿井银作床，金瓶素绠汲寒浆。"以"不收""却惜"相勾勒，极言其任性，无所顾忌。

222

"二句曲尽贵公子憨态。"（黄彻）"彩树转灯珠错落"二句，写少侯室内陈设之华侈。"彩树"指华丽的灯柱。"珠错落"指环绕在华丽灯柱上的灯烛像明珠一样交相辉映。"绣檀"指精美的檀枕。"玉雕锼"形容檀木枕刻镂精巧，像玉一样莹润精美。纯属客观描写，讽刺之意全寓言外。

"当关不报侵晨客"二句，写少侯沉湎女色，春宵苦短。"当关"指守门人，"侵晨客"指清早来访的客人。"莫愁"是古乐府人名，后晋刘昫《后汉书》和《旧唐书·乐志》均称："（洛阳）石城有女子名莫愁，善歌谣。"诗中借以代称"新得佳人"，即能歌善舞的美人。"莫愁"二字，也隐射少侯的不知愁，与《陈后宫》结句"天子正无愁"命意相同，孟子说"生于忧患，死于安乐"，今日莫愁，焉知来日莫愁也。

清人贺裳云："其诗止形容侈汰，而不入实事。如'不收金弹抛林外'，乃韩嫣事，正不妨借用耳。然如'彩树转灯珠错落，绣檀回枕玉雕锼'，不过骄奢尽之。"（《载酒园诗话》又编）世袭之弊，在退化二字，不必刻意求深矣。

乐游原

向晚意不适，驱车登古原。
夕阳无限好，只是近黄昏。

乐游原在长安东南，为唐时登览胜地。这首诗写作者登乐游原遥望夕阳而触发的感受。它是一首小诗，也是一首大作。

"向晚意不适，驱车登古原。"两句写作者黄昏登上古原，为了排愁解闷。"向晚"二字的字面意义是天色向晚，然而，也可以理解为人过中年，而耐人寻味。这就是汉语因具有模糊性，而造成的魅力。"古原"是个有意思的词汇，照理说，土地是不可再生的资源，所以无原不古。然而，强调是"古原"，无非是说它未经开发，是纯自然而非人化的自然。因此，"古原"一词，不仅与"向晚"呼应，更有一种回归之意。还要说说"意不适"。什么是"意不适"呢？纪昀说"百感茫茫，一时交集，谓之悲身世可，谓之忧时事亦可。"总之是有些介意，不能超脱。除了"驱车登古原"，还有什么更好的办法呢！

"夕阳无限好，只是近黄昏。"两句写登古原所见到的景色和得到的启示。"夕阳无限好"这一句极好，应画一路密圈。一方面是夕阳确实好，人们都知道夕阳在下山的时候特别红、特别圆、特别大，可以对视，有很强的视觉冲击力。另一方面是人们只强调旭日东升的好，没有人强调过夕阳西下的好，特别是没有人强调过"无限好"，所以让人耳目一新。这一句提神，却增加了下一句的难度。做得不好，全盘皆输。老实说，"近黄昏"三字容易想到，特别是因为用韵，更容易想到。不容易想到的是"只是"二字，如果留白让人填写，恐怕谁也猜不到是"只是"二字吧——并不是因为奇崛别人想不到，而是因为平易别人想不到。"只是近黄昏"的"只是"，妙在含混。就和王昌龄"不破楼兰终不还"的"终"字妙在含混一样，含混则诗味厚，如改成"誓"字，意思就单薄了。同理，如果把"只是近黄昏"的"只是"改成"可惜"，意思就单薄了一样。因为"只是"还可以解为"正是"。举证："只在此山中"（贾岛）的"只在"即正在、"游人只合江南老"（韦庄）的"只合"即正该，"只缘身在此山中"（苏轼）的"只缘"即正为，等等。所以这一句，作憾语看亦可，作赞语看，则更加阳光。这再一次显示了汉语因为模糊性而特具的魅力。

人生难免遇到负面的情绪，人的一生都要注意拒绝负面情绪，给自己以积极的心理暗示。唐诗杰作，往往给人以这方面的启示，如李白《将进酒》，又如此诗。它们不但给人以思想启迪，而且给人以充分美的享受。管世铭称这首诗为"消息甚大，为五绝中所未有"，是极为中肯的。

悼伤后赴东蜀辟至散关遇雪

剑外从军远，无家与寄衣。

散关三尺雪，回梦旧鸳机。

这首诗作于宣宗大中五年（851）冬天，所缘之事见于诗题"悼伤后赴东蜀辟至散关遇雪"。盖当年夏秋之交，王氏夫人病逝，作者万分悲痛。接着他应柳仲郢之邀，离家远行，从军赴东川（治所梓州，今四川三台县）。诗即作于赴蜀途中。"剑外从军远"即指应柳仲郢之邀赴蜀之事，"剑外"即剑阁以南，此指东川。时逢冬至，是需要添衣的时候。

"无家与寄衣"承上，写作者面对的现实处境，便是寒衣无着。在唐代没有成衣可买，出门在外的人所需寒衣，全靠家中邮寄。"寄衣"也是社会上最常见的物流业务，这一行业是官营的、半官营的还是民营的，值得历史学家研究。总之，要是王氏夫人在，作者是能及时收到寒衣的。然而作者今已"无家"，谁"与寄衣"，也就成为一个问题。这个问题应该由柳仲郢来解决，诗人按下不表，却突然提到一场大雪。

"散关三尺雪"，"散关"即大散关（在今陕西宝鸡西南），作者遭遇了一场大雪。"三尺"即覆地三尺，可见这场雪之大。可不是"屋漏偏逢连夜雨，船迟又遇打头风。"这个雪夜之难过，可想而知。作者只好把被子披严实些，许是旅途劳顿，竟然入睡，而且做了一梦。"回梦"是指梦中回到了过去。"旧鸳机"指家中旧有的刺绣工具，也可以指织布机。在古代，家中妇女从事织布是常见之事，如焦仲卿妻之"鸡鸣入机织，夜夜不得息"，鲍照之"弄儿床前戏，看妇机中织"。王氏夫人在世时，也曾这样织过布，作者也曾像鲍参军似的在旁边看她织布。"鸳机"二字中含有无限温暖在。然而人生如梦，此刻又是梦如人生了。

短短二十字，"从军""寄衣""三尺雪""旧鸳机"等意象关系密切，包蕴密致，概括了丰富深沉的感情内容，而通首不离"悼伤后"三字，悲在一"旧"字。清人纪昀说："'可怜无定河边骨，犹是春闺梦里人'，是此诗对面。"（《李义山诗集辑评》）也就是说，从军者还在，而寄衣之春闺，翻成梦中人矣。全诗悼亡，情深语婉，意味不尽，有人推为义山五绝中压卷之作。

忆梅

定定住天涯，依依向物华。
寒梅最堪恨，长作去年花。

这首诗作于作者任职于梓州柳仲郢幕府后期。"忆梅"一词，见于南朝乐府《西洲曲》首二字，"忆梅"的"梅"字，指意中人，犹言梅表姐之类。或以为此诗写在百花争艳的春天，在作诗之时寒梅早已开过，亦通。"忆梅"不等于咏梅，因为被省略的主语乃是作者自己，所以此诗从自个儿处境写起。

"定定住天涯"二句，就写作者滞留梓州的无奈。"定定"叠词，全唐诗仅此一例，是以俚语入诗，犹言死死、牢牢，"天涯"指远离长安的地方即梓州，因为作者在这里住了四五年，就是想挪窝，也身不由己。"依依向物华"，是说时光过得太快，"物华"指春天的景物，来也匆匆，去也匆匆，叫人"依依"不舍。"向"字不是迎的意思，反倒是送的意思。接合题面，意味着梅花已经开过，以启忆梅。

"寒梅最堪恨"二句，写春日游玩，不见梅花，却曲曲道出。"长作去年花"一句，最是发人所未发。因为梅花于岁寒时节开放，十冬腊月，属于岁暮的花。花期跨年度。一入新年，物华更新，梅花最先凋零，所以世人从来不把梅花视为"迎春花",却视为"去年花"。此人人心中所有而笔下所无,偏由作者拈出。从来写梅花的人,都不曾将梅花与过气一念联系。倒有"明日黄花"之说。"长作去年花",却等于说"明日梅花",此诗之所以令人耳目一新也。

清人何焯点评:"得名最早,却不值荣进之期,此比体也。"(《李义山诗集辑评》)毫无疑问,这首诗包含着青春已逝,岁月蹉跎,即作者后时之悔。若联系到《西洲曲》,其中是否包含有情场失意的意思,也很难说。意极曲折,复能浑成,所以为妙。

天涯

春日在天涯,天涯日又斜。
莺啼如有泪,为湿最高花。

这首诗作于宣宗大中九年(855),当时作者在梓州柳仲郢幕府。"义山诗中'天涯'一语,或指桂州,或指梓州。就诗中所抒写之感情论,此诗似作于梓幕较为合理。"(刘学锴)"春日在天涯"二句,写春至天涯,作者却有日暮途穷之感。两句用顶真手法,五个字中有三个字重复,"日斜"即日暮,"天涯"即途穷。"春日"二字,虽然给人以明媚和煦之感,对于作者的心境,适为反衬。一种空漠无依之痛,见于言外。

"莺啼如有泪"二句,写天涯闻莺,起物我之同情。古诗云:"胡马依北风,越鸟巢南枝",诗中之黄莺,情同于古诗之"越鸟",由莺"啼"(双关啼叫、啼哭)而想到"泪",由"泪"而想到"湿","为湿最高花"犹言巢在最高枝。何以言之?思乡情极,为见者远也。按《荀子》云"登高而招,臂非加长也,而见者远。"薛涛《筹边楼》云"最高层处见边头",都是说所处越高,视线越远。

清人屈复说："不必有所指，不必无所指，言外只觉有一种深情。"（《玉溪生诗意》）其时，"唐王朝已经到了崩溃的前夕，诗人对国家和个人的前途深感绝望，因而生命的短瞬，人生的空虚，使诗的伤感情调更加显得沉重。诗人的悲痛已经远远超过了天涯羁旅之愁，而是深深浸透着人生挫伤和幻灭的痛苦"（宋廓）。在短短二十字中，作者运用寓情于景、移情于物的手法，"意极悲，语极艳"（杨致轩），明白如话而又宛转多姿，故为佳作。

谒山

从来系日乏长绳，水去云回恨不胜。

欲就麻姑买沧海，一杯春露冷如冰。

这首诗有个奇怪的题目，叫作"谒山"。通常被解说为，作者拜谒名山时见日暮水流的景象而作。果若其然，按照习惯应命题为"登山"或"望岳"才对。又说，此诗为感时光之流逝，叹世事之变迁而作，诗中确有此意。

"从来系日乏长绳"二句，写逝者如斯，系日乏术的感伤。对时间流逝的忧虑和无奈，历来是人生感伤的主题。人类从来不乏挽留时间的痴想，如《淮南子·览冥训》中鲁阳挥戈退日的传说；在诗中，则有晋代傅玄的《九曲歌》："岁暮景迈群光绝，安得长绳系白日。"此诗首句就是点化于此而如自己出，足见作者腹笥之广。次句的"水去云回"，"水去"二字足抵孔子"逝者如斯夫，不舍昼夜"（《论语·子罕》）九字，同时捎带出"云回"二字，即云归，指云归岩穴，"回"是回去。或将"水去云回"释为轮回，即把"回"解为回来，非作者本意。"恨不胜"即怅恨不已，语云"志士惜日短"，此意即隐含三字之中。

"欲就麻姑买沧海"二句突发奇想，写作者幻想的破灭。"麻姑"是古代神话传说中的仙女，曾三经沧海桑田。《神仙传》说麻姑语王方平曰："接待以来，已见东海三为桑田。向到蓬莱，水又浅于往者会时略半，岂将复还为陵陆乎？"没有说麻姑就是沧海的主人，作者想当然耳。此句用意上接长绳系日之想，既然时间随流水终归大海，买下大海不就垄断了时间么？这是老虎吃天的口气。末句却猛然一跌："一杯春露冷如冰"，是从海水变浅着想，证以《梦天》的"一泓海水杯中泻"，可知这里的"一杯春露"就是形容枯竭的海水。这等于说，人生在时间海洋里，只能分到一杯羹，而且是冰凉（"冷如冰"）的。庄子以"鼹鼠饮河，不过满腹"，来形容人生欲望之渺小，此诗亦有同意。

如果把这首诗仅仅视为海说事理的哲理诗，未免乎见少。细玩末句，使人浮想联翩。一则想起作者《汉宫词》的结尾："侍臣最有相如渴，不赐金茎露一杯。"再则想起《寄令狐相公》的结尾："休问梁园旧宾客，茂陵秋雨病相如。"回过头来看"谒山"二字，便觉得那个"干谒"的"谒"字之打眼；而诗中八竿子打不着的那个"山"字，亦当有所指。说穿了，是"有眼不识泰山"之"山"，也是"靠山"之"山"。故曰，此诗亦必缘事而发。而所缘之事，当与干谒达官贵人有关。作者痛感光阴易逝，一事无成，抱负虽大，而希望渺茫，良有以也。

宿骆氏亭寄怀崔雍崔衮

竹坞无尘水槛清，相思迢递隔重城。
秋阴不散霜飞晚，留得枯荷听雨声。

崔雍、崔衮是兄弟二人，是作者表叔及早期幕主崔戎之子。这首诗系作者在告别两位表弟后，旅宿骆氏亭时所作。作者夜宿骆氏亭，时值秋雨连绵，当夜难以成眠。诗的一句说环境，次句说相思，三句说天气，四句回到环境、专说雨声。清空一气，却又绕梁三日、余味无穷。

"竹坞无尘水槛清，相思迢递隔重城。"这两句从环境清幽，说到相思迢递。首句中含两个分句："竹坞（竹树环合如屏障处）无尘"和"水槛（近水亭轩有栏杆者）清"，彼此是并列关系，这个唱叹令人感到环境分外清净、十分美好，这与下雨是有关系的；而清净又通感于清静、清寥，独处者是容易产生寂寞、从而又产生怀想的。次句中亦两个分句："相思迢递"和"隔重城"，彼此是连带关系，说得重点，也便是因果关系——"相思迢递"是因为"隔重城（高城）"的缘故。"迢递"一词有高、远二义，此取远义。须指出，"迢递"可以形容声音的远传（如"漏声迢递"），所以，暗通结尾的"雨声"。可见构思的绵密。

"秋阴不散霜飞晚，留得枯荷听雨声。"这两句从恼人天气，说到荷塘夜雨。三句中亦含两个分句："秋阴不散"和"霜飞晚"，又是并列关系。"秋阴不散"是说云层太厚，雨不会停。雨天是不会打霜的，因而"霜飞晚"的一层意思，是说天气还不会晴，这使得苦雨的感觉厚重起来。"霜飞晚"的另一层意思，则是温度不会降得太低，又成为"留得枯荷"的一个前提。由此可见诗人构思的绵密。末句中亦含两个分句："留得枯荷"和"听雨声"，也是连带关系。因为雨打枯荷，在寂静的夜晚，是声声入耳的，具有一种特别的感觉：一种冰凉的抚慰，一种舒服的感伤，特别入诗。而"留得枯荷"这个说法，也显得新颖（使人联想到宋词的"赢得仓皇北顾"），词若宽解，其实有深深的失落——留得的不是花，留得的不是人，不过留得枯荷罢了。好诗须有境界，诗意的感受不是通过直说（无寐），而是通过具象表达出来的。这两句尤其是最后一句，可以说是唐诗造境最好的诗句之一。《红楼梦》四十回中写林黛玉说："我最不喜欢李义山的诗，只喜他这一句：'留得残荷听雨声'。"这代表了曹雪芹的意见。

李商隐最钟爱的一种句法，是句中排的手法。什么是句中排呢？简单说，就是一个诗句中包含两个分句，它们之间的关系可以是因果的，可以是并列的，也可以是其他连带关系。无论属于哪种关系，都能在当句构成唱叹之音，读之令人回肠荡气。这首诗就是一个典型的诗例。

贾生

宣室求贤访逐臣，贾生才调更无伦。

可怜夜半虚前席，不问苍生问鬼神。

"贾生"即贾谊，西汉著名的政治家和文学家。他少年得志，跻身高位，却又遭遇谗逐，贬谪长沙，对屈原怀有很深的同情。前人咏贾生，多就其贬谪长沙一事抒发感慨。这首诗却与众不同，选择贾谊别一事迹咏之。

"宣室求贤访逐臣，贾生才调更无伦。"这两句陈叙贾谊与汉文帝宣室晤对之事。原来汉文帝迷信，在祭祀活动中有一些事弄不明白，想到贾谊博学，遂将其从长沙召回，秘密接见于宣室——未央宫前殿正室，向他请教。接见结束后，文帝情不自禁地说："我很久没见到贾生了，自以为胜过他，今天知道不如他。"事见《史记·屈原贾生列传》。"贾生才调更无伦"句，就是模仿汉文帝的语气。作者先把宣室夜对定位为"求贤"——而求贤若渴，又是明君成事，明君所以为明君的必要条件。"逐臣"固然不幸，而受知于文帝，照理又是幸运的。不过，这一笔只是欲抑先扬，为卜文造势。

"可怜夜半虚前席，不问苍生问鬼神。"这两句揭示宣室晤对实质上的荒诞不经。"夜半"点明宣室晤对的时间，暗示这是一番密谈，而且时间谈得很久，表明文帝对贾谊的倚重。"前席"指汉文帝在交谈中，情不自禁地在座席上向前挪动位置，与贾谊越靠越近，表明文帝与贾谊谈话的投机、态度的虔诚。然而，"可怜"与"虚"（徒然）字作成的感叹，却使"夜半前席"从根本上动摇了。最后，以"不问"与"问"作成唱叹，反跌极重。"问鬼神"，指汉文帝在宣室请教贾谊的内容，其目的不外乎确保社稷的平安。然而，"子不语怪力乱神"（《论语·述而》），儒家政治理念一言以蔽之曰"保民而王"（孟子）。君臣对晤，理当以苍生为念。而"不问苍生问鬼神"，就从根本上颠覆了儒家政治理念，则其追求无异于缘木求鱼。"逐臣"贾谊的幸乎不幸，也就不言而喻了。

中国古代有个寓言叫南辕北辙，大意说一个赶车的，方向错了，却强调他车马好、态度虔诚，结果离他的目标越来越远。"不问苍生问鬼神"，就是一个方向性错误；"贾生才调更无伦"，就是一乘好的车马；"夜半前席"，就是虔诚的态度。请问，文帝能接近他的目标吗？全诗谓君王虔诚固然大好，但若舍本逐末、南辕北辙，则枉然有此虔诚也！三句先置一叹以为悬念，末句方补叙理由，便饶唱叹之音。清人施补华谓其"以议论驱驾书卷，而神韵不乏"，就是这个缘故。

隋宫

乘兴南游不戒严，九重谁省谏书函？
春风举国裁宫锦，半作障泥半作帆。

隋宫，指隋炀帝在江都（今江苏扬州）所建江都、显福、临江等行宫。隋炀帝自大业元年（605）到十二年，曾三次巡游江都，游山玩水。唐太宗李世民总结隋亡的教训说，水能载舟，也能覆舟。这里的"水"喻人民，李世民的意思是说，水是不好玩的。隋炀帝的玩水的结果，最后是覆舟殒命。

但玩水的人并不这样想，隋炀帝完全没有风险意识和危机意识，这首诗的开头两句就说这层意思。"乘兴南游不戒严"有两层意思，一层说

"乘兴南游"，点明隋炀帝巡游江都的性质不同于历史上某些帝王为某种政治、军事、经济目的而进行的"巡狩"，而是纯粹出于享乐。二层说"不戒严"，本来按封建王朝的制度，皇帝出游，沿途应有严格的保安措施，也就是戒严。而隋炀帝第三次游江都时，各地农民起义已成燎原之势，隋朝政权危在旦夕，他还自恃天下太平，后果可想而知，这就是"不戒严"三字所寓的微意。"九重谁省谏书函"写隋炀帝拒谏，"九重"指宫中、朝廷。隋炀帝在大业十二年三游江都前，并非无人劝谏，当时奉信郎崔民象、王爱仁先后上书阻止，皆被杀，其结果必然造成大臣噤口无言。"谁省"二字冷冷一问，是对隋炀帝淫昏性格的嘲讽，是对这一段史实的一种感喟。

　　史载隋炀帝南游江都，沿途"舳舻相接二百余里，照耀川陆。所过州县，五百里内皆令献食"，大批军队扈从护卫，龙舟上的帆都用高级锦缎制成。最直接而严重的恶果，是对社会财富的巨大耗费和对社会生产的巨大破坏。诗人用见微知著的手法，抓住了具有典型意义的"裁宫锦"一事集中刻画。"春风举国裁宫锦"，极写裁宫锦之铺张和繁忙，"宫锦"是专供宫廷的高级锦缎，给人的感觉是美丽的华贵的，整个场面似乎是在为重大的盛典做紧张的准备。最后冷冷一跌："半作障泥半作帆"，障泥是垫在马鞍下的鞯，两端下垂有挡泥的作用，障泥和帆的制作材料应是比较低档的耐磨的，与宫锦本来不搭界，而这样荒唐的事情偏偏出现在隋炀帝南游江都。一面是糟蹋宫锦的同时，一面不知道有多少人在挨饿受冻，前人评道，"'半作障泥半作帆'，寸丝不挂者可胜道耶？"(姚培谦)就是这个意思。还有"举国"二字，不仅是说倾其人力，也是倾其财力，何焯说："错锦帆事点化，得水陆绎骚、民不堪命之状如在目前。"也很有见地。

　　咏史诗的目的，往往是观今鉴古，借古讽今，这首诗有没有呢，据姜炳璋《选玉谿生诗补说》"后二不下断语，而中边俱到。或曰亦刺敬宗也"是可供参考的。

北齐二首

其一

一笑相倾国便亡，何劳荆棘始堪伤。

小怜玉体横陈夜，已报周师入晋阳。

其二

巧笑知堪敌万机，倾城最在着戎衣。

晋阳已陷休回顾，更请君王猎一围。

这两首诗是通过讽刺北齐后主高纬宠幸冯淑妃这一荒淫亡国的史实，以借古鉴今的。

第一首前两句是以议论发端。"一笑"句暗用周幽王宠褒姒而亡国的故事，讽刺"无愁天子"高纬荒淫的生活。"荆棘"句引典照应国亡之意。晋时索靖有先识远量，预见天下将乱，曾指着洛阳宫门的铜驼叹道："会见汝在荆棘中耳！"这两句意思一气蝉联，谓荒淫即亡国取败的先兆。虽每句各用一典故，却不见用事痕迹，全在于意脉不断，可谓巧于用典。但如果只此而已，仍属老生常谈。后两句撇开议论而展示形象画面。第三句描绘冯淑妃（"小怜"即其名）进御之夕"花容自献，玉体横陈"（司马相如），是一幅秽艳的春宫图，与"一笑相倾"句映带；第四句写北齐亡国情景。公元 577 年，北周武帝攻破晋阳（山西太原），向齐都邺城进军，高纬出逃被俘，北齐遂灭。此句又与"荆棘"映带。两句实际上具体形象地再现了前两句的内容。淑妃进御与周师攻陷晋阳，相隔尚有时日。"已报"两字把两件事扯到一时，是着眼于荒淫失政与亡国的必然联系，

234

运用"超前夸张"的修辞格，更能发人深省。这便是议论附丽于形象，通过特殊表现一般，是符合形象思维规律的。

如果说第一首是议论与形象互用，那么第二首的议论则完全融于形象，或者说议论见之于形象了。"巧笑倩兮，美目盼兮"，是《诗经》中形容美女妩媚表情。"巧笑"与"万机"，一女与天下，轻重关系本来一目了然。说"巧笑"堪敌"万机"，是运用反语来讽刺高纬的昏昧。"知"实为哪知，意味尤为辛辣。如说"一笑相倾国便亡"是热骂，此句便是冷嘲，不议论的议论。高纬与淑妃寻欢作乐的方式之一是畋猎，在高纬眼中，换着出猎武装的淑妃风姿尤为迷人，所以说"倾城最在着戎衣"。这句仍是反语，有潜台词在。古来许多巾帼英雄，其飒爽英姿，确乎给人很美的感觉。但淑妃身着戎衣的举动，不是为天下，而是轻天下。高纬迷恋的不是英武之姿而是忸怩之态。他们逢场作戏，穿着戎衣而把强大的敌国忘记在九霄云外。据《北齐书》载：周师取平阳（晋阳），帝猎于三堆，晋州告急。帝将返，淑妃更请杀一围，从之。在自身即将成为敌军猎获物的情况下，仍不忘记追欢逐乐，还要再猎一围。三、四句就这样以模拟口气，将帝、妃死不觉悟的淫昏性格刻画得入木三分。

尽管不着议论，但通过具体形象的描绘及反语的运用，即将议论融入形象之中，批判意味仍十分强烈。

第一首三、四两句把一个极艳极亵的镜头和一个极危急险恶的镜头组接在一起，对比色彩强烈，产生了惊心动魄的效果。单从"小怜玉体横陈"的画面，也可见高纬生活之荒淫，然而，如果它不和那个关系危急存亡的"周帅入晋阳"的画面组接，就难以产生那种"当局者迷，旁观者清"的惊险效果，就会显得十分平庸，艺术说服力将大为削弱。第二首三、四句则把"晋阳已陷"的时局，与"更请君王猎一围"的荒唐行径作对比。一面是十万火急，形势严峻；一面却是视若无睹，围猎兴浓。两种画面对照出现，令旁观者为之心寒，从而有力地表明当事者处境的可笑可悲，不着一字而含蓄有力。这种手法的运用，也是诗人巧于构思的具体表现。

夜雨寄北

君问归期未有期，巴山夜雨涨秋池。
何当共剪西窗烛，却话巴山夜雨时。

这首诗的诗题，一作《夜雨寄内》。"寄内"是写给妻子的，"寄北"则是写给北方某人，可以是妻子，也可以是一位密友。当然，作写给妻子的诗读，比较自然。

这首诗最大特点就是它的重复和回环，第一是首句的"君问归期——未有期"，作一问一答的语气，"期"字重复。七言诗句的这种重复，能够构成一种唱叹的音情，读来有回肠荡气的感觉，与诗句表达的内容，即一方深情追问，一方却不能予以肯定答复的苦恼心情，是非常吻合的。

第二是全诗中"巴山夜雨"的重复，"巴山夜雨涨秋池"和"却话巴山夜雨"时，一是此夜中孤独的情景，一是他日重逢回忆此夜的情景，这一重复尤其耐人寻味。"剪烛"是剪掉烧成灰烬的烛心，以维持照明的动作。而剪烛西窗，既是一个过去的温馨情境，又是想象未来还会出现的情境。在前人诗中，就同一时刻，写不同空间的相思，如"料得闺中夜深坐，还应说着远行人"（白居易《邯郸冬至夜思家》）；或就写同一空间，写不同时间的相思，如"人面不知何处去，桃花依旧笑东风"（崔护《都城南庄》），为数甚多。而像此诗这样，写不同时间、不同空间中的回环往复的相思，还是一种全新的意境。这是作者的创举。

同一时代的刘皂《旅次朔方》云："客舍并州已十霜，归心日夜忆咸阳。无端更渡桑干水，却望并州是故乡。"诗写羁旅情怀，亦将时间上的前与后，空间上的此与彼相交错，与李商隐这首诗有异曲同工之妙。这两首诗的最值得注意的共同之处，乃在于诗人在不同的境况中独立发现了一个心理上的怪圈，这就是人生在趋新之后会产生恋旧的心理，所谓执热愿凉，又使这种人生况味得到各具特色的表现。

《旅次朔方》写从咸阳来并州，日夜忆咸阳；从并州至桑干，又日夜忆并州。《夜雨寄北》则从巴山夜雨，忆西窗剪烛；又从想象中来日的西窗剪烛，复忆巴山夜雨，由于后一个情境是虚拟的，与《旅次朔方》相比，尤有扑朔迷离之妙。

嫦娥

云母屏风烛影深，长河渐落晓星沉。
嫦娥应悔偷灵药，碧海青天夜夜心。

这首诗的题目是"嫦娥"，而诗中别有一女主人公在。诗是托物言志之作。

"云母屏风烛影深，长河渐落晓星沉。"两句写深闺望月的情景，暗透主人公长夜不寐、孤寂清冷之况。云母是屏风上的一种饰物，烛影暗示女主人公未眠。"长河渐落晓星沉"的"渐"字，暗示着一个时间流逝的过程，盖女主人公仰望星空，已有很长的时间了。只说银河（长河）、晓星，而明月则在不言之中，这从后两句可以意会。

"嫦娥应悔偷灵药，碧海青天夜夜心。"两句是诗中人的悬想，嫦娥因长处孤清之境而悔偷灵药，从对面进一步托出女主人公自身之复杂微妙心理。极空灵蕴藉，启人多方面联想。人生如棋，一着走错，全盘皆输。诗中女主人公寂寞恼恨的心情，借"嫦娥应悔偷灵药"曲曲表出。而诗人自己对生平的反思，又借诗中女主人公的心情曲曲表出。这两重的寓托，使得这首诗的表情相当委婉。

诗境的能指，即是通常所谓"早知今日，悔不当初"，可惜没有后悔药吃的人生心态。此诗能获得普遍共鸣而成为名篇，正在此耳。

霜月

初闻征雁已无蝉，百尺楼高水接天。
青女素娥俱耐冷，月中霜里斗婵娟。

这首诗写霜降后的月夜景色。相当于无题。作者在写景诗中加入故事情节与魔幻意味，与李贺《南园》（花枝草蔓眼中开）异曲同工。同时表现了作者对气候节令的审美。

首句即点秋令，"初闻征雁"是候鸟迁徙，"已无蝉"是秋蝉之鸣逝矣，这个句中的排比，巧妙化用古诗十九首《明月皎夜光》之"秋蝉鸣树间，玄鸟逝安适。"也用候鸟与蝉的迁逝以明节令，上下句为互文，"逝安适"上管"秋蝉"，"鸣树间"是过去时。次句"百尺楼高水接天"，交代作者的处所，"百尺楼高"则上可摘星月，"水接天"则"近水楼台先得月"（苏麟），作者虽未挑明具体地点，但其处所为近水楼台，读者是可以心领神会的。

三四两句该写霜月的景色了。楼台上下俱是月光，加上地上霜，加上"空里流霜不觉飞"（张若虚），又皎洁又寒冷。难怪苏东坡王夫人说春月令人和悦，秋月令人惨凄。（赵令畤《侯鲭录》）想不到的是，作者不写景，却虚构角色："青女"是司霜之神，"素娥"是月中嫦娥，各自代表月色霜威；再分派戏份：不是联袂而行、相得益彰，却是互不相让，暗自较劲。"斗婵娟"三字尤妙，"斗"非武斗，类若选美PK。"月中霜里"主场是轮换的，竞争是公平的，过程是愉悦的，结果是不重要的——读来妙趣横生。

清人纪昀点评："首二句极写摇落高寒之意，则人不耐冷可知。却不说破，只以青女、素娥对照之，笔意深曲。"（《玉谿生诗说》上）作者想象力异常丰富，"人不耐冷"，但广寒宫人、司霜之神岂凡人哉，恰如北国人过冰雪节，别有一番快乐，只是夏虫不可语冰，难与常人讨论而已。今人或谓系象征性表现一种高远绝俗，与清冷环境相宜（"俱耐"）之精神美，与纪说正相反。此谭献所谓"作者未必然，读者何必不然"也。

梦泽

梦泽悲风动白茅，楚王葬尽满城娇。
未知歌舞能多少，虚减宫厨为细腰。

这首诗作于宣宗大中二年（848）北归途经梦泽时。楚地有云、梦二泽（今湖北洞庭湖一带），云泽在江北，楚泽在江南。作为咏史，可以题为"楚宫"。清人朱彝尊说："题不曰'楚宫'，而曰'梦泽'，亦借用也。"

"梦泽悲风动白茅"二句，以梦泽荒凉景象，兴起怀古之思。上句写梦泽茅草在悲风中颤动，容易联想到宫人斜一类的墓地。"白茅"为本地风光，暗关楚王曾向周天子进贡包茅之事。下句联想的史实即与此有关，"楚王葬尽满城娇"，这里的"楚王"指楚灵王，史载："楚灵王好细腰，其臣皆三饭为节。"（《墨子》）"楚灵王好细腰，而国中多饿人。"（《韩非子》）"传曰：楚王好细腰，宫中多饿死。"（《后汉书·马援传》）从引书看，楚灵王好细腰之事，传闻异辞。作者杂取了"宫中多饿死""国中多饿人"之说，遂有"葬尽满城娇"之想。"满城娇"，即倾城之美女。清人纪昀批评道："'满城娇'三字太鄙。"（《李义山诗集辑评》）"娇"字趁韵，并无大碍。

"未知歌舞能多少"二句，针对宫人瘦身邀宠，发表批评性议论。上句意言繁华易尽，宠幸之事（"歌舞"）不能持久。"虚减宫厨为细腰"，是说为了获得短暂的宠幸，而节食减肥瘦身，损害身体健康，甚至牺牲生命，是值不得的。"虚"字表明结果是一场空。诗中的"细腰"，已成曲意迎合的象征意象。针对"细腰"现象，讽谕对象可以是楚王，也可以是希宠者。作者选择了后者，诚如纪昀所说："繁华易尽，却从当日希宠者一边落笔，便不落吊古窠臼。"（《玉谿生诗说》）姚培谦点评："普天下揣摩逢世才人读此，同声一哭矣。"（《李义山诗集笺注》）

"揣摩逢世"四字切中讽刺的要害。中国古代寓言有道是："昔周人有年老白首，泣涕于途者。人或问之：'何为泣乎？'对曰：'吾仕数不遇，自伤年老失时，是以泣也。'人曰：'仕奈何不一遇也？'对曰：'吾年少之时学为文，文德成就，始欲仕宦，人君好用老。用老主亡，后主又用武。吾更为武，武节始就，武主又亡。少主始立，好用少年，吾年又老，是以未尝一遇。'"（王充《论衡·逢遇》）此即"揣摩逢世"之典型，可慨也夫。

寄令狐郎中

嵩云秦树久离居，双鲤迢迢一纸书。
休问梁园旧宾客，茂陵秋雨病相如。

这首诗作于武宗会昌五年（845）秋作者闲居洛阳时。诗是回寄长安旧友令狐绹的，绹时任右司郎中，所以题称"寄令狐郎中"。

"嵩云秦树久离居"二句，写彼此阔别，忽然接到来信的感动。上句"云""树"二字脱化于杜诗"渭北春天树，江东日暮云。"（《春日忆李白》）而"嵩""秦"二字代指洛阳和长安两地，亦具"渭北""江东"之意。

如径言"京华""洛下",只能说明京、洛离居的事实,而"嵩云秦树"却同时能唤起思念情景的悠远想象,富于诗歌语言的意象美。"离居"一词出自古诗《涉江采芙蓉》"同心而离居",用词亲密而不着痕迹。"双鲤迢迢一纸书",指令狐修书存问。"双鲤"指书信,语出汉乐府《饮马长城窟》。"双鲤迢迢"与"一纸书",实属同一事,反复唱叹而不嫌其重,是情至文生。

"休问梁园旧宾客"二句,写读到信中问候,而产生的复杂情绪。"梁园"本为西汉梁孝王刘武的园林,诗中借指绹父令狐楚幕府;"旧宾客"本指梁园文士中的司马相如,诗中借以自指,盖作者曾入令狐楚幕,受其栽培。"休问"云云,是抱歉语气,犹云承蒙问及近况,都不好意思开口。"茂陵秋雨病相如",接着"梁园旧宾客"的典故,盖司马相如曾卧病"茂陵"(今陕西省兴平县,汉武帝陵后葬于此),诗中借指作者卧病洛阳。"相如"的"相"字读平声。虽然是表明处境潦倒,引相如自譬,也占足了身份。

清人杨守智评此诗:"其词甚悲,意在修好。"(《玉谿生诗集笺注》)俞陛云说"义山与令狐相知久。退闲以后,得来书而却寄以诗,不作乞怜语,亦不涉触望(因不满而生怨恨)语,鬓丝病榻,犹回首前尘,得诗人温柔悲悱之旨"(《诗境浅说》续编),表现了朋友之间平等而真诚的关系。

杜司勋

高楼风雨感斯文,短翼差池不及群。
刻意伤春复伤别,人间惟有杜司勋。

这首诗作于宣宗大中三年(849)春。时杜牧任司勋员外郎(吏部属官)兼史馆修撰,作者在京兆府担任代理法曹参军,二人过从较密。作者另有《赠司勋杜十三员外》，亦作于此时。清人程梦星说："义山于牧之凡两为诗，其倾倒于小杜者至矣。然'杜牧司勋字牧之'律诗，专美牧之也，此则借牧之慨己也。"（《重订李义山诗集笺注》）

"高楼风雨感斯文"二句，感慨杜牧的才高运蹇，而寄予深厚同情。"风雨"语出《郑风·风雨》："风雨如晦，鸡鸣不已。"而"高楼风雨"，则象征时局，令人忧念。"感"是感同身受，"感斯文"语出王羲之《兰亭集序》"后之览者，亦将有感于斯文"，指传世文章。杜牧《阿房宫赋》："后人哀之而不鉴之，亦使后人而复哀后人也。"造句即与王序有相近之处。"短翼差池（参差）不及群"，是说好比翅短力微的鸟，不能奋力高举，赶不上同群，意言晋升不如同辈快。这是杜牧的写照，更是作者的写照。无怪纪昀、朱彝尊、宋顾乐等，皆以为借以自比，何焯亦云："高楼风雨，短翼参池，玉谿生方自伤春伤别，乃弥有感于司勋之文也。"（《义门读书记》）

"刻意伤春复伤别"二句，极力推崇杜牧，亦自道也。"伤春"表面上是感伤时序，骨子里是忧念时局；"伤别"表面上是感伤离别，骨子里是感遇即感伤身世。"刻意"表明创作态度严肃、用意深刻。清人姚培谦释云："天下惟有至性人，方解'伤春''伤别'。茫茫四海，除杜郎外，真是不晓得伤春，不晓得伤别也。"（《李义山诗集笺注》）"人间惟有杜司勋"，等于说在伤时感遇题材上，当代以杜牧创作为第一。言下之意，杜牧之外，在下亦不宜多让，所谓"借司勋对面写照"（纪昀）。如清人杨守智说："极力推重樊川，正是自作声价。"（《玉谿生诗集笺注》）

在晚唐诗中，作者与杜牧为两大家，并称小李杜，以别于盛唐之李杜。两人体格不同，而文采相敌。此诗颇见惺惺相惜之意，是文人不必相轻也。

柳

曾逐东风拂舞筵，乐游春苑断肠天。

如何肯到清秋日，已带斜阳又带蝉！

这首诗约作于宣宗大中五年（851）作者在柳仲郢幕府时。全诗句句咏柳，先荣后悴，其中寓托有作者的身世之感。

"曾逐东风拂舞筵"二句，写春柳的袅娜得意之态。两句倒装，乐游原是长安城南的高地，在秦代属于宜春苑的一部分，亦称乐游苑，在唐代是长安士女歌舞行乐之地，"乐游春苑"即春天的乐游原，"断肠天"犹云销魂的日子。"曾逐东风"则有春风得意的意思，"拂舞筵"是以柳为歌舞之陪衬，而诗人亦有以柳条喻舞腰的，如雍陶诗："含春笑日花心艳，带雨牵风柳态妖。珍重两般堪比处，醉时红脸舞时腰。"（《状春》）

"如何肯到清秋日"二句，是猛然兜转，写秋柳的凋零衰败。"如何"云云，一改上两句的陈述语气为对话语气，甚至是责怪语气，"肯"是"会"的强化表达，"肯到"二字特别无理，仿佛此事并非不容商量，仿佛此事经过点头同意，语气主观、无理之极，恰恰表明作者在情感上的不能接受。"已带斜阳又带蝉"描绘秋柳形象，妙在不着一字，只写两个陪衬，一个是夕阳代表没落，一个是秋蝉代表声嘶力竭。内容是悲剧性的，形式却极具美感，可以直接入画。

古诗句法有当句对者，初见于骚体带"兮"字的七言句，如"旌蔽日兮敌若云"（屈原）、"霓为衣兮风为马"（李白）、"兄九江兮弟三峡"（同前）等。不用"兮"字时也可以句中对，如"葡萄美酒/夜光杯"（王翰）、"黄河北岸/海西军"（杜甫），等等。但将这种当句对（或排比）大量施于七绝，以获取唱叹之致的，李商隐一人而已。例子不胜枚举，此诗的末句就属一例。

端居

远书归梦两悠悠，只有空床敌素秋。

阶下青苔与红树，雨中寥落月中愁。

　　这首诗写作时间不详。"端居"是唐诗常用词，即闲居，盛唐诗人孟浩然有"端居耻圣明"（《临洞庭赠张丞相》）之语，也是出于无奈。

　　"远书归梦两悠悠"二句，写诗人得不到家人音书而产生归家之梦。"远书"即家书，"归梦"即还家之梦，"两悠悠"是全都落空。"只有空床敌素秋"，写中宵醒后寂寥凄寒的感受，"空床"表独寝，"素秋"是唐诗常见语词，秋天的代称，使季节带上感性颜色，给人以凉飕飕的感觉。"敌"是对抗，可以反训为不敌，不耐（李煜"罗衾不耐五更寒"）。这两句是叙事性的，与作者通常并列名物的感性显现不同，比较从众。

　　"阶下青苔与红树"二句，营造素秋冷寂、凄清的氛围，表达作者的无聊无奈。"阶下青苔"与庭中"红树"，均端居所见景物，默默相对，适见闲居无伴。"这两句中'青苔'与'红树'，'雨中'与'月中'，'寥落'与'愁'，都是互文错举。'雨中'与'月中'，似乎不大可能是同一夜间出现的景象。但当诗人面对其中的一幅图景时（假定是月夕），自不妨同时在心中浮现先前经历过的另一幅图景（雨夕）。这样把眼前的实景和记忆中的景色交织在一起，无形中将时间的内涵扩展延伸了，暗示出像这样中宵不寐，思念远人已非一夕。同时，这三组词两两互文错举，后两组又句中自对，又使诗句具有一种回环流动的美。"（刘学锴）

　　作者在另一诗中写道："芭蕉不解丁香结，同向春风各自愁"（《代赠》），与此诗后二句有异曲同工之处。不同的是，此诗融合了不同时间的景物，而彼诗写同一时间的景物；相同的是，都有互文手法的运用。

咏史

北湖南埭水漫漫，一片降旗百尺竿。
三百年间同晓梦，钟山何处有龙盘？

这首诗作于宣宗大中十一年（857）作者因柳仲郢推荐，任盐铁推官，游江东时。与《南朝》《齐宫词》《吴宫》等咏史诗写作时间大致相同，主题为讽刺南朝统治者耽于佚乐，荒淫误国。这首诗的不同之处在于不限于某个具体的朝代，而是包容了对整个六朝兴亡的感受。

"北湖南埭水漫漫"二句，以玄武湖为背景，写六朝相继覆亡的悲哀。玄武湖为六朝故都金陵（今南京）内湖，"北湖"为晋元帝时所掘、宋文帝元嘉年间改名玄武湖，"南埭"即鸡鸣埭（埭为水闸、土坝）。玄武是中国古代神话中北方之神，形象为龟蛇合体，后被道士升格为大神。首句写玄武湖水浩瀚，即启形胜之意，直抵末句"龙盘"。同时又有湖面空阔，盛时彩舟容与、笙歌迭唱已荡然无存，隐言王气消沉。清人何焯释云："四句中、气脉何等阔远！今人都不了首句为讽刺。盘游（谓玄武）不戒，则形胜难凭，空令败亡荐至，写得曲折蕴藉。"（《义门读书记》）"一片降旗百尺竿"，写亡国受降情景，语出刘禹锡"一片降幡出石头"（《金陵怀古》），本指吴主孙皓投晋将王浚，也概括了其他各朝，如陈后主投降隋将韩擒虎等类似史实。"白尺竿"为很高的旗竿，是国耻高悬，亦是史鉴高悬。

"三百年间同晓梦"，谓六朝历史不过金陵春梦，江山形胜不足仗恃。"三百年间"，是总东吴、东晋、宋、齐、梁、陈六朝享国年代约数而言之，"同晓梦"，极形过程短暂。"钟山何处有龙盘"，在三句的陈述后，出以反诘，形成唱叹。"龙盘"形容山势如盘龙、雄峻绵亘，同时是一个堪舆（风水）学的概念，出自张勃《吴录》："刘备曾使诸葛亮至京（南

245

京），因睹秣陵山阜，乃叹曰：'钟山龙盘，石头虎踞，帝王之宅也。'"
"龙盘"本为天险形胜，却被"何处有"三字一扫而空，表达了"兴废由
人事，山川空地形"（刘禹锡）的感慨。亦含借古讽今之意。清人程梦星
说："此诗似为河朔诸镇而发。是时诸镇跋扈，皆恃地险，负固不服，阴
有异志，故作此以警之。"（《重订李义山诗集笺注》）其讽今之意义不限于
此，对于正在走向衰亡的晚唐政权，也是警钟长鸣。

　　作者的咏史诗常常以设问、反问的方式抒慨，"在篇末将全诗意蕴凝
聚起来，以加强咏叹情调，也使整首诗显得奇警遒劲而又韵味深长。"
（刘学锴）如《隋宫》《马嵬》《梦泽》等，都是如此。纪昀说："结句是晚
唐别于盛唐处，若李、杜为之，当别有道理，此升降大关，不可不知。"
（《玉谿生诗说》）

日射

日射纱窗风撼扉，香罗拭手春事违。
回廊四合掩寂寞，碧鹦鹉对红蔷薇。

　　这首诗取首二字"日射"为题，是一首闺怨诗。"违"字，"寂寞"
字都表明感情倾向，但不像王昌龄《闺怨》以"愁"字、"悔"字表情那
么强烈。

　　"日射纱窗风撼扉"二句，写春光明媚，闺中寂寞的情态。首句写
"风""日"，给人天气很好的感觉，"日射纱窗"则室内光线明亮充足，
"风撼扉"是清风推门、似有人开，算得上乐景。次句人物出场，"香罗
拭手"是女主人公下意识的动作，她在摆弄手中的罗帕，做出拭手的样
子。"春事违"可以解释为一个春天过去，初夏已经到来；也可以解释为
诗中人在这个春天的某个愿望落空了。至于这是个什么愿望，作者就像

编了一个筐，需要读者自己往里边填充内容。

"回廊四合掩寂寞"二句，写宅院空寂，唯有花鸟相对。三句写院落，"回廊四合"可见是大宅院，宅院越大越显得空落落的，映衬着女主人公内心的空虚。"掩寂寞"，寂寞是掩不住的，意思是关住一个寂寞的空间，让女主人公独自承受。最后是一个特写镜头，"碧鹦鹉对红蔷薇"，大宅院中不止这两个景物，但作者只选取这两个景物，是为其色彩鲜明，字面好看（每个词都由部首相同的两个字组成），在句中自成对偶。本来是人与景物相对，却说两种景物相对，似乎诗中人把自己排除在外，故只觉大宅院里空无一人。诗中"鹦鹉"虽然没有说话，却是能言之鸟，暗示诗中人有寂寞需要排遣。

作者作诗有唯美倾向，一个表现就是要字面好看，"他很少用一些破罐子破摔的寒碜的破烂的词，他是不搞审丑的。他用的一些词，如珠、玉、金、鸳鸯蝴蝶、桃花芙蓉、非常的富丽，又非常的女性化。"（王蒙）这种倾向对晚唐诗及词体，有重大影响。韩偓就是追随者一个，其《深院》诗三四云："深院下帘人昼寝，红蔷薇架碧芭蕉。"就是学李的，不过"碧鹦鹉对红蔷薇"是花鸟相对，比两种植物相对，名中对的效果更显著。

齐宫词

永寿兵来夜不扃，金莲无复印中庭。

梁台歌管三更罢，犹自风摇九子铃。

这首诗与《咏史》（北湖南埭）作于同一时期，即宣宗大中十一年（857）作者游历江东时。此诗直接讽刺南齐废帝荒淫误国，却捎带进了梁朝统治者。

"永寿兵来夜不扃"二句，叙述南齐亡国史实，一切都像发生在昨天。"永寿"是宫殿名，南齐废帝萧宝卷宠爱潘妃，修建永寿、玉寿、神仙等宫殿，四壁都用黄金涂饰。又凿金为莲花贴地，令潘妃行其上曰："此步步生莲花也。""兵来"指南齐和帝中兴元年（501），雍州刺史萧衍（即梁武帝）率兵攻入南齐京城，时萧宝卷正在含德殿吹笙歌作乐，故曰"夜不扃"。"金莲无复印中庭"，是说南齐废帝耽于歌舞声色，到此为止。

"梁台歌管三更罢"二句，写梁朝皇帝的声色享乐正在进行，暗示历史的悲剧即将重演。这层意思在诗中未直接挑明，作者的高明之处，在于找到了一个南齐故物为意象，那就是"九子铃"。"九子铃"本庄严寺檐前的风铃，南齐废帝剥取以施潘妃殿饰。（《南史·齐废帝东昏侯纪》）上句"梁台"即旧时之齐宫，"歌管三更罢"，指夜宴既毕。"犹自风摇九子铃"，妙在只是刻画一个情景，以"九子铃"将齐宫与梁台联结，却深刻表达了"后人哀之而不鉴之，亦使后人而复哀后人也"（杜牧《阿房宫赋》）的意思。清人姚培谦说："荆棘铜驼，妙在从热闹中写出。"纪昀则说："意只寻常，妙从小物寄慨，倍觉唱叹有情。"（《李义山诗集辑评》）所谓"小物"，就是作为意象的景物。

沈德潜道："此篇不着议论，'可怜夜半虚前席'竟着议论，异体而各极其致。"（《唐诗别裁集》）俞陛云道："人去台空，风铃自语，不着议论，洵哀思之音也。"（《诗境浅说》续编）都指出了此诗以形象思维代替议论，含蓄耐味的特点。

汉宫词

青雀西飞竟未回，君王长在集灵台。
侍臣最有相如渴，不赐金茎露一杯。

这首诗当作于武宗会昌五年（845）后。时唐武宗力辟佛教，笃信神仙之说，于当年筑望仙台于南郊，服食长生药，此诗极言其非。

"青雀西飞竟未回"二句，写君王求仙心切，而杳无音信。"青鸟"是传说中替西王母与汉武帝之间传递音信的使者，"西飞竟未回"，意谓青鸟西去瑶池，恰如民间传说所谓"赵巧送灯台，一去永不来"。"君王长在集灵台"，是说寄望甚殷，在集灵台苦苦等候。"集灵台"为汉宫台名，冯浩注引《三辅黄图》说台："在华阴县界。按：唐亦有集灵台，即华清宫长生殿侧，见《旧书纪》。此则用汉事。"这里的"君王"明指汉武帝，暗指唐武宗。

"侍臣最有相如渴"二句，言君王执迷不悟，不肯验证是非。"侍臣"指侍奉帝王的近臣。"相如渴"指司马相如患消渴疾（即糖尿病，常觉口渴）。"金茎"指汉宫铜柱，上有金铜仙人持承露盘，以承云表之露，和玉屑服之，据说可以长生。（事见冯浩笺注引《三辅黄图》）"不赐金茎露一杯"，系从相如病渴的"渴"字产生的联想，谓君王不肯分一杯羹。两句中"最"字与"一"字，形成反差，极形君王之不肯推恩。此二句与前二句的关系微妙，前人说得是："言青雀杳然不回，神仙无可致之理必矣，而君王未悟⋯⋯今侍臣相如正苦消渴，何不以一杯赐之，若服之而愈，则方士之说，犹可信也，不然，则其妄明矣。"（罗大经《鹤林玉露》）"言果医得消渴病愈，犹有可以长生之望，何不赐一杯以试之也。折中有折，笔意绝佳。"（纪昀《玉谿生诗说》）

不过单从后两句看，则似言君王寡恩，不分一杯羹以解近臣之渴，而犹望祈长牛，怨望之意甚明。是"以若所为，求若所欲，犹缘木而求鱼也。"（《孟子·梁惠王上》）古人说："赋诗断章，余取所求焉。"（《左传·襄公二十八年》）故历代读者，亦多有此解会者。

离亭赋得折杨柳二首

其一

暂凭樽酒送无憀,莫损愁眉与细腰。

人世死前惟有别,春风争拟惜长条?

其二

含烟惹雾每依依,万绪千条拂落晖。

为报行人休尽折,半留相送半迎归。

从诗题看这是一组送别的七言绝句,题下原注:"乐府诗题作杨柳枝。""离亭"即驿站或长亭,为送别处所。"赋得折杨柳"即命题作诗,题目为《折杨柳》。

第一首借惜柳言惜别。"暂凭樽酒送无憀"二句,言借酒遣离愁,劝对方将息身体。"无憀"同无聊,"樽酒"语出南朝沈约诗:"勿言一樽酒,明日难重持。"(《别范安成》)有珍惜当下时刻的意思,是故作豁达语。"莫损愁眉与细腰","愁眉""细腰"各是柳叶、柳枝的形容,但组合到一起来,成了一位女性形象,暗示分手的对方是一位歌女。这是双关,是诗人的发明创造,难得自然凑泊。

"人世死前惟有别"二句,写离情之苦,堪比折柳。三句均是名言,"死别"本来是唐诗常用词语,杜诗有"死别已吞声"(《梦李白二首》),作者将其拆开,意思是除了死而外,最令人感伤的就要数离别了。此人人心中所有,笔下所无。清人何焯云:"惊心动魄,一字千金。"(《义门读书记》)正是就此句而发。"春风争拟惜长条",以反诘语气咏折柳之事,似言惜不得也哥哥，照应次句"莫损愁眉与细腰"，意思是说不损怎能不损，折柳之苦何似离情之苦也。这两句作苦语，像是对前两句故作豁达的拗折。所以有味。

第二首转而寄望于重逢。"含烟惹雾每依依"二句，写夕阳古道，杨柳依依，寓惜别之情。"含烟惹雾"是柳在诗中的常态，隐喻女子眉目含愁。"万绪千条"赋无形的离恨以柳条的形象，雍陶所谓"任他离恨一条条"（《情尽桥》）也。"拂落晖"是叠景法，近景为杨柳千万条，远景为夕阳，重叠在一起，造成柳条拂日之幻象。"每依依"，语出《小雅·采薇》："昔我往矣，杨柳依依。"

"为报行人休尽折"二句，借惜柳以寄望于重逢。"为报"为第二人称呼告语气，"行人休尽折"暗示离亭送别何其多也，将彼此的惜别推而广之。"半留相送半迎归"，又是一个富于创意的诗句。黄山有迎客松、送客松，此诗有送客柳、迎客柳。送客柳不是诗人的发明，而迎客柳才是诗人的发明。这种"一半儿"句式，肇自杜诗"半入江风半入云"（《赠花卿》），经作者跟进，而成为常用的句式。

关于两首诗的关系，近人沈祖棻说："第一首先是用暗喻的方式教人莫折，然后转到明明白白地说出非折不可，把话说得斩钉截铁，充满悲观情调。但第二首又再来一个转折，认为要折也只能折一半，把话说得含蓄缠绵，富有乐观气息。于文为针锋相对，于情为绝处逢生。情之曲折深刻，文之腾挪变化，真使人惊叹。"（《唐人七绝诗浅析》）或言此二诗与杜牧《赠别二首》主题相同，细味还是有区别，盖杜牧之诗"赠别"之事较实，而此二诗赠别之事若有若无，将其完全视为咏柳而作而融入人生感受，也是可以的。

宫妓

珠箔轻明拂玉墀，披香新殿斗腰支。

不须看尽鱼龙戏，终遣君王怒偃师。

这是一首故事新编的寓言诗。本事见于《列子·汤问》，相传周穆王时有能工巧匠名偃师者，能以革木胶漆等材料制作假倡（玩偶），能歌善舞，穆王"以为实人也，与盛姬内御并观之。技将终，倡者瞬其目而招王之左右侍妾。王大怒，立欲诛偃师。偃师大慑，立剖散倡者以示王，……穆王始悦而叹曰：'人之巧乃可与造化者同功乎？'诏贰车载之以归"。此诗节取故事的部分内容加以改写，别有托讽。"宫妓"本是宫中歌舞艺人，诗题实指"假倡"，明白这一点是解读此诗的关键。

"珠箔轻明拂玉墀"二句，写玩偶宫妓的表演可以乱真。"珠箔"指珠帘，"玉墀"指宫殿前的白玉台阶，这是宫廷歌舞场所，也是玩偶宫妓表演的地方。"披香新殿斗腰支"，"披香殿"为宫殿名，汉、唐宫中皆有披香殿，在诗中作为宫殿的美称；"斗腰支"，正是细腰善舞，即写玩偶宫妓的表演达到乱真的程度，穆王看得高兴是不用说的了。在诗中，这是欲抑先扬，为下文的转折预为铺垫。

"不须看尽鱼龙戏"二句，写表演未终，周穆王突然变脸。这是故事本有的情节，"鱼龙戏"本指鱼龙百戏，是古代的杂耍，照应上文"斗腰支"，指玩偶之技巧表演。同时以"鱼龙"隐射君臣关系，直启下文，谓鱼何可以戏龙也。"终遣君王怒偃师"是君王突然翻脸，这也是故事本有的情节，原因是假倡"瞬其目而招王之左右侍妾"。"假倡"既为"宫妓"，而调戏对象"左右侍妾"，此四字间就应有一个顿号，即"左右"与"侍妾"，而偏义于"左右"（内御）。宫妓当君王之面，瞬目王之左右

252

（内御），是胆大包天，犯上作乱，而偃师自然难逃欺君之罪了。

全诗到此戛然而止，舍去了本事中误会消除，皆大欢喜的结局，是因为作者就是要断章取义，以讽刺谄事君主而弄巧成拙者，正所谓"机关算尽太聪明，反误了卿卿性命。"（《红楼梦》第五回）或俗话所谓"拍马屁拍到马腿上了"。而伴君如伴虎之意，亦不言而喻。其现实针砭对象，与《梦泽》《宫辞》并无二致。因为此诗深有托讽，而妙于蕴藉，清人管世铭竟将此诗与张继《枫桥夜泊》、韩翃《寒食》、钱起《归雁》、李益《听晓角》等诗同列为唐人七绝的头等名篇。

宫辞

君恩如水向东流，得宠忧移失宠愁。
莫向樽前奏花落，凉风只在殿西头。

"宫辞"通常书作宫词，一般以宫女生活为题材，以抒写宫人怨情为主。这首诗在写宫怨的同时，别有寓意。

"君恩如水向东流"二句，此二句写君恩无常，宠不可恃。首句以流水譬君恩，用意微妙，表面可以是指皇恩浩荡，如水流不已；也可以指君恩无常，如流水常处变动之中。"子在川上曰：逝者如斯夫，不舍昼夜。"（《论语·子罕》）李白说"人生行乐亦如此，古来万事东流水"（《梦游天姥吟留别》），过去的事就回不来了。"得宠忧移失宠愁"句，极具概括性，不仅是说君恩是个好东西，故得宠者开心，失宠者抑郁；而且表现出宫女希宠患得患失的常态："得宠忧移"是既得之患失之，"失宠愁"是既失之自悼之，总之是惶惶不可终日。清人张采田云："次句极为自然，但未加修饰耳。集中此种颇多，转觉有致，岂欠浑雅哉！"（《李义山诗辨正》）

"莫向樽前奏花落"二句，以失宠者的口吻警告得宠者，谓不可高兴

253

太早。三句出以呼告，喻指伴侍君王宴饮作乐。"樽前"是宴会上，"花落"是曲调名《梅花落》或《落梅风》，起末句"凉风"二字。"凉风"语出南朝江淹《拟班婕妤咏扇》："窃愁凉风至，吹我玉阶树。君子恩未毕，零落在中路。""只在殿西头"是出人意表的构思：盖"凉风"是流动的空气，很难把它定位在某处，可是诗人偏说"凉风只在殿西头"，这等于说：千万不要以为事情还早，噩耗可是说来就来。这话说得怕人，正是诗人要的效果。原来在诗人笔下，代表失宠的"凉风"，被人格化了，好像它就在不远的地方，即"殿西头"等着。《落梅风》的曲调，搞不好就是一种召唤。这是诗人的冷幽默。

俞陛云说："唐人赋宫词者，鸦过昭阳，阶生春草，防琼轩之鹦语，盼月夜之羊车：各写其怨悱之怀。此诗独深进一层写法，谓不待花枝零落，预料凉风将起，堕粉飘红，弹指间事，犹妾貌未衰，而君恩已断，其语殊悲。"（《诗境浅说》续编）而在牛李党争的背景下，此诗寓意深曲，正后来辛词所谓："君莫舞，君不见玉环飞燕皆尘土。"（《摸鱼儿》）清人冯浩评："下二句唤醒得宠人，莫恃新宠，工为排斥，凉风近而易至，尔亦未可长保也。"（《玉谿生诗集笺注》）"怨悱之极而不失优柔唱叹之妙。"（纪昀《李义山诗集辑评》）

代赠二首（录一）

楼上黄昏欲望休，玉梯横绝月如钩。
芭蕉不展丁香结，同向春风各自愁。

"代赠"即代言体（第一人称写作）的赠别诗。诗中人设定为女性。此诗为组诗二首中的第一首，写春日黄昏女主人公远望及俯视楼下庭院景物，引起深深的离愁。

"楼上黄昏欲望休"二句，写黄昏望中景物。"楼上黄昏"点明地点、时间，"欲望休"即欲望还休，是诗中人努力控制思念远人的情态。"玉梯横绝"意言华美的楼梯横断、无由得上，这是"欲望休"的一个托词，象征着现实生活中的阻碍。语出南朝江淹《倡妇自悲赋》："青苔积兮银阁涩，网罗生兮玉梯虚。""玉梯虚"是说玉梯虚设，无人来登。"月如钩"一本作"月中钩"，意思相同而措语较新。缺月在诗词中一般象征不团圆。

"芭蕉不展丁香结"二句，写庭院中景物。通常表达心情不好，下笔就可以得到的便是"愁眉不展""愁肠百结"一类的成语，而用这些成语来抒情只能得到文，而不能得到诗。作者从别人不经意的地方，找到了如此美妙而又完全对等的两物，"不展"的芭蕉（蕉心紧裹未展）、"百结"的丁香（丁香开花后其子缄结于厚壳之中），作成了如此优美而又如此切贴的变形，就有了诗。由此可知，如何为思绪找一个美妙的变形，便是诗之奥秘所在了。这一构思可能受到钱珝《未展芭蕉》"芳心犹卷怯春寒"的影响，并列两物，作成句中对，则是诗人的原创。"后二句即借物写愁：丁香之结未舒，蕉叶之心不展，春风纵好，难破愁痕，物犹如此，人何以堪！"（俞陛云）不仅如此，末句"同向春风"，不是"一样愁"，而是"各自愁"，意味着表象似乎相同、其实互不相知。是移情于物，曲曲传达出诗中人无可告诉的内心苦闷。

宋人杨万里说："五七字绝句，最少而最难工，虽作者亦难得四句全好者。晚唐人与介甫最工于此。如李义山……'芭蕉不展丁香结，同向春风各自愁。'"（《诚斋诗话》）肯定其全诗情致俱佳，而末二句尤不可及。

瑶池

瑶池阿母绮窗开，黄竹歌声动地哀。
八骏日行三万里，穆王何事不重来？

这首诗可能作于会昌六年（846）三月唐武宗驾崩之后。"瑶池"是神话传说中昆仑山上池名，西王母宴周穆王（穆天子）处。唐代帝王多迷信神仙方士之术，至有服丹药致死者，唐武宗即其一。这是一首寓言诗，借穆天子故事的外壳以刺神仙说之虚妄。

"瑶池阿母绮窗开"二句，写传说中西王母盼穆天子复来而不得的悲哀。据《穆天子传》载："天子宾于西王母，觞西王母于瑶池之上。西王母为天子谣曰：'白云在天，山陵自出。道里悠远，山川间之。将子无死，尚能复来。'天子答之曰：'予归东土，和治诸夏。万民平均，吾顾见汝。比及三年，将复而野。'"此诗就是根据西王母与穆天子相约的传说来构思的。"瑶池阿母"即指西王母，"绮窗"指雕画精美的窗户，全句写西王母倚窗而待，而穆天子没有如约而至。据《穆天子传》载，穆天子游黄台之丘，日中大寒，北风雨雪，有冻人，遂作《黄竹歌》三章以哀民，有挽歌的性质。次句"黄竹歌声动地哀"，是说在瑶池翘首以盼的同时，大地上却唱响穆天子的挽歌辞，暗示穆天子不至的原因。

"八骏日行三万里"二句，用旁白语气写西王母的困惑。"八骏"是传说穆天子可以日行三万里的八匹骏马（《列子》《穆天子传》记载不一），既然如此，他就应该如约而至。然而不然，所以西王母的困惑是："穆王何事不重来?"这就暗示了周穆王已死，不可能重来。而这样的事，西王母既不知道，更谈不上保佑他长生不死，则神仙之说岂不虚妄。作者并不直斥其虚妄，而出以反诘。清人纪昀评："尽言尽意矣，而以诘问之词吞吐出之，故尽而未尽。"（《李义山诗集辑评》）

所谓寓言，即是"小故事，大道理"。作者设计情节，虚构故事，提出质疑，就叙事而论，语言是直白而浅显。其耐人寻味，全在故事所包含的寓意。这也就是深入浅出了。

韩冬郎即席为诗相送，一座尽惊；他日余方追吟 "连宵侍坐徘徊久"之句，有老成之风， 因成二绝寄酬，兼呈畏之员外（录一）

十岁裁诗走马成，冷灰残烛动离情。

桐花万里丹山路，雏凤清于老凤声。

这首诗题目很长，相当于诗序。"韩冬郎"名偓，乳名冬郎，是作者连襟韩瞻（字畏之）的儿子，宣宗大中五年（851）作者将赴梓州柳幕，离长安时，韩偓父子为之饯行，偓曾作诗相送，诗中有"连宵侍坐徘徊久"之句。大中十年，作者回长安，因作二首绝句追答。这是其中的第一首。

"十岁裁诗走马成"二句，回忆当年分手的情景，及韩偓当众成诗、才思敏捷。大中五年韩偓时年十岁，"裁诗"即作诗，"走马成"指诗极快，语出《世说新语·文学》："桓宣武北征，袁虎时从，被责免官。会须露布文，唤袁倚马前令作。手不辍笔，俄得七纸，殊可观。东亭在侧，极叹其才。""冷灰残烛动离情"，谓韩偓当筵作诗，文理可观。"冷灰残烛"可有两解，一解为离筵接近尾声时的情景，谓酒筵上蜡烛烧残，烛灰变冷；一解为韩冬郎诗中意象，诗题中提到韩对众挥毫有"连宵侍坐徘徊久"，接下来正该有"冷灰残烛"的意象，而作者无题诗亦有"蜡炬成灰泪始干"之句。

"桐花万里丹山路"二句，是赞美韩偓"有其父必有其子"，青出于蓝而青于蓝。三句营造之境，与凤凰有关，亦与韩氏父子东川之行有关。就在大中五年作者离京赴东川柳仲郢幕府后，韩瞻亦离京出任东川普州刺史，韩偓亦随父赴任所，故句中有"万里""路"之说。"桐花"指梧桐花，梧桐是传说中凤凰栖息之树，《大雅·卷阿》："凤皇鸣矣，于彼高岗。梧桐生矣，于彼朝阳。""丹山"即丹穴山，是传说中产凤凰的地方。《史记·货殖列传》："巴蜀寡妇清，其先得丹穴，而擅其利数世。"丹山路，亦指通往东川之路。末句就专在"凤"字上做文章，"雏凤清于老凤声"，是赞美韩偓之诗才，语出《晋书·陆云传》云："陆云幼时，吴尚书广陵闵鸿见而奇之，曰：'此儿若非龙驹，当是凤雏。'""老凤"云云，对韩瞻是戏谑的口气，同时也把自己放了进去。第二首自注云："沈东阳约尝谓何逊曰：'吾每读卿诗，一日三复，终未能到。'余虽无东阳之才，而有东阳之瘦矣。"

"雏凤清于老凤声"在后世成为成语，《红楼梦》中的北静王评价贾宝玉，就引用了这句诗，足见它的深入人心。但凡创造了成语的诗文都是不朽的，因此而永久地活在人们的口头上了。

板桥晓别

回望高城落晓河，长亭窗户压微波。
水仙欲上鲤鱼去，一夜芙蓉红泪多。

这首诗作于宣宗大中四年（850）春暮，作者由徐州幕府奉使入京，路过汴州（今河南开封）。"板桥"指汴州的板桥店，距汴州（开封）城西二十里地。恰如长安西边的渭城一样，是一个行旅往来频繁的地方，也是和亲友言别之处。作者路过此地，看到汴河上情人离别的场面，不直叙其事，而借助传说，创作成一个离别的童话。

"回望高城落晓河"二句，写长亭饯别的环境。"长亭"指板桥客栈，亦即双方投宿的旅舍。旅舍在汴州城外，所以能"回望高城"（"高城"指汴州城墙）；"落晓河"写天将破晓，银河西下，宋词有"真珠帘卷玉楼空，天淡银河垂地"（范仲淹）二语，意境近之。"窗户压微波"，是作者住店、推窗见水的感觉，同时与首句"晓河"（银河）二字发生联想，又使人想起楚辞"筑室兮水中，葺之兮荷盖。荪壁兮紫坛，播芳椒兮成堂"（《九歌·湘夫人》）那种非人世间的环境，为下文童话意境的营造气氛。这两句没有说、不必说、被跳跃过去的情事是长亭饯别。

"水仙欲上鲤鱼去"二句，写离别时刻终于到来。作者完全抛开了写实，没有交代人世间送别双方及分手情事，而是运用传说材料，沿着前两句的方向，继续虚构童话情节。"水仙"句运用琴高乘鲤的传说，典出《列仙传》：赵国人琴高会神仙术，尝乘赤鲤来去；同时融入楚辞"子交手兮东行，送美人兮南浦。波滔滔兮来迎，鱼鳞鳞兮媵予"（《九歌·河伯》）的意境；"欲上"二字，则点明分手之意。"一夜芙蓉红泪多"句，用薛灵芸泣血的故事，典出《拾遗记》：薛灵芸与父母泣别，以玉唾壶承泪，壶中泪凝如血；"芙蓉"从"微波""水仙"生处，喻指分手的女方。

于是，两个不同出处的材料就融成一片，营造出感伤唯美而又浪漫的送别画面，为寻常离别情事蒙上了一层奇幻绚丽的色彩，正是此诗动人之处。清人纪昀赞曰："何等风韵，如此作艳语，乃佳。"（《玉谿生诗说》）

龙池

龙池赐酒敞云屏，羯鼓声高众乐停。
夜半宴归宫漏永，薛王沉醉寿王醒。

"龙池"在唐隆兴宫（唐玄宗李隆基登基后改称兴庆宫），《旧唐书·音乐志》载："玄宗正位，以坊为宫，池水逾大，弥漫数里。"龙池就成为唐玄宗与杨玉环（杨贵妃）经常宴乐的地方。这首诗写龙池宴乐，讽刺矛头直指唐玄宗。

"龙池赐酒敞云屏"二句，写龙池宴乐之盛，玄宗兴致之高。"龙池赐酒"指玄宗在兴庆宫龙池设宴，款待宫中女眷与男性亲属；"敞云屏"是说敞开或不设屏风（"云屏"指云母屏风），暗示因无遮拦，所以与会者可以看到杨贵妃。"羯鼓声高众乐停"，是唐玄宗的特定镜头。"羯鼓"是出于羯族的鼓，状如漆桶，以两杖敲击，其声极具穿透力，在唐代为流行打击乐器，玄宗极好之。唐人南卓《羯鼓录》记载玄宗逸事云："上（玄宗）性俊迈，酷不好琴，曾听弹琴，正弄未及毕，叱琴者出曰：'待诏出去！'谓内官曰：'速诏花奴（汝阳王李琏小名）将羯鼓来，为我解秽！'"作者就用了这个典故，以"羯鼓声高"极形玄宗兴致之高，而"众乐停"，则有"一鸟入林，百鸟压音"之致。清人何焯说得好："刺其有戎羯之风，为末二句起本。"（《义门读书记》）

"夜半宴归宫漏永"二句，写龙池宴会归来，寿王李瑁之颓丧。原来杨贵妃本是寿王妃，而寿王是玄宗第十八子。玄宗在其所专宠的武惠妃死后，后宫无中意者，有人便给他提到杨玉环；玄宗遂召见杨玉环，龙颜大悦，于是先度为女道士，再迎入宫中，册封贵妃。其行类似于《邶风·新台》所刺之卫宣公。但作者对此不着一字，只是描绘情景。"夜半宴归"的主角是寿王李瑁，却拉进一个薛王（玄宗之侄）李瑁作对比、作陪衬。因为"薛王"没有心事，所以"沉醉"不醒。而寿王深受刺激，所以不能入睡，而"宫漏永"即宫漏长（李益有"似将海水添宫漏，共滴长门一夜长"之句），也只入于"寿王"之耳，而与"薛王"无涉。此诗末字"醒"读平声。

清人吴乔说："诗贵有含蓄不尽之意，尤以不着意见、声色、故事、议论者为上。义山刺杨妃事之'夜半宴归宫漏水，薛王沈醉寿王醒'是也。开元、天宝共四十二年，赐酒于此者多矣；薛王侍宴自在前，寿王侍宴自在后。义山诗意非指一席之事而言之也。十四字中叙四十余年事，扛鼎之笔也。"（《围炉诗话》）唐代诗人咏及唐玄宗、杨贵妃之诗甚多，大都回避免寿王话题，白居易《长恨歌》也不例外，至有"杨家有女初长成，养在深闺人未识"语。而李商隐一而再地触及这一敏感话题，另一诗写道："平明每幸长生殿，不从金舆惟寿王"（《骊山有感》）皆词微而显，尽得风人（《新台》）之旨矣。

吴宫

龙槛沉沉水殿清，禁门深掩断人声。
吴王宴罢满宫醉，日暮水漂花出城。

这是一首咏史诗，吴宫指姑苏台等吴王夫差的宫殿。与李白《苏台览古》《乌栖曲》命意相似。不同的是，《苏台览古》从吴宫遗址的荒凉（"旧苑荒台杨柳新，菱歌清唱不胜春"）写起，《乌栖曲》从吴王夫差宫中行乐（"吴王宫里醉西施，吴歌楚舞欢未毕"）写起；而这首诗既不写吴宫荒凉，也不写宫中行乐的情景，而专写宫中行乐结束之后的一个片断以寄意，显得空灵别致，而耐人寻味。

"龙槛沉沉水殿清"二句，写吴宫歌舞结束后，夜深人静的情景。"龙槛"指宫中有龙形花饰的水槛（栏干），"水殿"指靠水的宫殿，都是宫中举行宴会和歌舞表演的场地。"禁门深掩"指宫门紧闭，但宴乐正在进行时，是关不住弦吹之声的。"断人声"三字表明，这是歌舞结束之后，一个"断"字颇有力度地暗示出一片沉寂。读者可以想象到，在此之前，吴王宫里轻歌曼舞的情景。

"吴王宴罢满宫醉"，是倒回去写宴乐的极致，那就是一醉方休。不仅"吴王"一醉方休，"满宫"皆是一醉方休。"宴罢"二字乃是重笔，暗示着没有不散的宴席，使人领悟到吴宫入夜的死寂原是"宴罢满宫醉"的结果，也暗示着乐极生悲。然而暗示归暗示，作者想说的话并没有直接说出来，而是话到嘴边戛然而止。最后却突如其来地推出一个特写镜头："日暮水漂花出城"。表面上看，落花流水本属自然现象，与吴宫歌舞没一

261

毛钱关系，一般人想不到可以这样写。而个中奥秘，为清人姚培谦一语道破："花开花落，便是兴亡景象。"（《李义山诗笺注》）此句画面感极强，而深有寓意，说穿了正是："落花流水春去也——天上人间。"（李煜）

前三句专在吴宫乐极后的死寂上做文章，末句有"于无声处听惊雷"（鲁迅）之感。清人刘熙载说："绝句取径贵深曲，盖意不可尽，以不尽尽之。正面不写写反面；本面不写写对面、旁面，须如睹影知竿乃妙。"（《艺概·诗概》）此诗的结尾，就有睹影知竿之妙；而第三句将吴宫醉生梦死的宴乐推向极致，对末句的反跌有蓄势的作用。

忆住一师

> 无事经年别远公，帝城钟晓忆西峰。
> 炉烟消尽寒灯晦，童子开门雪满松。

这首诗作于长安。"住一师"为作者旧友高僧，《全唐诗》一作"匡一"，按《北梦琐言》卷三有"王屋山僧匡一"，然其人时代较晚，恐非一人。

"无事经年别远公"二句，写作者在长安听到晓钟，而想起当年寺庙的钟声。"无事"即无端，"远公"本指东晋庐山东林寺高僧惠远（一作慧远），净土宗初祖，此处借指住一师。"钟晓"即晓钟，是唐代京城长安清晨的一大特色，其时宫中、佛寺钟声一齐长鸣，全城都可以听到。"西峰"指庐山西峰，东林寺在焉，此处代指住一所居的山寺。

"炉烟消尽寒灯晦"二句，回忆过去与住一师相处，一个冬夜的情景。上句是深夜室内景象，"炉烟消尽"是说火炉里不再添柴，渐渐只剩灰烬；"寒灯晦"是说灯盏里不再添油，灯火逐渐灰暗。暗示彼此对炉夜话，直到更深。"童子开门"定是听到屋外的动静，也许是树枝折断的声音，开门见到的情景是："雪满松"。原来是大雪压青松，满山积雪白皑

262

皓一片，真是大光明呵。与室内的昏暗形成鲜明对比，同时构成一尘不染、高洁绝世的象征。

清人纪昀评："格韵俱高。"（《李义山诗集辑评》）作者通过细节描写，着重刻画其人所居环境的清绝，间接表现出高僧的风采，而相忆之情，则见于言外矣。与韦应物《休假日访王侍御不遇》之"怪来诗思清人骨，门对寒流雪满山。"如出一辙。

【武昌妓】女，生卒年不详，唐人，生平不详。

续韦蟾句

悲莫悲兮生别离，登山临水送将归。
武昌无限新栽柳，不见杨花扑面飞。

韦蟾乃晚唐人，官至尚书左丞。《太平广记》卷273引《抒情诗》："韦蟾廉问（察访）鄂州，及罢任，宾僚盛陈祖席。蟾遂书《文选》句云：'悲莫悲兮生别离，登山临水送将归。'以笺毫授宾从，请续其句。座中怅望，皆思不属。逡巡，女妓泫然起曰：'某不才，不敢染翰，欲口占两句。'韦大惊异，令随口写之：'武昌无限新栽柳，不见杨花扑面飞。'座客无不嘉叹。韦令唱作《杨柳枝》词，极欢而散。"所载即此诗本事。《唐诗纪事》卷58所记略同。

沈德潜盛赞此诗道："上二句集得好，下二句续得好。"（《唐诗别裁集》）他这两句也评得好，只不过囫囵一些，须进一步赏析。

先说"集得好"。熟读古典的人，触景生情时，往往会有古诗人名句来到心间，如同己出，此外再难找到更为理想的诗句来取代。但将不同出处的诗句，集成新作，很难浑成佳妙。韦蟾二句"集得好"，首先在于他取用自然，于当筵情事极切合。送行的宾僚那样重情，而将离者亦复依依不舍，都由这两个名句很好地表达出来。其次，是取用中有创新。集句为联语，一般取自近体诗，但诗人却远从楚辞借来两句。"悲莫悲兮生别离"是屈原《九歌·少司命》中的句子，"登山临水兮送将归"是宋玉《九辩》中的句子，两句原来并不整齐。"悲莫悲兮生别离"本非严格意义的七言句，因为"兮"字是句中语气词，很虚，用作七言则将虚字坐实。而"登山临水兮送将归"共八字，集者随手删却一字，便成标准的七言诗句。这种"配套"法，不拘守现成，已含化用意味，再者，这两个古老的诗句一经拾掇，不但语气连贯，连平仄也大致协调（单论二四六字，上句为"仄平仄"，下句为"平仄平"）。既存古意，又居然新声，可谓语自天成，妙手偶得。

"悲莫悲兮生别离，登山临水送将归"，这是送行者的语气，自当由送行者来续之。但这二句出自屈宋大手笔，集在一起又是那样浑成；而送别情意，俱尽言中，续诗弄不好就成狗尾续貂。这里著不得任何才力，得全凭一点灵犀，所以一个慧心的歌女比十个饱学的文士更中用。

再说"续得好"。歌妓续诗的好处也首先表现在不刻意：集句抒当筵之情，信手拈来；续诗则咏目前之景，随口道去。但集句是"赋"，续诗却出以"兴"语。"诗不患无情而患情之肆"（《诗镜总论》），"善诗者就景中写意"（《昭昧詹言》）。由于集句已具送别之情意，语似尽露。采用兴法以景结情，恰好是一种补救，使意与境珠完璧合。"武昌""新柳""杨花"，不仅点明时间、地点、环境，而且渲染气氛，使读者即景体味当筵者的心情。这就使不尽之意，复见于言外。其次，它好在景象优美，句意深婉。以杨柳写离情，诗中通例；而"杨花扑面飞"，境界却独到，简直把景写活了。一向脍炙人口的宋词名句"春风不解禁杨花，蒙蒙乱扑行人面"（晏殊《踏莎行》）即脱胎于此。"新栽柳"尚飞花扑人，情意依

264

依，座中故人又岂能无动于衷！同时杨花乱飞也有春归之意，"才始送春归，又送君归去"，难堪是加倍的。"不见""无限"等字，对于加强唱叹之情，亦有点染之功。七绝短章，特重风神，这首联句诗在表现得颇为突出。

乐边人

在乡身亦劳，在边腹亦饱。
父兄若一处，任向边头老！

生活中常常会出现反常的现象，特别在底层社会。例如一般人视监狱为畏途，可也有人苦于无食无家，对入狱求之不得。在封建时代，赴边打仗对一般人是不得已而为之的苦事，连盛唐英雄之士也道"孰知不向边庭苦"（深知不必到边庭受苦），可见未有以戍卒即"边人"生涯为安乐者。此诗题为"乐边人"，首先就令人诧意，不免想看个究竟了。

"在乡身亦劳，在边腹亦饱"。诗篇开门见山，直入情事。似乎有一个即将赴边的角色在那里权衡"在乡"与"在边"二者的优劣，两句诗便是其人的内心独白。"在乡身亦劳"，这句暗示着更多的一层意思，即"在边身亦劳"。两下打成平手。这是一比。"在边腹亦饱"，也暗示着更多的一层意思，即"在乡腹难饱"，于是在边就胜了一筹。这是再比。一再权衡，则此人赴边之志已决。这种比较的方法，可说无可奈何中有其情实。老百姓在乡土迫于饥寒，难以为生，只有当兵吃粮的路了。另一方面，这比法又明显地有自欺自慰的成分，它根本不管在乡的更多好处，所谓"在家千日好"，和在边的更多险处，所谓"也知塞垣苦"，以彼下驷，对此上驷。又像是不得已中寻求心理平衡。所以两句深厚耐味。

至此，一个农家汉子的形象已经出现纸上，他大约是一个募兵对象。

265

从第三句看其人有父兄而不能团聚，那这"父兄"何在呢？可能已先他从军在边了。也可能彼此离散，他猜想亲人终不免走上同一条路。这使他大做其白日梦："父兄若一处，任向边头老！"要是亲人再能相聚，那真可以边地终老，乐不思乡了。想得未免唯美，赴边又不是卜宅移居，那能那样舒服地养老。"君不见青海头，古来白骨无人收"（杜甫）。这未免又成自欺，为自己安然赴边寻找理由罢了。"任向边头老"，或即"任向边头死"之一转语。

这首小诗就这样曲尽其致地剖析着心理，似乎是面临当兵者的自嘲。笑有时比哭难看，乐有时自悲极而生，服从中往往夹有矛盾或逆反心理。通过"乐边人"的反常情事，诗人深刻揭示出一种生活底蕴。

【马戴】生卒年不详，字虞臣，曲阳（今江苏东海西南）人。武宗会昌（841－846）进士。在太原李司空幕府中任掌书记，以直言获罪，贬为龙阳尉。得放回京，终太学博士。与贾岛、姚合为诗友。《全唐诗》录其诗二卷。

灞上秋居

灞原风雨定，晚见雁行频。

落叶他乡树，寒灯独夜人。

空园白露滴，孤壁野僧邻。

寄卧郊扉久，何门致此身？

这首诗写寒士秋居闭门寥落之感。"灞上"亦作"霸上"，地在今陕西省西安市东，唐代求功名的人多寄居于此。

"灞原风雨定"二句，写灞陵秋季物候。从灞陵原上一场秋雨之后，气温骤降，北雁南飞写起。一"频"字，见雁群之多。近人俞陛云析："首句即言灞原风雨，秋气可悲。迨雨过而见雁行不断，惟其无聊，久望长天，故雁飞频见，明人诗所谓'不是关山万里客，那识此声能断肠'也。"(《诗境浅说》)

"落叶他乡树"二句，写秋居之人。用两层夹写，一是客居室外落叶之树，一是"寒灯独夜人"即作者自己，象喻之意，力透纸背。语本中唐司空曙的"雨中黄叶树，灯下白头人"(《喜外弟卢纶见宿》)不同的是，彼诗是二"白头人"相对；而此诗是一人独对寒灯，愈见凄寂之况。与崔涂"乱山残雪夜，孤烛异乡人"(《除夜有怀》)更为相近。

"空园白露滴"二句，极写秋居之荒僻。"五句言露滴似闻微响，以见其园之空寂；六句言为邻仅有野僧，以见其壁之孤峙。"(俞陛云)句中妙用衬托："空园"言园中更无人，又有寂静之意，而露滴是以声衬静，愈见其静。"孤壁"犹言徒壁，虽有一邻，却又是好静的野僧，进一步突出了孤独的心境。

"寄卧郊扉久"二句，写不遇且无望。七句言居此时间已久，"末句言士不遇本意，叹期望之虚悬，岂诗人例合穷耶。"(俞陛云)"何门"一作"何年"，则意味略有差异，"何门"是无所依傍，而"何年"则犹有期冀也。此诗反映寒士心境，风格亦属"郊寒岛瘦"之列，有一定感染力。

出塞

金带连环束战袍，马头冲雪过临洮。
卷旗夜劫单于帐，乱斫胡兵缺宝刀。

这是一首晚唐的边塞诗。武宗会昌末年（846）后，吐蕃内部分裂，唐军也伺机进攻，收复大片土地，是此诗写作背景。

"金带连环束战袍"二句，写唐军将士进攻的姿态。"金带"指大刀柄上系着绸带，"连环"指刀环，为战士之装备；"束战袍"，是战士临阵着装。即《秦风·无衣》："修我戈矛""与子同袍"之意。"马头冲雪"是马头向北，同时表明是隆冬季节；"过临洮"，指渡临洮水（在今甘肃岷县），是主动求战，收复失地也。

"卷旗夜劫单于帐"二句，写夜袭敌营成功。"卷旗"是收卷军旗，以便奇袭（一说军旗高高飘扬，夜袭不应如此）。"夜劫单于帐"，夜袭是战争中出奇取胜之法，即先摸掉哨兵，趁敌人熟睡之机，而予以歼灭。"乱斫胡兵缺宝刀"，是此诗最生猛剽悍之句，也是战斗的细节描写。"缺宝刀"指宝刀卷刃，是用力过猛，使用次数过多所造成的。

这种残忍血腥场面，在盛唐诗人笔下，一般是看不到的（岑参是一个例外）。作者直面现实，不讳言战争之残酷性；不以兴象取胜，而重细节描写，都表现出诗人的创新。

【崔橹】生卒年不详，宣宗大中年间（847—860）进士（一作广明中进士），仕为棣州司马。有《无机集》四卷，今存诗十六首。

三月晦日送客

野酌乱无巡，送君兼送春。
明年春色至，莫作未归人。

"三月晦日"即农历三月三十日（古人把每月最后一天叫晦日），这一天标志着春天的结束，也是一个游玩的日子；但此诗主旨不在宴游，而在"送客"。

"野酌乱无巡"二句，写饯宴及时序。"乱无巡"是开怀畅饮，连酒过几巡都记不清了。因为是春季最后一天，所以"送客"同时，也就送走春天了。这两句只是一个铺垫，为引出后两句的叮嘱做准备。

"明年春色至"二句，是送别的祝愿。春天送走了，明年还会回来。不是说"年年岁岁花相似，岁岁年年人不同"（刘希夷）吗？友人送走了，明年回不回来是个问题。"莫作未归人"，就是送者的祝愿了。这是不由分说的语气，至于明年能不能兑现，那就很难说了。

五绝重在一气呵成之感，此诗就是一气呵成。清人徐增说："作诗用意用字，须要一时兴会凑泊得好，此作虽浅，然却有致。"（《而庵说唐诗》）

华清宫三首（录二）

其一

草遮回磴绝鸣銮，云树深深碧殿寒。

明月自来还自去，更无人倚玉阑干。

华清宫在今陕西省临潼骊山西北麓，太宗贞观十八年（644）建汤泉宫，高宗咸亨二年（671）改名温泉宫，玄宗天宝六载（747）改名华清宫。唐人咏华清宫诗甚多，大抵感唐玄宗、杨贵妃之事，而寓历史鉴戒。作者写了三首，此诗原列第 ·。

"草遮回磴绝鸣銮"二句，写眼前华清宫的荒凉衰败。"草遮回磴"指华清宫的磴道荒草丛生，"鸣銮"指系铃的车驾，代指御驾。首句说华清宫不复天宝间繁荣的景象，间接唤起读者对其盛时的怀想。"云树深深碧殿寒"，是说在高耸入云的树林掩映下，华清宫显得绿幽幽的，透着一股寒气。

"明月自来还自去"二句,写华清宫成为一座空宫。作者选写月夜,事非偶然。亘古不变的月亮,本是世事变迁的最佳参照物。如刘禹锡之"淮水东边旧时月,夜深还过女墙来。"（《石头城》）"自来还自去"是拟人的,表现出一种失落惆怅的情绪。"更无人倚玉阑干",是诗中警句,因为唐玄宗、杨贵妃形影不离,前人咏李、杨事,多及倚阑干,如李白之"解释春风无限恨,沉香亭北倚阑干"（《清平乐》）、元稹之"上皇正在望仙楼,太真同凭阑干立。"（《连昌宫词》）"无人"是特指,作者或游人来倚阑干是不算数的。

全诗表达了作者对华清宫昔盛今衰的感伤,和对李唐王朝隆盛时期的缅怀,有很浓重的感伤情绪。末句轻描淡写,可圈可点,使之从众多同题之作中脱颖而出。

其二

门横金锁悄无人,落日秋声渭水滨。

红叶下山寒寂寂,湿云如梦雨如尘。

此诗在组诗中原列第三,仍以写景为主。"门横金锁悄无人"二句,写华清宫被封闭的状况。"门横金锁"指大门挂上铜锁,"悄无人"是既无游人,亦无管理人。"落日秋声"点明时间,一年中的秋天,一天中的日暮,一派没落景象。"秋声"指秋天的各种声音,包括秋风瑟瑟、秋水潺潺、秋虫唧唧,等等。"渭水滨"是因骊山而连及渭水,他如白居易之"我自秦来君莫问,骊山渭水如荒村"（《渭村雨归》）。

"红叶下山寒寂寂"二句,写作者游山遇雨。"红叶下山"语意含混,可以理解为红叶飘零,也可以理解为作者由一路红叶陪伴下山,原因是突然下雨。"寒寂寂",表明山上太冷,又没有人,不可久留。"湿云如梦雨如尘",写作者面对一阵细雨,"湿云"指天上的雨云,"如梦"是形容湿云形态迷离、变幻莫测，"雨如尘"是细雨霏霏。表面上都是写景，同时暗示着他内心的惆怅的悲伤，表达了对唐王朝没落的痛惜、哀叹之情。

由于作者寓情于景，绘声绘色，所以含蓄隽永，耐人寻味。

【于濆】生卒年不详，字子漪，籍贯不详。唐懿宗咸通二年（861）进士，官终泗州判官。有《于濆诗集》。

苦辛吟

垅上扶犁儿，手种腹长饥。

窗下抛梭女，手织身无衣。

我愿燕赵姝，化为嫫母姿。

一笑不值钱，自然家国肥。

孔夫子早说过："耕也，馁在其中矣。"（《论语·卫灵公》）。《苦辛吟》就是针对这一类现象而言的。

"垅上扶犁儿"四句，写劳而不获的现象普遍存在。一二句说耕者不得食，三四句说织者不得衣，与《淮南子·说林训》说："屠者藿羹，车者步行，陶者缺盆，匠者狭庐，为者不得用，用者不肯为。"民谣亦有："泥瓦匠，住草房；纺织娘，没衣裳；卖盐的，喝淡汤；种田的，吃米糠……。"说的都是一回事，劳而不获，极不合理。

"我愿燕赵姝"四句，为半愤世嫉俗语。这里的形象思维，有一个跳跃，省去的内容，是劳而不获的反面，即不劳而获。白居易云："织者何人衣者谁，越溪寒女汉宫姬。"（《缭绫》）因此，作者突发奇想：愿燕赵美女，亦即"汉宫姬"，都变成丑陋而贤惠的嫫母。"一笑不值钱"，是针对千金一笑（即周幽王宠褒姒事）而言。杜绝了挥霍之事，则"自然国家肥"矣。明人谢榛评："此作有关风化，然失之粗直。"（《四溟诗话》）清人王闿运更是批道："家国岂因女笑而贫耶？所见亦偏。"

此诗看似粗糙，深合于庄子之言，庄子说："绝圣弃智，大盗乃止；擿玉毁珠，小盗不起；……擢乱六律，铄绝竽瑟，塞瞽旷之耳，而天下始人含其聪矣；灭文章，散五采，胶离朱之目，而天下始人含其明矣。毁绝钩绳而弃规矩，攦工倕之指，而天下始人含其巧矣。"（《胠箧》）不过庄子是惊世骇俗，此诗是话丑理端。

【张乔】生卒年不详，唐池州（今安徽贵池）人，懿宗咸通中进士及第，当时与许棠、郑谷、张宾等东南才子合称"咸通十哲"，黄巢起义后，隐居九华山以终。

河湟旧卒

少年随将讨河湟，头白时清返故乡。
十万汉军零落尽，独吹边曲向残阳。

湟水源出青海，东流入甘肃与黄河汇合。湟水流域及与黄河合流的一带地方称"河湟"。诗中"河湟"指吐蕃统治者从唐肃宗以来所侵占的河西陇右之地。宣宗大中三年（849），吐蕃以秦、原、安乐三州及石门等七关归唐；五年，张义潮略定瓜、伊等十州，遣使入献图籍，于是河湟之地尽复。近百年间的战争给人民造成巨大痛苦。此诗所写的"河湟旧卒"，就是当时久戍幸存的一个老兵。诗通过这个人的遭遇，反映出了那个动乱时代的影子。

此诗叙事简淡，笔调亦闲雅平和，意味却不易穷尽。首句言"随将讨河湟"似乎还带点豪气；次句说"时清返故乡"似乎颇为庆幸；在三句所谓"十万汉军零落尽"的背景下尤见生还之难能，似乎更可庆幸。末了集中为人物造像：那老兵在黄昏时分吹笛，则耐人寻味。

诗中字里行间，尤其是"独吹边曲向残阳"的图景中，流露出一种深沉的哀伤。"残阳"二字所暗示的日薄西山的景象，会引起一位"头白"老人什么样的感触？那几乎是气息奄奄、朝不虑夕的一个象征。一个"独"字又交代了这个老人目前处境，暗示出他从军后家园所发生的重大变故，使得他垂老无家。这个字几乎抵得上古诗《十五从军征》的全部内容：少小从军，及老始归，而园庐蒿藜，身陷穷独之境。从"少年"到"头白"，多少年的殷切盼望，俱成泡影。

他毕竟是生还了。而更多的边兵有着更悲惨的命运，他们暴骨沙场，是永远回不到家园了。"十万汉军零落尽"，就从侧面落笔，反映了唐代人民为战争付出的惨重代价，这层意思却是《十五从军征》所没有的，它使此绝句所表达的内容更见深广。这层意思通过幸存者的伤悼来表现，更加耐人玩味。而这伤悼没明说出，是通过"独吹边曲"四字见出的。边庭的乐曲，足以勾起征戍者的别恨、乡思，他多年来该是早已听腻了。既已生还故乡，似不当吹，却偏要吹，而且是西向边庭（"向残阳"）而吹之，当饱含对于弃骨边地的故人、战友的深切怀念。"十万汉军零落尽"，而幸存者又陷入不幸之心境。《十五从军征》铺述详尽，其用意与好处都易看出；而"作绝句必须涵括一切，笼罩万有，着墨不多，而蓄意无尽，然后可谓之能手，比古诗当然为难"（陶明濬《诗说杂记》），此诗以含蓄手法抒情，从淡语中见深旨，故为人称道。

【徐夤】生卒年不详，字昭梦，唐莆田（今属福建）人。昭宗乾宁元年（894）进士及第，授秘书省正字。为闽王审知辟为掌书记。后归隐延寿溪。

蝴蝶

不并难飞茧里蛾，有花芳处定经过。

天风相送轻飘去，却笑蜘蛛谩织罗。

唐诗亦有"昆虫记"。蝴蝶则是诗人喜爱的昆虫之一，咏物诗的重要对象。宋时谢无逸曾一气写了蝴蝶诗三百首，被称为"谢蝴蝶"，传为佳话。唐代的徐寅则是更早的一位蝶痴，他曾为蝴蝶写诗两组，一组是绝句，另一组是七律。咏物诗的重要一法，就是将物人格化，赋予物以人的情感。这样，不必专有寄意，也能自成境界。此诗就是如此。

"不并难飞茧里蛾"。首句谓蝴蝶天赋伶俐，却凭空拉出飞蛾作对比，构思独到，饶有意趣：飞蛾的特性之一是早先的作茧自缚，给人天生拘谨笨拙的感觉，相形之下，蝴蝶是乐天而逍遥。事实上，"青虫也学庄周梦，化作南园蛱蝶飞"（《初夏戏题》）之前，也有作茧成蛹阶段，但不像蚕蛾出自茧中那样广为人知，诗可不管。飞蛾从茧里爬出时，体态臃肿，翅短难飞，而且须眉皆白，有龙钟老态。蝴蝶就不同，其体态窈窕，天生丽质。对蝴蝶没有一字正面的描写，却通过茧蛾的反衬尽得其风流，手法别致。

"有花芳处定经过"。次句写到蝴蝶普遍的习性，就如一个词牌字面显示的："蝶恋花"。可与蝶为伍的是蜂。但蜜蜂采花是为的酿蜜，所以给人辛勤劳动的印象；而蝴蝶采花却不能酿蜜，于是给人以天赋轻狂的感觉："身似何郎全傅粉，心如韩寿爱偷香。天赋予轻狂！"（欧阳修）"三百座名园，一采一个空，难道风流种。"（王和卿）贪花爱美，却不专一持久，"有花芳处——定经过"，就含有这样的意味。这就在写实中赋予蝴蝶以多情而不忠实的人间风流少年形象。诗人向所咏对象投去了一个友善的讥诮，敦厚耐味。

"天风相送轻飘去，却笑蜘蛛谩织罗。"如果说前句写的是普遍习性，这后二句写的便是一种特殊情景；前句有讥诮这二句则转为赞许。有人把生活比作网，则一边是情网，一边是罗网。蝴蝶的天敌之一便是蜘蛛。有谜语形容道："黑脸包丞相，独坐中军帐。摆起八阵图，要捉飞来将。"大意的昆虫往往自投网中，成为蜘蛛的美餐。而诗人笔下的这蝴蝶，却天生机警，履险如夷。"天风相送"意味着其运道也好（"天风"不作"好风"，不但表明是高处的风，而有有得天赞助之意）。更有趣的是，这只蝴蝶俏皮，它似乎从蜘蛛的鼻子底下飞过，逗得其馋涎直流，却又轻飘远举，嘲笑着天敌的枉费心。一"笑"字使蝴蝶具有了人的品格，它活泼、机智、幽默而勇敢，是个可爱的小精灵。而蜘蛛的颟顸傻眼之态也跃然纸上，那是人间罗织构陷的奸邪者的变相。

这首诗在写作上除人格化的手法外，牵入与蝴蝶相关或敌对的昆虫作衬和烘托，作用很大。这样做，既凸出了对象性格，又省去了冗繁的正面叙写。诗人不但注意到蝴蝶的共通特性，还妙于观察，写出了其中机智可爱的"这一只"，并有寓意，是其成功的关键。

【郑畋】（825—883）字台文，唐荥阳（今属河南）人。会昌进士。任秘省校书郎、中书舍人。后黜为节度使，又贬梧州刺史。僖宗即位，召还兵部侍郎，后拜相。

马嵬坡

玄宗回马杨妃死，云雨难忘日月新。

终是圣明天子事，景阳宫井又何人。

"马嵬坡"即马嵬驿,在今陕西兴平县西。天宝十五载(756)六月,安禄山叛军攻破潼关,危及长安,玄宗仓皇出逃。经过马嵬坡时,扈从部队因怨愤而哗变,自行处死奸相杨国忠,并要求玄宗杀死杨贵妃。这就是历史上有名的马嵬之变。

　　此诗首句的"玄宗回马",指大乱平定、两京收复之后,成了太上皇的玄宗从蜀中回返长安。其时距"杨妃死"已很久了。两下并提,意谓玄宗能重返长安,正是牺牲杨贵妃换来的。一存一殁,意味深长。玄宗割舍贵妃固然使局势得到转机,但内心的矛盾痛苦一直贯穿于他的后半生,尽管山河重光("日月新"),也不能使他忘怀死去的杨贵妃,这就是所谓"云雨难忘"。"云雨难忘"与"日月新"对举,可喜与长恨相兼,写出了玄宗复杂矛盾的心理。句中"云雨"指男女私情,"日月"指岁月,字面映带甚工。

　　诗的后两句特别耐人玩味。"终是圣明天子事",有人说这是表彰玄宗在危亡之际识大体,有决断,堪称"圣明",但从末句"景阳宫井又何人"来看,并非如此。"景阳宫井"用的是陈后主的故事。当隋兵打进金陵,陈后主和他的宠妃张丽华藏在景阳宫井内,一同做了隋兵的俘虏。同是帝妃情事,又同当干戈逼迫之际,可比性极强,取拟精当。玄宗没有落到陈后主这步田地,是值得庆幸的,但要说"圣明",也仅仅是比陈后主"圣明"一些而已。"圣明天子"扬得很高,却以昏昧的陈后主来作陪衬,就颇有几分讽意。只不过话说得委婉,耐人玩味罢了。

　　但就此以为作者对玄宗毫无同情,也不尽然。唐时人对杨妃之死,颇有深责玄宗无情无义者。郑诗又似为此而发。上联已暗示马嵬赐死,事出不得已,虽时过境迁,玄宗仍未忘怀云雨旧情。所以下联"终是圣明天子事","终是"的口吻,似是要人们谅解玄宗当日的处境。《围炉诗话》说:"古人咏史但叙事而不出己意,则史也,非诗也;出己意、发议论而斧凿铮铮,又落宋人之病"、"用意隐然,最为得体"。此诗对玄宗有体谅即"出己意",又有婉讽即"用意隐然",在咏史诗中不失佳作。

276

【罗隐】（833—909）字昭谏，唐余杭新城（浙江富阳）人。举进士十余年不第。懿宗咸通十一年（870）始为衡阳主簿。广明中黄巢攻陷长安，归隐池州（今安徽贵池）梅根浦。昭宗天祐（906）充节度判官。后梁开平二年（980）授给事中。有《罗隐集》。

黄河

莫把阿胶向此倾，此中天意固难明。

解通银汉应须曲，才出昆仑便不清。

高祖誓功衣带小，仙人占斗客槎轻。

三千年后知谁在？何必劳君报太平！

黄河挟泥沙而下，经常是混浊的。旧有"黄河清，圣人出"之说，语本明人《幼学琼林》。读此诗，则唐代亦必有类似的说法。

"莫把阿胶向此倾"二句，是愤激之语。《淮南子》云："阿胶一寸，不能止黄河之浊。"盖"阿胶"功用之一是使浊水变清，然用量小、浊水多则不能，此处有积重难返之意。"此中天意固难明"，"此中"历代论家多以为指晚唐科场，因为作者有十考不第的经历，他认为是科场太污浊了。"天意"将讽喻之矛头直指最高统治者，"固难明"谓其昏聩，宋人张元干有"天意从来高难问"之句，用意接近。

"解通银汉应须曲"二句，是指桑骂槐，明讥暗讽。"解通银汉"是活用典故，据张华《博物志》："旧说云天河与海通。近世有人居海渚者，年年八月有浮槎去来，不失期。"而黄河入海流，照理也通天河。又有九曲黄河之说，又有"黄河百里一小曲，千里一曲一直"（《水经注》）之说。"应须曲"是反话正说，能够通天，曲也有道理。如果说这是反唇相讥，则"才出昆仑便不清"便是明讥，讽刺才出道就"不清"者。"应须曲""便不清"在对法上属于反对，而"反对为优"（刘勰）。

"高祖誓功衣带小"二句，揭露封建体制的腐朽。《史记·高祖功臣侯者年表序》引汉高祖分封功臣誓词："使河如带，泰山若厉。国以永宁，爰及苗裔。"是只与功臣分享政权，寒士无份。"仙人占斗客槎轻"，上文提到的《博物志》故事还说："人有奇志，立飞阁于槎上，多赍粮、乘槎而去。……去十馀月，奄至一处，有城郭状，屋舍甚严。遥望宫中有织妇，见一丈夫牵牛渚次饮之。……后至蜀，问君平，君平曰：'某年某月，有客星犯牵牛宿。'计年月，正此人到天河时也。""仙人占斗"即指君平占卜，意谓寒士要出头，除非乘槎登天。

"三千年后知谁在"二句，表示对体制的失望。旧说黄河五百年清一次，则五百年必有圣人出，科场的积弊或可得到清算。然而，也有人说千年黄河也难清。而且"五百年后"四字不入律，那就"三千年后"吧，黄河可以清好几次了，天下也许太平了。但作者几十辈孙都不在了，"何必劳君报太平"，那时的太平对作者来说，有什么意义呢。

近人刘逸生评："拿黄河来讽喻科举制度，这构思就很巧妙。其次，句句切中黄河，而又别有所指，手法也运用得很灵巧。"（《唐诗小札》）也有人认为是譬喻人心不可测，可备一说。

魏城逢故人

一年两度锦江游，前值东风后值秋。

芳草有情皆碍马，好云无处不遮楼。

山牵别恨和肠断，水带离声入梦流。

今日因君试回首，淡烟乔木隔绵州。

"魏城"唐县名，属绵州（巴西郡），今属绵阳市游仙区。题一作《绵谷回寄蔡氏昆仲（"昆仲"为兄弟的敬词）》，"故人"当指蔡氏兄弟，是诗人游成都认识的朋友。

"一年两度锦江游"二句，概括一年的游踪。成都在安史之乱后为唐代的南京，繁华富庶，名胜众多，一年能去一次就不容易，况"两度"哉。字里行间，充满了快意的感觉。"前值东风后值秋"，用句中排形式，写两次旅游，一次在春天，一次在秋天，陶诗说"春秋多佳日"，此又快意之事。两句语明白晓畅，富于内韵，为全诗奠定了清丽的基调。

"芳草有情皆碍马"二句，写难忘的锦城印象。出句是春游，芳草萋萋，类若有情，"皆碍马"三字，形容锦江两岸青草茂盛，是正话反说。对句"好云无处不遮楼"，春秋皆可，成都日照不多，作者却取天气晴好，从"好云"二字见出。"碍""遮"二字，对于写景本属忌讳字，作者加以妙用，如美人便面，反而动人。诗句不直接写人，而作者与友人骑马、登楼的活动，已存乎其中。

"山牵别恨和肠断"二句，写别后对旧游的思念。作者用拟人法，写得山亦有情，水亦有情。同时包含两重思念，一重是对成都的，属于明写："山"是玉垒，"水"为锦江；"牵别恨""带离声"是别后相思、恋恋不舍；"和肠断"是对别恨的夸张，"入梦流"是对留恋的形容。一重是对友人的，属于暗写，"别""离""心""梦"等四，都有对友谊的暗示。而这友谊又是在成都结下的，这就将写景抒情打成一片。

"今日因君试回首"二句，最后归结到友情。清人程元初云："言己自归后，与蔡氏昆仲不免烟树隔去，回忆锦城两度相游，竟成往事，别离之念不深也乎。"（《唐诗选脉会通评林》）"绵州"辖地相当于今日四川省罗江上游以东，潼河以西江油、绵阳间的涪江流域。属于蜀道南端，其地多古柏，与锦城风物别是一般滋味。"淡烟乔木隔绵州"，有回首前尘，有恍然若梦之感。

全诗大开大合，语极流畅。前半追叙旧游，后半感伤远别，结尾回想依依，显得余味无穷。

雪

> 尽道丰年瑞，丰年事若何？
> 长安有贫者，为瑞不宜多。

　　这首诗就"瑞雪兆丰年"一说发表议论，亦托物言志，借题发挥，针砭现实。只二十字，却更见精练。从诗意揣知，长安当时下了一场大雪。诗即缘此而发。

　　"尽道丰年瑞"二句，对"瑞雪兆丰年"一说提出质疑。"尽道"是众口一词也，"丰年瑞"实际上是说雪瑞，即对大雪的赞美；只因为雪兆丰年之说，诗人才隐去"雪"字，代以"丰年"。接下来作者撇开"雪"不论，专论"丰年"。"丰年事若何"，冷冷一问，是不以为然的口气。因为在人世上，有很多怪现状。从道理上讲，丰年是一件好事。但落实到每一个人，或一个阶层，又不尽然。如"谷贱伤农"，即丰收的年份，农民的收入反而减少。《汉书·食货志上》云："籴甚贵，伤民；甚贱，伤农。民伤则离散，农伤则国贫。"说明这种现象很早很普遍。而囤积居奇之事，也往往发生在丰年。

　　"长安有贫者"二句，是正面发表议论。三句话锋一转，不再继续说"丰年事若何"。转说大雪天气，不同的人、不同的阶层，感受也不一样。战国宋玉就有雄风、雌风之说，明代徐文长引西兴脚子的俏皮话道："风在戴老爷家过夏，我家过冬。"就是对同一自然现象的截然不同的感受。就大雪而论，在温饱不成问题的人，则蔚为奇景，如"不知庭霰今朝落，疑是林花昨夜开"（宋之问）、"忽如一夜春风来，千树万树梨花开"（岑参）之所写。而对于"贫者"，首要的问题是棉衣，就没有那样的好心情。《后汉书·袁安传》李贤注引《汝南先贤传》载，汉时洛

280

阳大雪，人多出乞食，袁安僵卧不起。如果没有洛阳令的关心，恐怕只好冻死。这样的"贫者"，甚至更贫者，长安还多着呢。所以作者带着冷嘲的口气道："为瑞不宜多"。什么叫"为瑞"？下雪可以叫"为瑞"，所谓"为瑞"；为白雪唱赞歌也可以叫"为瑞"，"尽道丰年瑞"就是"为瑞"。因此，"为瑞不宜多"既可以讲成雪不宜下太大，也可以讲成不宜大唱赞歌。

雪下得大不大，人管不了；颂声的适可而止，却可以办到。社会存在两极分化，对同一件事，人们作出的反应就可以截然不同。因此，必须考虑对立面的感受。不说"不宜有"，而说"不宜多"，是辞达，也是语妙。"瑞雪兆丰年"的俗谚虽不知成于何时，但从此诗看，在唐代必有类似说法，把"雪""瑞""丰年"联在一起。

鹦鹉

莫恨雕笼翠羽残，江南地暖陇西寒。
劝君不用分明语，语得分明出转难。

这首诗作于诗人投靠江东，受到吴越王钱镠 liú 礼遇之时。这是一首咏物、寓言诗，全诗用与鹦鹉对话的语气，表达了作者寄人篱下忧谗畏讥的心情。

"莫恨雕笼翠羽残"二句，寄语鹦鹉随遇而安。"莫恨"与下文"劝君"都是呼告、第二人称语气。"雕笼"指关鹦鹉的雕花鸟笼，"翠羽残"指笼中鹦鹉被人剪去翅膀上部分羽毛，以免其飞走。"江南地暖陇西寒"，旧说"陇西"（陇山以西）为鹦鹉产地，"江南地暖"指吴越气候温和，生存环境不错，明说鹦鹉，暗有自喻之意。

"劝君不用分明语"二句，是说祸从口出、必须慎言。"分明语"是针对鹦鹉学舌，可以达到乱真的程度而言，双关直言、逆耳之言。"语得分明出转难"，是说直言最难，因为直言贾祸。历来统治者都鼓励讲真话，但以言获罪的事也代有其事。杜甫《花鸭》就写自己的沉痛教训："羽毛知独立，黑白太分明。""稻粱沾汝在，作意莫先鸣。"

三国名士祢衡曾作《鹦鹉赋》。其人恃才傲物，出言不逊，得罪曹操，结果被遣送到江夏太守黄祖处，被黄祖所杀。作者为人正直，亦好讥刺。由于寄人篱下，知道讲假话不对，又深知讲真话之难。所以心态矛盾，"不用分明语"，就只能多讲模棱两可的话、圆滑的话、让人抓不着把柄的话，也就是废话。此诗有自嘲成分，故为讽刺之佳作。

金钱花

占得佳名绕树芳，依依相伴向秋光。
若教此物堪收贮，应被豪门尽劚将。

这是一首讽刺诗。"金钱花"一称旋覆花，夏秋开花，花色金黄，因形如铜钱而成串，以得名。唐人段成式记载："金钱花，一云本出外国，梁大同二年，进来中土。梁时荆州掾属双陆赌金钱，钱尽，以金钱花相足。"（《酉阳杂俎·草篇》）

"占得佳名绕树芳"二句，写金钱花秋来绽放。作者以"金钱花"为"佳名"，而不嫌其有铜臭味，是针对世俗一切向"钱"看而言的，也是正言欲反。"绕树芳"，是形容金钱花开繁的样子。"依依相伴"形容花团锦簇，挨得很紧的样子。"向秋光"点明开花时间，是夏末秋初。

"若教此物堪收贮"二句，言金钱花徒有其名，也是侥幸。三句是卖关子的半截话：假设"此物"即金钱花，真能当钱花、当钱收贮，这是设置悬念，若把末句遮住，你能猜出接下来会发生什么情况吗？末句是揭示谜底:"应被豪门尽剜将。"那肯定是豪门搜刮一空,还有花开满树的景象吗?由此可见当时豪门之贪得无厌,以及聚敛财富之不择手段。话说回来,作者又是在为金钱花不是摇钱花,而感到欣慰。

此诗语言辛辣,讽刺有力,虽属浅派诗,却不乏诗味。值得一读。

柳

> 灞岸晴来送别频,相偎相倚不胜春。
>
> 自家飞絮犹无定,争解垂丝绊路人?

这也是一首咏柳、托物言志的诗。关系到折柳送别的习俗,最早涉及这一习俗的诗,是《小雅·采薇》"昔我往矣,杨柳依依"。而在汉乐府中则有《折杨柳歌辞》,一开篇就是"上马不捉鞭,反折杨柳枝"。唐代折柳送别之习俗更盛,诗句不胜枚举。这首诗则抓住这一习俗,借题发挥,别有寓意。

"灞岸晴来送别频"二句,写灞陵渭水之柳树。以柳树著称的景区,莫过于章台、隋堤,灞陵是唐人频频送别之地,原不以柳色著称,只为大诗人李白的"年年柳色,灞陵伤别"(《忆秦娥》),把灞陵与柳色紧紧联在了一起。"相偎相倚不胜春",是用拟人手法,形容春风吹拂,杨柳依依,万千袅娜的样子。

"自家飞絮犹无定"二句,拿柳絮作翻案文章。"飞絮"本指柳树附生茸毛的种子,似花非花,古人习惯上称杨花或柳絮,古人多把其形象与漂泊者联系在一起,相传北魏胡太后即有"阳春二三月,杨柳齐作花,春风一夜入闺闼,杨花飘荡落南家"(《杨花词》)。柳絮的这一特点,就成了诗人的把柄。因为折柳送别的习俗,与"柳"谐音"留"的缘故。作者针对这一点发问,既然"自家飞絮"都留不住,"争解垂丝绊路人",

你又怎么去留行人呢。

这一构思非常巧妙，俗话说："自家稀饭还没有吹冷"，意思是自己的事没有管好，凭什么去管别人！此诗或是针对生活中某种现象而发，或是说俏皮话而顺手一击。

蜂

不论平地与山尖，无限风光尽被占。
采得百花成蜜后，为谁辛苦为谁甜？

在昆虫世界中，蜜蜂以劳苦一生、惠人甚多而享乐极少，与蝴蝶大不相同。诗人罗隐着眼于这一点，写出这样一则寄慨遥深的诗的"昆虫记"，其命意好令人耳目一新。

此诗寄意集中在末二句的感喟上，慨蜜蜂一生经营，除"辛苦"而外并无所有。然而前两句却用几乎是矜夸的口吻，说无论是平原田野还是崇山峻岭，凡是鲜花盛开的地方，都是蜜蜂的领地。这里作者运用极度的副词、形容词——"不论""无限""尽"等，和无条件句式，极称蜜蜂"占尽风光"，似与题旨矛盾。其实这只是正言欲反、欲夺故予的手法，为末二句作势。俗话说：抬得高，跌得重。所以末二句对前二句反跌一笔，说蜂采花成蜜，不知究属谁有，将"尽占"二字一扫而空，表达效果就更强。如一开始就正面落笔，必不如此有力。

此诗采用了夹叙夹议的手法，但议论并未明确发出，而运用反诘语气道之。前二句主叙，后二句主议。后二句中又是三句主叙，四句主议。"采得百花"已示"辛苦"之意，"成蜜"二字已具"甜"意。但由于主叙主议不同，末二句有反复之意而无重复之感。本来反诘句的意思只是：为谁甜蜜而自甘辛苦呢？却分成两问："为谁辛苦"？"为谁甜"？亦反复

284

而不重复。言下辛苦归自己、甜蜜属别人之意甚显。而反复咏叹，使人觉感慨无穷。诗人矜惜怜悯之意可掬。

此诗抓住蜜蜂特点，不做作，不雕绘，不尚辞藻，虽平淡而有思致，使读者能从这则"动物故事"中若有所悟，觉得其中寄有人生感喟。有人说此诗实乃叹世人之劳心于利禄者；有人则认为是借蜜蜂歌颂辛勤的劳动者，而对那些不劳而获的剥削者以无情讽刺。两种解会似相龃龉，其实皆允。因为"寓言"诗有两种情况：一种是作者为某种说教而设喻，寓意较确定；另一种是作者怀着浓厚感情观物，使物著上人的色彩，其中也能引出教训，但"寓意"就不那么确定。如此诗，大抵作者从蜂的"故事"看到那时辛苦人生的影子，但他只把"故事"写下来，不直接说教或具体比附，创造的形象也就具有较大灵活性。而现实生活中存在着不同意义的辛苦人生，与蜂相似的主要有两种：一种是所谓"终朝聚敛苦无多，及到多时眼闭了"（《红楼梦》"好了歌"）；一种是"运锄耕耨侵星起"而"到头禾黍属他人"。这就使得读者可以在两种意义上作不同的理解了。但是，随着时代的前进，劳动光荣成为普遍观念，"蜂"越来越成为一种美德的象征，人们在读罗隐这诗的时候，自然更多地倾向于后一种解会了，可见，"寓言"的寓意并非一成不变，古老的"寓言"也会与日俱新。

赠妓云英

钟陵醉别十余春，重见云英掌上身。
我未成名君未嫁，可能俱是不如人？

罗隐一生怀才不遇。他"少英敏，善属文，诗笔尤俊"（《唐才子传》），却屡次科场失意。此后转徙依托于节镇幕府，十分潦倒。罗隐当初以寒士身份赴举，路过钟陵县（江西进贤），结识了当地乐营中一个颇有才思的歌妓云英。约莫十二年光景他再度落第路过钟陵，又与云英不期而遇。见她仍隶名乐籍，未脱风尘，罗隐不胜感慨。更不料云英一见面却惊诧道："罗秀才还是布衣！"罗隐便写了这首诗赠她。

这首诗为云英的问题而发，是诗人的不平之鸣。但一开始却避开那个话题，只从叙旧平平道起。"钟陵"句回忆往事。十二年前，作者还是一个英敏少年，正意气风发；歌妓云英也正值妙龄，色艺双全。"酒逢知己千杯少"，当年彼此互相倾慕，欢会款洽，都可以从"醉"字见之。"醉别十余春"，显然含有对逝川的痛悼。十余年转瞬已过，作者是老于功名，一事无成，而云英也该人近中年了。

首句写"别"，第二句则写"逢"。前句兼及彼此，次句则侧重写云英。相传汉代赵飞燕身轻能作掌上舞（《飞燕外传》），于是后人多用"掌上身"来形容女子体态轻盈美妙。从"十余春"后已属半老徐娘的云英犹有"掌上身"的风采，可以推想她当年是何等美丽出众了。

如果说这里啧啧赞美云英的绰约风姿是一扬，那么，第三句"君未嫁"就是一抑。如果说首句有意回避了云英所问的话题，那么，"我未成名"显然又回到这话题上来了。"我未成名"由"君未嫁"举出，转得自然高明。宋人论诗最重"活法"——"种种不直致法子"（《石遗室诗话》）。其实此法中晚唐诗已有大量运用。如此诗的欲就先避、欲抑先扬，就不直致，有活劲儿。这种委婉曲折、跌宕多姿的笔法，对于表现抑郁不平的诗情是很合宜的。

既引出"我未成名君未嫁"的问题，就应说个所以然。但末句仍不予正面回答，而用"可能俱是不如人"的假设、反诘之词代替回答，促使读者去深思。它包含丰富的潜台词：即使退一万步说，"我未成名"是"不如人"的缘故，可"君未嫁"又是为什么？难道也为"不如人"么？这显然说不过去（前面已言其美丽出众）。反过来又意味着："我"又何尝"不如人"呢？既然"不如人"这个答案不成立，那么"我未成名君未嫁"原因到底是什么，读者也就可以体味到了。此句读来深沉悲愤，一语百情，是全诗不平之鸣的最强音。

此诗以抒作者之愤为主，引入云英为宾，以宾衬主，构思甚妙。绝句取径贵深曲，用旁衬手法，使人"睹影知竿"，最易收到言少意多的效果。此诗的宾主避就之法就是如此。赞美云英出众的风姿，也暗况作者有过人的才华。赞美中包含着对云英遭遇的不平，连及自己，又传达出一腔傲岸之气。"俱是"二字蕴含着"同是天涯沦落人"的深切同情。只说彼此彼此，语气幽默。不直接回答自己何以长为布衣的问题，使对方从自身遭际中设想体会它的答案，语意间妙，启发性极强。如不以云英作陪衬，直陈作者不遇于时的感慨，即使费词亦难讨好。引入云英，则双管齐下，言少意多。

自遣

得即高歌失即休，多愁多恨亦悠悠。
今朝有酒今朝醉，明日愁来明日愁。

罗隐仕途坎坷，十举进士而不第，于是作《自遣》。这首诗表现了他在政治失意后的颓唐情绪和愤世嫉俗之意。历来为人传诵。

乍看来此诗无一景语而全属率直的抒情。但诗中所有情语都不是抽象的抒情，而能够给人一个具体完整的印象。首句说不必患得患失，倘若直说便抽象化、概念化。而写成"得即高歌失即休"那种半是自白、半是劝世的口吻，尤其是仰面"高歌"的情态，则给人生动具体的感受。情而有"态"，便形象化。次句不说"多愁多恨"太无聊，而说"亦悠悠"。悠悠，不尽，意谓太难熬受。"今朝有酒今朝醉，明日愁来明日愁"，更将"得即高歌失即休"一语具体化，一个放歌纵酒的旷士形象呼之欲出。这一形象具有独特个性。只要将此诗与同含"及时行乐"意蕴的杜秋娘所歌《金缕曲》相比较,便不难看到。那里说的是花儿与少年,所以"莫待无花空折枝",颇有不负青春、及时努力的意味;而这里取象于放歌纵酒,更带迟暮的颓丧,"今朝有酒今朝醉"总使人感到一种内在的凄凉、愤激之情。读这首诗总使我想起中学时代听到的一首诗:"不愿无来不愿有,但愿长江化为酒。日夜睡在沙滩上,一浪浪来喝一口。"情绪不免颓唐,诗确是好诗,虽然有点玩文学的味道。

此诗艺术表现上注意在复迭中求变化,从而形成绝妙的咏叹调。一是情感上的复迭变化。首句先括尽题意,说得意诚可高兴失意亦不必悲伤;次句则是首句的补充,从反面说同一意思:倘不这样,"多愁多恨",是有害无益的;三、四句则又回到正面立意上来,分别推进了首句的意思:"今朝有酒今朝醉"就是"得即高歌"的反复与推进,"明日愁来明日愁"则是"失即休"的进一步阐发。从头至尾,诗情有一个回旋和升腾。二是音响即字词上的重迭变化。首句前四字与后三字意义相对,而二、六字("即")重迭;次句是紧缩式,意思是多愁悠悠,多恨亦悠悠,形成同义反复。三、四句句式相同,但三句中"今朝"两字重迭,四句中"明日愁"三字重迭,但前"愁"字属名词,后"愁"字乃动词,词性亦有变化。可以说,每一句都是重迭与变化手牵手走,而每一句具体表现又各个不同。把重迭与变化统一的手法运用得尽情尽致。

【皮日休】(834?—883?)字逸少,后改袭美,唐襄阳(今属湖北)人。早隐鹿门山,自号间气布衣、醉吟先生等。懿宗咸通七年(866)举进士不第,退居寿州(安徽寿县)自编诗文为《皮子文薮》。八年始及第。十年为苏州军事判官。僖宗乾符二年(875)任毗陵副使。黄巢军入江浙,劫以从军,为翰林学士。

汴河怀古（录一）

尽道隋亡为此河，至今千里赖通波。
若无水殿龙舟事，共禹论功不较多？

汴河，亦即通济渠。隋炀帝时，发河南淮北诸郡民众，开掘了名为通济渠的大运河。自洛阳西苑引谷、洛二水入黄河，经黄河入汴水，再循春秋时吴王夫差所开运河故道引汴水入泗水以达淮水。故运河主干在汴水一段，习惯上也呼之为汴河。隋炀帝开大运河的动机，是为满足一己的淫乐。唐诗中有不少作品是吟咏这个历史题材的，大都指称隋亡于大运河云云。

大运河是隋代的一号工程，而长城是秦代的一号工程。长城的名气更大，但从造福后代的角度而言，则不可与大运河同日而语。大运河与都江堰一样，是以水利造福后世的工程，虽然其上马的初衷不一样。诗一开始就说：很多追究隋朝灭亡原因的人都归咎于运河，视为一大祸根，然而大运河的开凿使南北交通显著改善，对经济联系与政治统一有莫大好处，历史作用深远。用"至今"二字，以表其造福后世时间之长；说"千里"，以见因之得益的地域之广；"赖"字则表明其为国计民生之不可缺少，更带赞许的意味。此句强调大运河的百年大利，一反众口一词的论调，使人耳目一新。这就是唐人咏史怀古诗常用的"翻案法"。翻案法可以使议论新奇，发人所未发，但要做到不悖情理，却是不容易的。

大运河固然有利于后世，但隋炀帝的暴行还是暴行，皮日休是从两个不同角度来看开河这件事的。当年运河竣工后，隋炀帝率众二十万出游，自己乘坐高达四层的"龙舟"，还有高三层、称为浮景的"水殿"九艘，此外杂船无数。船只相衔长达三百余里，仅挽大船的人几近万数，均着彩服，水陆照耀，所谓"春风举国裁宫锦，半作障泥半作帆"（李商隐《隋宫》），其奢侈靡费实为史所罕闻。第三句"水殿龙舟事"即指此而言。作者对隋炀帝的憎恶是十分明显的。然而他并不直说。第四句忽然举出大禹治水的业绩来相比，甚至说就其对后代做出的贡献而言，就是用大禹治水的功绩作比，也是不过分的。

不过，这番评论是以"若无水殿龙舟事"为前提的。然而"若无"云云这个假设条件事实上是不存在的，极尽"水殿龙舟"之侈的炀帝终究不能同躬身治水、"三过家门而不入"的大禹相与论功，流芳千古。故作者虽用了翻案法，实际上只为大运河洗刷不实的"罪名"，而将运河的功与炀帝的罪划分界限。这种把历史上暴虐无道的昏君与传说中受人景仰的圣人并提，是欲夺故予之法。说炀帝"共禹论功不较多"似乎是最大恭维奖许，但有"若无水殿龙舟事"一句的限制，又是彻底的驳夺。"共禹论功"一抬，"不较多"再抬，高高抬起，把分量重重地反压在"水殿龙舟事"上面，对炀帝的批判就更为严正，斥责更为强烈。这种手法的运用，比一般正面抒发效果更好。

作者生活的时代，政治腐败，已走上亡隋的老路，对于历史的鉴戒，一般人的感觉已很迟钝了，而作者却有意重提这一教训，是寓有深意的。此诗以议论为主，在立意的新颖、议论的精辟和"翻案法"的妙用方面，自有其独到处，仍不失为晚唐咏史怀古诗中的佳品。

咏蟹

未游沧海早知名，有骨还从肉上生。
莫道无心畏雷电，海龙王处也横行。

咏物诗往往别有兴寄，这首诗"咏蟹"亦复如此。它既可以是一首讽刺横行不法的恶霸的诗——这有"试将冷眼观螃蟹，看你横行到几时"的俗谚可为旁证；也可以是一首歌颂造反派的诗。联想到晚唐农民起义的风起云涌，诗人亦顺随黄巢，做了"翰林学士"，则后一种解会更饶别趣。

蟹之为物，本是一种时鲜美味，而且主要产于内陆江河湖泊，这就是"未游沧海早知名"的字面意义了。诗人用意主要还在它双关的另一层较深隐的含义。那就是，历史的风云人物虽然出现在沧海横流的时代，但在他们奋起之前，必先在民间有相当的声名。这从写农民起义的《水浒》中可找到极生动的例证：早在播乱山东之前，"及时雨宋公明""托塔天王晁盖"之类名号，已是不胫而走，具有相当的号召力。"未游沧海"，正暗示着将游沧海，四字遥起诗的末句。

相面之术认为，人的命运和骨相有很大关系。据说敢于造反，犯上作乱的人，天生有反骨。由此看"有骨还从肉上生"一句，就不仅仅是咏蟹的硬壳，一种保护组织。当然，此句由于贴切蟹的外形特点，也双关得巧妙。这个硬壳，肉上的骨，还暗示着下一句，即蟹和一切生命一样，都有全身避祸的本能。从这个意义上说，它当然并非无所畏惧。"莫道无心畏雷电"这句垫得非常好，不但使所咏形象变得丰满，不流于简单化，同时又有欲扬先抑、欲擒故纵的蓄势。"雷电"的声威，代表着自然界的威慑力，象征着人间的王法。谁敢以身试法？然而事情总是在一定条件下发生转化的，畏惧和隐忍皆有限度，官逼民反是从来存在的事实。这就逼出最末一句。

"海龙王处也横行。"这是令人击节的点睛之笔。双关在这里更加耐人寻味。就蟹而言，它天生六只脚爪，只能横向爬行，这是它有异于大多数同类动物的特点。要它直走，便是强其所难，无论如何办不到。诗人涉笔成趣地在这里引入"海龙王"这样一个庞然大物，江海中一切的主宰，虾蟹之类本是它微贱的臣民。这一对举自然巧妙。说"海龙王处也横行"，可见蟹的禀性难移，然而，超出字面的意义却是赞美"蟹"的无法无天，即赞美造反的精神。"海龙王处也横行"之可嘉，就在其不是

"于无佛处称尊"，而是公然冒犯至高无上的权威，我行我素，有点"见了皇帝不叩头"的勇气。恰如孙悟空的可爱不在于花果山做美猴王，而在于以弼马温身份大闹天宫的时候一样，这"蟹"的可爱也在于它的造反有理。

诗人不仅细察物理，蟹对所咏的动物的特征把握得很好；而且深于兴寄，巧妙地运用双关手法加以发挥，歌颂了卑贱者最可贵的一种性格即反抗性。

天竺寺八月十五日夜桂子

玉颗珊珊下月轮，殿前拾得露华新。
至今不会天中事，应是嫦娥掷与人。

天竺寺今称法镜寺，位于杭州灵隐山山麓。据《南部新书》记载杭州的风俗道："杭州灵隐寺多桂。寺僧曰：'此月中种也。此今中秋望夜，往往子坠。'寺僧亦尝拾得。"这首诗即写作者在中秋月下在天竺寺寻桂子的经历。

"玉颗珊珊"即指天竺寺的桂花，亦称桂子，本质是樟科植物天竺桂的果实。"下月轮"即从月宫落下，乃是民间传说，其实是寺中树上掉下的桂子。"殿前拾得露华新"是说从大雄宝殿前拾起的桂子，还带有露水，表明它的新鲜。

"至今不会天中事"一句从眼前情事宕开，"不会"是不理解的意思，"天中事"是指关于月宫桂树的传说。相传吴刚违犯天条，罚砍月中桂树，而桂树随砍随合，永远砍不倒。这种发生在神仙世界的事，凡人感到不可理解。末句回到寻桂子的习俗上来，"应是嫦娥掷与人"是大胆猜想，当夜拾得的桂子，是嫦娥撒向人间的，大概嫦娥也有乡愁吧。

须知这是一首中秋诗，虽是缘寻桂子之事而发，而想到月宫、想到嫦娥，也是题中应有之义。

馆娃宫怀古五绝（录一）

绮阁飘香下太湖，乱兵侵晓上姑苏。

越王大有堪羞处，只把西施赚得吴。

"馆娃宫"为吴宫，坐落在江苏苏州灵岩山上，是春秋时吴王夫差为西施所建。组诗五首作于作者任职苏州时，此诗原列第一。

"绮阁飘香下太湖"二句，写吴王夫差亡国的悲剧。用两个画面组成，一个画面：馆娃宫中歌舞升平，与白居易之"骊宫高处入青云，仙乐风飘处处闻"（《长恨歌》）、杜牧之"霓裳一曲千峰上，舞破中原始下来"（《过华清宫绝句三首》）同一机杼。另一个画面："乱兵侵晓上姑苏"，是写越王勾践的兵马攻进姑苏（苏州），与李商隐之"小怜玉体横陈夜，已报周师入晋阳"、"晋阳已陷休回顾，更请君王猎一回"（《北齐二首》）同一机杼。画面组接，能产生蒙太奇效果，在语言上以少胜多。

"越王大有堪羞处"二句，就勾践之霸越亡吴发表议论。按照惯性思维，紧接前两句之议论，应该朝着夫差逸乐亡国而来。然而作者却来了个临阵倒戈，把矛头指向越王勾践，夫差反而成了同情对象。相传勾践亡吴，得益于美人计，事见《吴越春秋》："苎萝山鬻薪之女，曰西施、郑旦，饰以罗谷，教以容步，三年学成而献于吴。"作者认为这不光明，也不光彩。末句断案道："只把西施赚得吴"。按兵不厌诈，美人计亦为三十六计之一，作者却以为不光彩，当有针对性。其事不得知，然形象大于思想。凡是只求达到目的，而不择手段之事，都在讽刺之列。

咏史诗涉及勾践亡吴之事，一般都会赞扬卧薪尝胆的精神，十年生聚、十年教训、奋发图强的精神。此诗却去故就新，用翻案法，将勾践作为讽刺对象，而所指极大，因此为人传诵。

春夕酒醒

四弦才罢醉蛮奴，醽醁余香在翠炉。

夜半醒来红蜡短，一枝寒泪作珊瑚。

这是一首遣怀之作。有人以为是咏史怀古诗，诗中不涉史实及名胜，故不可从。诗写春宴醉酒，醒来后刹那间的感受。作诗的情态，类似于李白的《春日醉起言志》，只不过他写的是春夕。按陆龟蒙有和诗，故知夜宴陆亦在场。

"四弦才罢醉蛮奴"二句，题系"酒醒"，从醉字写入。首句是夜宴情景，"四弦"指琵琶，因有四条弦，白居易有"四弦一声如裂帛"（《琵琶行》）之句。"蛮奴"是诗中人，或以为即作者自己，因为皮日休是襄阳竟陵人，竟陵为春秋时楚地，中原人称楚地为"荆蛮"，其说可从。可见此夕作者是开怀畅饮，醉倒座中。"醽醁余香在翠炉"，"醽醁"亦写作酃醁（酃是地名，今属湖南），是美酒好看的字面，"余香在翠炉"，表明作者醉倒的原因之一是酒好。《水浒传》写景阳冈酒家夸好酒道："我这酒叫透瓶香，又唤作出门倒。初入口时，醇浓好吃，少刻时便倒。"殊不知作者在"翠炉"前就倒了。

"夜半醒来红蜡短"二句，是写酒醒后的视觉印象。便是眼前的红蜡已烧得很短，暗示时间的流逝。参加宴会的人早已散了，只剩下醉汉本人。这时他看到的这半截蜡烛，完全不像一根蜡烛，而活像一枝流泪的红珊瑚——"一枝寒泪作珊瑚"。太美了，没有人这样写过蜡烛，李商隐写过"蜡炬成灰泪始干"（《无题》）、杜牧写过"替人垂泪到天明"（《赠别》），都不是这个感觉。可以说这首诗完全是冲着这个感觉来的，这首诗的成功也在于作者写出了这个感觉。

夸张点说，这有点像莫言写《透明的红萝卜》："红萝卜的形状和大小都像一个大个太阳梨，还拖着一条长尾巴，尾巴上的根根须须像金色的羊毛。红萝卜晶莹透明，玲珑剔透。透明的、金色的外壳里包孕着活泼的银色液体。红萝卜的线条流畅优美，从美丽的弧线上泛出一圈金色的光芒。光芒有长有短，长的如麦芒，短的如睫毛，全是金色……"正是这个透明的红萝卜的出现，碰撞了小说中的黑孩子内心对于美好事物的欲望。

一首诗就是一个美的发现，还需要什么意义呢，不需要了。作者写出了他的发现，其使命就完成了。这首诗在朦胧色彩、感性显现、象征手法的运用上，都达到了李商隐的水平，置之玉谿生诗集中，殆莫能辨。

【陆龟蒙】(? —881)，字鲁望，号天随子、江湖散人、甫里先生，长洲（今苏州）人。曾任湖州、苏州刺史幕僚，后隐居松江甫里（今角直镇），编著有《甫里先生文集》等。与皮日休齐名，世称"皮陆"。

别离

丈夫非无泪，不洒离别间。

杖剑对尊酒，耻为游子颜。

蝮蛇一螫手，壮士即解腕。

所志在功名，离别何足叹。

诗题《别离》，诗中塑造了一个大丈夫出门、壮颜毅色的形象。诗是五言八句，语言洗练。然非五言律诗，乃属古体。

"丈夫非无泪"二句，出语不凡。明人李开先《宝剑记》有两句名言："男儿有泪不轻弹，只因未到伤心处。"它的出处，就在这里。包含两层意思，一是男子汉大丈夫也不是铁石心肠，二是有泪不轻弹，就是要示人以刚强。"不洒离别间"，是因为离别是为人情之常，此事古难全。

"杖剑对尊酒"二句，写饮酒壮行。"杖剑"同仗剑，也就是宝剑随身，其作用是防身而非肇事，"尊酒"是壮行酒，是"欲饮琵琶马上催"（王翰）那样的酒。"耻为游子颜"，本来是游子，然不作"游子颜"，是"无为在歧路，儿女共沾巾"（王勃）的转语。这是决心已下，不稍迟疑的情态。

"蝮蛇一螫手"二句，写英勇果敢。语出唐人窦臮《述书赋下》："君子弃瑕以拔才，壮士断腕以全质。"是说壮士手腕为蝮蛇咬伤，就立即截断，以免毒性扩散全身。比喻遇事果敢，当机立断。《三国志·关羽传》载："羽尝为流矢所中，贯其左臂，……医曰：'矢镞有毒，毒入于骨，当破臂作创，刮骨去毒，然后此患乃除耳。'羽便伸臂令医劈之。时羽适请诸将饮食相对，臂血流离，盈于盘器，而羽割炙引酒，言笑自若。"即是一例。

"所志在功名"二句，写志向高远，总结全诗。表明所谓"别离"，是为了建功立业。李白《上安州裴长史书》有一段话："士生则桑弧蓬矢，射乎四方，故知大丈夫必有四方之志。乃仗剑去国，辞亲远游。"即其志也。"离别何足叹"，再出"离别"二字，"何足叹"表明不算一回事。

陈子昂赞东方虬诗云："骨气端翔，音情顿挫，光英朗练，有金石声。"（《修竹篇序》）此诗可以当之。故清人沈德潜点赞道："直疑高山坠石，不知其来，令人惊绝。"（《说诗晬语》）

和袭美春夕酒醒

几年无事傍江湖，醉倒黄公旧酒垆。

觉后不知明月上，满身花影倩人扶。

　　这是和皮日休（字袭美）《春夕酒醒》之作。原诗（见前）堪称绝唱，唱和不易，而此诗堪称劲敌，为诗坛之佳话。

　　"几年无事傍江湖"二句，亦从醉字写入。首句写多年江湖漂泊，有杜牧"落拓江湖载酒行"（《遣怀》）之意，"无事"有无事一身轻之义，也有一事无成之义，未始无忧。曹操诗云："何以解忧，惟有杜康。"（《短歌行》）"醉倒黄公旧酒垆"，即写醉酒。"黄公酒垆"本竹林七贤饮酒之处，语出《世说新语·伤逝》："王濬冲（王戎）乘轺车经黄公酒垆，顾谓后车客曰：'吾昔与嵇叔夜、阮嗣宗共酣饮此坊。'"用典有味，是自高身份。

　　"觉后不知明月上"二句，亦写醒后的视觉印象。"觉后"是酒醒，"不知明月上"是时光推移。"满身花影倩人扶"才是曲终奏雅的一笔。注意，作者不说满身月光或月影，而说"满身花影"；是因为写花影正是写月光、写月影，而尤切春夕；如果写月光、月影，则不能表现"花影"。月下司空见惯情景，唯被作者拈出，便成妙语。

　　明人周珽说："绝句至晚唐多臻妙境。龟蒙别寻奇调，《自遣》之外，如《春夕（酒醒）》《初冬（偶作）》《寒夜》等作，俱有出群寡和之音。"（《唐诗选脉会通评林》）如果说皮日休原作秾丽、似李商隐，则此诗风调清新、绝类杜牧，故各擅胜场。

白莲

素花多蒙别艳欺，此花端合在瑶池。

无情有恨何人觉，月晓风清欲堕时。

这是一首咏物诗，所咏对象为白莲花，托物言志之意甚明。

"素花多蒙别艳欺"二句，写白莲为群芳所妒。首句譬喻一种现实处境。屈原《渔父》之"众人皆醉我独醒，是以见放。"《后汉书·黄琼传》之"峣峣者易缺，皦皦（皎皎）者易污。阳春之曲，和者必寡；盛名之下，其实难副。"俗语之"龙游浅水遭虾戏，虎落平阳被犬欺。"说的都是一个道理——曲高和寡，贤者见放。"此花端合在瑶池"，承上句言浊世不配白莲，只有瑶池才配，"瑶池"为神话传说中西王母所居，指一尘不染之仙境。此句去宋人周敦颐《爱莲说》"出淤泥而不染，濯清涟而不妖"，只有一步之差，凸显了白莲潇洒出尘的精神。亦屈子所谓："安能以皓皓之白，而蒙世俗之尘埃乎?"（《渔父》）

"无情有恨何人觉"二句，写白莲自开自落。包含两重意味，一重是不为"无人"而不芳，如君子之有持守；一重是忍耐寂寞。"无情有恨"，以揣测语气，意味着白莲的不动声色。"月晓风清欲堕时"，最后是凋谢之前的白莲的一个特写，背景是"月晓风清"，是初秋之清晨，白莲将无言地凋谢。这是诗人刻意营造的意象，表现了士大夫怀才不遇、孤芳自赏的心境。清人王士禛云："陆鲁望《白莲》诗'无情有恨何人觉，月晓风清欲堕时。'语自传神，不可移易。苕溪渔隐乃云：移作白牡丹亦可，谬矣。予少时在扬州，过露筋祠有句云：'行人系缆月初堕，门外野风开白莲。'……牡丹开时，正风和日暖，又安得有月冷风清之气象耶?"（《带经堂诗话》）

近人俞陛云曰："'月晓风清'七字，得白莲之神韵。与昔人咏梅花'清极不知寒'，咏牡丹诗'香疑日炙消'，皆未尝切定此花，而他处移易不得，可意会不可言传也。"（《诗境浅说》续编）

新沙

渤澥声中涨小堤，官家知后海鸥知。
蓬莱有路教人到，应亦年年税紫芝。

这首诗就官府对海边新淤沙洲征税一事，对赋税剥削的无孔不入，进行辛辣讽刺。

"渤澥声中涨小堤"二句，就新沙被很快发现，而寄嘲讽。首句"渤澥 xiè"即渤海，"声中"即涨潮声中，"涨小堤"指泥沙淤积形成小堤即"新沙"。次句"官家知后海鸥知"，是诗中可圈可点之句，运用句中排形式，而意味深长。海鸥是时时巡游在海上的水鸟，它应该最先发现新沙；殊不知"莫道君行早，更有早行人"，居然让"官家"知道在前了。这是极度夸张的笔墨，却不著一字褒贬。事实上，官家不可能比海鸥更先知道新沙，但官家有这个心，作者就可以作此想，这就是艺术的真实了。"官家知后海鸥知"，说得多么风轻云淡，却是刻骨的讽刺。措语之妙，真是骂人不带脏字了。

"蓬莱有路教人到"二句，用类推法，继续嘲讽。前二句说到新沙被发现，照理说，后两句就应该写对新沙征税的事。不料诗人不直接说这事，却跳过一层，进行合理想象。三句是半截话，说假若交通能达到蓬莱仙山，如捂住下句，就有一个悬念。读者不一定想得到，但感觉一定与"新沙"有关，末句揭开盖子："应亦年年税紫芝"，也就是说，连蓬莱仙子也不能逃税（"紫芝"即紫色灵芝，传说中可以延年益寿的仙草），更不用说利用"新沙"种植的凡人了。向神仙抽税这个想法，是匪夷所思的，却也不是毫无根据，根据就是"新沙门"事件。

此诗构思奇妙，而逸趣横生。而"官家知后海鸥知"一语，深入浅出，令人过目不忘，为全诗生色不少。

怀宛陵旧游

陵阳佳地昔年游，谢朓青山李白楼。

惟有日斜溪上思，酒旗风影落春流。

这是一首回忆宣城昔游的诗。"宛陵"即今安徽宣城，"旧游"指旧日游览之地。

"陵阳佳地昔年游"二句，写宣城名胜。首句中"陵阳"是山名，以相传陵阳子明于此山成仙而得名，在今宣城北，这里用作宛陵的代称。"佳地"是定性，犹言宣城是个好地方。次句"谢朓青山李白楼"，拈出宣城两大历史文化名人及两大景点，作一个句中排比，是此诗的亮点。然而，句中"青山"与"楼"，并不严格分属于谢朓和李白。应该说，都与谢朓有关，又都与李白有关。"青山"在当涂，唐属宣州。谢朓为南齐宣州太守时，曾置业于青山，因为李白"一生低首谢宣城"（王士禛），最终归葬青山。所以"谢朓青山"也是李白青山。"李白楼"应指宣州北楼，即"谢公楼"，本以谢朓得名，而李白著有《宣州谢朓楼饯别校书叔云》的千古绝唱，故亦宜称"李白楼"。作者根据句中排比的需要，做成"谢朓青山李白楼"，实为互文修辞。这是宣州历史文化之亮点，宜有此句。

"惟有日斜溪上思"二句，写临风怀古。"惟有"二字，表明作者所向往的谢、李二公早已作古，只剩下千古名篇，令作者临风怀想；"日斜"点明时间;"溪"指青弋江,或水阳江,或二江支流。"酒旗风影落春流",是作者临溪之所见,眼前的夕阳和在风中招展的酒旗,都倒映在江中。令人感到,他正重复着李白当年把酒"临风怀谢公"(《秋登宣城谢朓北楼》)的故事,只不过他所怀想的古人,谢朓而外,又加上了李白。这种感觉,与孟浩然《与诸子登岘山》"羊公碑尚在,读罢泪沾巾"极为相似。

全诗从"怀"字着想,首句"昔年游"便从"怀"字写起;次句写宣城名城,"怀"字之神自在;三四句写景,可作一句读,情景交融,最得"怀"字神韵。

【曹邺】(816—?),晚唐诗人。字邺之,唐桂州阳朔(广西阳朔)人。屡试不第,宣宗大中四年(850)始进士及第,与刘驾、郑谷等为诗友。曾任天平军节度判官、太常博士、祠部郎中、洋州刺史、吏部郎中等职。中年辞官南归,隐居以终。

官仓鼠

官仓老鼠大如斗,见人开仓亦不走。
健儿无粮百姓饥,谁遣朝朝入君口?

这是一首反贪诗。唐朝末年,苛政极繁,贪官污吏滋多,这首诗为此而作。

"官仓鼠"这个形象可说是直接来自生活,却也有一个出典,见《史记·李斯列传》:"(斯)年少时,见吏舍厕中鼠食不洁,近人犬,数惊恐之。斯入仓,观仓中鼠,居大庑之下,不见人犬之忧。"可知"官仓鼠",第一有"积粟"可食,较之厕中饥鼠,自然肥大。"官仓老鼠大如斗",

夸张而不失实，用喻贪吏，得其神似。第二是"不见人犬之忧"。古人云"社鼠不熏"，官仓之鼠亦然。所以成语虽有"胆小如鼠"之说，"官仓鼠"却是例外。柳宗元曾写过一篇寓言《永某氏之鼠》，其中说到由于主人属鼠，禁畜猫犬，恣鼠不问，老鼠居然白昼与人兼行。所谓"见人开仓亦不走"，亦可见"官仓鼠"不仅身大如斗，亦有"斗胆"，虽平淡写来，亦使人毛骨悚然。用来比喻胆大妄为的官吏，也很形象。

诗第三句撇开鼠而写到人："健儿无粮百姓饥"。兵民为邦国之本，却挣扎于饥饿死亡线上。这里构成了一个强烈对比：一面是军民劳而不获，一面是官仓鼠无功食粟。这是多么不合理的社会现实。诗以痛切的一问作结："谁遣朝朝入君口？"这问题的深刻性在于，诗人并非简单地以"鼠"患为民生疾苦的唯一原因，而是进一步追究产生这种不平等的根源。虽然没有给出现成的答案，却发人深思。

《史记》写李斯见"官仓鼠"是十分羡慕的，在诗人笔下这一形象却发生了质变，成为极可憎恶的对象。因而此诗精神上更接近诗经《硕鼠》。那首古代民歌愤切地说："硕鼠硕鼠，无食我黍""逝将去女（汝），适彼乐土"。此诗中也潜在有同样愤切的情绪。

此诗不用赋法，未局限于官吏贪赃枉法之具体事实，而就其贪婪成性、胆大妄为的本质特征设喻，即用比兴手法，显得言省意足。虽然没有《硕鼠》那样的复迭章句，但第三句的提唱和末句的设问，亦饶有唱叹之音。由于语言的通俗幽默，易记易传，又增强了诗的战斗性。

【王镣】生卒年不详，字德耀，唐扬州（今属江苏）人，祖籍太原（今属山西）。宰相王铎之弟。屡举不第，懿宗咸通中始进士及第，累官主客员外郎，僖宗乾符二年（875）改仓部员外郎，迁左司郎中、汝州刺史。终太子宾客。

感事

> 击石易得火，扣人难动心。
>
> 今日朱门者，曾恨朱门深。

阶级社会里充满着不平等，人们都在一定的社会地位里生活，思想感情和立场观点随着社会地位的变化而变化，从而产生出一种发人深省的"角色互换"的现象：专制的家长曾经是俯首帖耳的子孙；恶毒的婆婆曾经是受气的小媳妇儿；刚愎的暴君曾经是造反者；一怒之下杀了伙伴的王者，当年也曾讲过"苟富贵，勿相忘"的肺腑之言。人们显得那样健忘，仿佛人际关系中确乎存在一个个怪圈。这首五绝就用极简洁的语言，道破了这样一种世相，既痛快又深刻。

诗前两句以比兴手法，为警策之句："击石易得火，扣人难动心。"在火柴发明传入之前，人们取火的办法之一便是击石取火：工具是两片火石，或一片火石一块铁，以纸媒相凑，击石引着，再吹出明火。今人看来这很不方便，而在古人却认为"易得"了。写"击石易得火"，为的是引出"扣人难动心"。以"易"形"难"，这是反兴的方法。相形之下突出了人心的冷酷，比石头还僵硬。人间固然也有古道热肠者，并非全无恻隐之心，不过，此句是有所特指，便是题目显示的，作者在生活中遇到了一件不愉快的事，碰了钉子，故感发为诗。他的高明在于，并不停留在具体事件上，而是着重揭示其中包含的生活哲理："今日朱门者，曾恨朱门深。"今日有权有势的冷面人，当初也曾需要温情，也曾要求权门的援引。可能也曾有过求告无门的苦衷。这里言下之意是：人啦，你为什么如此健忘呢？你当初深恶痛绝的那种角色，如今为什么就安之若素呢？所以这二句"朱门"的重复中，见出角色互换，读来饶有意味。

诗人对其所针砭的那个具体对象，也许深知其底细，他可能就是"一阔脸就变"的势利小人。不过诗中并不局限在一人一事，而重在揭露鞭笞一种世相，所以深刻。

同一个题目，如果施之散文，可能就下笔千言，通过旁搜远绍，甚至可能写成论人类不平等什么什么的长篇大论。而一首绝句，却只须点到为止，读者逐类旁推，自能产生愈短愈长的效果。这首诗前二句固然是警句，后二句则是更为发人深省的警句。语言的警策，也是小诗成功的诀窍之一。

【高蟾】生卒年不详，唐末诗人，郡望勃海（河北沧州）。出身寒素，累举不第。僖宗乾符三年（876）进士及第，昭宗乾宁中官至御史中丞。

下第后上永崇高侍郎

天上碧桃和露种，日边红杏倚云栽。
芙蓉生在秋江上，不向东风怨未开。

关于此诗有一段本事，见元辛文房《唐才子传》："（高蟾）初累举不上，题诗省墙间曰：'冰柱数条搏白日，天门几扇锁明时。阳春发处无根蒂，凭仗东风次第吹'，怨而切。是年人论不公，又下第。上马侍郎云。"

唐代科举尤重进士，因而新进士的待遇极优渥，每年曲江会，观者如云，极为荣耀。此诗一开始就用"天上碧桃""日边红杏"来作比拟。"天上""日边"，象征着得第者"一登龙门则身价十倍"，地位不寻常；"和露种""倚云栽"比喻他们有所凭恃，特承恩宠；"碧桃""红杏"，鲜花盛开，意味着他们春风得意、前程似锦。这两句不但用词富丽堂皇，而且对仗整饬精工，正与所描摹的得第者平步青云的非凡气象悉称。

《镜花缘》第八十回写打灯谜，有一条花名谜的谜面就借用了这一联现成诗句。谜底是"凌霄花"，非常贴切。"天上碧桃""日边红杏"所以非凡，不就在于其所处地势"凌霄"吗？由此可以体会到诗句暗含的另一重意味。唐代科举惯例，举子考试之前，先得自投门路，向达官贵人"投卷"（呈献诗文）以求荐举，否则没有被录取的希望。这种所谓推荐、选拔相结合的办法后来弊端大启，晚唐尤甚。高蟾下第，自慨"阳春发处无根蒂"，可见当时靠人事"关系"成名者大有人在。这正是"碧桃"在天，"红杏"近日，方得"和露""倚云"之势，又岂是僻居于秋江之上无依无靠的"芙蓉"所能比拟的呢？

第三句中的秋江芙蓉显然是作者自比。作为取譬的意象，芙蓉是由桃杏的比喻连类生发出来的。虽然彼此同属名花，但"天上""日边"与"秋江"之上，所处地位极为悬殊。这种对照，与晋左思《咏史》名句"郁郁涧底松，离离山上苗"类似，寄托贵贱之不同乃是"地势使之然"。秋江芙蓉美在风神标格，与春风桃杏美在颜色妖艳不同。《唐才子传》称"蟾本寒士，性倜傥离群，稍尚气节。人与千金无故，即身死不受"，又说"其胸次磊块"等。秋江芙蓉孤高的格调与作者的人品是统一的。末句"不向东风怨未开"，话里带刺。表面只怪芙蓉生得不是地方（生在秋江上）、不是时候（正值东风），却暗寓自己生不逢辰的悲慨。与"阳春发处无根蒂，凭仗东风次第吹"同样"怨而切"，只不过此诗全用比体，寄兴深微。

诗人向"大人物"上书，不卑不亢，毫无胁肩谄笑的媚态，这在封建时代，是较为难得的。说"未开"而非"不开"，这是因为芙蓉开花要等到秋高气爽的时候。这里似乎表现出作者对自己才具的自信。不妨顺便说一句，高蟾在作诗后的第二年终于蟾宫折桂，如愿以偿了。

【韦庄】(836—910) 字端己，唐京兆杜陵（今陕西长安）人。唐初宰相韦见素之后，韦应物四世孙。孤贫力学，曾长期流落江南。乾宁元年（894）始中进士，释褐为校书郎。天复中为西蜀王建掌书记，王建称帝后拜相。有《浣花集》，近人王国维辑《浣花词》。

秦妇吟

中和癸卯春三月，洛阳城外花如雪。东西南北路人绝，绿杨悄悄香尘灭。路旁忽见如花人，独向绿杨阴下歇。凤侧鸾欹鬓脚斜，红攒黛敛眉心折。借问女郎何处来，含嚬欲语声先咽。回头敛袂谢行人，丧乱漂沦何堪说！三年陷贼留秦地，依稀记得秦中事。君能为妾解征鞍，妾亦与君停玉趾。前年庚子腊月五，正闭金笼教鹦鹉。斜开鸾镜懒梳头，闲凭雕栏慵不语。忽看门外起红尘，已见街中擂金鼓。居人走出半仓皇，朝士归来尚疑误。是时西面官军入，拟向潼关为警急。皆言博野自相持，尽道贼军来未及。须臾主父乘奔至，下马入门痴似醉。适逢紫盖去蒙尘，已见白旗来匝地。扶羸携幼竞相呼，上屋缘墙不知次。南邻走入北邻藏，东邻走向西邻避。北邻诸妇咸相凑，户外崩腾如走兽。轰轰昆昆乾坤动，万马雷声从地涌。火迸金星上九天，十二官街烟烘烔。日轮西下寒光白，上帝无言空脉脉。阴云晕气若重围，宦者流星如血色。紫气潜随帝座移，妖光暗射台星折。家家流血如泉沸，处处冤声声动地。舞伎歌姬尽暗捐，婴儿稚女皆生弃。东邻有女眉新画，倾国倾城不知价。长戈拥得上戎车，回首香闺泪盈把。旋抽金线学缝旗，才上雕鞍教走马。有时

306

马上见良人，不敢回眸空泪下。西邻有女真仙子，一寸横波剪秋水。妆成只对镜中春，年幼不知门外事。一夫跳跃上金阶，斜袒半肩欲相耻。牵衣不肯出朱门，红粉香脂刀下死。南邻有女不记姓，昨日良媒新纳聘。玻璃阶上不闻行，翡翠帘间空见影。忽看庭际刀刃鸣，身首支离在俄顷。仰天掩面哭一声，女弟女兄同入井。北邻少妇行相促，旋解云鬟拭眉绿。已闻击托坏高门，不觉攀援上重屋。须臾四面火光来，欲下回梯梯又摧。烟中大叫犹求救，梁上悬尸已作灰。妾身幸得全刀锯，不敢踟蹰久回顾。旋梳蝉鬓逐军行，强展蛾眉出门去。旧里从兹不得归，六亲自此无寻处。一从陷贼经三载，终日惊忧心胆碎。夜卧千重剑戟围，朝餐一味人肝脍。鸳帏纵入岂成欢？宝货虽多非所爱。蓬头垢面眉犹赤，几转横波看不得。衣裳颠倒语言异，面上夸功雕作字。柏台多士尽狐精，兰省诸郎皆鼠魅。还将短发戴华簪，不脱朝衣缠绣被。翻持象笏作三公，倒佩金鱼为两史。朝闻奏对入朝堂，暮见喧呼来酒市。一朝五鼓人惊起，叫啸喧争如窃议。夜来探马入皇城，昨日官军收赤水。赤水去城一百里，朝若来兮暮应至。凶徒马上暗吞声，女伴闺中潜生喜。皆言冤愤此时销，必谓妖徒今日死。逡巡走马传声急，又道官军全阵入。大彭小彭相顾忧，二郎四郎抱鞍泣。沉沉数日无消息，必谓军前已衔璧。镞旗掉剑却来归，又道官军悉败绩。四面从兹多厄束，一斗黄金一升粟。尚让厨中食木皮，黄巢机上刲人肉。东南断绝无粮道，沟壑渐平人渐少。六军门外倚僵尸，七架营中填饿殍。长安寂寂今何有？废市荒街麦苗秀。采樵斫尽杏园花，修寨诛残御沟柳。华轩绣毂皆销散，甲第朱门无一半。含元殿上狐兔行，花萼楼前荆棘满。昔时繁盛皆埋

307

没，举目凄凉无故物。内库烧为锦绣灰，天街踏尽公卿骨。来时晓出城东陌，城外风烟如塞色。路旁时见游奕军，坡下寂无迎送客。霸陵东望人烟绝，树锁骊山金翠灭。大道俱成棘子林，行人夜宿墙匡月。明朝晓至三峰路，百万人家无一户。破落田园但有蒿，摧残竹树皆无主。路旁试问金天神，金天无语愁于人。庙前古柏有残枿，殿上金炉生暗尘。一从狂寇陷中国，天地晦冥风雨黑。案前神水咒不成，壁上阴兵驱不得。闲日徒歆奠飨恩，危时不助神通力。我今愧恧拙为神，且向山中深避匿。寰中箫管不曾闻，筵上牺牲无处觅。旋教魔鬼傍乡村，诛剥生灵过朝夕。妾闻此语愁更愁，天遣时灾非自由。神在山中犹避难，何须责望东诸侯！前年又出杨震关，举头云际见荆山。如从地府到人间，顿觉时清天地闲。陕州主帅忠且贞，不动干戈惟守城。蒲津主帅能戢兵，千里晏然无戈声。朝携宝货无人问，暮插金钗惟独行。明朝又过新安东，路上乞浆逢一翁。苍苍面带苔藓色，隐隐身藏蓬荻中。问翁本是何乡曲？底事寒天霜露宿？老翁暂起欲陈词，却坐支颐仰天哭。乡园本贯东畿县，岁岁耕桑临近甸。岁种良田二百廛，年输户税三千万。小姑惯织褐绅袍，中妇能炊红黍饭。千间仓兮万丝箱，黄巢过后犹残半。自从洛下屯师旅，日夜巡兵入村坞。匣中秋水拔青蛇，旗上高风吹白虎。入门下马若旋风，罄室倾囊如卷土。家财既尽骨肉离，今日垂年一身苦。一身苦兮何足嗟，山中更有千万家。朝饥山草寻蓬子，夜宿霜中卧荻花。妾闻此老伤心语，竟日阑干泪如雨。出门惟见乱枭鸣，更欲东奔何处所？仍闻汴路舟车绝，又道彭门自相杀。野色徒销战士魂，河津半是冤人血。适闻有客金陵至，见说江南风景异。自从大寇犯中原，戎马

不曾生四鄙。诛锄窃盗若神功，惠爱生灵如赤子。城壕固护
教金汤，赋税如云送军垒。奈何四海尽滔滔，湛然一镜平如
砥。避难徒为阙下人，怀安却羡江南鬼。愿君举棹东复东，
咏此长歌献相公。

《秦妇吟》无疑是我国诗史上极富才气的文人长篇叙事诗之一。长诗
诞生的当时，民间就广有流传，并被制为幛子悬挂；作者则被呼为"秦
妇吟秀才"，与白居易曾被称为"长恨歌主"并称佳话。其风靡一时，盛
况可想而知。然而这首"不仅超出韦庄《浣花集》中所有的诗，在三唐
歌行中亦为不二之作"（俞平伯）的《秦妇吟》，却厄运难逃。由于政治避
忌的缘故，韦庄本人晚年即讳言此诗，"他日撰家戒，内不许垂《秦妇
吟》幛子，以此止谤"（《北梦琐言》）。后来此诗不载于《浣花集》，显然出
于作者割爱，致使宋元明清历代徒知其名，不见其诗。至近代，《秦妇
吟》写本复出于敦煌石窟，也缘天幸。然而由于诗中颇见作者仇视农民
起义的立场，所以以来文学史著作及古代文学作品选本，对它仍旧持冷
落与排斥态度。这种做法显然并不妥当。

从唐僖宗广明元年（880）冬到中和三年（883）春，即黄巢起义军进
驻长安的两年多时间里，唐末农民起义发展到高潮，同时达到了转捩点。
由于农民领袖战略失策和李唐王朝官军的疯狂镇压，斗争空前残酷，人
民蒙受着巨大的苦难和惨重的牺牲。韦庄本人即因应举羁留长安，兵中
弟妹一度相失，又多日卧病，他便成为这场震撼神州大地的社会巨变的
目击者。经过一段时间酝酿，在他离开长安的翌年，即中和三年，在东
都洛阳创作了这篇堪称他平生之力之作的史诗。在诗中，作者虚拟了一位
身陷兵中复又逃离的长安妇女"秦妇"对邂逅的路人叙其亲身经历，从
而展现了那一大动荡的艰难时世之面面观。《秦妇吟》既是一篇诗体小
说，又具有纪实性质。全诗共分五大段。首段自"中和癸卯春三月"至

309

"妾亦与君停玉趾"，叙诗人与一位从长安东奔洛阳的妇人（即秦妇）于途中相遇，为全诗引子；二段自"前年庚子腊月五"至"六亲自此无寻处"，为秦妇追忆黄巢起义军攻陷长安前后的情事；三段自"一从陷贼经三载"至"天街踏尽公卿骨"，写秦妇在围城义军中三载触目惊心的种种见闻；四段自"来时晓出城东陌"至"河津半是冤人血"，写秦妇东奔途中所见所闻所感；末段自"适闻有客金陵至"至"咏此长歌献相公"，通过道听途说，对相对平定的江南寄予一线希望，为全诗结尾。

《秦妇吟》用了大量篇幅叙述了农民军初入长安引起的骚动。毫无疑问，在这里，作者完全站在李唐王朝的立场，是以十分仇视的心理看待农民革命的。由于戴了有色眼镜，即使是描述事实方面也不无偏颇，攻其一点而不及其余。根据封建时代正史（两唐书）记载，黄巢进京时引起坊市聚观，可见大体上做到秩序井然。义军头领尚让慰晓市人的话是："黄王为生灵，不似李家不恤汝辈，但各安家。"而军众遇穷民于路，竟行施遗，惟憎官吏，黄巢称帝后又曾下令军中禁妄杀人。当然，既是革命，便难免混有污秽和鲜血；加之队伍宠大，禁令或不尽行，像《新唐书·黄巢传》所记载"贼酋择甲第以处，争取人妻女乱之"的破坏纪律的行为总或不免。而韦庄却抓住这一端作了"放大镜"式的渲染："适逢紫盖去蒙尘，已见白旗来匝地。扶羸携幼竞相呼，上屋缘墙不知次。南邻走入北邻藏，东邻走向西邻避。北邻诸妇咸相凑，户外崩腾如走兽。轰轰昆昆乾坤动，万马雷声从地涌。火迸金星上九天，十二官街烟烘炯。……家家流血如泉沸，处处冤声声动地。舞伎歌姬尽暗捐，婴儿稚女皆生弃。"

"秦妇"的东西南北邻里遭到烧杀掳掠，几无一幸免。仿佛世界的末日到了。整个长安城就只有杀声与哭声。由于作者把当时的一些传闻，集中夸大，也就不免失实。但是，就在这些描写中，仍有值得读者注意的所在。那就是，在农民起义风暴席卷之下，长安的官吏财主们的惶惶不可终日的仇视恐惧心理，得到了相当生动的再现。在他们眼中，一切都"糟得很",不仅起义军的"暴行"令人发指,就连他们的一举一动,包括沿袭封建朝廷之制度,也是令人作呕的:"衣裳颠倒语言异,面上夸功雕作字。柏台多士尽狐精,兰省诸郎皆鼠魅。还将短发戴华簪,不脱朝衣缠绣被。翻持象笏作三公,倒佩金鱼为两史。"诗句于嘲骂中表现的敌对阶级对农民起义的仇视心理,可谓入木三分。这段迹近污蔑的文字,却从另一个角度,生动地反映出黄巢进入长安后的失策,写出农民领袖是怎样惑于帝王将相的错误观念,在反动统治阶级力量未曾肃清之际就忙于加官赏爵,作茧自缚,钻进怪圈。因而具有深刻的认识意义。由此我们发现诗中涉及这方面的内容相当丰富,它还写到了农民起义军是怎样常处三面包围之中,与官军进行拉锯战,虽经艰苦卓绝之奋斗而未能解围;他们又是怎样陷入危境,自顾不暇,也就无力解民于倒悬,致使关辅人民饿死沟壑、析骸而食;以及他们内部藏纳的异己分子是如何时时在祈愿他们的失败,盼望恢复失去的天堂。而这些生动形象的史的图景,是正史中不易看到的,它们体现出作者的才力。恰如列宁在介绍一位白卫作家小说时所说:"考察一下,切齿的仇恨怎样使这本极有才气的书,有的地方写得非常好,有的地方写得非常糟,是很有趣的。"我们也注意到,韦庄笔下的农民军将士形象,有的地方写得非常糟,有的地方却写得非常好。

正如上文所说,《秦妇吟》是一个动乱时代之面面观,它的笔锋所及,又远不止于农民军一面,同时还涉及封建统治者内部。韦庄在描写自己亲身体验,思考和感受过的社会生活时,违背了个人的政治同情和阶级偏见,将批判的锋芒指向了李唐王朝的官军和割据的军阀。诗人甚至痛心地指出,他们的罪恶有甚于"贼寇"黄巢。《秦妇吟》揭露的官军罪恶大要有二:其一是抢掠民间财物不遗余力,如后世所谓"寇来如梳,兵来如箆"。诗中借由乱前纳税大户,乱后沦为乞丐的新安老翁之口控诉说:

"千间仓兮万丝箱,黄巢过后犹残半。自从洛下屯师旅,日夜巡兵入村坞。匣中秋水拔青蛇，旗上高风吹白虎。入门下马若旋风，罄室倾囊如卷土。家财既尽骨肉离，今日垂年一身苦。一身苦兮何足嗟，山中更有千万家……"

其二便是杀人甚至活卖人肉的勾当。这一层诗中写得较隐约，近人陈寅恪、俞平伯先生据有关史料与诗意互参，发明甚确，扼要介绍如次。据《旧唐书·黄巢传》，"时京畿百姓皆寨于山谷，累年废耕耘。贼坐空城，赋输无入，谷食腾踊。米斗三四千。官军皆执山寨百姓于贼，人获数十万"。《秦妇吟》则写道："尚让厨中食木皮，黄巢机上刲人肉"、"夜卧千重剑戟围，朝餐一味人肝脍"，而这些人肉的来源呢？诗中借华岳山神的引咎自责来影射讽刺山东藩镇，便透漏了个中消息："闲日徒歆奠飨恩，危时不助神通力。……寰中箫管不曾闻，筵上牺牲无处觅。旋教魔鬼傍乡村，诛剥生灵过朝夕。"俞平伯释云："筵上牺牲"指三牲供品；"无处觅"就得去找；往哪里去找？"乡村"，史所谓"山寨百姓"是也。"诛剥"，杀也。"诛剥生灵过朝夕"，以人为牺也，直译为白话，就是靠吃人过日子。以上云云，正与史实相符。黄巢破了长安，珍珠双贝有的是——秦妇以被掳之身犹曰"宝货虽多非所爱"，其他可知——却是没得吃。反之，在官军一方，虽乏金银，"人"源不缺。"山中更有千万家"，新安如是，长安亦然。以其所有，易其所无，于是官军大得暴利。

凡此两端（抢掠与贩人），均揭露出封建官军及军阀与人民对立的本质，而韦庄晚年"北面亲事之主"王建及其僚属，亦在此诗指控之列。陈寅恪谓作者于《秦妇吟》其所以讳莫如深，乃缘"志希免祸"，是得其情实的。

韦庄能写出如此具有现实主义倾向的巨作，诚非偶然。他早岁即与老诗人白居易同寓下邽，可能受到白氏濡染；又心仪杜甫，寓蜀时重建草堂，且以"浣花"命集。《秦妇吟》一诗正体现了杜甫、白居易两大现实主义诗人对作者的影响，在艺术上且有青出于蓝之处。

杜甫没有这种七言长篇史诗，唯白居易《长恨歌》可以譬之。但

《长恨歌》浪漫主义倾向较显著，只集中表现两个主人公爱的悲欢离合。《秦妇吟》纯乎写实，其椽笔驰骛所及，时间跨度达两三年之久，空间范围兼及东、西两京，所写为历史的沧桑巨变。举凡乾坤之反复，阶级之升降，人民之涂炭，靡不见于诗中。如此宏伟壮丽的画面，元、白亦不能有，唯杜甫（五言古体）有之。但杜诗长篇多政论，兼及抒情。《秦妇吟》则较近于纯小说的创作手法，诸如秦妇形象的塑造，农民军入城的铺陈描写，金天神的虚构，新安老翁的形容……都是如此。这比较杜甫叙事诗，可以说是更进一步了。在具体细节的刻画上，诗人摹写现实的本领也是强有力的。如从"忽看门外红尘起"到"下马入门痴似醉"一节，通过街谈巷议的情景和一个官人的仓皇举止，将黄巢军入长安之迅雷不及掩耳之势和由此引起的社会震动，描绘得十分逼真。战争本身是残酷的，尤其在古代战争中，妇女往往被作为一种特殊战利品，而遭到非人的待遇。所谓"马边悬男头，马后载妇女。"（蔡琰）《秦妇吟》不但直接通过一个妇女的遭遇来展示战乱风云，而且还用大量篇幅以秦妇声口毕述诸邻女伴种种不幸，画出大乱中长安女子群像，具有一定的认识价值。其中"旋抽金线学缝旗，才上雕鞍教走马"二句，通过贵家少妇的生活不变，"路上乞浆逢一翁"一段，通过因破落而被骨肉遗弃的富家翁的遭遇，使人对当时动乱世情窥斑见豹。"还将短发戴华簪"数句虽属漫画笔墨，又足见农民将领迷恋富贵安乐，得意忘形，闹剧中有足悲者。从"昨日官军收赤水"到"又道官军悉败绩"十数句，既见农民军斗争之艰难顽强，又见其志气实力之日渐衰竭凡此刻画处，皆力透纸背；描摹处，皆情态毕见。没有十分的艺术功力，焉足办此。《秦妇吟》还着重环境气氛的创造。从"长安寂寂今何有"到"天街踏尽公卿骨"十二句，写兵燹后的长安被破坏无遗的状况，从坊市到宫室，从树木到建筑，曲曲道来，纤毫毕见，其笔力似在白居易《长恨歌》、元稹《连昌宫词》描写安史之乱导致破坏的文字之上。尤其"内库烧为锦绣灰，天街踏尽公卿骨"，竟使时人垂诞，堪称警策之句。"长安寂寂今何有，废市荒街麦苗秀"，洛阳呢，"东西南北路人绝，绿杨悄悄香尘灭"，而一个妇人在茫茫宇宙中踽踽独行，"朝携宝货无人问，暮插金钗惟独行"。到处是死一般的沉寂，甚至比爆发还可怕，这些描写较之汉魏古诗"出门无所见，白骨蔽平原"（王粲《七哀诗三首》）一类诗句表现力更强，更细致成功地创造了一种恐怖气氛。

《秦妇吟》在思想内容上是复杂而丰富的，艺术上则有所开创，在古代叙事诗中堪称扛鼎之作。由于韦庄的写实精神在相当程度上克服了他的阶级偏见，从而使得此诗在杜甫"三吏三别"、白居易《长恨歌》之后，为唐代叙事诗树起了第三座丰碑。

台城

江雨霏霏江草齐，六朝如梦鸟空啼。
无情最是台城柳，依旧烟笼十里堤。

"台城"为六朝宫城遗址，在金陵，即今南京城内鸡鸣山北麓玄武湖侧。作者有《金陵图》绝句云："谁谓伤心画不成，画人心逐世人情。君看六幅南朝事，老木寒云满故城。"这首题画诗，除最后一句，并没有怎么画，而都是在说，都是在发议论。而《台城》则不同，主要是画，说的成分、发议论的成分少得多，令人低回不已，这首诗的得分应该更高。仔细琢磨，这首诗和那首诗应该是同时而作，都是题金陵图的，因为那首诗说得很清楚，画是组画——"六幅南朝事"，"台城"应该是其中的一幅。

"江雨霏霏江草齐，六朝如梦鸟空啼"，前二句从画面的基调说起，一派雨景，着意渲染阴郁的氛围。因为金陵靠着长江，故雨称"江雨"、草称"江草"。江南的春雨密而且细，无边丝雨，四望迷蒙，给人以如梦似幻之感。首句是画，次句是说，"六朝如梦鸟空啼"，从江南烟雨到六朝如梦，跳跃很大，而首句制造的如梦似幻的感觉，是一个暗中的过渡。六朝，指隋唐前建都金陵的东吴、东晋、宋、齐、梁、陈，三百多年间这些王朝走马灯似的更迭，一个接一个地衰败覆亡，加上自然与人事的对照，更加深了"六朝如梦"的感慨。"鸟空啼"是个听觉形象，在画面上本来看不到的，但感觉得到，在江南烟雨季节，是能听到鸟叫的，宋诗有"子规声里雨如烟"、"鹁鸠声里雨如烟"，就是明证。在烟雨中的鸟声，给人以凄凉的感觉，这就与"六朝如梦"联系起来了。

"无情最是台城柳，依旧烟笼十里堤"，后二句集中到画的主体景物，那就是"十里堤"上的"台城柳"。春风中杨柳依依，欣欣向荣，在古人看来本是一种乐景，能让人联想到六朝兴盛的时期，当年的十里长堤杨柳堆烟，曾经是台城繁华景象的点缀；而到唐代，台城只是废都的一个遗址，"万户千门成野草"了，只有台城的柳色，没有发生变化，"依旧烟笼十里堤。"自然景物的不变和人事的转瞬沧桑，形成了强烈的对比，令人生出万千感慨。作者给"台城柳"冠以"无情"而"最是"，这实际上是一种拟人，移情的手法，委婉地表达了一种无可奈何的心情，这种结尾的手法，很适合咏史类绝句，如"豪华一去风流尽，惟有青山似洛中"(许浑)，因为措语蕴含，故令人觉有古往今来、万语千言不尽之意。

作者对景兴怀，并不全是发思古之幽情。其时唐王朝覆亡之势已成，重演六朝悲剧已不可免。因此，在凭吊台城古迹，回顾六朝旧事，免不了有今之视昔亦犹后之视今之感，亡国的不祥预感是萦绕在心头的。使得这首诗在抒情上有一种沉甸甸的感觉。

忆昔

昔年曾向五陵游，子夜歌清月满楼。
银烛树前长似昼，露桃花里不知秋。

西园公子名无忌，南国佳人号莫愁。

今日乱离俱是梦，夕阳惟见水东流！

　　这首诗回忆长安往日繁华。作者是唐初宰相韦见素之后，至其生时，其族已衰，父母早亡，家境寒微。黄巢起义军攻破长安时，他正赴京城应试。此诗以时遭乱离，追思长安盛时而作。题为《忆昔》，更是伤今，与杜甫同题之作虽属异日，感慨同深。

　　"昔年曾向五陵游"二句，写昔游所见帝京之风月繁华。"五陵"指汉代五个帝王的陵寝，每建一陵都迁外戚及富豪到附近居住，故为长安繁华区域。唐诗中常提到的"五陵年少"，即指富贵公子。"子夜歌清月满楼"，就五陵之游写长安当年的歌舞升平，"子夜歌"本南朝乐府，儿女情多，风云气少，三字写追欢逐乐，灯红酒绿，"五陵年少争缠头，一曲红绡不知数"（白居易）之场面，亦蕴句中，运用极佳。"月满楼"，"月"即风月，满楼即极盛，有象征意味。

　　"银烛树前长似昼"二句，写时人之醉生梦死。"银烛树前"写火树银花之夜景，极似梦幻，"长似昼"等于说长安是一座不夜城。"露桃花里"语本古歌《鸡鸣桑树颠》："桃生露井上，李树生桃傍。"（《宋书·乐志》引），王昌龄有"昨夜风开露井桃"（《春宫曲》之句，作者用以形容春光明媚，又以"露"字暗示好景不长。"不知秋"三字，表面是说桃李花在春天开放，骨子里是说一叶落知天下秋，而时人不能居安思危，对即将到来的厄运缺少预见性。"银烛""露桃"，见裁词之妙。

　　"西园公子名无忌"二句，讽刺时人自我麻醉。"西园公子"本指曹丕，园为曹操所筑，是曹氏父子宴饮文士之地；"无忌"则是战国时魏国公子信陵君之名。"盖以当时公子纵心于游乐，可直名之为'无忌'耳，非误认曹丕为信陵君也。"（《才调集》补注卷三）或讥为"一语之疵"（焦竑）、"殊遭物议"（宋长白），是不知好歹。"南国佳人"指来自江南的美女，"莫愁"本唐代石城女子、善歌，当时歌曲有《莫愁乐》。"莫愁"亦如"无忌"，只用其字面意义，言不知忧伤为何物。两句游戏文字，构思极为尖新，为盛唐所无，开后世七律造句之无限法门。

"今日乱离俱是梦"二句，将前六句所写种种风月繁华、烈火烹油、鲜花著锦之事一笔抹去，回到乱离之现实，剩下空荡荡的眼前景"夕阳惟见水东流"。清人金圣叹说："前解写昔年，……后解一变，遂成夕阳流水。'西园公子''南国佳人'二句，正如谚云'点鬼簿'相似。言如许若干人数，今日一总化为乌有。'惟见水东流'上，又加'夕阳'二字，眼看如此一片荒凉迫蹙也。"（《贯华堂选批唐才子诗》）"夕阳"是韦庄诗偏爱之意象，几乎篇篇有之。江河日下，夕阳西沉，是唐帝国没落的最好象征。

前人对此诗评价极高，如"晚唐之绝唱，可与盛唐峥嵘，惟具眼者知之"（杨升庵）、"用事切题，出人意表，有游戏三昧之意"（蒋一梅），可谓具眼。

送日本国僧敬龙归

扶桑已在渺茫中，家在扶桑东更东。
此去与师谁共到，一船明月一帆风。

此诗为送日本僧人归国而作。文宗开成三年（838）日本停派遣唐使，之后来华学佛求经的日本僧人，便改乘商船往来，敬龙就是其中的一个。

"扶桑已在渺茫中"二句，想象对方的行程。"扶桑"本神话传说中日出处的神木，也就是太阳升起的地方；又指扶桑国，《梁书·扶桑国传》载："扶桑在大汉国东二万余里"，后沿用为日本的代称，"渺茫"一句已有不可思议之感。"家在扶桑东更东"，意思是敬龙家在"扶桑"东头的东头，比方说北海道，这个描述可能来自敬龙本人，在作者听来是一头雾水，"扶桑"在两句中重复使用，陡增敬龙行程神秘之感。"东更东"的递进修辞，在宋词中有许多跟进，如"平芜尽处是春山，行人更在春山外"（欧阳修）、"山映斜阳天接水，芳草无情、更在斜阳外"（范仲淹）、"寄到玉关应万里，戍人犹在玉关西"（贺铸）等。

"此去与师谁共到"二句，寄予良好的祝愿。此处撇开前头的话题，回到敬龙启程上来。三句是一问，表明关心，因为大海航行、凶吉莫测。"此去"即敬龙归国，"师"是对僧人的敬称，"谁共到"，虽然与敬龙同船者，不需要知道姓名，但可以推想，还有日本商人以及船家。末句似答非答，与"谁共到"似有关似无关。"一船明月一帆风"，可以有多种理解，一种是：就是回答"谁共到"，是将"风""月"拟人；一种是：撇开话题，以景结情，就像一幅日本的浮世绘，使人想象敬龙在大海中夜航的情景，明月是指路的明灯，风帆是船的动力来源。这就把敬龙的航程诗化了，把航程中的辛苦淡化了。

绝句中句中排（或句中对）的句型，在杜甫以后，得到广泛而多样化的应用，是取得唱叹之致的不二法门。"一船明月一帆风"是唐诗之名句，把风月与大海联系，就是一种创意；而"一帆风"还是一个歇后语，歇后了一个"顺"字，也可以理解为"一帆风顺"的省略，表达了作者对日本友人的良好祝愿，希望他平安到家。

金陵图

谁谓伤心画不成？画人心逐世人情。
君看六幅南朝事，老木寒云满故城。

这首诗是作者看到以六朝古都"金陵"为题材的六条屏画，有感而作。既是一首题画诗，也是一首咏史怀古之作。

"谁谓伤心画不成"二句，赞美金陵图画得好，是因为画出了"伤心"。唐人高蟾《金陵晚望》诗云："世间无限丹青手，一片伤心画不成。"首句即翻高诗之案，这是最讨巧的一种写法，等于少写一句诗、省心。次句"画人心逐世人情"，是说笔墨当随时代，赞美画师把时代感、国人的集体无意识融汇在画笔之中，做到这个不容易，徐凝诗云："画人心到啼猿破，欲作三声出树难。"（《观钓台画图》）高明之作，不仅要心到，而且要手到，既要感受深，又要画得出，既要家国情怀，又要造型能力。

"君看六幅南朝事"二句，眼光落到画上，撮述大端。"六幅"指六条画屏，恰合六朝之数，则"六幅南朝事"一语双关矣。既是说关于南朝的六幅画，又是说以六朝为题材的画。当然，不是一幅画一个朝代，那是笨伯思维；应是画金陵六景，石头城、乌衣巷、台城，等等，哪一景不入画来；六景分开来是六幅画，合起来是一个长卷。长卷有一个总体的基调，而末句所写，正是这个总体的基调："老木寒云满故城"，一句话就令读者如临画前。画上最主要的景物、意象，便是"老木""寒云""故城"，这是什么感觉，不是"江山如此多娇"（毛泽东），而是"国破山河在，城春草木深"（杜甫）、"万户千门成野草，只缘一曲后庭花"（刘禹锡）等，画中废都氛围，就被诗写出来。

清人宋顾乐点评："翻高蟾意，高唱而入，已得机得势。次句又接得玲珑。末句一点，画意已足，经营入妙。"（《唐人万首绝句选评》）

陪金陵府相中堂夜宴

满耳笙歌满眼花，满楼珠翠胜吴娃。
因知海上神仙窟，只似人间富贵家。
绣户夜攒红烛市，舞衣晴曳碧天霞。
却愁宴罢青娥散，扬子江头月半斜。

这首诗约作于僖宗中和年间（881－885），润州镇海军节度使同平章事周宝举行盛大宴会后，写作者陪宴的观感。"金陵"指润州，非指南京，唐人喜称镇江为丹徒或金陵。"府相"是对东道主周宝的敬称。

"满耳笙歌满眼花"二句，记夜宴之盛。连用三"满"字，即有诉诸听觉的（"笙歌"）、也有诉诸视觉的（"花""珠翠""吴娃"），极写夜宴之盛，"见府第之繁华，几无隙地，真如锦洞天矣。"（俞陛云）"因知海上神仙窟"二句，用流水对作十四字句，变实写为虚写，"只是说人间富贵，几如海上神仙，一用倒说，顿然换境。"（沈德潜）"绣户夜攒红烛市"二句，再回到夜宴，分别写灯光布景——"夜攒"以示满堂灯火，轻歌曼舞——"晴曳"以见舞袖翩跹，与一二句颇不重复，"绣户""红烛""碧天""霞"辞采纷呈，清人厉鹗《游仙诗》有"天母衣裳云汉锦，九光灯里舞夜飘"之句，可为注脚。总之，前六句绘声绘色，将争妍斗艳、溢彩流光的相府夜宴写到极致，为下文的陡转蓄势亦足。

"却愁宴罢青娥散"二句，以宴罢结束全篇。正所谓"天下没有不散的筵席"，"末句言所愁者酒阑客散、斜月楼空耳，所谓'绝顶楼台人散后，满场袍笏戏阑时'。作者不为谀颂语以悦贵人，而作当头棒喝，为酬酢诗中所仅见。韦夐著才名，府相招致词客，本以张其盛会，而得此冷落之词，能无败兴耶？"（俞陛云）然此正诗人兴之所尽也。末句以"扬子"结"金陵"，周密之至。"月半斜"，暗示时局之摇摇欲坠，意在言外。

清人贺裳说："韦庄诗飘逸，有轻燕受风之致，尤善写豪华之景。如'流水带花穿巷陌，夕阳和树入帘栊'、'银烛树前长似昼，露桃花里不知秋'、'绣户夜攒红烛市，舞衣晴曳碧天霞'，秾丽殆不减于韩翃。"（《载酒园诗话》又编）

与东吴生相遇

十年身事各如萍，白首相逢泪满缨。

老去不知花有态，乱来惟觉酒多情。

贫疑陋巷春偏少，贵想豪家月最明。

且对一尊开口笑，未衰应见泰阶平。

题下原注："及第后出关作"，表明这首诗是作者进士及第后，出潼关遇友人东吴生而作。当时作者年近花甲。

"十年身事各如萍"二句，写相遇心情复杂。唐初王勃云："关山难越，谁悲失路之人；萍水相逢，尽是他乡之客。"（《滕王阁序》）作者既已及第，算不得失路之人，但国家大厦将倾，及第又有何用。按，作者从僖宗中和三年（883）流落江南起，到昭宗乾宁元年（894）擢第，十年间漂泊的辛苦，难以尽言，"白首相逢"，感慨无端，惟有泪流满面而已（"缨"指帽带）。"同是天涯沦落人"（白居易）之意，从"各"字表现出来。

"老去不知花有态"二句，写老来情味大减。出句写随着年龄增长，看花的兴致衰减，"不知花有态"写感觉迟钝，可谓语言有味。对句"乱来惟觉酒多情"，是说社会动乱，只好以酒浇愁，"惟觉酒多情"写酒精依赖，拟人得妙。两句以"不知""惟觉"勾勒，是反对为优。一首七律有这样的佳联，就站稳了。

"贫疑陋巷春偏少"二句，写十年经历了冷暖人生。是一种道理，两种说法。此联颇富人生哲理，与谚语"贫居闹市无人问，富在深山有远亲"含义相通。出句说贫居"春偏少"，较之"无人问"更深一层；对句说豪门"月最明"，较之"有远亲"更具诗味。本来春天是自然时序、明

321

月是自然风光，都是最无私的，但在人的主观感觉中，也成了嫌贫爱富。恰如徐文长笔下的西兴脚子所说："风在戴老爷家过夏，我家过冬。"这两句应是对十年间所遭遇的世态炎凉的概括，东吴生必有同感。

"且对一尊开口笑"二句，写骗人的自我安慰。出句写相逢后的对酌，久别重逢，应该沉醉一番，把不愉快的事情暂时忘掉。杜牧诗云："尘世难逢开口笑，菊花须插满头归。"（《九日齐山登高》）这叫寻开心，却是以不开心为前提的。"未衰应见泰阶平"，是相互安慰和自我安慰，选择性地说一些好的信息，给自己动摇的信心打一点气，这都是人情之常。"泰阶"是星座名，即三台星，共六颗呈阶梯状排列，古人认为泰阶星现，预兆着时代承平。但口中说的这个话，恐怕连自己都不相信。

清人胡以梅评："全篇气度宽闲，无戚戚之语。"（《唐诗贯珠》二九）纪昀评："诗特深稳，结句尤为忠厚。"（《删正二冯评阅才调集》）"宽闲""忠厚"，都是皮相；从骨子讲，自欺也是出于无奈。

古离别

晴烟漠漠柳毿毿，不那离情酒半酣。
更把玉鞭云外指，断肠春色在江南。

别离前著一"古"字，犹言古意。在诗中常为障眼法，即托名古意，实抒今情。末句说"断肠春色在江南"，则诗中离别是在江北发生。

"晴烟漠漠柳毿毿"二句，写饯别情景。"晴烟漠漠"写送别天气，晴好但有朝霭，"漠漠"是迷蒙的样子，"柳毿 sān 毿"是柳条披拂的样子，折柳与送别相关，故及之。李白"平林漠漠烟如织"（《菩萨蛮》），亦即"晴烟漠漠"，只不过是暮色、是远景。"不那"即无奈，"离情"指离伤。这里虽然没有直接写人，字里行间反映出送行双方的情绪低落、无语，只是不停把酒来劝；"酒半酣"指半醉，是酒醉心明白。

"更把玉鞭云外指"二句，写分手时故作宽解。三句"更"字表示加码，分手时刻到了。"玉鞭云外指"是一个形体语言，指示去向，云在天边，而目的地在云外，表示很远很远（"江南"），感伤情绪上升到顶点。末句是降温，是故作宽解语，"断肠春色在江南"，意思是还好，江北春色（杨柳）不如江南，因此"断肠"的程度也不如江南，不必过分为行人担心。常建送别诗云："即今江北还如此，愁杀江南离别情。"（《送宇文六》）与此同意。

这个结尾可说是节外生枝，拉出江南为江北垫背，构思及措语巧妙。曲为之说，所以耐人寻味。

菩萨蛮

人人尽说江南好，游人只合江南老。春水碧于天，画船听雨眠。　　垆边人似月，皓腕凝霜雪。未老莫还乡，还乡须断肠。

韦庄《菩萨蛮》五首为一组词，前三首重在对江南情事的回忆，关键句是"人人尽说江南好"；后二首重在写寓居洛阳的所经所感，关键句是"洛阳才子他乡老"。这是其中第二首，可以独言成篇。

"人人尽说江南好"二句，开篇就是清疏之语。首句是大白话，同时广为传诵，竟为熟语。有一首《边疆处处赛江南》的流行歌曲，打头就是"人人都说江南好"，就照搬这一句。"游人只合江南老"，是说江南留人。"只合"二字，是极言之。恰如张祜之"人生只合扬州死"（《纵游淮南》），极言淮南之乐。这是全词提纲挈领的两句话。以下则说江南的三种留人。

"春水碧于天"二句，是说景色留人。作者写江南之春，撇开踏青之类的活动不说，专说包船游江，这就抓住了江南的特点。上句说春江湖泊水面之空阔，下句写"画船听雨"，不但不影响休息，反而如听催眠曲，放松惬意极了。

"垆边人似月"二句，是说美女留人。组词中多处提到美女，"残月出门时，美人和泪辞""骑马倚斜桥，满楼红袖招"，等等，这是作者年轻时代的感觉。"垆边"句典出《史记·司马相如列传》"买一酒舍沽酒，而令文君当垆。""皓腕凝霜雪"，抓住女性裸露而性感的双臂描写，是很青春的感觉。《红楼梦》二十八回有一段描写："宝钗生的肌肤丰泽，容易褪不下来。宝玉在旁看着雪白一段酥臂，不觉动了羡慕之心，暗暗想道：这个膀子要长在林妹妹身上，或者还得摸一摸，偏生长在她身上。"

"未老莫还乡"二句，是说战争留人。其实是江南的和平留人。作者不直接这样说，却说到故乡，说到不能"还乡"。"还乡须断肠"，暗示着故乡正处于战乱之中。杜甫《恨别》诗有："洛城一别四千里，胡骑长驱五六年。草木变衰行剑外，兵戈阻绝老江边。"作者当有同感，原来"游人只合江南老"者，不仅是因为江南风光好、美女好，更是因为江南没有战争。

因此，这首表面上看似行乐的词，骨子包含着身经离乱者有家难回的痛苦。只有难民，最能体会这首浅词中的深意。

荷叶杯

　　　　记得那年花下，深夜，初识谢娘时。水堂西面画帘垂，
携手暗相期。　　　惆怅晓莺残月，相别，从此隔音尘。如今

俱是异乡人，相见更无因。

这首词的内容，仍然是写战乱给青年男女造成的痛苦，诗中有男女二人，主人公为男性。或以为是为作者爱姬为前蜀主王建所夺，事见杨偍《古今词话》、蒋一葵《尧山堂外纪》。而据夏承焘《韦端己年谱》考定，作者留蜀时，年已七十左右，故杨、蒋之记载不足信。而这种理解，也局限了词意，故不足取。

上片写初恋的记忆，诗中男女第一次见面的印象。"谢娘"是女方的美称，"记得那年花下，深夜"二句押仄韵，写的是一个派对中的目成心许，这从"初识"二字可以体会到。是派对造成了两人见面的机会，两人见面即有触电的感觉。以下换平韵。"水堂"当是派对进行的地方，"西面"则是两人私谈的地方，"画帘垂"是一个隔断。"携手暗相期"，是两人第一次握手，和私订密约。然后是留白，跳跃过去的内容是相爱。

下片写离别的情景，和无由再见的痛苦。写分手的场景，是一个清晨。因为古人出门习惯于早行，"惆怅"是人的心情，"晓莺残月"是别时景色，交织着听觉视觉的印象，使人联想到"残月脸边明"（牛希济）的叠景，经柳永《雨霖铃》化用为"晓风残月"，遂为名句。"相别"从上押仄韵，以下换平韵。"从此隔音尘"，是说自那一别，两人就没有再见过。"如今俱是异乡人"二句，是说作者得到信息，对方也逃离了故园，成为"异乡人"。本来、隔绝的双方，只要有一方定位，就有重逢的希望。当双方都无定位，再见就希望渺茫了，所以"相见更无因"。然而，造成这种局面的却有因，那就是战乱。

总之，这首词的主题、写作背景以及语言风格，与前词并无二致。但词调不同，韵度有异，情景设计有别，所以各具风味。

【聂夷中】（837—884）字坦之，唐河东（山西永济）人。出身贫寒，懿宗咸通十二年（871）进士及第，后补华阴县尉。

伤田家

二月卖新丝，五月粜新谷。
医得眼前疮，剜却心头肉。
我愿君王心，化作光明烛。
不照绮罗筵，只照逃亡屋。

唐末广大农村破产，农民遭受的剥削更加惨重，至于颠沛流离，无以生存。在这样的严酷背景上，产生了可与李绅《悯农》二首前后辉映的聂夷中《伤田家》。有人甚至将此诗与柳宗元《捕蛇者说》并论，以为"言简意足，可匹柳文"（《唐诗别裁集》）。

开篇就揭露封建社会农村一种典型"怪"事：二月蚕种始生，五月秧苗始插，哪有丝卖？哪有谷粜（出卖粮食）？居然"二月卖新丝，五月粜新谷"。这乃是"卖青"——将尚未产出的农产品预先贱价抵押。正用血汗喂养、栽培的东西，是一年衣食，是心头肉啊，但被挖去了。两言卖"新"，令人悲酸。卖青是迫于生计，而首先是迫于赋敛。一本将"父耕原上田，子劚山下荒。六月禾未秀，官家已修仓"四句与此诗合并，就透露出个中消息。这使人联想到民谣："新禾不入箱，新麦不登场。殆及八九月，狗吠空垣墙。"（《高宗永淳中童谣》）明年衣食将何如，已在不言之中。

紧接是一个形象比喻："医得眼前疮，剜却心头肉。"它通俗、平易、恰切。"眼前疮"固然比喻眼前急难，"心头肉"固然比喻丝谷等农家命

326

根，但这比喻所取得的惊人效果决非"顾得眼前，顾不了将来"的概念化表述能及万一。"挖肉补疮"，这是何等惨痛的形象！唯其能入骨三分地揭示那血淋淋的现实，叫人一读就铭刻在心，永志不忘。诚然，挖肉补疮，自古未闻，但如此写来最能尽情，既深刻又典型，因而成为千古传诵的名句。

"我愿君王心"以下是诗人陈情，表达改良现实的愿望，颇合新乐府倡导者提出的"惟歌生民病，愿得天子知"（白居易《寄唐生》）的精神。这里寄希望于君主开明固然有其历史局限性，但作者用意主要是讽刺与谲谏。"我愿君王心，化作光明烛"，即委婉指出当时君王之心还不是"光明烛"；望其"不照绮罗筵，只照逃亡屋"，即客观反映其一向只代表豪富的利益而不恤民病，不满之意见于言外，妙在运用反笔揭示皇帝昏聩，世道不公。"绮罗筵"与"逃亡屋"构成鲜明对比，反映出两极分化的尖锐阶级对立的社会现实，增强了批判性。它形象地暗示出农家卖青破产的原因，又由"逃亡"二字点出其结果必然是："殚其地之出，竭其庐之入，呼号而转徙，饥渴而顿踣"，"非死而徙尔"（《捕蛇者说》），充满作者对田家的同情，可谓"言简意足"。

田家

父耕原上田，子劚山下荒。
六月禾未秀，官家已修仓。

中晚唐为数众多的悯农诗中，短小精悍之作首推李绅《悯农二首》，下来就要算聂夷中《田家》了。乍看去，此诗的内容之平常、语言之明白、字句之简单，几乎没什么奥妙可言，但它能以最少的文字取得很大的效果，显得十分耐读，又决不是偶然的。

封建时代农民遭受剥削的主要是地租剥削。在唐末那样的乱世，封建国家开支甚巨而资用匮乏，必然加重对农民的榨取。此诗的写作目的就在于揭露这样的黑暗现实。此诗撇开正面的描写，而只摄取收租的题前之景，即农夫辛勤耕作而官家等待收租情况，"官家已修仓"句点到为止，修仓干什么，农夫的命运将怎样，一应留待读者去想，作者省却许多气力。

诗歌语言有具体形象之美，亦有概括抽象之妙。"春种一粒粟，秋收万颗子"的诗句，就好在用泛写的方式，概括了一般丰年的情事，并不以具体形象见长。此诗前二句也一样，"父耕原上田，子劚山下荒"，并不是特写一家父子的情事，而是概括了千千万万个农民的家庭，所谓"夜半呼儿趁晓耕，赢牛无力渐艰行"，正是农家普遍的情事；而"原上田""山下荒"也并不特指某山某原，而泛指着已耕的熟田和待垦的荒地，从耕田写到开荒，简洁有力地刻画出农家一年到头的辛苦，几乎没有空闲可言。十个字具有很强的涵盖力，增加了诗意的典型性，几乎成为封建社会农村生活的一个缩影。

在揭露讽刺的时候，诗人不发议论而重在摆事实，发人深省。"六月禾未秀"一句不单指庄稼未成熟。按正常的情况，四五月麦苗就该扬花（"秀"），"六月"应已收割而"禾未秀"，当是遇到了旱情，暗示着歉收。而按唐时两税法，六月正是应该交纳夏税的时节，所以"官家已修仓。"官家修仓，本身就暗示着对农民劳动成果的窥伺和即将实施的剥夺，而这种窥伺出现在"六月禾未秀"之际，尤觉意味深长。"禾未秀"而仓"已修"，一"未"一"已"，二字呼应勾勒之功不小。农家望成的焦灼如焚，官家收租的迫不及待，及统治者的不恤民情，种种情事，俱在其中，作者的忧民悯农之心亦跃然纸上。

明人杨基《陌上桑》云："青青陌上桑，叶叶带春雨。已有催丝人，咄咄桑上语。"与此诗属同一表现手法，可以对读。

【周朴】(？—879?）字见素，睦州桐庐（浙江桐庐）人。唐末避乱福州，寄食乌石山僧寺。僖宗乾符六年（879）黄巢邀其入伍不从，被杀。《全唐诗》存诗一卷。

董岭水

湖州安吉县，门与白云齐。

禹力不到处，河声流向西。

去衙山色远，近水月光低。

中有高人在，沙中曳杖藜。

周朴是唐末吴兴（湖州）人，隐居不仕，以刻苦作诗取重当时。《董岭水》是他的得意之作。董岭为湖州安吉县（浙江安吉县北）众山之一，因山势围合，其下河水向西奔流。全诗紧扣题面，首联点出董岭水所在地望，次联写水势流向的特点，转而于颈联淡淡描写山水景色，尾联则以岸边隐者作挽结。语言浅显，若不经意。然而它又经得起反复咀嚼，有味外味。

"湖州安吉县，门与白云齐。"未写董岭水前，先交代州县。在律诗中这是一种最朴质无华的起法，却博得读者的好感。"安吉"这县名，先给人几分和平如意的感觉。而紧接其后的这个"门"，应当是指城门（县城倚山傍水），这一点联及五句的"去衙"两字，就更明确无疑。然而，"门与白云齐"，又让人感到像是隐者或寺庙的山门。自从梁代陶宏景写出"山中何所有，岭上多白云"（《诏问山中何所有赋诗以答》）的名句，"白云"一向与"青云"（《史记·范雎蔡泽列传》："不意卿能自致于青云之上"）对举，成为隐居不仕者的象征。城门而"与白云齐"，则读来十分新鲜，乃未经人道过语。言下意味着县政的廉洁清静，县令的亦仕亦隐，民间则

329

没有争端，达到百姓"不见县门身即乐"（王建）的境界。诗人就这样轻灵地表达了对当地行政风俗的由衷赞美。

"禹力不到处，河声流向西。"二句正写董岭水。同时又紧承上意，对水文作了有意味的描绘和解释。水东流是神州大地普遍的水文现象，而西流水则是这里山势环绕所致的特殊水文现象。诗人联系现实，赋予这一现象以象征的意义。古有大禹治水的传说，"丰水东注，维禹之绩"（《大雅·文王有声》），意思是水东流乃禹之力。诗即反用其事，言董岭水的西流是"禹力不到"的结果。而禹是夏朝第一个帝王，联系前二句中安吉县那种纯朴和平的境况，这二句又似言皇帝老子管不到的地方，连河水也往西边流。这也就是《击壤歌》所谓"帝力于我何有哉"那个意思。意味于是倍加深厚。诗人在造句上也有推敲。无论是写江流有声，还是河水西流，分开来就平淡无奇，合成"河声流向西"的句子，则顿时精彩，有了一种"河水唱着歌儿奔向远方"的意趣。这里有自然美，也有对人事不落言诠的赞美。

"去衙山色远，近水月光低。"五六二句分承前两联，"去衙"就"安吉县"而言，"近水"就"董岭水"而言，在更广的范围内写景。县门与岭水仍是中心，又阑入月光和山色。着色非常简淡，与风俗的简朴适相调和。月夜，近水处清光更多（月影在水故"低"），这种说法，似有寄意。"字人无异术，至论不如清"（杜荀鹤），县政廉洁如水，则县民沐恩必多。这种寄意在诗中，如盐之在水。无迹可求，品味自知。

"中有高人在，沙中曳杖藜。"诗的结尾处出现了人，"高人"即幽人，本指隐者，这里也可活解为禀性纯朴如"羲皇上人"的人民。他可以是诗人自己，也可以是安吉县人；可以是单数，也可以是复数。一个"曳"字多少自在，与《庄子·秋水》"曳尾于途中"的"曳"字，具有同样的意趣。

诗中围绕"董岭水"展开的世界，宛在古人想象中的太初时代。一切是那样单纯美好。在唐末那样的时代，这只能是一种幻想或高度理想化了的现实。"周朴山林之癯，槁衣粝食"，"本无夺名竞利之心"（《唐才子传》），而他向往的那个世外桃源，也是乱世人们较为普遍的憧憬。诗的表现形式很有特色，所有的自然意象：白云、西流水、山色、月光，都含有某种意味，动人至深，所以诗成当时已流播人口。据传周朴"自爱'禹力不到处'二语。有一士跨驴而行，遇朴，佯诵'河声流向东'，促驴行。朴直追数里，告之以'流向西'，非'东'也。当时传以为笑。"（《唐诗别裁》）而故事的传播者在取笑的同时，就带有激赏，这也是显而易见的。

【韩偓】（844—923）字致尧，一作致光，小名冬郎，号玉山樵人。唐京兆万年（今陕西西安）人。昭宗龙纪元年（889）进士及第。官至中书舍人、吏部侍郎。有《玉山樵人集》《香奁集》。

故都

故都遥想草萋萋，上帝深疑亦自迷。
塞雁已侵池籞宿，宫鸦犹恋女墙啼。
天涯烈士空垂涕，地下强魂必噬脐。
掩鼻计成终不觉，冯驩无路学鸣鸡。

这首诗当作于昭宗天祐元年（904）河南宣武节度使朱温强迫唐王室由长安迁都洛阳以后。作者在去年被朱温赶出朝廷，漂泊南下，最后定居福建。此诗是听到迁都消息后写的，题目"故都"即指长安。

"故都遥想草萋萋"二句，写长安成为故都的荒凉。首句是遥想长安在王室迁出后的荒凉景象，古诗形容荒凉总是拿草说事，因为野草具有极强的生存竞争能力，只要无人管理，很快就会蔓延开来，"草萋萋"三字，就是写这种情景。"上帝深疑亦自迷"，是说连天帝见了，都不敢相信自己的眼睛，而感到迷惘悲愤，这是移情手法的运用。

"塞雁已侵池篽宿"二句，承"草萋萋"三字、聚焦宫室的荒凉。"池篽 yù"宫中池塘设施，竹编作网，圈住池中水禽，限制外来野鸟飞入，叫池篽。"寒雁已侵"，则池篽虚设矣。"宫鸦犹恋女墙啼"，"女墙"指宫墙上的小墙，已经落满乌鸦，明无人矣。"犹恋"二字，是鸟犹感伤如此，人何以堪。

"天涯烈士空垂涕"二句书愤。出句"天涯烈士"指远离故都的爱国人士，这是作者自指。"空垂涕"是心怀悲痛，一筹莫展，是一笔带过。对句"地下强魂必噬脐"是重笔咏史，"地下强魂"指昭宗时宰相崔胤，其人为铲除宦官势力，引狼入室，结果使唐王朝陷入朱温掌握之中，如汉末董卓之乱，崔胤本人也惨遭杀戮。"噬脐 shì qí"谓自啮腹脐，喻后悔莫及。语出《左传》"亡邓国者，必此人也。若不早图，后君噬齐"。杜预注："若啮腹齐，喻不可及也。"

"掩鼻计成终不觉"二句，连用两典。"掩鼻计成"，典出《韩非子》，乃郑袖用计使美人掩鼻，而借楚怀王之刀以杀之，影射朱温伪装效忠唐室，以阴谋夺取天下。"终不觉"，指朱温篡唐事在不知不觉中发生。"冯骓无路学鸣鸡"嫁接两事，一是以冯谖（即冯骓）自况，二是慨叹不能如鸡鸣狗盗之门客那样为君解困，事俱见《史记·孟尝君列传》。北宋王安石《读孟尝君传》云："孟尝君特鸡鸣狗盗之雄耳，岂足以言得士？不然，擅齐之强，得一士焉，宜可以南面而制秦，尚何取鸡鸣狗盗之力哉？"鸡鸣狗盗不够称士，冯谖总够吧，缘何不能"南面而制秦"也。时运不济，则冯谖之力尚不如鸡鸣狗盗之徒也。

此诗感时念乱，感慨深沉。后半连用数典，以古证今，如水中着盐，不着痕迹，是语言有味者。

安贫

手风慵展八行书，眼暗休寻九局图。

窗里日光飞野马，案头筠管长蒲卢。

谋身拙为安蛇足，报国危曾捋虎须。

举世可能无默识，未知谁拟试齐竽？

这首诗作于梁太祖乾化元年（911）后，时作者定居泉州南安县。作者晚年生活寂寥，又念念不忘国事，心情郁闷，故作诗自遣。

"手风慵展八行书"二句写病，因为贫和病往往是连在一起的。"手风"指手病麻木，"慵展八行书"是说书札都懒得翻看。"眼暗"指视力退化，"休寻九局图"是说不再看围棋棋谱。基本上也就没有生活情趣了。

"窗里日光飞野马"二句，写光阴虚度。"窗里日光"暗示闭门不出，"野马"是浮游于空气中的尘埃，语出《庄子·逍遥游》，著一"飞"字则暗示时光的流逝。"案头筠管"指桌上的笔筒或插在笔筒里的笔管，"蒲卢"是细腰蜂，著一"长"字表明久不动笔。

"谋身拙为安蛇足"二句，追怀往事。出句笼统地说自己谋身计拙，常有画蛇添足，劳而无功之事。画蛇添足典出《战国策·齐策二》。对句具体地说自己因忠君（"报国"）屡次得罪朱温（后篡唐为梁太祖），按作者在朝时，曾向昭宗推荐赵崇为相，遭致朱温不满，险为之杀；又，作者侍宴时，朱温上殿言事，侍臣纷避席，唯作者端坐不动，引起朱温的恼怒。此即"捋虎须"所指，语出《庄子·盗跖》。"安蛇足""捋虎须"，对仗极为工整。

"举世可能无默识"二句，表明宁可安贫，不可滥竽充数。"可能"意思是难道、何至于，"默识"即共识。"齐竽"即滥竽充数，事见《韩非子·内储说上》。是说世上南郭先生甚多，而作者自己是决不肯滥竽充数的。大概唐昭宗一朝，有能力的文武官员已经不多，而滥竽充数者不少，政治气候如此，故朱温能玩皇帝于股掌之上。作者宁肯远离朝廷，处偏僻之一隅以安贫，良有以也。

此诗反映了作者虽系心国事，却不能有所作为的无奈。作者腹笥甚广，拉杂使事，律对整切而笔墨挥洒，可谓人诗俱老。

惜花

毵白离情高处切，腻红愁态静中深。

眼随片片沿流去，恨满枝枝被雨淋。

总得苔遮犹慰意，若教泥污更伤心。

临轩一盏悲春酒，明日池塘是绿阴。

这是一首很别致的惜花诗。从内容上讲，前七句可以算一大段，末句可以算一段。不过我们还是按律诗的结构，逐联讲来。

"毵白离情高处切"二句，开篇即对仗，写暮春花谢在即。"毵白""腻红"犹言"小白长红"（李贺），都是用"白""红"色来代指春花。白花如李花、梨花，红花如桃花、杏花，等等。"毵"一作"皱"，"红"一作"香"，此据《全唐诗》校改。"离情""愁态"写花容，俱是拟人；"深""切"二字，写离愁的程度。

"眼随片片沿流去"二句，写风雨送春，花亦飘零。出句有人，由"眼随"见出。"片片"指花瓣，"沿流去"即随波逐流，整句给人以落花流水的感觉。对句"恨满"也是观花者的感觉，"枝枝被雨淋"是雨打花枝，是"明朝又是花狼藉"（潘佑）的感觉。两句应是写实，也是作诗的事由。

334

"总得苔遮犹慰意"二句，是惜花人心事。这种心事，《红楼梦·葬花吟》"未若锦囊收艳骨，一抔净土掩风流。质本洁来还洁去，强于污淖陷渠沟。"表达得最充分，可以用来诠释。"苔遮"就是"净土掩风流"，"污淖陷渠沟"就是"泥污更伤心"。不同的是，作者是心里这样想，而黛玉是亲自动手做。

"临轩一盏悲春酒"二句，是送春迎夏之诗。上句写惜花人临轩，借酒遣怀。下句"明日池塘是绿阴"，是说春尽夏来，这是全诗中最为可圈可点之句。因为前面七句总起来就是"流水落花春去也"（李煜）的意思，接下来有一问：那又怎么样呢？不过"明日池塘是绿阴"罢了。这就冲淡了由惜花带来的感伤情绪。

有这一句和没有这一句，这首诗给读者的感觉是完全不同的。有这一句，就意味着，变故发生了，你还得面对。后果有好严重呢？原来"明日池塘是绿阴"而已。春天过去了，还是好好面对夏天吧。

春尽

惜春连日醉昏昏，醒后衣裳见酒痕。

细水浮花归别涧，断云含雨入孤村。

人闲易有芳时恨，地迥难招自古魂。

惭愧流莺相厚意，清晨犹为到西园。

这首诗是作者晚年寓居南安之作，与《安贫》作于同时，彼诗直抒胸臆；而此诗以情景为主，兴寄深微。

"惜春连日醉昏昏"二句，从伤春滥酒写起。在风雨送春归的时节，作者一连好几天都在滥酒，这是生活的纪实。"醉昏昏"指酩酊大醉，倒

335

头昏睡。"醒后衣裳见酒痕",是说人清醒后,从衣上留下的酒渍,才明白饮酒的当时是何等狂放。南宋陆游有"衣上征尘杂酒痕,远游无处不销魂"(《剑门道中遇微雨》)之句,事异情同,都是用衣上酒渍,来反映心情的颓唐。

"细水浮花归别涧"二句,写道上所见。"细水浮花",是暮雨常见景色,落进支流的花瓣,最后带入干流,这叫"归别涧"。就像流浪者的命运,不由自主。"断云含雨",指雨云("断云"即片云、云朵)一至,天气马上变化,一会儿就是晴转阴、阴转雨,"入孤村"是郊行所见景物。这两句应是马背上哼成的,古人经常如此觅句。又正是"远游无处不销魂"。

"人闲易有芳时恨"二句,写作者的人生感喟。"芳时恨"指花开花落时候的感伤,难免人人有者。然"有"不等于"易有",易有此恨,非闲人莫属。原来忙人没有工夫,难怪诗人把感伤叫作"闲情"。这里的闲人,不仅指有自由支配时间的人,更是指政治上被边缘化的人。"地迥难招自古魂",语本楚辞《九章·抽思》:"惟郢路之辽远兮,魂一夕而九逝。"因为"地迥",孤魂自己经常迷路,怎么去招。或曰:"春尽又何足惜?两行泪实为'人闲''地迥'堕耳。"(金圣叹)"言非惟今人无可语,并古人亦不可招,甚言其寥落耳。"(纪昀)亦属善解。

"惭愧流莺相厚意"二句,写闻莺有感。写感伤时刻,忽然听到黄莺的啼叫,转移了他的注意力,令人不禁自作多情地想,这莺声就是冲他来的,来安慰他的。"清晨犹到西园",说明时间是清晨,地点是西园。这种写法,与《惜花》结尾"临轩一盏悲春酒,明日池塘是绿阴"有异曲同工之处,是对负面情绪的一种拒绝,或一种化解。在一定程度上冲淡了诗中浓浓的春愁。

清人杨逢春评:"以春尽比国亡,王室鼎迁,天涯逃死,毕生所望,于此日已矣。"(《唐律偶评》)知人论世,其谁曰不然,然并非刻意而为,是自然有之。

效崔国辅体四首

其一

淡月照中庭，海棠花自落。

独立俯闲阶，风动秋千索。

其二

雨后碧苔院，霜来红叶楼。

闲阶上斜日，鹦鹉伴人愁。

其三

酒力滋睡眸，卤莽闻街鼓。

欲明天更寒，东风打窗雨。

其四

罗幕生春寒，绣窗愁未眠。

南湖一夜雨，应湿采莲船。

　　崔国辅是盛唐诗人，擅长五言绝句，《全唐诗》存诗一卷，半数以上是五绝。清人管世铭说："专工五言小诗自崔国辅始，篇篇有乐府遗意。"（《读雪山房唐诗钞凡例》）风格自六朝乐府中来，为《子夜歌》、《读曲歌》之流亚。这一组四首五绝，是作者效崔国辅体而作的闺怨诗，在《香奁集》里别具一格。四首诗的时序，从春天到秋冬又返回春天，从夜晚写到天明再写到夜晚，既是组诗，又可以独立成章。

先看其一。"淡月照中庭"二句，写春庭月夜景象，淡淡的月色照着庭院，海棠花正在飘落。海棠是春天主要花卉之一，品种很多，为蔷薇科灌木或小乔木，有粉红色重瓣者和白色重瓣者。"自"字在句中表情，意即落花不管诗中人的情绪。"独立俯闲阶"二句，女主人公亮相，她独立闲阶，俯视落花，若有所思。院内寂无人声，"风动秋千索"，或许会与秋千架撞出一点声音。这一首的主题词是寂寞。

再看其二。"雨后碧苔院"二句，写秋日闺中情景。一场秋雨之后，庭院生出新鲜的青苔；霜降以后，树上满上红叶。这是良辰好景，只是人很孤单，不免辜负了好的时光。"闲阶上斜日"二句，写昼长难挨，夕阳照到台阶上，表示时光正在流逝。"闲阶"一词再次出现，表明女主人公是独处的。或许她正等待着男子的归来，还没有等到，"鹦鹉伴人愁"，表明没有人和她说话，只有鹦鹉和她说话。鹦鹉虽然说人话，但老是重复同样的话，也让人烦恼呀。这一首的主题词是无语。

再看其三。是深秋或秋冬之交。"酒力滋睡眸"二句，写诗中人中酒好睡，侵晓时分却被街鼓惊醒。"滋睡眸"指滋生睡意，"卤莽"形容街鼓突如其来，就像一个卤莽汉闹嚷嚷地闯入。"欲明天更寒"二句，写天明之前气温更低（李煜有"罗衾不耐五更寒"之句），又是风雨大作，是大作不是小作，这从"打窗"二字可以见出。所以这一个清晨，破坏诗中人睡眠的，前后有两种声音。这一首的主题词是骚扰。

再看最后一首。时间回到春暮。"罗幕生春寒"二句，写春晓，有一阵寒冷穿透罗幕而来，绮窗之内诗中人不能入睡。"南湖一夜雨"二句，写诗中人的心理活动，她的思绪不在室内而在南湖之上。她在想到这一夜的雨，"应湿采莲船"。采莲船被淋湿是一定的，她担心的是会不会进太多的水。其实这是在写一种期盼，就是希望采莲季节赶快来，这样她就可以有更多的户外活动了。这一首的主题词是期待。

六朝乐府中常以"莲"双关"怜"，以"采莲"双关"睬怜"，如此说来，也不妨有对爱情的期待。

自沙县抵龙溪县，值泉州军过后，村落皆空，因有一绝

水自潺湲日自斜，尽无鸡犬有鸣鸦。

千村万落如寒食，不见人烟空见花。

　　这首诗作于五代梁太祖开平四年 (910)，唐亡以后，是作者南依王审知时所作。"沙县""龙溪县""泉州"均属福建，"龙溪县"今为福建龙海县。诗写战后农村人烟绝灭，二十八字中一片荒芜景象。

　　"水自潺湲日自斜"二句，陈说途中所见。首句写途中所见小桥流水，夕阳西下的情景。两个"自"字，表明除作者外，路上空无一人。"尽无鸡犬有鸣鸦"，在古诗中凡写人烟之有无，都拿鸡犬说事。有，则有"狗吠深巷中，鸡鸣桑树颠"(陶渊明)，无，则有"白骨蔽于野，千里无鸡鸣"(曹操)。"尽无鸡犬"遥启下文"不见人烟"，而不见人烟，正是全诗的主题词，即"村落皆空"。"村落皆空"的原因是"泉州军过后"，即官军过后。改朝换代之际，官军等同乱兵。明代民谣有"贼来如梳，兵来如篦"之说，是也。

　　"千村万落如寒食"二句，形容村落荒凉。"千村万落"语出杜诗"千村万落生荆杞"(《兵车行》)，原诗写战争时期农业凋敝，是描述。而作者将"生荆杞"三字，改为"如寒食"，而生出妙喻，语出孟云卿《寒食》："贫居往往如寒食"，不过作者不是说"贫居"，而是说"村落皆空"。"如寒食"则非寒食，只是有寒食之景象，即断绝人烟。"不见人烟"，景象惨绝吧，偏还开有浪漫之花（"空见花"）。

　　清人周亮工《闽小纪》云："闽中壤狭田少，山麓皆治为陇亩，昔人所谓'磳田'也。丧乱以来，逃亡略尽，磳田芜秽尽矣。余《寒食登邵武诗话楼》诗，有'遗令不须仍禁火，四郊茅舍久无烟'之句。及观

唐韩偓过闽中，有'千村万落如寒食，不见烟火只见花'之句……千古有同悲也。"举重若轻的措辞，反衬的表现手法，使这首诗特别耐人寻味。

夜深

恻恻轻寒翦翦风，小梅飘雪杏花红。
夜深斜搭秋千索，楼阁朦胧烟雨中。

诗题一作"寒食夜"，寒食在冬至后一百零五日，清明前一日，暮春时节。此诗写雨夜况味，诗中人可以是作者本人，也可以是代言闺情。

"恻恻轻寒翦翦风"二句，写暮春天气物候，是唐诗名句。两句皆作句中排比，首句以叠字排比。用"恻恻"形容"轻寒"，表现出诗中人怯寒；以"翦翦"形容"风"，是因为春风料峭，诗人或拟之剪刀也。"小梅飘雪杏花红"，并列两种飞花，一白一红，互为映衬。这是一种意境，而不是眼前景，因为这两种花谢，是有时间差的。此句一作"杏花飘雪小梅红"，就更奇了。明人田艺蘅说："李贺'桃花乱落如红雨'，韩偓'杏花飘雪小桃红'，桃花红而长吉以雨比之，杏花红而致光以雪比之，皆可为善用不拘拘于故常者，所以为奇。不然，柳雪、李月、梨雪、桃霞，谁不能道？"（《留青日札》）其说颇巧，但也不能排除一种可能，是读者记误的缘故，此之谓因病致妍。

"夜深斜搭秋千索"二句，写雨夜深院景象。三句有"庭院深深深几许"（欧阳修）之感，之所说有可能是代言闺怨，是因为"秋千索"这一意象。"秋千"是女郎在春天，尤其是寒食、清明节游戏项目，唐诗如"公子途中妨蹴鞠，佳人马上废秋千"（李隆基《初入秦川路逢寒食》）、"濛濛百花里，罗绮竞秋千"（张仲素《春游曲》）可证。而"秋千索"一词入诗，是作者原创，描写更细。另一处"独立俯闲阶，风动秋千索"（《效崔国辅体四首》）就写闺怨。"斜搭"二字也好，表明"秋千索"当时状态，不是自然垂直，而是斜搭在秋千架上，这是劲风搞出的事。末句也好，"楼阁朦胧烟雨中"，意境迷离，令人惆怅。但这还是想得到的好，看几个例子吧："一郡荆榛寒雨中"（韦应物）、"红白花开山雨中"（杜牧）、"多少楼台烟雨中"（同前）、"玉树凝霜暮雨中"（张固）、"船闭篷窗细雨中"（郑谷）等，至于"春在濛濛细雨中"（仲殊）那是宋诗，哪一句是差了的。唯独"夜深斜搭秋千索"，别人没有说过，是想不到的好。宋词有"黄蜂频扑秋千索，有当时、纤手香凝"（吴文英），是后出转精的佳句。

近人俞陛云说："春日多雨，此则写庭院之景，楼阁宵寒，秋千罢戏，其中有剪灯听雨人在也。"（《诗境浅说》续编）故作遣怀看，作闺怨看，都是可以的。

已凉

碧阑干外绣帘垂，猩色屏风画折枝。
八尺龙须方锦褥，已凉天气未寒时。

这首诗题为"已凉"，看似随意取末句开头二字而为，仔细斟酌，实是这首诗的一个主题词。从前三句展示的画面看，是闺房的情景。作者所取的视角是移动的，由室外向室内的，门前的"碧阑干"、门上的"绣帘"、门内画着折枝花卉（折枝是花卉画法之一，画花枝而不带根）的"猩色屏风"、屏风后八尺大床上的"龙须"草席和"锦褥"，从房间的深曲和陈设的华丽看，这分明是一位贵家少妇的闺房。

"八尺龙须方锦褥"这句最耐人寻味，草席是纳凉的卧具，而锦褥则是御寒之物，这两样东西置放在一起，意味是这是一个换季的时候，乍暖还寒的时节。正是这个铺垫引出了最后一句"已凉天气未寒时","已凉"而"未寒",天气凉快了,但又说不上冷,辨味是极细的。到此,诗中写到的无非物象和天气。细心体察,其实是景中有人的,俞陛云说:"由栏干绣帘,而至锦褥,迤逦写来,纯是景物,而景中有人,隐有小怜玉体,在凉凉罗帐掩映之中。"陆时雍说:"末句香嫩,更想意态盈盈。"

这个写法是很含蓄的,而诗中人的情感也隐含在描写中。过度奢侈的陈设,给人以空洞虚设的感觉;暑热消退秋凉方至的时节,容易勾起人们对光阴消逝的感触;乍暖还寒的天气,给人最难将息的感觉,所有这一切感觉的总和,是寂寞、怯弱、敏感的,这就是诗中主人公的心境。像这样纯写物象、无一字抒情、无一字及人、纯然借助环境景物来点染人的情思,供读者玩味的闺怨之作,在唐诗中是不多见的,而在温庭筠词中,则可以找到较多的例子。就是说,这首诗是通向词境的。

复偶见

半身映竹轻闻语,一手揭帘微转头。
此意别人应未觉,不胜情绪两风流。

唐代士大夫与女冠(女道士)私下恋爱,是普遍存在的事实。韩偓《香奁集》中题为《复偶见》三绝句开头就写道:"雾为襟袖玉为冠,半似羞人半忍寒",同集前面的一首是《荐福寺讲筵偶见又别》,句云"见时浓日午,别处暮钟残"、"两情含眷恋,一饷致辛酸。"诗中女主人公均为女冠无疑。这类不公开的恋情发展过程是步履维艰的。双方的苦恼,往往超过实际得到的欢乐,却又转化为诗的灵感冲动。其间得失很难一言蔽之。这首诗("半身映竹轻闻语")就很形象地,很有兴味地表现了一对

342

具有上述特殊身份的有情人，如何借助"弦外音"和"人体语言"，在方庭广众之间相互交换隐秘的思想感情。

这也许是在某寺的客厅，或者就是讲筵，座上都是些有身份的规矩人，但其中一个却心怀"爱"胎。当别的人都在亲切交谈或专心听讲时，他的思想却走了神——"半身映竹轻闻语"，他的心已被竹帘后的半隐半显的人儿牵去了。那不是别人，就是那个"雾为襟袖玉为冠"的妙龄道姑。她此刻的"轻语"，固然不知对谁说着什么，但他却意识到那是冲自己来的。其弦外之音是"我在这儿呢"。读者可以推想，他这时该欠了欠身子，拉拉衣角，一本正经地坐定，装作认真听讲的样子。然而他的姿态和神情实际表明心不在焉。因为这时他已关注到，那人已"一手掀帘"，因而怦然心动。

他还注意到那人"微转头"的动作，它好像是无意识的，却分明有所示意："你看见我了吗？"这恰是《楚辞·九歌·少司命》所谓"满堂兮美人，忽独与余兮目成"。目语，这是最为丰富微妙的一种人体语言，它能表达极其复杂的思想感情。几乎不需要特别的学习，每一对情人（特别是少男少女）都能正确地使用它。此诗前二句中的"轻""微"二字用得十分准确，人们在运用"弦外音"和"人体语言"的时候就是如此，须恰到好处，否则过犹不及。同时，在方庭广众之间，也必须如此，才能避免遭惹耳目与是非。

"偶见"即非事前约定，又是在众目睽睽之下，那人当然不能久久停留，必须迅速走过，像她所应该做的那样，翩若惊鸿地，来了又走了。她是那样的美丽多情，真可谓"从头看到脚，风流往下落；从脚看到头，风流往上流"（《金瓶梅》）。于是他心底掀起狂涛，感到不能自持，但又意识到自己目前的处境，留心观察周围的反应。"此意别人应未觉"，因而不至于引起麻烦，他不禁暗暗自宽了。在别人未觉的同时，两个人居然心许目成地作了一番"晤谈"，交换了相思之情，两下都激动得很，"不胜情绪两风流"！共鸣只在振动频率相同的两心间发生，而别人全无察觉，诗写至此，可谓曲尽人情，臻于墨妙。

韩偓早年所写的有关私情的诗作，往往因其香艳而受到后世的批评。但《香奁集》中也有清新之作，如此诗就并不轻佻。

深院

鹅儿唼喋栀黄嘴，凤子轻盈腻粉腰。
深院下帘人昼寝，红蔷薇架碧芭蕉。

韩偓用一支色彩浓重的画笔写景咏物，创作出不少别开生面的作品。《深院》是其中之一。由为大自然山川的浑灏的歌咏，转入对人的居住环境更为细腻的描写，似乎标志写景诗在唐末的一个重要转机。从此以后，我们就要听到许多"庭院深深深几许"的歌唱了。

"深院"之"深"，似乎不仅是个空间的观念，而且攸关环境气氛。一般说，要幽才能"深"，但诗人笔下却给我们展示了一幅闹春的小景：庭院内，黄嘴的鹅雏在呷水嬉戏，美丽的蛱蝶在空中飞舞，红色的蔷薇花与绿色的芭蕉叶交相辉映。作者运用"栀黄""腻粉""红""碧"一连串颜色字，其色彩之繁丽，为盛唐诗作中所罕见。"栀黄"（栀子提炼出的黄色）比"黄"在辨色上更加具体，"腻粉"比"白"则更能传达一种质感（腻）。这种对形相、色彩更细腻的体味和表现，正是韩诗一种特色。诗中遣词用字的工妙不止于此。用两个带有"儿""子"的缀化词："鹅儿"（不说鹅雏）、"凤子"（不说蛱蝶），比这些生物普通的名称更带亲切的情感色彩，显示出小生命的可爱。"唼喋""轻盈"一双迭韵字，不但有调声作用，而且兼有象声与形容的功用。于鹅儿写其"嘴"，则其呷水之声可闻；于蛱蝶写其"腰"，则其翩跹舞姿如见。末句则将"红蔷薇"与"碧芭蕉"并置，无"映"字而有"映"意。诗句可能借鉴了李商隐七绝

《日射》的"碧鹦鹉对红蔷薇"。凡此，足见诗人配色选所、铸词造句的匠心。

看到这样一幅禽虫花卉各得自在的妙景，真不禁要问一声"君从何处看，得此无人态"（苏轼《高邮陈直躬处士画雁二首》）了。但这境中真个"无人"？否，"深院下帘人昼寝"，人是有的，只不过未曾露面罢了。而正因为"下帘人昼寝"，才有这样鹅儿自在、蛱蝶不惊、花卉若能解语的境界。它看起来是"无我之境"，但每字每句都带有诗人的感情色彩，表现出他对这眼前景物的热爱。同时，景物的热闹、色彩的浓烈，恰恰反衬出庭院的幽静冷落来。而这，才是此诗经得起反复玩味的奥妙之所在。

这种热烈的外观掩饰不住内在的冷落的心境。韩偓在唐末是一个有气节操守的人，以不肯附"逆"而遭忌。在那种"桃源望断无寻处"的乱世，这样的"深院"似乎也不失为一个避风港。我们不当只看到那美艳而平和的景致，还要看到一颗并不平和的心。那"昼寝"的人大约是中酒而卧吧。晏殊《踏莎行》的后半阕恰好是此诗的续境："翠叶藏莺，朱帘隔燕，炉香静逐游丝转。一场愁梦酒醒时，斜阳却照深深院。"